NOTE DE L'ÉDITEUR

Avant de mourir d'un cancer à la fin de 1985, Richard Bachman a publié cinq romans. En 1994, se préparant à déménager, la veuve de l'auteur découvrit dans la cave une boîte en carton pleine de manuscrits à des degrés divers d'achèvement. Le moins élaboré était un amas de griffonnages jetés sur des carnets de sténo, ceux que Bachman utilisait pour ses premiers jets. Le plus abouti, le tapuscrit du roman que voici, se trouvait dans un carton spécial, entouré d'élastiques, comme si l'auteur avait été sur le point de l'envoyer à son éditeur lorsque prit fin sa dernière rémission.

Mme Bachman me l'apporta pour que je l'évalue ; j'estimai qu'il était au moins du niveau de ses œuvres précédentes. Je n'y ai apporté que quelques changements mineurs, mettant à jour certaines références, et l'ai pratiquement laissé dans l'état où on me l'a confié. Cet ouvrage, publié avec l'approbation de la veuve de l'auteur, constitue donc le couronnement d'une carrière curieuse, mais qui ne fut pas sans intérêt.

Mes remerciements à Claudia Eschelman (autrefois Claudia Bachman), à Douglas Winter, spécialiste de Bachman, à Elaine Koster, de la New American Library, et à

Carolyn Stromberg, directrice littéraire pour les précédents ouvrages de Bachman, qui a bien voulu valider celui-ci.

L'ex-Mme Bachman affirme que, pour autant qu'elle le sache, Bachman ne s'est jamais rendu en Ohio, et a tout au plus « survolé l'État une ou deux fois ». Elle se demande aussi quand il a bien pu écrire ce roman, même si elle soupçonne que ce dut être tard la nuit. Richard Bachman souffrait en effet d'insomnies chroniques.

Charles VERRILL,
New York City.

LES RÉGULATEURS

Paru dans Le Livre de Poche :

ÇA
CHANTIER
CHRISTINE
CŒURS PERDUS EN ATLANTIDE
DEAD ZONE
DÉSOLATION
DIFFÉRENTES SAISONS
DREAMCATCHER
ÉCRITURE
LE FLÉAU
INSOMNIE
JESSIE
MARCHE OU CRÈVE
MISERY
LA PETITE FILLE QUI AIMAIT TOM GORDON
LES RÉGULATEURS
SAC D'OS
SIMETIERRE
LA TEMPÊTE DU SIÈCLE
LES TOMMYKNOCKERS
UN TOUR SUR LE BOLID'

Sous le nom de Richard Bachman :

CHANTIER

RICHARD BACHMAN

Les Régulateurs

ROMAN TRADUIT DE L'AMÉRICAIN PAR WILLIAM OLIVIER DESMOND

ALBIN MICHEL

Titre original :

THE REGULATORS

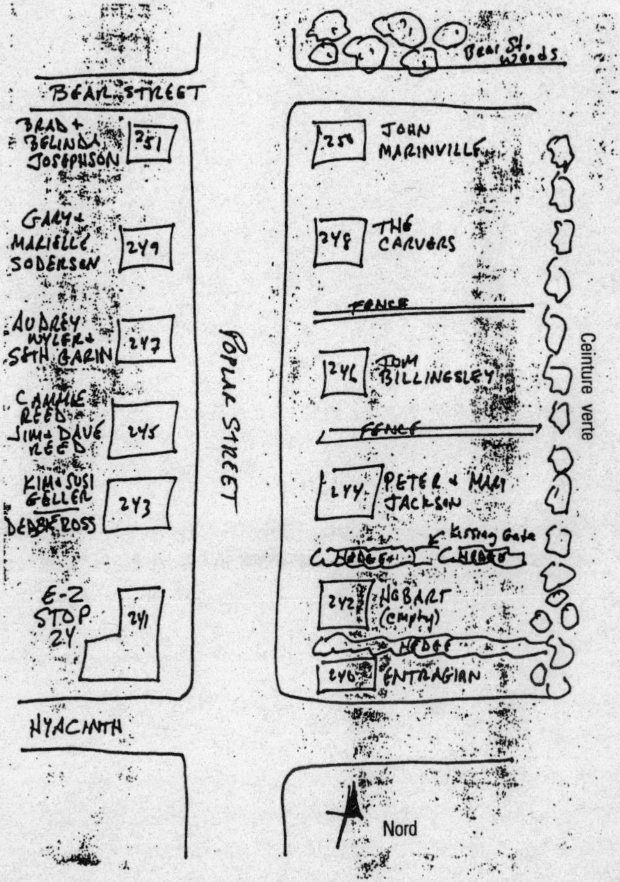
BEAR STREET
Bear St. Woods
BRAD + BELINDA JOSEPHSON
251
GARY + MARIELLE SODERSEN
249
AUDREY WYLER + SETH GARIN
247
CAMMIE REED
JIM + DAVE REED
245
KIM + SUSI GELLER
DEBBI ROSS
243
E-Z STOP 24
241
HYACINTH
POPLAR STREET
250
JOHN MARINVILLE
248
THE CARVERS
FENCE
246
TOM BILLINGSLEY
FENCE
244
PETER + MARY JACKSON
Kissing Gate
HEDGE
HEDGE
242
HOBART (empty)
HEDGE
240
ENTRAGIAN
Ceinture verte
Nord

Une pensée pour Jim Thompson
et Sam Peckinpah,
ombres de légende...

« Nous, monsieur, on fait dans le plomb. »

Steve McQueen,

Les Sept Mercenaires.

Carte envoyée par William Garin
à sa sœur, Audrey Wyler.

24 juillet 1994.

Chère Audrey,

On sera à Carson City ce soir et on espère arriver demain à San Jose. Je sais que tu n'étais pas trop d'accord avec cette idée de faire le voyage en voiture, mais c'était pourtant la bonne décision. SETH VIENT DE FAIRE DES PROGRÈS STUPÉFIANTS! *Je t'en parlerai plus longuement depuis San Jose. Tout ce que je peux dire pour le moment, c'est Dieu bénisse le Nevada !*

Baisers de toute la famille,

Bill.

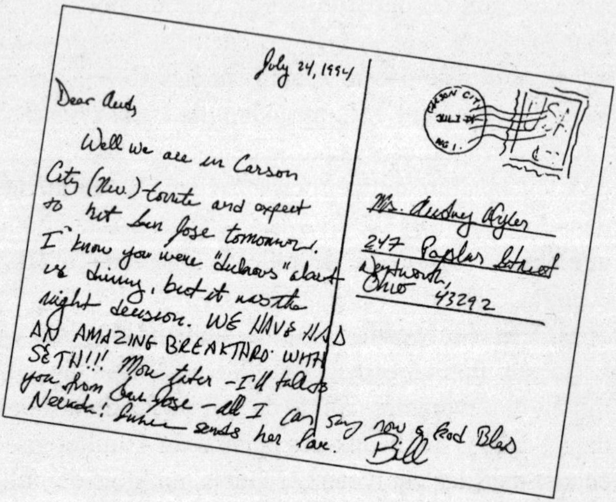
July 24, 1994

Dear Aud,

Well we are in Carson City (Nev.) tonite and expect to hit San Jose tomorrow. I know you were "dubious" about us driving, but it was the right decision. WE HAVE HAD AN AMAZING BREAKTHRU WITH SETH!!! More later – I'll talk to you from San Jose – all I can say now is God Bless Nevada! Susan sends her love.

Bill

Mrs. Audrey Wyler
247 Poplar Street
Wentworth,
Ohio 43292

Chapitre 1

Poplar Street, 15 juillet 1996, 15 h 45

C'est l'été.

Pas simplement l'été, non, pas cette année, mais une apothéose d'été, une quintessence d'été, un été d'Ohio tout vert en plein juillet, avec un soleil chauffé à blanc dans un ciel d'un bleu de jean délavé, les cris des gosses courant dans le bois de Bear Street, au sommet de la colline, le *tink !* des battes de base-ball sur le terrain de jeux, de l'autre côté du bois, le ronflement des tondeuses, le grondement des gros-culs sur la nationale 19, le roulement des rollers sur les trottoirs de ciment et le macadam de Poplar Street, le vacarme des radios – la partie de base-ball des Indians de Cleveland en compétition avec Tina Turner lancée dans *Nutbush City Limits* – et, enlaçant le tout comme une barrière sonore de dentelle, le sifflement apaisant et soyeux des tourniquets d'arrosage.

L'été à Wentworth, Ohio, hé, tu peux imaginer ça ? L'été sur Poplar Street, qui file tout droit au beau milieu du rêve américain avec son odeur de hot dogs dans l'air, les lambeaux des pétards du 4 Juillet gisant encore dans les caniveaux… Ouais, un mois de juillet

torride, un bon vieux mois de juillet parfait, un sacré mois de juillet à remporter le pompon, aucun doute, un vrai mois de juillet mais, à dire la vérité, fichtrement sec aussi : la seule eau qu'on voyait était le jet des tuyaux d'arrosage qui chassait les emballages des pétards chinois sur le sol. Ça pourrait pourtant peut-être bien changer, aujourd'hui ; on entend de temps en temps des grondements de tonnerre à l'ouest et ceux qui regardent Canal Météo (les télés câblées ne manquent pas sur Poplar Street, pour sûr) savent que l'orage ne va pas tarder. Peut-être même accompagné d'une tornade, mais c'est peu probable.

En attendant, il n'est question que de melons d'eau, de boissons fraîches et de coups de batte foireux ; c'est l'été tel qu'on se le souhaite ici, au cœur des États-Unis d'Amérique, la vie telle qu'on la rêve, avec des Chevrolet garées dans les allées, des steaks rangés dans le frigo attendant de passer sur le barbecue de l'arrière-cour, quand arrivera le soir (sans oublier la tarte aux pommes pour terminer, à tous les coups). C'est le pays des pelouses bien vertes et des parterres de fleurs impeccables ; le royaume d'Ohio où les gosses se baladent la casquette à l'envers, le marcel pendant sur un short trop grand, d'énormes écrase-merde aux pieds – tous façon Nike, qu'on dirait.

Sur la partie de Poplar Street qui va de Bear Street, au sommet de la colline, jusqu'à Hyacinth Street, en bas, on compte onze maisons et un magasin. Ce dernier, qui est situé à l'angle de Poplar et Hyacinth Street, est le bazar américain typique, modèle indestructible, où on trouve ses cigarettes, ses Blatz ou ses Rolling Rock, ses bonbons à quatre sous, ses fournitures pour

barbecue (assiettes-carton fourchettes-plastique chips tacos crème glacée ketchup sauce moutarde) et la gamme complète des Snapple, les meilleurs du monde. On peut même se procurer un exemplaire de *Penthouse*, au E-Z Stop 24, si on veut, mais il faut demander à l'employé ; ici, dans l'Amérique profonde, on planque en général les revues de cul sous le comptoir. Et c'est très bien comme ça, vieux. L'important, c'est de savoir où en dégoter une, non ?

C'est une nouvelle qui tient la caisse, aujourd'hui, moins d'une semaine qu'elle est là et pour l'instant, à quinze heures quarante-cinq, elle s'occupe de deux jeunes. On donnerait onze ans à la gamine, déjà en passe de devenir une beauté ; le garçon, manifestement son petit frère, a peut-être six ans et – au moins de l'humble avis de l'employée – est déjà en passe, lui, de devenir un sale gosse de première.

« Je veux deux Mars ! réclame Sal'Gosse.

– On n'a assez d'argent que pour un, si on prend chacun un soda », objecte Jolie Frangine avec une patience que l'employée trouve admirable. Si c'était son petit frère *à elle*, elle serait très tentée de lui botter les fesses jusqu'à ce qu'elles lui remontent dans le dos – comme ça, il n'aurait pas de problème pour jouer Quasimodo à la fête de l'école.

« Maman t'a donné cinq dollars ce matin, je l'ai vu, riposte Sal'Gosse. Où est passé le reste, hein, Marrrr-grit ?

– Ne m'appelle pas comme ça, je déteste. » La fillette porte les cheveux longs ; ils sont d'un blond de miel que l'employée trouve superbe. Elle-même a des cheveux courts frisottés, teints en orange à droite et en vert à gauche. Elle ne se fait pas d'illusions : jamais elle n'aurait eu ce boulot avec une tête pareille, si le gérant n'avait pas eu un besoin ultra-urgent de quelqu'un pour assurer le service de onze heures à dix-neuf heures ; il lui avait cependant arraché la promesse qu'elle porterait une casquette de base-ball ou un foulard sur cette tignasse, mais les promesses sont faites pour ne pas être tenues. Et voici qu'elle constate que Jolie Frangine regarde ses cheveux avec fascination.

« Margrit-Margrit-Margrit ! braille le petit frère avec toute la joyeuse et énergique méchanceté que seuls les petits frères parviennent à mobiliser.

– Je m'appelle Ellen, en fait, explique Jolie Frangine, l'air de quelqu'un qui fait une grande confidence. Margaret est mon deuxième prénom. Il le fait exprès parce qu'il sait que je le déteste.

– Ravie de faire votre connaissance, Ellen, répond l'employée en tapant le total des achats de la fillette.

– Ravie de vous rencontrer, Marrrrr-grit ! » la singe Sal'Gosse, dont le visage se déforme en une grimace si laborieuse qu'il en est comique. Son nez est plissé, ses yeux louchent. « Ravie de faire votre connaissance, Margaretasse la Bêtasse ! »

Ellen l'ignore et dit : « J'adore cette coiffure.

– Merci, répond la nouvelle employée avec un sourire. Elle ne vaut pas la vôtre, mais je fais avec. Ce sera un dollar quarante-six. »

Dans la poche de son jean, la fillette prend un porte-monnaie – le modèle qui s'ouvre quand on le pince. Il contient deux billets froissés d'un dollar et quelques piécettes.

« Demandez à Margaretasse la Bêtasse où est passé

le reste ! » claironne le morveux. Un vrai haut-parleur d'un mégawatt à lui tout seul, le chérubin. « Il a servi à acheter un journal avec la photo d'*Eeeeeeeethan Hawwwwke* dessus ! »

Ellen continue d'ignorer Sal'Gosse, mais ses joues commencent à rosir. Elle tend les deux billets. « C'est la première fois qu'on se voit, non ?

– Probablement. Je n'ai commencé que mercredi dernier. Ils avaient besoin de quelqu'un de onze à sept qui puisse rester un peu plus si le type de service le soir était en retard.

– Eh bien, je suis très contente de faire votre connaissance. Je m'appelle Ellie Carver. Et lui c'est mon petit frère, Ralph. »

Ralph Carver tire la langue et émet un bruit de guêpe prisonnière d'un pot de confiture. Quel petit animal bien élevé, pense à part soi la jeune femme aux cheveux bicolores. « Moi, c'est Cynthia Smith, répond-elle, tendant la main par-dessus le comptoir. Cynthia et pas Cindy, surtout pas. Vous vous en souviendrez, Ellie ? »

La fillette acquiesce avec un sourire. « Et moi, c'est Ellie, surtout pas Margaret.

– Margaretasse la Bêtasse ! » tonitrue Sal'Gosse d'une voix triomphale. Il lève les bras et se met à se déhancher, débordant d'une joie de vivre vénéneuse. « Margaretasse la Bêtasse est amoureuse d'Eeeeeethan Hawwwwke ! »

Ellen adresse à Cynthia un regard qui n'est pas de son âge, avec l'expression résignée de qui a tout vu, l'air de dire : *Voyez un peu ce que je dois endurer.* Cynthia qui, ayant elle-même un petit frère, sait exactement ce que Jolie Frangine doit supporter est tentée d'en sortir une bien bonne, mais elle se retient et reste impassible. Pas plus mal. Cette gamine est prisonnière de son temps et de son âge, comme n'importe qui, et ne verrait même pas ce qu'il y a de si drôle. Ellie tend un Pepsi à son frère. « On partagera le Mars dehors.

– Faudra que tu me tires dans Buster », répond Ralph. Se dirigeant vers la porte, il passe dans le rayon de soleil oblique qui tombe comme un trait de feu par la fenêtre. « Faudra que tu me tires dans Buster jusqu'à la maison.

– Tu parles, que je vais te trimbaler », rétorque Ellie. Lorsqu'elle ouvre la porte, Sal'Gosse se retourne et a pour Cynthia un regard suffisant qui dit : *Attendez un peu, et vous allez voir qui va gagner, ce coup-ci. Attendez un peu !* Sur quoi ils sortent.

L'été, oui, mais pas un simple été ; c'est du 15 juillet que nous parlons, le point culminant de l'été, dans une ville de l'Ohio où la plupart des gosses vont au catéchisme pendant les vacances et participent au programme spécial de lectures organisé par la bibliothèque publique, et où l'un d'eux a absolument besoin d'avoir un petit chariot rouge baptisé (pour des raisons connues de lui seul) « Buster ». Onze maisons et un magasin mijotant dans cette fournaise incandescente et rase du Midwest, trente-deux degrés à l'ombre, quarante au soleil – assez chaud pour que l'air ondule au-dessus de Poplar Street comme si c'était un incinérateur à ciel ouvert.

La rue est orientée nord-sud, les maisons à numéros impairs côté Los Angeles et celles à numéros pairs côté New York. En haut, à l'angle ouest de Poplar Street et

Bear Street, c'est le 251 : Brad Josephson arrose le parterre de fleurs qui longe son allée, devant chez lui. Âgé de quarante-six ans, il a une peau d'une somptueuse couleur chocolat et la bedaine pendante. Ellie Carver trouve qu'il ressemble à Bill Cosby… tout au moins un petit peu. Brad et Belinda Josephson sont les seuls Noirs de la rue, et la rue est fichtrement fière de les avoir. Ils offrent exactement le profil du couple de couleur qu'apprécient les banlieusards de l'Ohio, et leur présence dans le secteur fait que les choses sont bien en ordre. Ce sont des gens charmants. Tout le monde aime les Josephson.

Cary Ripton, qui livre le journal d'annonces, le *Wentworth Shopper*, tous les lundis après-midi, déboule de l'angle sur sa bicyclette et lance à Brad un exemplaire roulé. Brad l'attrape adroitement de la main qui ne tient pas le tuyau d'arrosage. Sans que le jet dévie d'un poil : il a levé la main, et le journal était dedans.

« Bien joué, m'sieur Josephson ! » s'exclame Cary, en dévalant la pente tandis que la sacoche de toile bourrée de journaux rebondit sur sa hanche. Il porte un sweat-shirt Orlando Magic deux fois trop grand pour lui, avec dessus le numéro de Shaq, le 32.

« Ouais, encore jamais raté un ! » répond Brad, qui coince le tuyau sous son bras pour ouvrir l'hebdomadaire et voir ce qu'on raconte en première page. Ce sera évidemment toujours les mêmes âneries – ventes entre particuliers et potins locaux –, mais il n'en a pas moins envie de jeter un coup d'œil. Simple curiosité bien humaine, suppose-t-il. De l'autre côté de la rue, au 250, Johnny Marinville, assis sur les marches de son perron, joue de la guitare. Il ne se défend pas mal, d'ailleurs, ce que Brad a toujours trouvé légèrement mortifiant ; quand on est bon dans un truc, on devrait s'en contenter et ne pas s'occuper d'autre chose, voilà ce qu'il pense.

Cary Ripton, quatorze ans, les cheveux en brosse, joue dans l'équipe de la Wentworth American Legion (les « Hawks ») ; il lance le *Wentworth Shopper* suivant sur le perron du 249, chez les Soderson. Les Josephson sont les Noirs de Poplar Street ; les Soderson, Gary et Marielle, en sont les bohémiens. Aux yeux de l'opinion publique, tous les deux se valent. Dans l'ensemble, Gary est du genre serviable, et ses voisins de Poplar Street l'aiment bien en dépit du fait qu'il est à peu près tout le temps éméché. Marielle, toutefois… comme Pie Carver l'aurait dit de manière alambiquée : « Il y a un terme pour désigner les femmes comme elle ; il rime avec celui pour dire qu'on n'est pas le soir.

– Avec matin ? aurait demandé quelqu'un.

– Exactement. »

Le lancer de Cary est digne d'un pro : le journal rebondit sur la porte des Soderson et atterrit sur le paillasson « Bienvenue », mais personne ne vient le ramasser. Marielle est sous la douche (sa deuxième de la journée ; elle déteste ce temps moite) et Gary dans l'arrière-cour, où il remplit le foyer du barbecue en pensant à autre chose, entassant tellement de combustible qu'il y aurait de quoi griller vif un buffle. Il porte un tablier sur lequel on lit ON PEUT FAIRE LA BISE AU CUISTOT. Il est encore trop tôt pour mettre les steaks, mais jamais trop tôt pour se préparer. Une table de pique-nique protégée par un parasol trône au milieu de la cour avec, posé dessus, le bar portatif de Gary : un bocal d'olives, une bouteille de gin et une autre de vermouth. Cette dernière n'a pas encore été ouverte. Un double martini attend à côté. Gary ajoute une dernière briquette, va à la table et avale ce qui reste du verre. Il a un faible notoire pour les martinis, et se retrouve souvent dans les vapes dès quatre heures les jours où il n'enseigne pas. Aujourd'hui ne fait pas exception à la règle.

« Parfait, marmonne-t-il. Affaire suivante. » Il s'emploie alors à confectionner un nouveau martini à la Soderson. Pour cela, il faut : *a)* remplir son verre aux trois quarts de gin Bombay ; *b)* y laisser tomber une olive Amati ; *c)* trinquer à sa propre santé en entrechoquant le verre avec la bouteille de vermouth encore scellée.

Il en avale une gorgée, ferme les yeux, en avale une deuxième, rouvre les yeux, sourit. « Ouais, mesdames et messieurs, lance-t-il dans la fournaise de la cour, voilà de la bonne camelote ! »

Faiblement, au milieu de tous les autres bruits de l'été – les mômes, les tondeuses, les gros-culs, les tourniquets d'arrosage, les bestioles qui stridulent dans l'herbe brûlée autour de lui –, il entend la guitare de l'écrivain, un son délicat et agréable. Il reconnaît l'air presque tout de suite et se met à danser autour du cercle d'ombre projeté par le parasol, le verre à la main, en chantonnant : *Embrasse-moi et souris-moi... dis-moi que tu m'attendras... Tiens-moi comme si tu n'allais jamais me lâcher...*

Chouette, cet air, il date de l'époque où les jumeaux

Reed, à deux maisons de là, n'étaient même pas encore dans le regard de leur père. Un instant, il est frappé par la réalité du temps qui passe, une réalité impitoyable, sans appel. Il prend une autre lampée de son martini et se demande ce qu'il pourrait faire, maintenant que le barbecue est prêt à décoller. En plus de tous ces bruits, lui parvient celui de la douche, au premier, et il imagine Marielle nue dessous – la grande salope de l'Ouest, d'accord, mais toujours aussi bien roulée. Il se la représente qui se passe du savon sur les seins, se caresse peut-être les mamelons d'un mouvement circulaire, les faisant durcir du bout des doigts. Bien entendu elle ne fait rien de tel, mais c'est le genre d'image qui ne vous lâche plus si vous ne prenez pas les mesures adéquates. Il décide de se transformer en saint Georges version XXe siècle ; il va baiser le dragon au lieu de le massacrer. Il pose le martini sur la table et se dirige vers la maison.

Oh, bon sang, c'est l'été, l'été, le bel été, et il fait bon vivre sur Poplar Street.

Cary Ripton consulte son rétroviseur – aucun véhicule – et vire à l'est en direction de la maison des Carver. Il ne s'est pas occupé de M. Marinville pour la bonne raison que celui-ci, au début de l'été, lui a donné cinq dollars pour *ne pas* avoir le *Wentworth Shopper*. « S'il te plaît, Cary, si je lis encore une histoire de supermarché qui ouvre ou de semaine commerciale, j'en crève », lui avait-il expliqué, du ton le plus sérieux du monde. Cary n'avait rien compris à ce qu'avait voulu dire M. Marinville, mais c'est un homme charmant, et cinq dollars, c'est cinq dollars.

Mme Carver ouvre sa porte, au 248 Poplar Street, et

fait bonjour de la main à Cary au moment où il lui lance, décontracté, le journal. Elle tente de l'attraper, le manque et rit. Cary rit avec elle. Elle n'a pas les réflexes de Brad Josephson, mais elle est bonne joueuse. Son mari, sur le côté de la maison, en maillot de bain et tongs, lave la voiture. Il aperçoit Cary du coin de l'œil, se tourne et le salue. Le garçon lui rend son salut. David Carver travaille à la poste ; sans doute est-il en congé aujourd'hui, songe Cary. Il se jure que s'il doit jamais prendre un travail régulier du genre neuf à cinq quand il sera grand (il n'ignore pas que c'est une chose qui arrive à certaines personnes, comme le diabète ou l'insuffisance rénale) il ne passera *jamais* ses congés à la maison, à laver sa voiture.

De toute façon, je n'aurai pas de voiture, se dit-il. Mais une moto. Et pas une de ces bouffeuses de riz non plus. Une bonne grosse vieille Harley-Davidson des familles, comme celle de M. Marinville.

Re-coup d'œil dans le rétro ; il aperçoit une espèce de gros truc rouge, rutilant, sur Bear Street, après la maison des Josephson – un van, on dirait bien, garé juste au-delà de l'angle sud-ouest du carrefour – et la Schwinn traverse à nouveau la chaussée pour aller au 247, chez les Wyler.

De toutes les maisons occupées de la rue (celle du 242, non loin de Hyacinth Street, étant vacante), celle des Wyler, de style ranch, est la seule à présenter quelques signes de délabrement ; une bonne couche de peinture ne lui aurait pas fait de mal et le revêtement de l'allée aurait grand besoin d'être retapé. Un tourniquet arrose la pelouse, mais celle-ci semble avoir souffert de la chaleur et de la sécheresse plus qu'aucune autre sur Poplar Street (y compris, même, la pelouse de la maison inoccupée). On voit des plaques marron, petites, mais qui vont s'agrandir.

Elle ignore que l'eau ne suffit pas, pense Cary, prenant dans son sac un nouvel exemplaire roulé du *Shopper*. Son mari l'aurait sans doute su, lui…

Il se rend soudain compte que Mme Wyler (on dit bien encore « madame » aux veuves, non ?) se tient derrière la porte-moustiquaire et quelque chose dans cette vision, à peine une silhouette entr'aperçue, le fait soudain tressaillir. Sa bicyclette zigzague un instant, et lui qui vise d'ordinaire si bien envoie le journal complètement à côté, sur l'un des buissons qui flanquent les marches du perron. Il déteste rater sa cible, il a *horreur* de ça, on se croirait dans un de ces feuilletons débiles où le livreur balance toujours le *Daily Bugle* sur le toit ou dans les rosiers – ah-ah, ces maladroits de livreurs de journaux, qu'est-ce qu'on se marre – et un autre jour (ou devant une autre maison) il serait peut-être allé corriger cette erreur de tir, voire même remettre le journal entre les mains de la dame avec un sourire, bonjour, bonne journée. Mais pas aujourd'hui. Quelque chose ne lui plaît pas. La manière dont elle se tient derrière le grillage de la moustiquaire, le dos voûté, les bras ballants, comme un jouet de gosse dont on aurait enlevé les piles. Et il y a peut-être aussi autre chose qui cloche ; il ne la voit pas assez bien pour en être sûr, mais il a l'impression que Mme Wyler est nue jusqu'à la taille, qu'elle est debout dans son entrée, en short. Qu'elle se tient là, immobile, et le regarde.

Les boules.

Le gosse qui habite chez elle, son espèce de belette de neveu, lui fiche aussi les boules. Seth Garland ou Garin, un truc comme ça. Il n'en lâche jamais une, même si on lui parle – hé, comment ça va, ça te plaît, le patelin, tu crois que les Indians vont jouer les prolongations ? –, te regarde juste avec ses yeux glauques. Te regarde de la même manière, se dit Cary, que Mme Wyler, d'ordinaire si gentille, le regarde en ce moment. Entre donc dans ma toile, dit l'araignée à la mouche, un peu ce genre-là. Son mari est mort l'an dernier (au moment où les Hobart ont eu leurs ennuis et ont quitté le 242, en fait) et on a raconté que ce n'était pas un accident. Les gens disent que Herb Wyler, qui collectionnait les minéraux et avait un jour donné à Cary une vieille carabine à air comprimé, s'est suicidé.

La chair de poule – de quoi avoir deux fois plus la frousse, par cette chaleur – lui hérisse le dos et il vire de nouveau vers la rue après un bref coup d'œil à son rétro. Le van rouge est toujours au carrefour de Bear et Poplar Street – chicos, la caisse, pense le garçon – mais un véhicule descend la rue, une Acura bleue, cette fois, que Cary reconnaît aussitôt. C'est celle de M. Jackson, l'autre enseignant qui habite ici ; ce n'est pas un vulgaire prof de lycée, mais un véritable professeur (ou maître assistant), dans l'une des facultés de l'université de l'Ohio. Les Jackson habitent au 244, juste après la maison Hobart. C'est la plus belle maison de la rue, une Cape Cod spacieuse fermée par une haie élevée du côté bas de la rue et, de l'autre, par une haute barrière en cèdre, qui les sépare de la maison du vieux vétérinaire.

« Salut, Cary ! » lance Peter Jackson en venant s'arrêter juste à sa hauteur. Il porte un jean délavé et un T-shirt avec un rond jaune orné d'un grand sourire. BONNE JOURNÉE ! proclame Tronche-Hilare. « Comment ça va, mauvais drôle ?

– Du tonnerre, m'sieur Jackson », répond Cary avec un sourire. *Sauf que je viens de voir Mme Wyler à poil ou presque derrière sa moustiquaire* – mais il ne le dit pas. « Tout baigne.

– Tu as commencé à jouer ?

– Rien que deux parties, jusqu'ici, mais ça va. J'ai réussi deux tours complets, hier soir, et j'en réussirai sans doute deux autres ce soir. J'crois pas pouvoir faire mieux. Mais c'est la dernière année de Frankie Albertini dans l'équipe. » Il lui tend un exemplaire du *Shopper*.

« Exact, répond Jackson, prenant le journal. Et l'année prochaine, c'est un certain *monsieur* Cary Ripton qui ira sur le monticule. »

L'adolescent éclate de rire, tout émoustillé à l'idée de se tenir là, dans son uniforme des Hawks, et de lancer. « Vous donnez encore des cours d'été, cette année ?

– Ouais. Deux cours. Les drames historiques de Shakespeare, et James Dickey et le gothique sudiste. Ça te dit quelque chose ?

– Je crois que je vais laisser tomber. »

Peter acquiesce, la mine sérieuse. « Laisse tomber, et tu n'auras jamais besoin de prendre de cours d'été, mauvais drôle. » Il tapote son T-shirt rigolard. « On est moins strict sur la tenue, après juin, mais les cours d'été, c'est la barbe, et ça le sera toujours. » Il pose le *Shopper* sur le siège du passager et engage une vitesse.

« Ne va pas nous faire une crise cardiaque en pédalant comme un malade avec ce sac de journaux.

– Mais non ! D'ailleurs, je crois qu'il va pleuvoir dans un moment. On commence à entendre le tonnerre.

– C'est ce qu'ils ont dit à la... attention ! »

Une grosse forme poilue passe en flèche, à la poursuite d'un disque rouge. Cary incline la Schwinn contre la voiture de M. Jackson, et seule l'effleure la queue de Hannibal, le berger allemand.

« C'est à lui qu'il faudrait dire de faire attention à la crise cardiaque, observe Cary.

– Tu as peut-être raison », répond Peter en repartant au pas.

L'adolescent suit du regard Hannibal qui, de l'autre côté de la rue, a attrapé le frisbee et se retourne en le tenant dans la gueule. Avec son bandana noué crânement autour du cou, il donne l'impression d'arborer un grand sourire canin.

« Ramène, Hannibal, ramène ! lui crie Jim Reed, imité aussitôt par son jumeau, Dave. Allez, Hannibal, fais pas ton cabochard ! Ramène ! »

Devant le 246, vis-à-vis de la maison Wyler, le frisbee dans la gueule, la queue remuant lentement, le chien a plus que jamais l'air de sourire.

Les frères Reed habitent au 245, à côté des Wyler. Depuis leur pelouse (un brun, un blond, tous deux grands et mignons dans leurs T-shirt tailladés et leurs shorts identiques), ils observent Hannibal. Deux filles se tiennent derrière eux. L'une d'elles est une voisine, Susi Geller. Pas mal, d'accord, mais pas canon. L'autre, une rousse aux longues jambes de majorette, c'est autre chose. On pourrait mettre sa photo à côté de « canon » dans le dico d'argot. Cary ne la connaît pas, mais il voudrait bien – et connaître aussi ses rêves, ses projets et ses fantasmes. Ses fantasmes, surtout. Te raconte pas d'histoires, mon vieux. Elle a au moins dix-sept ans.

« Hé, mon chou, dit Jim Reed en se tournant vers son frère aux cheveux bruns. C'est toi qui vas le chercher, cette fois.

– Pas question, il va être plein de bave, objecte Dave. Je risque d'attraper le sida canin ou un truc comme ça. *Hannibal, ramène ça ici !* »

Hannibal ne bronche pas, continue de sourire, continue de tenir le frisbee et de défier les deux garçons du 245 Poplar Street. *Na-na-nère*, dit-il sans avoir besoin de rien dire ; tout est dans le balancement royal et serein de la queue. *Na-na-nère, vous avez des filles et des shorts Eddie Bauer, mais moi j'ai votre frisbee et je bave dessus tant que je peux, na-na-nère.*

Cary sort de sa poche un sachet de graines de tournesol ; il s'est aperçu que lorsqu'on est obligé de poireauter sur le banc de touche, les graines de tournesol aident à faire passer le temps. Il est devenu un spécialiste dans l'art de les faire éclater entre ses dents et de croquer l'amande goûteuse tout en recrachant les coques sur le sol à la vitesse d'une mitraillette.

« J'm'en occupe ! » lance-t-il aux jumeaux Reed, espérant que la délicieuse petite rouquine sera impressionnée par ses prouesses de dompteur – non sans savoir que c'est le genre de rêve fou que seul un ado en troisième ou en seconde peut caresser… mais elle est tellement ravissante, dans ce petit short blanc à revers, oh, dieux du ciel, ça n'a jamais fait de mal à personne de rêver, non ?

Il abaisse le sac de graines de tournesol au niveau du berger allemand et fait craquer la cellophane. Hannibal arrive aussitôt, tenant toujours le frisbee dans la gueule. Cary fait tomber quelques graines dans sa main. « Mange, Hannibal, dit-il. C'est bon ça ! Du tournesol, tous les chiens adorent ça ! L'essayer, c'est l'adopter. »

Hannibal étudie les graines un instant, ses narines frémissent délicatement, puis il laisse tomber le frisbee et les fait disparaître de la main tendue. Vif comme l'éclair, le garçon se penche, récupère le frisbee (un peu baveux sur les bords, mais pas autant que s'il était resté quelques minutes de plus dans la gueule du chien) et le renvoie à Jim Reed. C'est un lancer incurvé parfait et Jim peut le rattraper sans bouger d'un pouce. Et oh, Seigneur, oh, doux jésus, voilà-t'y pas que la rouquine l'applaudit en sautillant sur place à côté de Susi Geller, ses nénés (petits mais à croquer) oscillant dans son maillot. Oh, merci Seigneur, merci beaucoup, avec tout ça en mémoire, de quoi se polir le chinois pendant une semaine au moins.

Souriant, bien loin d'imaginer qu'il mourra vierge et *backup* remplaçant, Cary lance un *Shopper* sur le perron de Tom Billingsley (il l'entend qui passe la tondeuse derrière chez lui) et retraverse une fois de plus la rue vers la maison Reed. Dave expédie le frisbee à Susi et attrape le journal que Cary lui lance.

« Merci pour le frisbee !

– Pas de problème, répond Cary. Qui c'est ? » ajoute-t-il avec un mouvement de tête vers la rouquine.

Dave éclate de rire, mais pas méchamment. « T'en

occupe pas, mon bonhomme. Pose même pas la question. »

Cary a bien envie de l'asticoter un peu, puis décide qu'il vaut mieux battre en retraite pendant qu'il a encore la main : il a récupéré le frisbee et elle l'a applaudi, non ? Quant à la vue des petits seins ballottant sous le tissu lâche du maillot, elle aurait raidi une nouille trop cuite. Voilà qui suffit bien, par des températures pareilles.

Derrière eux, en haut de la pente, le van rouge démarre et s'avance très lentement vers le carrefour.

« Tu viens voir le match, ce soir ? demande Cary à Dave Reed. On reçoit les Rebels de Colombus. Ça devrait être bien.

– Tu joueras, toi ?

– Je devrais prendre la batte deux ou trois fois, au moins.

– Dans ce cas, je viendrai pas », répond Dave avec un gloussement de rire qui fait grimacer Cary. Les jumeaux Reed ont l'air de dieux, dans leurs T-shirts tailladés, d'accord, mais dès qu'ils ouvrent la bouche, ils font plutôt penser aux deux rigolos qui animent *Hee-Haw*, l'émission de gags débiles.

Cary a un coup d'œil pour la maison à l'angle de Poplar Street et Hyacinth Street, en face du magasin. Il n'y a pas de voiture dans l'allée, mais le véhicule peut aussi bien se trouver dans le garage.

« Il est chez lui ? demande-t-il à Dave, avec un mouvement du menton vers le 240.

– J'sais pas, intervient Jim, qui s'est rapproché. Mais c'est rare qu'on le sache, non ? C'est ça qui le rend si inquiétant. La moitié du temps, il laisse sa bagnole dans le garage et rejoint Hyacinth Street par le bois. Il va sans doute prendre le bus.

– Il te fait peur ? » demande Dave à Cary. Pas tout à fait une provocation, mais pas loin.

« Merde, sûrement pas », répond Cary, l'air dégagé ; il louche vers la rouquine et se demande l'effet que ça lui ferait de tenir une poupée comme elle dans ses bras, toute souple, chaude et pulpeuse, de la sentir sortir une petite langue fureteuse pendant qu'elle se rapproche de sa trique. Rêve toujours, couillon, se dit-il.

Il adresse un salut de la main à la jeune fille, joue les indifférents mais jubile intérieurement quand elle le lui rend, puis repart en diagonale vers le 240 Poplar Street. Il expédiera le *Shopper* sur le perron de son lancer sec habituel puis – si l'ex-poulaga cinglé ne sort pas en chargeant, la bouche écumante, pour le foudroyer d'un regard shooté au PCP, brandissant peut-être même son pistolet, une machette ou je ne sais quoi – il ira jusqu'au E-Z Stop 24 boire un soda pour célébrer la fin de sa tournée : d'Anderson Avenue à Colombus Broad, de Colombus Broad à Bear Street et de Bear Street à Poplar Street. Puis retour à la maison pour enfiler son uniforme.

Reste auparavant à se taper le 240, domicile de l'ancien flic qui aurait perdu son boulot, dit-on, pour avoir frappé à mort deux ados de North Side, qu'il croyait responsables du viol d'une fillette. Cary ignorait si cette histoire recelait la moindre parcelle de vérité – il n'avait rien lu là-dessus dans les journaux, en tout cas –, mais il avait aperçu dans les yeux de l'ex-flic quelque chose qu'il n'avait jamais vu dans aucun regard et qui vous forçait à détourner le vôtre avant de chercher à en comprendre davantage.

Au sommet de la côte, le van rouge – si c'est bien un van, vu qu'il est tellement rutilant et trafiqué qu'on peut se poser la question – s'engage dans Poplar Street. Commence à accélérer. Son moteur émet un ronron cadencé et soyeux. Mais dis donc, c'est quoi, ce machin chromé sur le toit ?

Johnny Marinville s'arrête de jouer de la guitare pour regarder passer le véhicule. On ne voit rien à l'intérieur, car les vitres sont polarisées ; mais sur le toit, le truc en chrome fait penser à un disque de radar, y fait même furieusement penser. La CIA débarquerait-elle sur Poplar Street ? De l'autre côté de la rue, Johnny voit Brad Josephson sur sa pelouse, tenant toujours le tuyau d'arrosage d'une main et le *Shopper* de l'autre. Lui aussi contemple le van qui roule lentement (mais est-ce bien un van ?) ; il affiche une expression où l'admiration le dispute à la perplexité.

Des rayons de soleil se reflètent sur la peinture rouge et sur les chromes, en dessous des vitres sombres – des rayons si aveuglants qu'ils font grimacer Johnny.

Dans son allée, David Carver lave toujours sa voiture. Avec enthousiasme, il faut bien le reconnaître ; sa fichue Chevrolet est noyée dans la mousse de savon jusqu'aux essuie-glaces.

Le van passe devant lui, étincelant, dans un bruit de moteur.

De l'autre côté de la rue, les frères Reed et leurs petites copines arrêtent leur partie de frisbee pour regarder le véhicule. Ils sont disposés en rectangle,

Hannibal assis au milieu ; le chien halète joyeusement et guette la prochaine occasion de s'emparer du disque.

Les événements vont s'enchaîner très vite et personne, sur Poplar Street, ne comprend encore ce qui arrive.

Au loin, le tonnerre gronde.

Cary Ripton remarque à peine le van dans son rétroviseur, et pas davantage le petit camion Ryder jaune vif qui, après s'être engagé dans Poplar Street depuis Hyacinth Street, s'est avancé sur le parking du E-Z Stop 24 où les jeunes Carver, à côté du chariot Buster, se disputent encore pour savoir si Ellie devra tirer son petit frère jusqu'en haut de la côte ou si Sal'Gosse consentira à marcher. Ralph a accepté de marcher *et* de passer sous silence l'achat de la revue avec la photo d'Ethan Hawke, mais à condition que sa sœur Margaretasse la Bêtasse lui donne la barre entière du Mars qu'ils viennent d'acheter, et non la moitié.

Les deux enfants arrêtent de se chamailler lorsqu'ils remarquent la vapeur blanche qui sort en sifflant de la calandre du Ryder, comme un souffle de dragon, mais Cary ne prête aucune attention au véhicule, son souci numéro un est de livrer le journal à l'ex-flic cinglé et déguerpir de là indemne. Le nom de l'ex-flic est Collie Entragian et il est le seul de la rue à avoir placé un panneau DÉFENSE D'ENTRER sur sa pelouse. Petit et discret, certes, mais bien là.

S'il a tué deux ados, comment se fait-il qu'il ne soit pas en prison ? se demande Cary, et pas pour la première fois. Il décide qu'il s'en fiche. Que l'ex-flic soit en liberté n'est pas son problème, en cet après-midi étouffant ; son problème est de *survivre*. La curiosité, cependant – comme l'espoir ! –, semble inépuisable chez l'être humain.

Avec toutes ces pensées qui se bousculent dans sa tête, pas étonnant que Cary Ripton ne remarque ni le Ryder qui crache de la vapeur par sa calandre, ni les deux mômes qui ont momentanément interrompu leurs tractations magazine-Mars-Buster, ni le van rutilant qui descend de la colline. Il est obsédé par l'idée de ne pas être la prochaine victime du dingue, ce qui n'est pas sans ironie, vu que le destin s'approche effectivement de lui, mais dans son dos.

L'une des portes latérales du van commence à s'ouvrir.

Un canon de fusil de chasse en sort. Il est d'une couleur bizarre, entre le gris et l'argent. Les deux gueules jumelles ressemblent au symbole de l'infini peint en noir.

Quelque part au loin, dans le ciel aveuglant, gronde le tonnerre.

Tiré du Colombus Dispatch, *31 juillet 1994 :*

MASSACRE D'UNE FAMILLE
DE TOLEDO À SAN JOSE

QUATRE MORTS, UN ENFANT DE SIX ANS
INDEMNE

SAN JOSE, Californie, 30 juillet. Des vacances familiales en Californie du Nord se sont terminées tragiquement hier : quatre des cinq membres d'une famille de Toledo ont été abattus, lors d'une fusillade en règle, peut-être victimes d'une erreur dans une guerre des gangs, soupçonne la police. Ont été tués William et son épouse June Garin, âgés respectivement de 42 et 40 ans, et deux de leurs trois enfants, John, 12 ans, et Mary Lou, 10 ans. Les Garin résidaient chez Joseph et Roxanne Calabrese, des amis de toujours. Les Calabrese se trouvaient dans l'arrière-cour au moment de la fusillade et n'ont pas été blessés, pas plus que Seth Garin, 6 ans, qui jouait dans le bac à sable, à l'arrière de la maison. D'après Joseph Calabrese, les Garin et leurs deux aînés disputaient une partie de croquet sur la pelouse côté rue lorsqu'ils ont été abattus.

« J'ai du mal à croire que de telles choses puissent arriver dans la société où nous vivons, a déclaré Calabrese, encore sous le choc. C'est un quartier tranquille et jamais rien de tel ne s'y était produit auparavant. »

Des témoins disent avoir vu un van rouge dans le secteur, peu avant la fusillade. L'un d'eux affirme qu'il aurait été équipé d'un matériel de contrôle dernier cri. « Il y avait quelque chose qui ressemblait à une parabole de radar sur le toit. Le véhicule devrait être facile à repérer, si ces salopards ne l'ont pas abandonné. »

La police n'a toujours pas retrouvé ce mystérieux van, cependant, et n'a procédé à aucune arrestation. Interrogé sur les armes utilisées, le lieutenant Robert Alvarez a seulement dit que les experts en étaient encore au stade des hypothèses et qu'ils poursuivaient leurs analyses.

Chapitre 2

1

C'est à cause de deux mômes qui se disputaient devant le E-Z Stop que Steve Ames fut témoin de la fusillade. La fillette paraissait particulièrement irritée par le petit garçon et un instant, il crut bien qu'elle allait lui envoyer une bourrade… laquelle l'aurait fait basculer contre le chariot rouge et s'étaler devant son camion. Écraser un petit morveux en chemisette Bart Simpson au fin fond de l'Ohio, ç'aurait vraiment été le pompon, après une journée aussi merdique.

S'arrêtant à bonne distance – on n'est jamais trop prudent –, il remarqua que leur attention venait d'être attirée par la vapeur qui jaillissait de son radiateur au point qu'ils en oubliaient leur querelle. Un peu plus haut dans la rue s'approchait un van rouge – du rouge le plus éclatant que Steve ait jamais vu de toute sa vie. Ce n'est cependant pas la couleur qui retint son regard, mais le bidule chromé et brillant, sur le toit. On aurait dit une parabole de radar futuriste ; elle oscillait, décrivant des petits arcs de cercle, comme le font d'ailleurs les radars.

Il y avait un ado à bicyclette de l'autre côté de la

rue. Le van s'en approcha comme si le conducteur (ou quelqu'un, à l'intérieur) voulait lui parler. L'ado n'avait pas conscience de la présence du véhicule ; il venait juste de prendre un journal roulé dans sa sacoche et levait le bras pour le lancer.

Steve coupa machinalement le moteur du Ryder. Il n'entendait plus le sifflement régulier montant du radiateur, ne voyait plus les gosses à côté de leur chariot rouge, ne pensait plus à ce qu'il allait raconter lorsqu'il aurait composé le numéro vert que les gens de Ryder mettaient à votre disposition en cas de panne. Il avait toujours eu des flashes prémonitoires, des sortes d'éclairs d'intuition ; en cet instant, ce n'était pas un éclair cependant, mais plutôt une sorte de crampe : la certitude que quelque chose allait arriver, et pas du genre à vous faire pousser des cris de joie.

Il ne voyait pourtant pas le double canon qui dépassait de la portière latérale, étant placé du mauvais côté pour cela ; mais quand il entendit le *ka-bam !* de la détonation, il sut tout de suite de quoi il s'agissait. Élevé au Texas, il n'avait jamais confondu un coup de feu avec le tonnerre.

L'ado se trouva arraché à la selle de son vélo, épaules tordues, jambes ployées, casquette en l'air. L'arrière de son T-shirt était en lambeaux, et Steve en vit davantage qu'il ne l'aurait souhaité : la rougeur du sang, les chairs noires et déchiquetées. Le journal qu'il tenait brandi à hauteur de l'oreille dégringola dans le caniveau à sec au moment où lui-même retombait sur la pelouse, devant la maison d'angle, roulant sans grâce comme une poupée de chiffon.

Le van s'arrêta au milieu de la rue juste avant le carrefour avec Hyacinth Street, moteur au ralenti.

Steve Ames resta figé derrière son volant, bouche bée, et vit une petite vitre s'abaisser sur le côté droit, à l'arrière du véhicule ; on aurait dit une vitre électrique de Cadillac ou de Lincoln.

Je ne savais pas que ça existait…, pensa-t-il. Et au fait, c'est quoi, ce modèle de van ?

Il se rendit compte que quelqu'un venait de sortir du magasin, une fille en blouse bleue comme en portent les caissières ; elle avait mis sa main en visière pour s'abriter du soleil. Steve se rendit compte aussi qu'il ne voyait plus le corps du livreur de journaux, caché par le van ; il se rendit compte enfin que le double canon d'un fusil de chasse dépassait de la vitre qui venait de s'abaisser.

Mais surtout, il se rendit compte que les deux enfants se tenaient bien en vue, à côté de leur chariot rouge, regardant dans la direction d'où étaient partis les premiers coups de feu.

2

Hannibal, lui, ne vit qu'une chose : le journal roulé, tombé des mains de Cary Ripton lorsque le coup de feu l'avait expédié loin de sa bicyclette – très loin même, *ad patres*. Le berger allemand chargea en aboyant joyeusement.

« Non, Hannibal ! » cria Jim Reed. Il n'avait aucune idée de ce qui se passait (il n'avait pas été élevé au

Texas, *lui*, et avait pris la double détonation pour un coup de tonnerre, non pas que la confusion fût possible, mais il était incapable d'identifier ce bruit, surtout dans le contexte d'un après-midi d'été sur Poplar Street), mais ça ne lui plaisait pas. Sans réfléchir, il propulsa le frisbee en direction du magasin, espérant que le chien l'apercevrait et changerait d'objectif. Le subterfuge ne fonctionna pas. Hannibal ignora le frisbee et continua de foncer vers le journal, qu'il distinguait à peine sur le sol, devant le van à l'arrêt.

3

Cynthia Smith était née à Bakersfield, en Californie, mais son pasteur de père, qui tirait au pigeon d'argile tous les samedis quand elle était petite, l'avait souvent emmenée avec lui, si bien qu'elle aussi reconnaissait sans peine la détonation d'un fusil de chasse. Elle reposa le livre de poche qu'elle lisait, fit le tour du comptoir et se précipita à l'extérieur du magasin. L'éclat de la lumière l'aveugla et elle leva une main pour s'en protéger.

Elle vit le van à l'arrêt au milieu de la rue, vit le fusil de chasse sortir par l'arrière, vit l'arme se pointer sur les gosses Carver ; ils paraissaient intrigués, mais pas encore effrayés.

Mon Dieu, pensa-t-elle, mon Dieu, il va tuer les mômes !

Un instant elle resta pétrifiée sur place ; son cerveau

disait bien à ses jambes d'avancer, mais rien ne se produisait.

Cours ! se cria-t-elle à elle-même, ce qui rompit sa paralysie. Elle fonça sur des jambes qui lui paraissaient raides comme des échasses, faillit manquer l'une des trois marches de béton, et tendit la main vers les gosses. La double gueule du fusil lui parut énorme, béante, et elle comprit qu'il était trop tard. Son moment de paralysie avait été fatal. Elle n'obtiendrait qu'un seul résultat : lorsque le tueur appuierait sur la détente, il tuerait une routarde de vingt piges en plus de deux petits enfants innocents.

4

David Carver laissa tomber son éponge dans le seau d'eau savonneuse, à côté de la Caprice, et se rendit au bout de son allée voir ce qui se passait. Johnny Marinville faisait la même chose au 250, la guitare toujours à la main. De l'autre côté de la rue, Brad Josephson traversait sa pelouse, tandis que le tuyau d'arrosage aspergeait l'herbe derrière lui. Il tenait encore son exemplaire du *Shopper*.

« C'est un moteur qui a des ratés ? » demanda Johnny, sans trop y croire. Dans sa vie d'avant *Kitty-Cat le Détective*, à l'époque où il se considérait encore comme un « écrivain sérieux » (et du diable s'il savait ce que c'était), Johnny avait fait des recherches sur le terrain au Viêt-nam et il avait l'impression que le bruit qu'il venait d'entendre était le genre de pétarades qui

avaient retenti pendant l'offensive du Têt, le genre de pétarades qui tuent les gens.

David secoua la tête, puis leva la main pour dire qu'il ne savait pas vraiment. Derrière lui, la porte-moustiquaire de la maison – style ranch, vert et crème – claqua bruyamment et il y eut un bruit de pieds nus courant sur l'allée. C'était Pie, en jean, la blouse boutonnée de travers. Collés à son crâne, ses cheveux lui faisaient un casque mouillé ; il se dégageait encore d'elle une odeur de savon et de propre.

« Tu crois, une pétarade ? Bon Dieu, Dave, on aurait plutôt dit un…

– Un coup de feu, intervint Dave. J'en suis à peu près sûr. »

Kirsten Carver (Kirstie pour les intimes et Pie pour son mari, lui seul savait pourquoi) regarda vers le bas de la côte. Une expression d'horreur se peignit sur ses traits, élargissant non seulement ses yeux, mais tout son visage. David suivit son regard. Vit le van à l'arrêt, vit le canon du fusil de chasse qui dépassait de la vitre arrière droite.

« Ellie ! Ralph ! » hurla Pie – un cri perçant qui vrillait les tympans ; derrière chez lui, Gary Soderson s'immobilisa, l'oreille tendue, le martini à mi-chemin de ses lèvres. « Oh, mon Dieu, Ellie et Ralph ! »

Elle courut dans la rue en direction du van.

« Kirsten, non, n'y allez pas ! » lui cria Brad Josephson. Il se lança à sa poursuite, déboucha dans la rue en même temps qu'elle et obliqua pour la rejoindre au milieu, peut-être même pour la dépasser avant d'arriver à la hauteur de la maison Jackson. Il se déplaçait avec une aisance étonnante, vu son tour de taille, mais

il comprit au bout d'une douzaine d'enjambées qu'il n'arriverait pas à la rattraper.

David Carver se lança aussi aux trousses de sa femme, la bedaine oscillant de haut en bas au-dessus de son maillot de bain ridiculement petit, ses tongs claquant sur le trottoir comme des amorces. Son ombre lui courait après, allongée et bien plus mince que l'employé des postes David Carver ne l'avait jamais été de toute sa vie.

5

Je suis morte, pensa Cynthia. Elle mit un genou à terre et entoura les enfants de ses bras avec l'intention de les attirer à elle. Comme si cela allait changer quelque chose. Je suis morte, morte, archimorte. Et cependant, elle n'arrivait pas à détacher les yeux du double trou noir des canons, des trous si noirs, si semblables à des yeux impitoyables.

La porte du camion jaune côté passager s'ouvrit et elle vit un type efflanqué, en jean, chemise genre rocker, un type au visage buriné, avec des cheveux grisonnants lui retombant sur les épaules.

« Ramenez-vous par ici ! lui cria-t-il. Tout de suite ! »

Elle poussa les enfants vers le camion, sachant qu'il était trop tard. C'est alors, pendant qu'elle tâchait de se préparer à l'impact de la balle ou des plombs (comme si on *pouvait* se préparer à ce genre de chose), que le double canon pivota, se détournant d'eux, s'aligna le long du van et fit feu ; la détonation roula dans la chaleur du jour comme une boule de bowling dans un caniveau de pierre. Cynthia vit les flammes jaillir de l'arme. Le chien des Reed, qui entamait son approche finale vers le journal, se trouva violemment propulsé vers la droite, dépouillé de toute sa grâce, comme l'avait été Cary Ripton.

« Hannibal ! » hurlèrent les jumeaux Reed à l'unisson. Comme dans un film.

Cynthia poussa si brutalement les enfants Carver vers la porte ouverte du camion que Sal'Gosse tomba. Il se mit aussitôt à hurler. La fillette – Ellie, surtout pas Margaret, se rappelait Cynthia – se retourna avec une expression d'affolement déchirante. L'homme aux cheveux longs la saisit alors par le bras et, la soulevant, l'expédia dans la cabine. « Par terre, allonge-toi par terre, petite ! » lui cria-t-il avant de se pencher pour attraper le gosse hurlant. L'avertisseur du Ryder émit un son bref ; le chauffeur se retenait par un pied au volant pour ne pas dégringoler la tête la première. Cynthia bondit le long du van rouge, saisit Sal'Gosse par l'arrière de son short et le lança dans les bras du rocker. Elle entendait les pas précipités d'un homme et d'une femme qui hurlaient le nom des mômes. Papa-maman, supposa-t-elle, bien partis pour se faire descendre dans la rue comme le chien et le livreur de journaux, s'ils ne faisaient pas attention.

« Ramenez-vous ! » lui cria le conducteur ; Cynthia ne se fit pas prier et se jeta dans la cabine déjà encombrée du Ryder.

6

Gary Soderson arriva d'un pas décidé, sinon parfaitement assuré, à l'angle de sa maison, le martini à la main. Il y avait eu une deuxième et violente détonation et il se demandait si ce n'était pas la bouteille de gaz du barbecue des Geller qui avait explosé. Il vit Marinville, qui s'était enrichi pendant les années quatre-vingt en écrivant des livres pour enfants avec comme héros l'improbable Kitty-Cat, debout au milieu de la rue, s'abritant les yeux de la main pour mieux voir.

« Qu'est-ce qui se passe, voisin ? lui demanda Gary en se rapprochant.

– J'ai l'impression que quelqu'un, depuis le van, là en bas, vient juste de tuer Cary Ripton et le chien des Reed, lui répondit Johnny Marinville d'un ton étrangement neutre.

– Qui songerait à faire un truc pareil ? » Gary vit un couple – les Carver, lui sembla-t-il – qui courait dans la rue vers le magasin, talonné de près par un Afro-Américain, trottant d'un pas pesant, qui ne pouvait être que Brad Josephson.

« Pas la moindre idée, bon Dieu, mais c'est un sale merdier. J'appelle les flics. En attendant, je vous conseille de ficher le camp de la rue. Tout de suite. »

Marinville se précipita vers l'allée de sa maison. Gary resta sur place, le verre à la main, à contempler le van à l'arrêt à hauteur de la maison Entragian, brusquement pris du regret – regret particulièrement étrange de sa part – d'être aussi ivre.

7

La porte du 240 Poplar Street s'ouvrit d'une poussée violente et Collie Entragian en surgit, chargeant à fond de train exactement comme l'avait toujours redouté Cary : un pistolet à la main. À ce détail près, il avait l'air tout à fait normal ; ni bouche écumante, ni œil exorbité et injecté de sang. Il était grand, un mètre quatre-vingt-dix au moins, et s'il arborait un début de bedaine, il n'en avait pas moins la carrure et les muscles d'un déménageur. En pantalon kaki et sans chemise, il avait de la crème à raser sur la moitié du visage et une serviette de toilette jetée sur l'épaule. Son arme, un calibre 38, pouvait fort bien être le pistolet de service que s'était si souvent imaginé Cary en livrant le *Shopper*.

Collie regarda l'adolescent mort qui gisait à plat ventre au milieu de la pelouse (le tourniquet d'arrosage imbibait déjà d'eau ses vêtements et les journaux éparpillés autour de lui) puis le van. Il leva son arme, la main gauche refermée sur le poignet droit. Le véhicule redémarra à cet instant précis. Il faillit cependant tirer, mais se retint ; il devait être prudent. Certaines personnes, à Colombus, des personnes influentes, seraient trop heureuses d'apprendre que Collie Entragian avait fait feu dans une rue de la banlieue de Wentworth… avec une arme que, selon la loi, il aurait dû restituer.

Ce n'est pas une excuse et tu le sais bien, se dit-il en pivotant pour suivre le van. Tire ! Tire, nom d'un chien !

Il n'en fit rien ; le van tourna à gauche, dans Hyacinth Street, et Entragian remarqua l'absence de plaque d'immatriculation à l'arrière… et ce truc argenté sur le toit ? De quoi pouvait-il bien s'agir ?

De l'autre côté de la rue, les Carver arrivaient au triple galop dans le parking du E-Z Stop, Josephson sur les talons. Le Noir regarda le van disparaître derrière les arbres de Hyacinth Street, puis se plia en deux, mains sur les genoux, pour reprendre son souffle.

Collie se dirigea vers Josephson tout en glissant l'arme sous la ceinture de son pantalon, dans le dos, et lui posa une main sur l'épaule. « Ça va, mon vieux ? »

Brad releva la tête et lui adressa un sourire douloureux. Il était en nage. « Pas trop, dit-il, haletant. J'ai pas couru… comme ça… depuis que… j'ai arrêté… le soft-ball… il y a six ans… »

Collie se dirigea ensuite vers le petit camion de location, remarquant au passage le chariot rouge dans lequel attendaient deux bouteilles de soda encore fermées. Un pied avait écrasé le Mars tombé à terre, à côté des roues arrière.

Des cris d'horreur s'élevèrent alors dans son dos ; il fit demi-tour et vit les jumeaux Reed, blêmes sous leur bronzage, qui regardaient, au-delà de leur chien, le garçon gisant sur sa pelouse. Le blond – Jim, lui semblait-il – se mit à pleurer. L'autre recula d'un pas, grimaça, puis se courba en deux et vomit sur ses propres pieds.

Sanglotant bruyamment, Mme Carver sortit son fils du camion. Le garçon, qui hurlait lui-même à pleins poumons, jeta les bras autour du cou de sa mère et se cramponna à elle comme une ventouse.

« Calme-toi, dit-elle. Calme-toi, mon chéri. C'est fini. Le méchant monsieur est parti. »

David Carver prit sa fille des bras de l'homme

allongé de travers sur la banquette et la serra dans ses bras.

« Tu me mets du savon dessus, papa ! » protesta la fillette.

Carver l'embrassa sur le front. « Ça fait rien. Tu vas bien, Ellie ?

– Oui. Qu'est-ce qui s'est passé ? Je ne sais pas… »

Elle voulut regarder vers la rue, mais son père lui mit une main devant les yeux. Collie estima qu'il avait raison.

« Il va bien, madame Carver ? » demanda l'ex-flic, qui s'était approché de la femme au chemisier mal boutonné.

Elle le regarda, parut ne pas le reconnaître, puis reporta son attention sur le gosse qui hurlait toujours à pleins poumons, le caressant d'une main, l'air de le dévorer des yeux. « Oui, je crois. Tu vas bien, Ralphie, dis ? Tu vas bien ? »

Le garçonnet prit une profonde inspiration chevrotante et répondit, d'une voix de stentor : « Margrit avait dit qu'elle me tirerait jusqu'en haut de la côte ! Elle l'avait dit ! »

Collie estima qu'en effet, il allait bien. Il se tourna vers les lieux du crime, remarqua le chien, gisant dans une mare de sang de plus en plus grande, et le jumeau blond qui s'approchait, d'un pas hésitant, du corps du malheureux livreur de journaux.

« Éloignez-vous ! » lui lança Collie d'un ton autoritaire.

Jim Reed se tourna vers lui. « Et s'il est encore en vie ?

– Quoi, s'il est encore en vie ? Vous avez de la

poudre de perlimpinpin pour le ranimer ? Non ? Alors n'approchez pas ! »

L'adolescent revint vers son frère et grimaça. « Oh, bon Dieu, Davey, t'as vu tes pieds ? » dit-il – puis il se détourna et vomit à son tour.

Collie Entragian eut l'impression d'être brutalement replongé dans l'ambiance du boulot qu'il avait définitivement quitté en octobre dernier, lorsqu'on l'avait viré des services de police de Colombus pour usage de drogue, à la suite d'un test positif – héroïne et cocaïne. Intéressant, dans la mesure où il n'avait jamais pris ni de l'une ni de l'autre de toute sa vie.

Première priorité : protéger les citoyens. Deuxième priorité : secourir les blessés. Troisième priorité : isoler les lieux du crime. Quatrième priorité...

Oui, eh bien il s'occuperait de la quatrième lorsqu'il aurait réglé les trois premières.

La nouvelle employée du magasin, une maigrichonne qui lui filait mal aux yeux avec ses cheveux bicolores, se glissa hors du camion et remit sa blouse toute de travers en place. Le conducteur la suivit. « Vous êtes flic ? demanda-t-il à Collie.

– Oui. » Plus simple que d'essayer d'expliquer. Les Carver savaient évidemment ce qu'il en était, mais ils ne prêtaient attention qu'à leurs enfants et Brad Josephson, derrière lui, était encore occupé à reprendre son souffle. « Tout le monde dans le magasin. Tout le monde. Brad ? Les garçons ? » Il éleva un peu la voix sur ce dernier mot, pour que les jumeaux comprennent bien qu'il s'agissait d'eux.

« Non, je ferais mieux de retourner chez moi », dit Brad. Il se redressa, jeta un coup d'œil au corps de

Cary, puis regarda Collie. Il avait l'expression de quelqu'un qui s'excusait mais n'en était pas moins déterminé. Au moins avait-il repris son souffle ; pendant quelques instants, Collie avait passé en revue ce qui lui restait de ses cours de secourisme – ils dataient de 87. « Belinda est toute seule là-haut, et…

– Évidemment, mais il vaudrait tout de même mieux entrer dans le magasin, monsieur Josephson, au moins pour le moment. Au cas où le van reviendrait.

– Et pourquoi reviendrait-il ? » demanda David Carver. Il tenait toujours sa fille dans ses bras et regardait Collie par-dessus la tête de l'enfant.

Collie haussa les épaules. « Comment le saurais-je ? Je ne sais même pas ce qu'il est venu fabriquer ici. Mieux vaut jouer la sécurité. Entrez là-dedans, tout le monde.

– Vous représentez la loi ? » demanda Brad. Sans avoir tout à fait un ton de défi, il avait parlé comme quelqu'un sachant justement que Collie n'avait aucune autorité. L'ex-flic croisa les bras sur sa poitrine nue. La dépression dans laquelle il était resté plongé depuis qu'il s'était fait virer de la police avait commencé à s'atténuer depuis quelques semaines ; il la sentait qui menaçait de nouveau. Au bout d'un instant il secoua la tête. Non, il ne représentait rien du tout. Plus maintenant.

« Dans ce cas, je vais rejoindre ma femme. Sans vouloir vous offenser, monsieur. »

Collie ne put s'empêcher d'esquisser un sourire, tant l'homme avait parlé avec une dignité étudiée. *Je ne te cherche pas, tu ne me cherches pas*, disait-elle. « Y a pas d'offense. »

Les deux jumeaux échangèrent un regard interrogateur, puis se tournèrent vers Collie.

Celui-ci soupira. « Très bien. Mais repartez avec M. Josephson. Et quand vous arriverez chez vous, bouclez-vous à l'intérieur avec vos amies. D'accord ? »

Le blond acquiesça.

« Jim… c'est bien Jim, votre prénom ? »

Le garçon acquiesça à nouveau, essuyant ses yeux rougis, l'air embarrassé.

« Votre mère est-elle à la maison ? Ou votre père ?

– Maman est ici. Papa est encore au travail.

– D'accord, les garçons. Allez-y. Dépêchez-vous. Vous aussi, Brad.

– Je vais faire mon possible, répondit le Noir, mais je crois que j'ai épuisé mes capacités de sprinter pour la journée. »

Tous trois repartirent vers le haut de la rue, empruntant le trottoir ouest, celui des numéros impairs.

« Je préférerais ramener les enfants à la maison, moi aussi, monsieur Entragian », dit alors Kirsten Carver.

L'ex-flic poussa un soupir, hocha la tête. *D'accord, d'accord, qu'est-ce que j'en ai à foutre ? Emmenez-les où vous voulez.* Il avait envie d'une cigarette, mais le paquet était resté chez lui. Il avait réussi à tenir presque dix ans sans fumer – jusqu'au jour où les salopards de l'administration lui avaient montré la porte, puis botté les fesses pour qu'il la franchisse plus vite. Il avait repris l'habitude du tabac à une vitesse inquiétante.

À présent, il avait envie de fumer parce qu'il était nerveux. Non pas à cran à cause du gosse qui gisait mort sur sa pelouse, ce qui aurait été compréhensible, mais *nerveux*. Nerveux comme un cabri, aurait dit sa mère. Et pourquoi ?

Parce qu'il y avait trop de gens dans la rue, songea-t-il, voilà pourquoi.

Ah, vraiment ? Et que veux-tu dire exactement par là ?

Sais pas.

Hé, qu'est-ce qui t'arrive, vieux ? Trop longtemps au chômage ? T'as pété quelques plombs ? C'est ça qui te turlupine, mon gros ?

Non, pas ça. Plutôt le bidule argenté sur le toit du van. Voilà ce qui me turlupine, mon gros.

Ah bon ?

Ouais, bon, peut-être pas… mais c'était un point de départ comme un autre. Ou un prétexte. En fin de compte, une intuition était une intuition : soit on y croyait et on en tenait compte, soit non. Il s'y était toujours fié, et apparemment un détail comme le fait de risquer de se faire virer n'avait rien changé à l'emprise que ses intuitions avaient sur lui.

David Carver reposa la fillette au sol et prit Sal'Gosse, toujours vociférant, des bras de son épouse. « Je vais te tirer dans le chariot, dit-il au garçonnet. Jusqu'en haut de la pente. Qu'est-ce que tu dis de ça ?

– Margaretasse la Bêtasse est amoureuse d'Ethan Hawke, lui confia le gamin.

– Vraiment ? C'est bien possible, mais tu ne devrais pas l'appeler comme ça », répondit David, s'exprimant du ton absent d'un père capable de tout pardonner à son enfant – à l'un de ses enfants, du moins. Quant à sa femme, elle contemplait le gosse avec dans les yeux l'admiration qu'on pourrait avoir pour un saint ou un jeune prophète. Seul Collie Entragian nota l'expression mortifiée de la fillette, pendant qu'on installait son chéri de frangin dans le chariot. Collie avait d'autres soucis en tête (le moindre n'étant pas de se débarrasser du pistolet qu'il sentait dans le creux de ses reins avant que les flics qui allaient débarquer ne l'aient remarqué) mais ce regard d'enfant triste était trop éloquent pour passer inaperçu.

Il se tourna alors vers la fille aux cheveux bicolores et le hippie sur le retour. « Vous au moins, vous pourriez peut-être rentrer dans le magasin jusqu'à ce que la police rapplique ?

– Hé, répondit la fille, sur ses gardes, pas de problème. Z'êtes flic, non ? »

Les Carver s'éloignaient, Ralph assis en tailleur dans Buster mais il se pouvait qu'ils soient encore à portée d'oreille… et en outre, qu'allait-il faire ? Mentir ? On commence comme ça et on finit par se retrouver dans une camisole de force, se dit-il, quand on est un ex-flic avec une collection d'écussons dans son sous-sol, comme Elvis, plus quelques-uns agrafés à son portefeuille pour faire bonne mesure. Présente-toi comme détective privé, même si tu n'as jamais pu te décider à faire les démarches pour obtenir la licence. Dans dix ou quinze ans, tu parleras encore le flicard dans le texte et tu rouleras les mécaniques pareil, comme une femme qui a la trentaine bien sonnée mais se promène en minijupe et sans soutien-gorge pour convaincre les gens (alors que la plupart n'en ont rien à cirer) qu'elle n'a pas changé d'un poil depuis l'époque où elle était majorette.

« Ouais, autrefois », répondit-il. La fille acquiesça. Le type aux cheveux longs l'étudiait avec curiosité, non sans un certain respect, toutefois. « Vous avez été très bien avec les mômes », ajouta Collie, regardant la nouvelle employée, mais s'adressant à tous les deux.

Cynthia réfléchit, puis secoua la tête. « Non, c'est Hannibal », répondit-elle, prenant la direction du magasin. Collie et le hippie vieillissant lui emboîtèrent le pas. « Le type dans le van, celui qui avait le fusil de chasse… il voulait tirer sur les gosses. » Elle se tourna vers Cheveux-Longs. « Vous n'avez pas vu ? Vous n'êtes pas d'accord ? »

L'homme répondit d'un signe de tête affirmatif. « On n'aurait rien pu faire pour l'en empêcher », confirma-t-il, avec un accent trop marqué pour être du Sud profond. Un Texan, pensa Collie. Ou un Okkie. « Mais il a été distrait par le chien – c'est bien ça, non ? – et il a tiré dessus à la place.

– Oui, c'est bien ça, dit Cynthia. Si Hannibal n'avait pas distrait le type… je crois qu'on serait morts comme lui, à présent. » Elle eut un mouvement de menton en direction de Cary Ripton, dont le sang continuait d'imbiber la pelouse de Collie. Puis elle les précéda dans le E-Z Stop.

Tiré de Movies on TV, *sous* la *direction de Steven Scheuer, Bantam Books :*

THE REGULATORS (1958). John Payne, Ty Hardin, Karen Steele, Rory Calhoun. Mélo western moderne de série B, mettant en scène des vigiles emportés par la violence ; comporte des scènes et des effets spéciaux particulièrement horribles pour un film de la fin des années cinquante. Une ville minière du Colorado est terrorisée par des vigiles (dont le chef est Calhoun), que l'on prend tout d'abord pour des êtres surnaturels mais qui se révèlent être des affreux de la bande du colonel Quantrille, après la guerre de Sécession. Payne est héroïque, mais joue comme un pied ; quant à Steele, elle tire le maximum de parti de ses tenues de danseuse de cabaret ultracourtes. (Mise en scène : Billy Rancourt, American International Pictures, 81 mn, noir et blanc.)

Chapitre 3

1

À peine Collie, Cynthia et Cheveux-Longs étaient-ils dans le magasin qu'un van bleu métallisé, aux vitres polarisées, arrivait à l'angle sud-ouest du carrefour et s'arrêtait à hauteur du E-Z Stop. Aucun gadget chromé sur le toit, cette fois, mais une carrosserie tout en creux et bosses profilés qui en faisaient quelque chose de bien plus proche d'un engin de science-fiction que d'un véhicule utilitaire. En y regardant de plus près (mais il n'y avait personne sur le trottoir pour y regarder de plus près), on se serait aperçu d'un détail intéressant : les pneus étaient totalement dépourvus de sculptures, aussi lisses qu'un tableau noir qui vient de recevoir un coup d'éponge. Tout au fond de l'obscurité qui régnait derrière les vitres sombres, des lumières de couleur clignotaient à intervalles réguliers comme des voyants sur un tableau de bord.

Le tonnerre gronda, plus proche, plus bruyant. Le ciel éclatant de l'été commença à laisser la place aux nuages qui s'amoncelaient, venant de l'ouest, des nuages d'un noir violacé, menaçants. Ils arrivèrent bientôt à hauteur du soleil et le cachèrent. La température tomba brusquement.

Le moteur du van bleu tournait au ralenti. En haut de la rue, au sommet de la colline, un véhicule du même genre, mais du jaune éclatant d'une banane publicitaire, vint se garer au coin nord-est de Bear Street et Poplar Street, laissant lui aussi tourner le moteur.

Les premiers coups de tonnerre vraiment violents se produisirent alors, puis il y eut un éclair aveuglant. Il se refléta quelques instants dans l'œil vitreux d'Hannibal, le faisant luire comme une lampe magique.

2

Gary Soderson se tenait encore au milieu de la rue lorsque sa femme le rejoignit. « Bon Dieu, qu'est-ce que tu fabriques ? lui demanda-t-elle. Ma parole, on dirait que tu es en transe.

– Tu n'as pas entendu ?

– Entendu quoi ? rétorqua-t-elle d'un ton irrité. J'étais sous la douche, que voulais-tu que j'entende ? »

Marié depuis neuf ans avec Marielle, Gary savait qu'elle était d'un caractère irritable. « Les petits Reed qui jouaient avec leur frisbee, je les ai entendus, reprit-elle. Leur maudit chien aboie assez. Le tonnerre, aussi. Qu'est-ce que j'aurais dû entendre d'autre ? Les chœurs de l'Armée rouge ? »

Il lui montra le bas de la rue – le chien tout d'abord (elle n'aurait plus à se plaindre de ses aboiements, au moins), puis la forme désarticulée gisant sur la pelouse du 240. « Je suis pas sûr à cent pour cent, mais j'ai l'impression qu'on vient d'abattre le gosse qui livre le *Shopper*. »

Elle suivit la direction de son doigt, scrutant la rue, les yeux plissés, une main la protégeant du soleil qui avait pourtant disparu à présent (Gary avait la sensation que la température était déjà tombée d'au moins trois degrés). Brad Josephson remontait laborieusement la rue vers eux. Peter Jackson se tenait devant sa maison et regardait avec curiosité vers le bas de la rue. Tout comme Tom Billingsley, le vieux véto que la plupart des gens appelaient « Toubib ». Les Carver traversaient la rue en direction de leur maison, la mère tenant la fille par la main. Carver (l'air d'un homard trop cuit dans son costume de bain, ou plutôt d'un homard trop cuit ensavonné) tirait son fils dans un petit chariot rouge. Le gamin, installé comme un pacha et jetant des regards dédaigneux et impérieux autour de lui, devait bien atteindre les 9,5 sur l'échelle des épouvantails, selon Gary.

« Hé, Dave, lança Peter Jackson. Qu'est-ce qui se passe ? »

Avant que Carver ait eu le temps de répondre, Marielle avait frappé son mari du tranchant de la main, suffisamment fort pour que ce qui restait de son martini se renverse sur ses vieilles chaussures de sport. Pas plus mal, au fond. Pourquoi ne pas faire une fleur à son foie et lui donner un jour de congé ?

« Tu es sourd, Gary, ou c'est juste de la bêtise ? s'enquit la lumière de sa vie.

– Les deux vraisemblablement », rétorqua-t-il, se disant que si jamais il décidait d'arrêter vraiment de boire, il lui faudrait sans doute commencer par divorcer. Sans quoi il risquait de la flinguer. « Qu'est-ce que tu disais ?

– Je te demandais pourquoi diable quelqu'un aurait eu l'idée saugrenue de tuer le livreur de journaux.

– C'est peut-être quelqu'un qui n'a pas eu ses coupons de réduction, la semaine dernière », répondit Gary.

Le tonnerre gronda, toujours à l'ouest, mais plus près cette fois. Il semblait foncer comme un harpon entre les nuages qui s'amoncelaient.

3

Johnny Marinville, ancien gagnant du Prix national du livre pour un roman porno intitulé *Ravissement* et qui écrivait à présent des livres pour enfants mettant en scène un chat détective privé du nom de Kitty-Cat, était planté devant le téléphone, dans sa salle de séjour, et se sentait gagné par la peur. Il y avait quelque chose qui clochait. Il aurait bien voulu ne pas sombrer dans la parano, mais il y avait vraiment quelque chose qui clochait.

« Peut-être », murmura-t-il.

Ouais, bon, d'accord, peut-être. Mais le téléphone…

Il était entré, avait posé sa guitare dans un coin et composé le 911. Après un temps d'attente d'une longueur inhabituelle il avait été sur le point de raccrocher pour refaire le numéro de la police, lorsqu'une voix d'enfant s'était élevée sur la ligne. Une voix vide et cadencée qui l'avait pris au dépourvu, puis fort effrayé : il n'avait même pas essayé de se raconter que sa peur avait été une simple réaction de surprise.

« Petit morpion-mordeur Smitty, avait chantonné la voix, j't'ai vu mordre les nénés de ta maman. Pleurniche pas et boude pas, et ce néné, ne recrache pas ! »

Suivi d'un *clic !* puis de la tonalité. Fronçant les sourcils, Johnny avait recomposé le numéro. De nouveau, un long silence, puis un bruit qu'il reconnut : une respiration. Celle qu'aurait un enfant ayant pris froid, par exemple. Ce qui n'avait pas d'importance, de toute façon. L'important, c'est que les lignes de téléphone s'étaient emmêlées dans le quartier, et qu'au lieu d'obtenir les flics…

« Qui est à l'appareil ? » avait-il demandé d'un ton tendu.

Pas de réponse. Juste la respiration. Mais… ce bruit ne lui était-il pas *familier* ? Voilà qui était passablement ridicule, non ? Comment un bruit de respiration au téléphone pouvait-il lui être familier ? Impossible, bien sûr, et néanmoins…

« Qui que vous soyez, tirez-vous de la ligne, dit Johnny. Je dois appeler la police. »

La respiration s'interrompit. Johnny était sur le point de couper la communication, lorsque la voix reprit. Moqueuse, cette fois. Pas de doute là-dessus. « Petit morpion-mordeur Smitty, qu'a mis son zob dans la fente à sa maman. Pleurniche pas et boude pas, que tu le sortes elle voudra pas. » Puis la voix ajouta, d'un ton neutre qui avait quelque chose d'effrayant : « Et ne me rappelle pas, vieux fou. *Tak !* » Il y eut un autre *clic !* et la ligne fut coupée, mais sans la tonalité habituelle. Cette fois, il n'y avait que le silence.

Johnny tripota l'appareil d'un doigt mal assuré. Rien ne se passa. La ligne resta coupée. Le tonnerre retentit, encore un peu plus près, et il sursauta.

Il reposa le combiné sur l'appareil et alla dans la cuisine, remarquant que la lumière diminuait rapidement dans le ciel et se disant qu'il allait falloir fermer les fenêtres du premier, s'il se mettait à pleuvoir… ou plutôt, quand il se mettrait à pleuvoir, à en juger par la tournure que prenaient les événements.

Là, il y avait un téléphone mural, à côté de la table ; il n'avait qu'à se pencher en arrière sur son siège pour l'attraper et il pouvait le coincer contre son épaule si par hasard il était en train de manger. Non pas qu'il ait eu de nombreux appels ; son ex-femme, parfois, c'était tout. L'éditeur new-yorkais savait qu'il valait mieux ficher la paix à sa machine à sous.

Il décrocha, écouta, et eut droit à une tournée supplémentaire de silence. Pas de tonalité, pas de friture quand un éclair bleu illumina la fenêtre, pas de *oua-oua-oua* signalant que la ligne était hors de service. Rien. Il composa cependant le 911, et il n'eut même pas droit aux bips habituels qui accompagnent chaque chiffre. Il raccrocha et regarda autour de lui, dans la cuisine de plus en plus sombre. « Petit morpion-mordeur Smitty », murmura-t-il – sur quoi il fut pris d'un brusque frisson qui aurait eu quelque chose de théâtral s'il n'avait été seul : un grand mouvement des épaules d'avant en arrière. Un petit refrain bien laid, qu'il entendait pour la première fois.

Laisse tomber la comptine, pensa-t-il. *Mais la voix ? Tu l'as déjà entendue... non ?*

« Non, dit-il à voix haute. En tout cas, j'en suis pas sûr. »

Admettons. Mais la respiration ?

« Mais nom d'un foutre, on ne reconnaît pas comme ça la respiration de quelqu'un ! expliqua-t-il à la cuisine vide. Sauf quand le grand-père a de l'emphysème. »

Il sortit de la cuisine et se dirigea vers la porte d'entrée. Il était pris tout d'un coup d'une forte envie de voir ce qui se passait dans la rue.

4

« Qu'est-ce qui se passe, là en bas ? » demanda Peter à David lorsque la famille Carver eut rejoint le trottoir est. Il s'inclina et ajouta à voix basse, pour que les enfants ne l'entendent pas : « Ce... ce n'est pas un cadavre, qu'on voit ?

– Si, celui du petit Cary Ripton, répondit David sur le même ton, avec un coup d'œil à sa femme qui lui confirma le nom d'un signe de tête. Le gosse qui livrait le *Shopper*, tous les lundis après-midi. Un type dans un van. En passant.

– Quelqu'un a tué Cary ? » Impossible ! Comment croire que quelqu'un à qui il venait tout juste de parler... Mais Carver hochait la tête affirmativement. « Bordel de Dieu !

– Bordel de Dieu, c'est exactement ça, je crois, l'approuva David.

– Dépêche-toi, Papounet ! » ordonna Ralph depuis son chariot.

David se tourna vers le gamin, lui adressa un sourire et revint à Peter. Cette fois-ci, sa voix se réduisit à un murmure tout juste audible. « Les enfants étaient au magasin, pour s'acheter des sodas. Je n'en suis pas certain, mais j'ai cru comprendre que le type a failli leur tirer dessus, aussi. Le chien des Reed est passé à ce moment-là, et c'est finalement à lui que le type s'en est pris.

– Nom de Dieu ! » s'exclama Peter, horrifié. L'idée qu'on ait pu avoir songé à abattre Hannibal – ce brave clebs d'Hannibal, joueur et fringant, avec son foulard autour du cou – l'obligeait à se rendre à l'évidence. Pourquoi, il l'ignorait, mais c'était ainsi. « Bordel de nom de Dieu ! »

David acquiesça. « Sauf que s'il y avait un peu plus de Dieu et un peu moins de bordel dans le monde, on verrait peut-être pas autant de choses de ce genre.

– Je voudrais que les enfants rentrent à la maison, Dave, murmura Kirsten. Il vaut mieux pas qu'ils traînent dans la rue, d'accord ?

– Bien sûr. » David commença à repartir vers le haut de la rue puis s'arrêta et se retourna vers Peter. « Où est Mary ?

– Au boulot, répondit Peter. Elle a laissé un mot pour me dire qu'elle irait probablement faire un tour au centre commercial de Crossroads en rentrant. Elle sort de bonne heure le lundi, vers deux heures. Pourquoi ?

– Il vaudrait mieux qu'elle rentre directement, c'est tout. Le type a probablement fichu le camp depuis un moment et ne sera pas facile à trouver, mais on ne sait jamais, hein ? Quand on est capable de tirer sur un livreur de journaux… »

Peter hochait affirmativement la tête. Dans le ciel, le tonnerre roula bruyamment. Ellie se serra contre sa mère mais Ralph, dans son chariot, éclata de rire.

Kirsten tira sur le bras de David. « Allez, viens. Et ne t'arrête pas pour parler à Toubib », dit-elle avec un mouvement du menton en direction de Billingsley, qui se tenait dans le caniveau à sec, mains dans les poches, et scrutait le bas de la rue. Il plissait tellement les yeux qu'on ne voyait plus que deux éclats brillants, comme deux poissons exotiques pris dans des filets de peau au lieu de cordage.

David se remit à tirer le chariot.

« Alors, Ralphie, ça boume ? » lui demanda Peter lorsque le chariot passa devant lui. Il remarqua que le nom, BUSTER, était écrit en lettres blanches décolorées sur le flanc du véhicule. Ralph tira la langue et refit le bruit de la guêpe prisonnière d'un pot de confiture, soufflant tellement fort que ses joues gonflèrent comme celles de Dizzy Gillespie.

« Hé, c'est charmant, commenta Peter. T'es sûr d'avoir du succès auprès des filles avec ça, plus tard.

– Vilain bonhomme ! rétorqua le morveux.

– Ça suffit, ça suffit, champion », dit David avec indulgence, sans même se retourner. Ses fesses oscillaient dans son maillot de bain un rien trop petit.

« Qu'est-ce qui s'est passé ? » demanda Tom de sa grosse voix.

Peter ne tint pas compte de la réaction de David (lequel, sensible à l'inquiétude de sa femme, ne s'arrêta pas à hauteur du vétérinaire) et se tourna vers le haut de la rue pour voir si la voiture de sa femme n'arrivait pas. Mais rien ne bougeait. Il remarqua seulement un van garé juste devant la maison des Abelson, sur Bear Street. Un van du jaune le plus éclatant qu'il ait jamais vu ; un vrai hurlement de couleur. Il se dit que cela devait tenir en partie à la lumière qui déclinait, avec l'approche de l'orage ; en tout cas, on avait mal aux yeux rien qu'à le regarder. Des jeunes, sans doute, pensa-t-il, pour vouloir une couleur pareille. D'ailleurs, le van ne ressemblait pas à un véhicule courant ; on aurait plutôt dit qu'il sortait de *Star Trek* ou bien…

Soudain, il fut frappé par une idée. Une idée pas très bonne.

« Dave ? »

Carver se retourna, son ventre orné d'un coup de soleil et constellé d'écailles de savon séché lui retombant par-dessus le maillot de bain.

« C'était quoi, le véhicule du type qui a tué Cary ? Tu le sais ?

– Un van rouge.

– Ouais, intervint Ralph de façon inopinée. Comme un Tracker Arrow. »

Mais c'est à peine si Peter entendit. Le mot *van* lui résonnait encore dans la tête et il sentait son estomac se nouer comme s'il l'avait eu attaché à un cabestan. Il se tourna de nouveau vers le haut de la rue.

« Le van du rouge le plus rutilant que j'aie jamais vu, ajouta Kirsten. Je l'ai aperçu, moi aussi. Je regardais par la fenêtre quand il est passé. Tu vas venir à la fin, David ?

– J'arrive, j'arrive », répondit-il en se remettant à

remorquer Buster. Lorsque David lui eut de nouveau tourné le dos, Peter, oubliant un instant son inquiétude, tira soudain la langue à Ralph, lequel le regardait et eut une expression étonnée assez comique.

Toubib s'avança à pas lents vers Peter, toujours mains dans les poches. Le tonnerre gronda. Les deux hommes levèrent la tête et virent de sombres falaises noires de nuages se déployer au-dessus de Poplar Street. Des éclairs zigzaguèrent vers le centre de Colombus. « Il va pleuvoir des cordes », observa le vétérinaire. Il avait de fins cheveux de bébé, mais tout blancs. « J'espère qu'ils pourront recouvrir correctement le corps du gosse avant que ça se mette à dégringoler. » Il se tut un instant, et se passa une main sur le front, comme pour chasser un début de migraine. « C'est affreux. Un garçon si gentil... Il jouait au base-ball.

– Je sais. » Peter pensa à la manière dont Cary avait ri quand il lui avait prédit que, l'année prochaine, c'était lui qui aurait la vedette, et il sentit une douleur à l'estomac, qui est l'organe – et non pas le cœur, comme le prétendent depuis toujours les poètes – qui réagit le plus subtilement aux délicates émotions des êtres humains. Soudain, la chose se mit à prendre une réalité aiguë. Non, Cary Ripton ne serait jamais le premier batteur des Wentworth Hawks, la saison prochaine ; non, Cary Ripton ne mangerait plus de pizza aux poivrons. Ses yeux se mirent à le picoter.

Nouveau coup de tonnerre, si proche et si assourdissant qu'il sursauta, cette fois. « Écoutez, dit-il à Tom, j'ai une grande feuille de plastique dans le garage. Elle fait presque la taille d'une bâche de voiture. Si je vais la chercher, viendrez-vous avec moi jusqu'au bas de la rue pour m'aider à le recouvrir ?

– Ça ne plaira peut-être pas beaucoup au policier Entragian, objecta le vieil homme.

– Rien à foutre de lui, il est pas plus flic que moi. Ils l'ont viré l'an dernier pour corruption.

– Mais les autres policiers, quand ils vont arriver…

– Eux aussi, j'en ai rien à foutre », l'interrompit Peter. Il ne pleurait pas, pas vraiment, mais sa voix s'étranglait et n'était plus aussi assurée. « C'était un chouette gosse, un gosse vraiment adorable, et une espèce de drogué l'a descendu de sa bicyclette comme on descend les Indiens de leurs chevaux dans les westerns. Il va pleuvoir et il va être trempé. J'aimerais pouvoir dire à sa mère que j'ai fait ce que j'ai pu. Alors, d'accord pour m'aider, oui ou non ?

– Évidemment, présenté comme ça, répondit Tom en donnant une tape sur l'épaule de son cadet. Allons-y.

– Voilà qui est mieux. »

5

Pendant tout ce temps-là, Kim Geller avait dormi. Elle dormait encore, sur le couvre-lit, lorsque Susi et Debbie Ross – la rouquine qui avait fait chavirer le cœur de Cary Ripton – entrèrent en trombe dans sa chambre pour la réveiller sans ménagement. Elle se mit sur son séant, hébétée et la tête lourde (dormir par une canicule pareille était une erreur, mais des fois, on ne pouvait pas s'en empêcher), et essaya de suivre ce que lui racontaient les filles, mais elle perdit le fil tout de suite. Elle croyait avoir compris qu'on avait abattu quelqu'un sur Poplar Street, oui, *Poplar Street!* et c'était tout simplement ahurissant.

Cependant, quand elles s'approchèrent de la fenêtre, il lui parut indéniable que *quelque chose* était arrivé. Les jumeaux Reed et Cammie, leur mère, se tenaient à l'extrémité de leur allée. L'Ivrogne et la Salope, connus sous le nom de Soderson chez les gens bien élevés, se trouvaient, eux, au milieu de la rue, vers le haut – mais Marielle paraissait vouloir remorquer Gary jusqu'à leur maison, et celui-ci se laissait faire. Un peu plus loin, côte à côte sur le trottoir, il y avait les Josephson ; de l'autre côté de la rue, Kim vit Peter Jackson et le vieux Billingsley sortir du garage du professeur, tenant un grand morceau de plastique bleu que le vent, qui s'était levé, faisait onduler.

Tout le monde était dans la rue, ou presque. Tous ceux qui étaient chez eux, en tout cas. Inutile, cependant, de chercher à voir ce qui soulevait leur curiosité ; un pan de la maison lui cachait tout le bas de la rue.

Kimberly Geller se tourna vers les gamines, essayant de son mieux de chasser les toiles d'araignée qui lui encombraient encore l'esprit. Les deux autres dansaient d'un pied sur l'autre comme si elles avaient envie de faire pipi ; Debbie n'arrêtait pas d'ouvrir et fermer les mains. Elles étaient pâles et excitées, combinaison qui ne plaisait pas trop à Kim. Mais que quelqu'un ait été *tué*... elles devaient se tromper, non ?

« Allez, racontez-moi ce qui est vraiment arrivé. Arrêtez de me faire marcher.

– On te l'a dit, on a tué Cary Ripton ! » s'écria Susi d'un ton impatient, comme si sa mère était la dernière des débiles mentales – ce que celle-ci, à vrai dire, avait l'impression d'être, en ce moment. « Allons, maman ! On va attendre la police !

– Je veux le voir une dernière fois avant qu'on le recouvre », s'écria soudain Debbie. Elle fit demi-tour et s'élança dans l'escalier. Susi resta un instant indécise, l'air presque écœuré, à la vérité, puis suivit son amie. « Allez, viens, maman ! » lança-t-elle par-dessus son épaule en dévalant l'escalier à grand bruit – elle, la Reine des Roses de sa promotion, au printemps dernier, avait en cet instant autant de grâce qu'un hippopotame et faisait vibrer les vitres et tinter les pendeloques du lustre.

Kim retourna près de son lit et glissa ses pieds nus dans ses sandales ; elle avait l'impression de tourner au ralenti, d'être en retard et de patauger dans le coaltar.

6

« Et tu as couru tout le long du chemin jusqu'en bas ? » demanda Belinda Josephson pour la troisième fois. C'était la partie de l'histoire, aurait-on dit, qui la dépassait. « Gros comme tu es ?

– Je ne suis pas gros. Juste un peu enveloppé.

– Ouais, c'est ce qu'on écrira sur ton certificat de décès, si tu te mets à piquer des cent mètres comme ça, répliqua Belinda. La victime est morte d'un enveloppement fatal. » Il y avait de la provocation dans les mots, pas dans le ton. Elle lui frottait la nuque tout en parlant. Elle sentait sous sa main la sueur qui s'était refroidie.

« Regarde, dit Brad avec un geste vers le bas de la rue. Peter Jackson et Toubib.

– Qu'est-ce qu'ils font ?

– Ils vont aller recouvrir le garçon, sans doute », répondit-il, faisant mine de partir dans leur direction.

Elle le ramena à elle d'une poigne ferme. « Oh que non. Non, monsieur. Tu as déjà eu ta petite virée en bas de la rue. Ça suffit pour aujourd'hui. »

Il lui lança ce que Belinda avait baptisé son regard « me cherche pas, femme » – assez réussi d'ailleurs, pour un Noir sorti de Cambridge et qui ne connaissait des ghettos que ce que l'on en voyait à la télé – mais ne discuta pas. Il l'aurait peut-être fait si Johnny Marinville avait été dans les parages. Le tonnerre se mit de la partie. Le vent soufflait avec une certaine force, à présent. Un vent froid d'averse. Des cumulus violacés roulaient au-dessus de leurs têtes, laids mais pas inquiétants. Ce qui avait de quoi ficher la frousse, en revanche, c'était ce ciel jaunâtre, dans la direction du sud-ouest. Elle espérait qu'il n'y aurait pas de tornade d'ici la tombée de la nuit ; ce serait la touche finale d'une journée qui, dans son genre, n'aurait guère pu être pire.

Sans doute la pluie allait-elle pousser les gens à rentrer chez eux, quand elle commencerait à tomber, mais pour l'instant à peu près tout le monde était dehors, l'œil rond, tourné vers la maison d'Entragian. Elle vit Kim Geller sortir du 243, regarder autour d'elle et aller rejoindre Cammie Reed, qui se tenait sur le perron de sa maison. Les jumeaux (la quintessence même des fantasmes inoffensifs d'une mère de famille, de l'humble avis de Belinda Josephson), sur la pelouse, étaient en compagnie de Susi Geller et d'une ravissante rouquine que Belinda ne connaissait pas. Davey Reed, agenouillé, paraissait essuyer ses chaussures, Dieu seul savait pourquoi…

Mais si, tu sais pourquoi, se dit-elle. Il y a un cadavre là en bas, il y en a vraiment un, et Davey Reed a vomi à sa vue. Il a vomi et s'en est même mis dessus, le pauvre.

Il y avait des gens devant toutes les maisons sauf devant trois : celle des Hobart, qui était inoccupée, celle de l'ex-flic et le 247 : la maison des Wyler. Des gens qui avaient la poisse comme c'était pas croyable. Ni Audrey ni le pauvre orphelin qu'elle élevait (si tant est qu'on puisse élever un gosse comme Seth, songea Belinda ; c'était bien là le drame) n'étaient sortis. Absents pour la journée ? Pourtant elle était sûre d'avoir vu Audrey installer – n'importe comment – le tourniquet d'arrosage, vers midi. Elle réfléchit un peu pour aboutir à la conclusion que oui, c'était bien aussi tard que ça. Elle se souvenait d'avoir pensé que Audrey se laissait aller, avec sa veste de survêtement miteuse, ses cheveux qui auraient eu besoin d'un bon shampooing, à voir leur aspect graisseux et collé en mèches. Adolescente, Belinda avait parfois regretté de ne pas être blanche – les Blanches paraissaient s'amuser davantage et être plus décontractées – mais maintenant qu'elle approchait de la ménopause, elle était bien contente d'être noire. Les Blanches donnaient l'impression d'avoir de plus en plus besoin de recoller les morceaux au fur et à mesure qu'elles prenaient de l'âge. La matière dont elles étaient faites n'était peut-être pas aussi solide que ça, en fin de compte.

« J'ai essayé d'appeler les flics », disait Johnny Marinville. Il avança d'un pas sur la chaussée comme s'il s'apprêtait à traverser, puis s'arrêta. « Mon téléphone... » Il s'interrompit de nouveau, comme s'il ne savait pas trop comment continuer. Belinda trouva cela extrêmement étrange ; c'était plutôt le genre, d'après elle, à faire marcher sa langue jusque sur son lit de mort ; pour le faire taire, il faudrait que le bon Dieu lui-même vienne l'alpaguer et le pousser entre les portes d'or.

« Quoi, votre téléphone ? » demanda Brad.

Johnny – bavard et un rien prétentieux mais sinon, un type très bien, selon Belinda – garda le silence encore un instant, l'air de chercher parmi différentes réponses ; il en choisit une courte. « Il ne marche pas. Vous voulez essayer le vôtre ?

– Je veux bien, répondit Brad, mais je suppose que Entragian les a déjà appelés depuis le magasin. Il a plus ou moins pris la direction des opérations.

– Ah, bon ? fit Marinville, songeur, se tournant vers le bas de la côte. Vraiment ? » S'il remarqua les deux hommes qui tenaient une bâche qu'agitait le vent et s'il comprit quelle était leur intention, il n'en dit rien. Il paraissait perdu dans ses pensées.

Un mouvement attira l'œil de Belinda. Elle regarda en direction de Bear Street et vit une Lumina vert olive s'approcher du carrefour. La voiture de Mary Jackson. Elle dépassa le van d'un jaune éclatant garé tout près et ralentit.

Tu as réussi à arriver avant la pluie – bien joué ! songea Belinda. Elles étaient loin d'être amies intimes, mais elle aimait bien Mary Jackson, comme tout le monde dans la rue. Elle était marrante et avait des manières directes et sans prétention… Elle lui paraissait cependant soucieuse, depuis quelque temps. Cela n'avait pas affecté son aspect, comme c'était le cas, en revanche, pour Audrey Wyler. En fait, Mary donnait l'impression de s'épanouir, comme un parterre de fleurs qui vient d'être arrosé.

7

Le taxiphone se trouvait à côté du présentoir à journaux – lequel était vide, si l'on excepte un exemplaire solitaire de *USA Today* et deux ou trois *Shopper* (édition de la semaine précédente). Collie Entragian ressentit une impression bizarre, déprimante, à l'idée que le garçon qui aurait dû réapprovisionner le magasin avec la nouvelle édition gisait sur sa pelouse, assassiné. Et en attendant, ce foutu téléphone…

Il le fit claquer sur la fourche et revint jusqu'au comptoir, essuyant à l'aide de sa serviette ce qui lui restait de crème à raser sur le visage. La petite mignonne aux tifs bicolores et le hippie sur le retour le suivaient des yeux, et il avait une conscience aiguë du fait qu'il était torse nu. Il se dit que jamais encore il ne s'était autant senti dans la peau d'un flic lourdé.

« Ce bon Dieu de téléphone ne fonctionne pas, dit-il à la fille, remarquant alors le petit badge portant un prénom agrafé à sa blouse. Vous n'avez pas un panneau "en dérangement", Cynthia ?

– Si, mais il marchait encore très bien à une heure, répondit-elle. Le type de la boulangerie l'a utilisé pour appeler sa petite amie. » Elle roula les yeux, puis ajouta quelque chose que Collie trouva presque surréaliste, étant donné les circonstances. « Vous avez perdu votre pièce ? »

Il l'avait perdue, certes, mais c'était sans importance. Il regarda à l'extérieur du magasin et vit Peter Jackson et le véto à la retraite qui se dirigeaient vers sa pelouse, tenant une grande feuille de plastique bleu. Il était évident qu'ils avaient décidé d'en recouvrir le corps. Il fit un pas en direction de la porte, avec l'intention de leur dire de dégager, que c'était les « lieux du crime », sur quoi le tonnerre gronda, plus fort que jamais, au point que Cynthia poussa un cri de surprise.

Collie se dit alors qu'il valait peut-être mieux les laisser faire. Il allait très vraisemblablement se mettre à pleuvoir avant l'arrivée des flics (il n'avait pas encore entendu de sirène) et l'eau n'arrangerait pas les choses pour l'expertise médicale. Autant le recouvrir… il éprouvait néanmoins une déprimante impression d'événements lui échappant de plus en plus. Et même cela, comprit-il, était une illusion. Il n'était pas plus flic, ces temps-ci, que la petite donzelle punk, et il n'avait jamais eu le moindre contrôle sur les événements, de toute façon. Il n'était, somme toute, qu'un résident de Poplar Street comme un autre. Ce qui n'avait pas que de mauvais côtés ; si jamais il déconnait, ils auraient du mal à foutre ça dans son dossier, non ?

Il ouvrit la porte, sortit et mit les mains en porte-voix pour lutter contre le vent, qui soufflait de plus en plus fort : « Peter ! Monsieur Jackson ! »

Jackson se tourna vers lui, l'air mauvais, comme quelqu'un s'attendant à ce qu'on lui dise de laisser tomber ce qu'il fait.

« Ne touchez pas au corps ! fit Collie. Ne touchez pas au corps ! Mettez simplement la bâche dessus, comme un couvre-lit ! Vous avez saisi ?

– Oui ! répondit Peter, tandis que, de son côté, le véto hochait affirmativement la tête.

– Il y a quelques parpaings dans mon garage, empilés contre le mur du fond ! cria Collie. La porte est ouverte ! Prenez-les pour caler la bâche, sinon le vent va l'emporter ! »

Les deux hommes acquiescèrent en chœur et Entragian se sentit un peu mieux.

« On pourra même recouvrir la bicyclette avec ! lança le vieil homme. Qu'est-ce que vous en pensez ?

– Très bien. » Puis une idée lui vint à l'esprit. « J'ai aussi un morceau de plastique dans le garage. Dans l'angle. Vous pourriez en recouvrir le chien, si ça ne vous embête pas de transporter deux ou trois parpaings de plus ! »

Jackson lui fit signe que c'était d'accord, et les deux hommes se dirigèrent vers le garage en laissant la bâche derrière eux. Collie espéra qu'ils auraient le temps de la mettre en place et de la coincer avant que le vent ne soit assez fort pour l'enlever. Il revint à l'intérieur pour demander à Cynthia si le magasin n'avait pas une ligne privée – il y en avait forcément une – et vit qu'elle avait déjà posé l'appareil sur le comptoir pour lui. Très bien, cette petite.

« Merci.

– Pas de quoi. »

Il décrocha, entendit la tonalité, commença à taper quatre chiffres puis s'arrêta avec un petit rire.

« Qu'est-ce qu'il y a ? demanda le hippie.

– Rien. » S'il avait répondu qu'il s'était mis à composer le numéro de son ancienne escouade – comme un canasson à la retraite qui retourne clopin-clopant vers sa vieille écurie – le type n'aurait pas compris. Il coupa la ligne et fit le 911.

Il y eut une sonnerie… mais une vraie sonnerie, comme s'il avait appelé chez des gens. Il fronça les sourcils. Ce que l'on obtenait, lorsqu'on composait le 911 – à moins que les choses aient changé depuis l'époque où il écoutait les enregistrements pour son travail –, était un son aigu, sans timbre.

Bon, ça avait changé, voilà, pensa-t-il. Histoire de le rendre un peu moins rébarbatif.

Il y eut une deuxième sonnerie et on décrocha. Sauf qu'au lieu de tomber sur la boîte vocale du 911 lui disant d'appuyer sur tel ou tel chiffre, selon le type d'urgence, il eut droit à une respiration ténue, humide, enchifrenée. Mais bon Dieu… ?

« Allô ?

– Calte ou paie », fit une voix. Une voix jeune, avec quelque chose d'inquiétant. Inquiétant, même, au point qu'il en eut la chair de poule. « R'nifle mes panards et donne-moi à bouffer du bonnard. Sinon, je m'en fiche, tu peux r'nifler mes miches. » Comptine suivie d'un rire hystérique, haut perché.

« Qui est à l'appareil ?

– Pas la peine de me rappeler, collègue, dit la voix. *Tak !* »

Le cliquetis qui suivit fut assourdissant – tellement assourdissant que la fille l'entendit aussi et poussa un cri. Non, ce n'était pas à cause du téléphone qu'elle criait, pensa-t-il, mais du tonnerre ; oui, du tonnerre. Pourtant le type aux cheveux longs se tirait vers la porte comme s'il avait la tignasse en feu et le diable aux fesses, le téléphone était muet dans sa main, aussi muet que le taxiphone deux minutes auparavant, et quand le bruit se reproduisit, il le reconnut pour ce qu'il était : pas le tonnerre, mais un coup de feu.

Collie courut lui aussi jusqu'à la porte.

8

Ce n'était pas à quatorze heures mais à onze que Mary Jackson avait quitté le cabinet d'experts-comptables où elle travaillait à temps partiel. Et pas pour aller au centre commercial, mais au Colombus Hotel. Elle y avait retrouvé un homme du nom de Gene Martin et, pendant les trois heures suivantes, elle lui avait fait tout ce qu'une femme peut faire à un homme, sauf les ongles des pieds – qu'elle lui aurait faits, s'il le lui avait demandé. Elle était presque de retour chez elle et avait l'air d'être dans un état à peu près normal (d'après son rétroviseur, du moins)… mieux valait cependant qu'elle prenne une douche en vitesse avant que Peter ne la regarde de trop près. Et, se rappela-t-elle, ne pas oublier de sortir un slip de la commode pour le jeter avec sa jupe et sa blouse dans le panier de linge sale. Celui qu'elle portait ce matin (ou plutôt ce qu'il en restait) gisait actuellement sous le lit de la chambre 203. Gene Martin, un fauve en costard de comptable comme on n'en voyait pas souvent, lui avait arraché le sien. Oh, l'animal ! s'exclama la tendre vierge.

Dans quoi s'était-elle lancée ? Telle était la question. Et qu'est-ce qu'elle allait faire ? Elle n'avait cessé d'aimer Peter tout au long de leurs neuf ans de mariage, plus encore après sa fausse-couche, si c'était possible, et elle l'aimait toujours. Ce qui ne changeait rien au fait qu'elle avait déjà envie d'être de nouveau avec Gene, à faire des choses qu'elle n'avait jamais seulement envisagé de faire avec Peter. La culpabilité lui glaçait une moitié du cerveau, la concupiscence lui faisait frire l'autre : au milieu, dans une sorte de zone crépusculaire en forme de peau de chagrin, se tenait la femme rationnelle, raisonnable, toujours de bonne humeur qu'elle avait toujours cru être. Elle se rendait coupable d'adultère avec un homme qui était aussi définitivement marié qu'elle ; elle retournait auprès d'un brave garçon qui ne soupçonnait rien (elle en était sûre, elle priait pour qu'il en soit ainsi), sans même sa petite culotte, elle était encore tout irritée de cette dernière séance, elle ne savait vraiment plus comment cela avait commencé ni comment elle pouvait vouloir poursuivre une liaison aussi stupide et sordide, ce bougre de Gene Martin avait bien une tête mais pas de cervelle dedans, sauf que ce n'était pas sa tête qui l'intéressait, elle n'en avait vraiment rien à foutre, de sa tête, et qu'est-ce qu'elle allait faire ? Elle l'ignorait.

Une chose était sûre : elle ressentait la même chose que les toxicomanes, et elle ne les traiterait plus jamais par le mépris. Ah, il suffisait de dire non ? Voyons, petite mère…

Elle conduisait machinalement tandis que ces pensées chaotiques se bousculaient dans son esprit ; les rues de banlieue défilaient comme dans un rêve. Elle espérait que Peter ne serait pas à la maison à son arrivée, qu'il serait allé au Milly's, sur la place, s'acheter une glace (ou peut-être à Santa Fe voir sa mère pour quelques semaines, voilà qui serait sensationnel, elle aurait, sait-on jamais, le temps de venir à bout de cette horrible fièvre qui puait l'enfer et avait goût d'extase). Elle ne remarqua pas à quel point le ciel s'assombrissait, ni le fait que nombre des véhicules qu'elle croisait sur la 290 avaient allumé leurs phares ; elle n'entendait pas le tonnerre, ne voyait pas les éclairs. Elle ne vit pas davantage le van jaune garé non loin de l'angle de Bear Street et Poplar Street, quand elle le dépassa.

Ce qui l'arracha brutalement à ses pensées fut d'apercevoir Belinda Josephson et son mari devant leur maison. En compagnie de Johnny Marinville, l'écrivain. Un peu plus loin, il y avait d'autres voisins : David Carver, portant un maillot de bain trop petit qui le comprimait de manière quasi obscène, dans son allée, les mains sur ses hanches grassouillettes… les jumeaux Reed… Cammie, leur mère… Susi Geller et une copine, Kim un peu en retrait…

Une idée insensée lui traversa l'esprit : ils savaient. Ils savaient tous. Ils l'attendaient et ils allaient aider Peter à la pendre au pommier ou peut-être la lapider comme on avait lapidé la femme, dans ce bouquin de Shirley Jackson qu'elle avait lu quand elle était adolescente.

Ne sois pas stupide, dit au fond de sa tête quelque chose qui était encore elle-même. Un quelque chose minuscule, réduit à trois fois rien depuis quelque temps, mais toujours là. Ce n'est pas de toi qu'il est question, Mary, tu peux te rouler dans la merde tant que tu veux, le monde ne tourne pas autour de toi… Si on se calmait un peu, hein ? Tu ne serais sans doute pas aussi parano si tu ne te baladais pas sans…

N'était-ce pas Peter qu'elle apercevait tout en bas de la rue ? Elle ne l'aurait pas juré, mais il lui semblait bien. Peter, avec Toubib, le voisin d'à côté. Occupés, aurait-on dit, à recouvrir quelque chose sur la pelouse, de l'autre côté du petit magasin.

Le tonnerre explosa ce coup-ci si violemment qu'elle sursauta et en eut la respiration coupée. Les premières gouttes de pluie éclaboussèrent le pare-brise avec un bruit métallique. Elle se rendit alors compte qu'elle s'était arrêtée au carrefour, moteur au ralenti, pendant elle ne savait combien de temps… mais un bon moment. Les Josephson et Marinville devaient penser qu'elle avait perdu la tête. Si ce n'est que le monde ne tournait décidément pas autour d'elle ; ses voisins ne lui prêtaient pas la moindre attention, comprit-elle en s'engageant dans la rue. Belinda lui avait juste lancé un coup d'œil avant de se retourner, comme les autres, vers le bas de la rue, captivée par ce que son mari et le vieux Billingsley faisaient. Ou par ce qu'ils recouvraient.

Afin de mieux voir malgré les gouttes qui continuaient de s'écraser contre le pare-brise, elle tendit la main vers la commande des essuie-glaces, et ne sut que le van jaune futuriste l'avait suivie sur Poplar Street que lorsqu'il l'emboutit par-derrière.

Tiré de la Revue professionnelle de l'industrie du jouet, *janvier 1994 :*

... Tous les jouets du genre pâlissent devant celui qui fait aujourd'hui fureur, et qui est, comme le savent tous les parents d'enfants ayant entre 2 et 8 ans, la série des *MotoKops 2200*, avec leurs véhicules spatiaux aérodynamiques...

Inspirés du dessin animé qui passe sur NBC le samedi matin, il semble évident que le colonel Henry, Snake Hunter, Bounty, le major Pike, Rooty le Robot et Cassandra Styles, jeune fille aussi coriace que féminine, seront les valeurs sûres de l'été prochain, avec leurs ennemis de toujours, Sans-Visage et la comtesse Lili Marsh.

Pour le fabricant, Palz, rien de plus réjouissant que le succès immédiat qu'ont connu les coûteux MotoKops, ces « véhicules à champ d'énergie », ou VACE, des vans futuristes à roues et ailes escamotables. Le VACE Justice jaune du colonel Henry, le Tracker Arrow de Snake Hunter, le Rooty-Toot argenté de Rooty et le Dream Floater rose de Cassie Styles se vendent tous très bien en dépit de leur prix. Mais la meilleure vente est celle du Meatwagon que pilote le sinistre Sans-Visage. Ce qui ne surprend nullement Kleist, le directeur des ventes.

« Les gosses adorent les méchants », dit-il en riant.

Des associations de parents ont protesté contre ce qu'ils appellent le haut niveau de violence des dessins animés *MotoKops 2200*, mais d'après Kleist, les nouveaux épisodes (qui seront diffusés par NBC à partir de mars prochain) mettront davantage l'accent sur « les valeurs familiales et les solutions pacifiques »...

Chapitre 4

Poplar Street, 15 juillet 1996, 16 h 09

Marinville voit tout.

Une bénédiction, certes, mais aussi une malédiction quand on est écrivain. Le monde lui saute encore aux yeux comme il saute à ceux d'un enfant, de tout le poids de sa lumière.

Il voit la Lumina de Mary au carrefour et comprend qu'elle essaie de s'expliquer ce qui se passe : tous ces gens debout dans la rue, raides, l'air de surveiller quelque chose, ça ne colle pas avec un après-midi paresseux de juillet. Quand elle redémarre, il voit donc le van jaune en faire autant, derrière, entend un féroce coup de tonnerre et sent les premières gouttes de pluie, froides, sur ses avant-bras brûlants. Et à peine est-elle engagée dans la rue qu'il voit encore le van accélérer brusquement – et qu'il sait ce qui va arriver, sans pouvoir encore y croire.

Fais gaffe, mon vieux. Fais gaffe, si tu ne veux pas te retrouver écrasé dans la rue comme un hérisson.

Un instant, il se sent entraîné dans les deux directions, puis il fonce vers le trottoir devant la maison des Josephson, la tête tournée de côté, bouche grande ouverte. Il voit Mary au volant de sa voiture, mais elle ne le regarde pas ; c'est le bas de la rue qu'elle observe. Probablement a-t-elle reconnu son mari, à cette distance cela reste encore possible, elle se demande sans doute ce qu'il fabrique, et elle ne voit donc pas Johnny Marinville, elle ne voit pas non plus le van jaune aux vitres polarisées qui se profile derrière elle.

« Attention, Mary ! » crie-t-il. Brad et Belinda, qui montaient l'escalier menant au porche de leur maison, font volte-face. À cet instant, l'avant surélevé et camus du van enfonce l'arrière de la Lumina ; les feux de position volent en éclats, le pare-chocs plie, le coffre se déforme. Il voit la tête de la jeune femme projetée en arrière, puis en avant, comme une fleur, au bout d'une haute tige, secouée en tous sens par un vent fort. Hurlement de pneu de la Lumina, suivi d'une violente détonation sèche : le pneu avant droit vient d'éclater. La voiture pivote vers la gauche, le pneu en lambeaux battant comme une aile d'oiseau blessé, l'enjoliveur se détache et file dans la rue, rappelant le frisbee des frères Reed.

Il voit tout, entend tout, ressent tout ; il est bombardé d'informations et son esprit cherche à tout prix à classer l'enchaînement des événements, comme s'il se passait quelque chose de cohérent, quelque chose de susceptible d'être raconté.

Le ciel tourmenté se fracture et commence à vider ses réservoirs glacés. Il voit des taches plus sombres partout sur le trottoir, sent des gouttes lui fouetter la nuque sur un rythme allant crescendo, tandis que Brad Josephson s'écrie derrière lui : « Mais nom de Dieu ! »

Le van pèse toujours contre l'arrière de la Lumina,

il la pousse comme un bulldozer, s'enfonce sans mal dans les tôles fragiles de cette nouvelle génération de véhicules ; on entend un hideux grincement métallique, puis un claquement lorsque lâchent les gonds du coffre ; le capot jaillit, révélant une roue de secours, quelques vieux journaux et une glacière de pique-nique orange. Le train avant rebondit sur le bord du trottoir et la voiture va s'échouer contre la barrière qui sépare la maison des Billingsley et celle de Mary.

Le tonnerre gronde comme un tir de barrage d'artillerie, un éclair, proche, très proche, repeint brièvement la rue d'une lueur violette blafarde, le vent forcit et siffle dans les arbres tel un être immense en passe de perdre son calme, et la pluie se met à tomber par paquets. La visibilité se réduit très vite, mais il en reste suffisamment pour qu'il puisse voir le van jaune reprendre de la vitesse et filer sous l'averse, et la portière de la Lumina s'ouvrir, côté conducteur. Une jambe apparaît et Mary Jackson émerge, l'air de n'avoir aucune idée de l'endroit où elle se trouve.

Brad est là qui lui agrippe le bras d'une main très grande et très mouillée, il demande si Johnny a vu ça, *s'il a vu ça*, le van jaune qui lui est *délibérément rentré dedans*, mais c'est à peine si Johnny l'écoute. Car Johnny voit maintenant un autre van, les flancs fuselés, pailleté de bleu, celui-là, qui surgit de la tourmente comme le museau d'une bête préhistorique, l'eau ruisselant sur des vitres polarisées où aucun essuie-glace n'oscille. Et soudain, il sait ce qui va se passer.

« Mary ! » hurle-t-il à la femme hébétée qui s'éloigne de la voiture en titubant sur ses talons hauts ; mais une nouvelle canonnade de tonnerre noie son appel. Elle ne regarde même pas vers lui. La pluie lui coule sur la figure comme des larmes extravagantes dans un feuilleton sentimental brésilien.

« Mary ! couchez-vous par terre ! hurle-t-il tellement fort qu'il se demande si ses cordes vocales ne vont pas y rester. Mettez-vous sous la voiture ! »

C'est alors que le pare-brise du van bleu descend. Coulisse. Oui. Le pare-brise coulisse dans l'avant du véhicule comme un ascenseur de verre dans sa cage, et derrière, c'est l'obscurité, et dans l'obscurité se tiennent des fantômes. Oui, deux fantômes exactement. Il ne peut s'agir que de fantômes ; ce sont des êtres d'un gris aussi lumineux que celui d'un paysage noyé de brouillard dans les secondes qui précèdent l'irruption du soleil. Celui qui est au volant porte un uniforme de sudiste – Johnny en est à peu près sûr – mais il n'est pas humain. En dessous du feutre de cavalerie à bord relevé, on devine un front anormalement bombé, d'étranges yeux en amande et une bouche qui s'étire en avant comme une corne charnue animée de pulsations. Son compagnon, bien qu'étant de ce même gris brillant fantomatique, présente au moins un aspect humain. Il porte une veste de trappeur en peau avec une courroie en bandoulière. Son visage se hérisse d'une barbe de plusieurs jours ; les poils paraissent très noirs sur le fond argenté si peu naturel de sa peau. Il est debout, le mec, et tient dans les mains un lourd fusil de chasse à deux canons. Il le soulève et se penche dans un monde grouillant et fluide, plein de couleurs qui lui sont totalement étrangères, et il sourit, révélant une bouche pleine de dents qui n'ont jamais connu la roulette d'un dentiste. Johnny suit la scène des yeux. Cette créature cauchemardesque semble tout droit sortie d'un film d'horreur mettant en scène des crétins dégénérés vivant au fin fond des marécages.

Non, ce n'est pas ça, songe Johnny. D'accord, il a l'air de sortir d'un film d'horreur, mais pas de ce genre-là.

« Mary ! hurle-t-il de nouveau, tandis que Brad se joint à lui. Ho, Mary, attention, derrière vous ! »

Mais Mary ne verra jamais rien. Le type en veste de peau épaule, tire, réarme rapidement, épaule à nouveau, tire – trois fois en tout. La première balle part dans la nature, du moins à ce que croit voir Johnny. La deuxième pulvérise l'antenne radio de la Lumina. La troisième pulvérise la tête de Mary. Toute la moitié gauche. Elle parcourt néanmoins encore quelques pas en direction de la maison du véto ; du sang lui dégouline dans le cou et imbibe le côté gauche de son chemisier, ses cheveux prennent feu dans la pluie (oui, il voit cela, il voit tout) et, un instant, elle se tourne dans la direction de Johnny, le regarde de son unique œil restant. Un éclair jaillit, emplissant cet œil de feu ; à l'ultime seconde de sa vie, elle n'est plus remplie que d'électricité, dirait-on. Puis son pied trébuche sur un de ses talons hauts et elle s'écroule en arrière, un saut de l'ange dans le grondement du tonnerre, les courtes flammes qui hérissent ses cheveux s'éteignent, sa tête fume encore comme le mégot d'une cigarette négligemment écrasée. Elle tombe sur la pelouse de Billingsley, à côté du berger allemand en céramique, celui qui porte le nom du véto et le numéro de la maison ; et lorsque ses jambes s'écartent mollement, Johnny voit quelque chose qui est à la fois terrible, triste et inexplicable : un triangle sombre qui ne peut être que celui de poils pubiens. La chute d'une blague idiote lui revient alors inopinément à l'esprit : *Je ne sais pas pour les deux autres, mais celui du milieu ressemble à mon chat*. Il éclate de rire sous la pluie. La comptable de femme de Peter Jackson vient d'être massacrée par un fantôme, depuis un van piloté par un autre fantôme (le fantôme d'un extraterrestre déguisé en sécessionniste, celui-ci), et la dame est morte déculottée. Il n'y a là rien de drôle, mais il s'esclaffe tout de même. Peut-être pour ne pas hurler. Il craint de ne plus être capable de s'arrêter, si jamais il commence.

Puis la créature brillante qui est au volant se tourne vers lui et, un bref instant, Johnny se rend compte qu'elle le regarde, enregistrant sa présence de ses énormes yeux en amande ; il éprouve alors le sentiment d'avoir *déjà vu cette chose*, ce qui est évidemment délirant, mais l'impression n'en est pas moins forte. Cela ne dure cependant qu'un instant car le van s'éloigne aussitôt.

Mais bon, il m'a vu, se dit Johnny. Cette chose masquée (ce ne pouvait être qu'un masque, c'était forcément un masque) m'a vu, elle m'a repéré comme on corne la page d'un livre pour y revenir plus tard.

Deux nouveaux coups de fusil retentissent et au premier abord Johnny ne sait pas ce qui s'est passé, car le van bleu lui bloque la vue ; il croit entendre un bruit de verre brisé, au milieu de la tempête, mais c'est tout. Puis le véhicule s'enfonce dans les rideaux de pluie et il aperçoit alors David Carver qui gît sur son perron, mort, au milieu des débris de verre de la baie vitrée. À la place de l'estomac, il a une grande flaque rouge entourée de morceaux de chair, une chair en lambeaux, blanche, qui ressemble à du lard, et Johnny doit admettre que la carrière de postier – sans parler de celle de laveur de voitures banlieusard – de Carver est arrivée à son terme. Le van a vivement regagné le carrefour ; le temps qu'il s'engage à droite dans Bear Street, il fait à Johnny l'effet d'un mirage, ce qu'il aurait dû être.

« Nom de Dieu, regardez-moi ça ! s'exclame Brad, partant en courant dans la rue.

– Non, Bradley ! » s'écrie sa femme en essayant de le retenir. Mais elle s'y est prise trop tard. Les jumeaux Reed se dirigent vers eux, venant du bas de la rue.

Johnny s'avance à son tour sur des jambes comme des piquets, aucun nerf, juste du bois, je vous en prie, m'sieur, si je n'ai qu'un vœu à formuler, ce serait d'être un vrai petit garçon. Il lève une main – déjà, sa peau est blanche et lessivée (il voit tout, vraiment tout, mais comment un type affublé d'un masque style *rencontre du troisième type* peut-il lui faire l'effet de lui être connu ?) – et chasse les cheveux mouillés qui lui retombent sur les yeux. Le tonnerre gronde, un éclair cisaille le ciel, craquelure brillante dans un miroir obscur. Ses pieds gargouillent dans ses tennis et une odeur de poudre mouillée lui parvient. Elle aura disparu dans dix ou quinze secondes, il le sait, repoussée au sol puis entraînée par la pluie battante, mais pour l'instant elle est encore présente comme pour l'empêcher d'essayer de se persuader que tout cela n'était qu'une hallucination… ce que son ex-femme, Terry, appelait une « crampe du cerveau ».

Et oui, il aperçoit la chatte de Mary Jackson, cette

partie de l'anatomie féminine si recherchée et baptisée l'« huître à barbe », à l'époque lointaine où il était adolescent. Il se refuse à penser cela, ne veut pas voir non plus ce qu'il voit, mais il ne contrôle plus rien. Toutes les barrières ont cédé, dans son esprit, comme elles le faisaient quand il écrivait (l'une des raisons qui lui ont d'ailleurs fait abandonner l'écriture de romans), le temps ralentit au fur et à mesure que s'accroît l'acuité de ses perceptions, s'étirant jusqu'au point où il pourrait se croire dans un film de Sam Peckinpah, dans lequel les gens meurent comme s'ils exécutaient un ballet nautique.

Petit morpion-mordeur Smitty, pensa-t-il, entendant de nouveau la voix du téléphone, *j't'ai vu mordre les nénés de ta maman.* Pourquoi cette voix lui rappelle-t-elle l'homme à la tenue bizarre et au masque encore plus bizarre d'extraterrestre ? Il l'ignore.

« Bordel de nom de Dieu de merde, qu'est-ce qui est arrivé ? » demande une voix à côté de lui. Les autres convergent vers David Carver, mais Gary Soderson vient de ce côté, du côté de la pelouse de Toubib. Avec son visage pâle et son corps décharné, il a l'air de souffrir du choléra. « Sainte merde, Johnny ! J'ai vu Paris, j'ai vu la France, mais je ne vois pas sa…

– La ferme, imbécile », le coupe Johnny. Sur sa gauche, il voit arriver les jumeaux Reed et leur mère, ainsi que Kim Geller et sa fille, accompagnées d'une rouquine qu'il ne connaît pas. Ils se rassemblent autour du corps de David Carver comme des joueurs de foot autour de leur gardien qui vient d'avoir une attaque. Cette mégère de Marielle, la femme de Gary, est aussi là, mais elle a aperçu son mari et se tourne alors dans la direction de chez Billingsley. Puis elle s'arrête, fascinée, lorsque la porte des Carver s'ouvre à la volée et que Kirstie s'élance sous la pluie battante, telle la gouvernante dans un vieux roman médiéval, hurlant le nom de son mari tandis que gronde le tonnerre et que frappe la foudre.

Avec la lenteur d'un enfant stupide que le maître vient d'appeler au tableau, Gary demande : « Quoi ? Vous m'avez appelé comment ? », mais sans regarder Johnny, ni même la foule rassemblée sur la pelouse des Carver ; il ne peut détacher les yeux de ce que révèle la jupe relevée de la morte, l'emmagasinant pour s'en délecter plus tard (ou comme sujet de conversation, peut-être). Johnny se sent pris du besoin presque irrésistible de lui envoyer un direct en pleine figure.

« Peu importe. Fermez-la, c'est tout ce que je demande. Et je ne plaisante pas. » Il se tourne vers sa droite et voit Collier Entragian qui arrive en courant du bas de la rue. On dirait qu'il porte des sandales de douche roses. Il est suivi d'un type à cheveux longs que Johnny n'a jamais vu et de la nouvelle vendeuse du E-Z Stop – Cynthia, oui, Cynthia.

Derrière eux, distançant rapidement le vieux Tom Billingsley et se rapprochant de Cynthia, l'œil fou, court le spécialiste local de la nouvelle littérature du Sud.

« Papa ! » un cri de fillette perçant, désolé : Ellen Carver.

« Faites sortir ces enfants de là ! » ordonne d'un ton impérieux et dur Brad Josephson. Dieu le bénisse, mais Johnny ne se tourne même pas vers lui. Peter Jackson arrive et il y a quelque chose qu'il a encore moins de raisons de voir que Gary Soderson, même s'il l'a sûrement déjà vu souvent et eux, jamais. Une énigme pour prof de littérature s'il en est, se dit-il. Une autre réplique démente lui traverse l'esprit : *Hé, m'sieur, vous avez perdu votre insigne !* sans qu'il puisse se souvenir de quelle blague elle vient. Il jette un dernier coup d'œil autour de lui pour s'assurer que personne d'autre que Gary ne regarde Mary, ce qui est le cas, mais ce miracle n'a aucune chance de se prolonger plus longtemps. Il se penche, fait pivoter la hanche de Mary, et les deux jambes de la morte se rejoignent. L'eau coule sur sa cuisse blanche comme de la pluie sur une pierre tombale. Il rabaisse d'un geste sec l'ourlet de la jupe, le dos délibérément tourné de façon à ce que ceux qui arrivent du bas de la rue ne voient pas ce qu'il fait. Déjà il entend Peter beugler : « Mary ? Mary ? » Il a évidemment vu la voiture arriver, la Lumina empalée sur le poteau de la barrière.

« Qu'est-ce que…, commence Gary, s'interrompant lorsqu'il voit le regard féroce que lui jette Johnny.

– Dites un seul mot et je vous fous mon poing sur la figure. Comptez là-dessus. »

Gary a un air vague – le faisant paraître idiot, un instant – puis une expression de compréhension, d'un genre salace, vient éclairer son visage, suivie d'une autre, solennelle. Il se passe le doigt sur les lèvres (style : je la boucle), ce qui est déjà pas si mal. À long terme on pouvait être à peu près sûr que Gary parlerait, mais jamais, de toute sa vie, Johnny Marinville ne s'est aussi peu soucié du long terme.

Il se tourne alors vers la maison voisine. David

Reed emporte la petite Carver dans ses bras ; la fillette hurle et se débat, les jambes donnant de grands coups de ciseaux. Pie Carver, à genoux, lance ces mêmes gémissements que Johnny a entendu pousser par des femmes dans des villages vietnamiens, il y a bien des années (sauf que, avec l'odeur de cordite encore dans l'air, cela ne lui paraît pas si loin que cela) ; elle tient le mort par le cou et la tête de David oscille de façon horrible. Encore plus horrible à voir est le petit garçon, debout à côté d'elle. En temps normal, Ralphie est un jacasseur impénitent, infatigable, un morveux, le type même de l'enfant gâté ; il n'est plus, à présent, qu'un poupon de cire en contemplation devant le cadavre de son père, avec une tête qui paraît fondre sous la pluie. Personne n'a l'idée de l'emporter parce que pour une fois c'est sa sœur qui fait du chambard, mais il faudrait que quelqu'un s'en charge.

« Jim ? » Josephson s'adresse au second jumeau, passant derrière la voiture de Mary pour être entendu sans avoir besoin de crier. L'adolescent se détourne du spectacle du cadavre et de la femme en larmes. Il a un air stupéfait.

« Tu veux bien faire rentrer Ralphie dans la maison, Jim ? Il ne devrait pas rester ici. »

Jim Reed acquiesce, prend le petit dans ses bras et s'éloigne dans l'allée. Johnny s'attend à des hurlements de protestation – à six ans, Ralphie sait déjà que son destin est de régner un jour sur le monde – mais le gosse est comme une poupée de chiffon dans les bras de l'adolescent monté en graine ; il a les yeux écarquillés, il ne cille pas. Johnny pense que la génération qui a un peu trop écouté les Moody Blues dans sa jeunesse a singulièrement surestimé l'influence de traumatismes de l'enfance sur l'adulte ; mais là, ce doit être différent ; il faudra longtemps, estime Johnny, avant que le facteur déterminant, dans le comportement de Ralph, cesse d'être la vue de son père mort, étendu sur la pelouse, et de sa mère agenouillée à côté de lui sous la pluie, lui soulevant la nuque de ses mains croisées et hurlant son nom comme si elle pouvait le ressusciter.

Il se dit qu'il devrait essayer d'arracher Kirsten au cadavre – il le faudra bien, à un moment ou un autre – mais Collie Entragian arrive à cet instant, suivi de la vendeuse du E-Z Stop ; celle-ci a distancé Cheveux-Longs, qui est hors d'haleine. Le type n'est pas aussi jeune qu'il en donne l'impression de loin, avec sa tignasse de rocker. Ce sont peut-être les Josephson qui frappent le plus Johnny. Ils se tiennent par la main, en bas de l'allée des Carver – *Hansel et Gretel* revu et corrigé par Spike Lee, sous la pluie battante. Marielle Soderson passe derrière Johnny pour rejoindre son mari. Si Brad et Belinda Josephson peuvent jouer Hansel et Gretel dans le prochain navet de Lee, Marielle fera une excellente sorcière.

On se croirait au dernier chapitre d'un polar d'Agatha Christie, songe-t-il, quand Miss Marple ou Hercule Poirot explique tout, même la façon dont le meurtrier a quitté la chambre fermée à clé après avoir commis son forfait. Nous sommes tous présents, mis à part Frank Geller et Jack Reed, qui ne sont pas encore rentrés du travail : une vraie réunion de quartier.

Il se rend compte que ce n'est pas tout à fait vrai. Manquent aussi Audrey Wyler et son neveu. L'ombre fugitive d'un souvenir lui passe dans l'esprit : *une respiration ténue, humide, enchifrenée*, a-t-il pensé ; mais avant qu'il ait pu s'en emparer pour vérifier si ce souvenir avait un rapport avec quelque chose (il y en a un, il le sent, Dieu seul sait pourquoi), Collier Entragian arrive auprès de lui, le saisit par l'épaule, qu'il lui broie douloureusement de sa main mouillée. Il regarde au-delà de Johnny, vers la maison Carver.

« Quoi ? Deux ? Mais comment – nom de Dieu !

– Monsieur Entragian… heu, Collie… » Il s'efforce de prendre un ton raisonnable et de ne pas grimacer. « Vous allez me démolir l'épaule.

– Oh ! Désolé, mon vieux. Mais… » Son regard fait l'aller et retour entre la femme abattue et l'homme abattu, comme s'il ne pouvait se fixer sur l'un ou l'autre, ce qui lui donne l'air d'être en train de regarder un match de tennis.

« Votre chemise…, dit Johnny, conscient que, pour lancer une conversation, il est difficile de faire pire. Vous avez oublié de la mettre.

– Je me rasais », répond Collie, passant une main dans ses cheveux courts qui ruissellent. Son geste exprime, mieux que tout, sans doute, la situation d'un esprit ayant dépassé le stade de la confusion pour se trouver dans un état de distraction pratiquement totale. Johnny trouve cela étrangement touchant. « Avez-vous la moindre idée de ce qui se passe, ici, monsieur Marinville ? »

Johnny secoue la tête. Il espère seulement que c'est terminé.

Peter arrive alors, voit sa femme allongée au pied du chien de céramique de Billingsley et se met à hurler. Une nouvelle onde de chair de poule hérisse les bras mouillés de Johnny. Peter tombe à genoux à côté de Mary comme Pie Carver l'avait fait à côté de son époux, et voilà-t'y pas que ce bon vieux John Edward Marinville serait pris d'une violente attaque de Viêt-nam. Kozmik Blues ? Il ne nous manque plus, songe-t-il, que Jimi Hendrix dans *Purple Haze* comme bande-son.

Peter s'empare de sa femme et Johnny voit Gary regarder la scène avec une espèce de fascination, attendant que le prof fasse rouler le corps dans ses bras. On peut lire les pensées de Soderson comme si elles défilaient en lettres de néon sur son front : *Comment va-t-il réagir ? Quand il l'aura retournée, que ses jambes s'écarteront et qu'il verra ce qu'il verra, comment va-t-il réagir ? À moins qu'il n'en fasse pas un drame. Peut-être qu'elle se baladait tout le temps comme ça.*

« Mary ! » crie Peter. Il ne la retourne pas (le Ciel a de ces petites faveurs) mais il lui soulève le haut du corps, la mettant dans une position plus ou moins assise. Il crie de nouveau, mais sans articuler une seule parole, cette fois, donnant libre cours à son chagrin et à sa stupéfaction, en voyant dans quel état est la tête de sa femme, la moitié du visage emportée, la moitié des cheveux brûlés.

« Peter… », commence Toubib. C'est alors que le ciel est fendu par une longue lance d'électricité qui s'abat avec la pluie. Johnny fait volte-face, ébloui, quoique distinguant tout parfaitement (bien évidemment). Le tonnerre déferle sur la rue avant même que la lumière de l'éclair ait commencé à s'estomper, si assourdissant qu'il a l'impression de deux grandes mains venues lui claquer aux oreilles. Il voit la foudre tomber sur le domicile vide des Hobart, entre celle du flic et celle des Jackson ; elle démolit la cheminée décorative que William Hobart y avait ajoutée l'an dernier, juste avant que ne commencent ses problèmes et qu'il ne décide de mettre la maison en vente. L'éclair communique le feu aux bardeaux du toit. Avant que le tonnerre ait fini de les boxer, avant même que Johnny ait le temps d'identifier l'odeur de grillé qui parvient à ses narines comme étant de l'ozone, la maison désertée s'orne d'une couronne de flammes. Elle brûle furieusement dans la pluie, pareille à une illusion d'optique.

« Bon Dieu de merde ! » s'exclame Jim Reed. Il se tient dans l'entrée de la maison Carver, Ralphie toujours dans les bras. Le petit garçon, constate Johnny, s'est remis à sucer son pouce. Et Ralphie est le seul (mis à part Johnny lui-même) à ne pas contempler la maison en flammes. Il regarde vers le haut de la colline, et Johnny voit ses yeux s'agrandir. Le pouce quitte sa bouche, et avant qu'il ne se mette à hurler de terreur, Johnny entend distinctement deux mots… qui, une fois de plus, ont quelque chose d'étrangement familier, au point d'en être exaspérants. Comme des paroles entendues en rêve.

« Dream Floater », dit l'enfant.

Et soudain, comme si ces deux mots étaient une incantation magique, son état anormal de poupée de chiffon disparaît. Il se met à hurler de peur et à se tordre entre les bras de Jim Reed. Pris au dépourvu, l'adolescent le laisse tomber au sol, et Ralphie atterrit sur le derrière. Il s'est certainement fait très mal, se dit Johnny en partant dans cette direction sans même réfléchir, mais le gosse ne donne pas l'impression de souffrir ; seulement d'avoir peur. Ses yeux exorbités sont toujours tournés vers le haut de la rue et il se met à pagayer frénétiquement des deux jambes, se coulant à reculons, sur le derrière, dans l'intérieur de la maison.

Johnny, à présent dans l'allée des Carver, se tourne pour regarder, bien que n'en ayant nulle envie, et voit deux nouveaux vans arriver de Bear Street. Le premier, rose bonbon, est tellement aérodynamique qu'il lui fait penser à tout sauf à un véhicule terrestre. Sur le toit, la parabole de l'antenne radar a une forme de cœur. En d'autres circonstances, on aurait pu trouver cela mignon, mais en cet instant l'effet est seulement bizarre. Des formes aérodynamiques dépassent des flancs de l'engin ; on dirait des nageoires latérales ou même des ailes tronquées.

Derrière ce véhicule, que l'on peut ou non appeler Dream Floater, se profile un autre bolide, noir, tout en longueur, avec un pare-brise bombé teinté et une sorte de boîtier en forme de champignon, également noir, sur le toit. Ce cauchemar d'ébène s'orne d'éclairs de chrome en zigzag qui font penser à des insignes SS.

Les deux véhicules accélèrent dans un ronronnement de moteurs rotatifs du genre turbine.

Une grande écoutille en diaphragme s'ouvre dans le flanc gauche du van rose. Et sur le van noir, pareil à un corbillard qui essaierait de se transformer en locomotive, les côtés du champignon glissent vers l'arrière, révélant deux personnages armés de fusils de chasse. L'un est un être humain barbu ; comme l'extraterrestre du van bleu, il semble vêtu d'un uniforme de la guerre de Sécession avec ses insignes et ses écussons. La chose qui se tient à côté de lui porte un uniforme entièrement différent : noir, le col montant haut, orné de boutons d'argent. Uniforme qui a, comme le van lui-même, quelque chose de nazi par son aspect ; mais ce n'est pas ce qui frappe Johnny et qui lui paralyse les cordes vocales, l'empêchant de pousser le moindre cri.

Au-dessus du col montant, on dirait que ne règnent que des ténèbres. Il n'a pas de visage, pense Johnny dans la seconde qui précède l'instant où les créatures des deux vans ouvrent le feu. Il n'a pas de visage, cette chose n'a aucun visage.

Johnny Marinville, qui voit tout, se dit alors qu'il est peut-être mort et qu'il se trouve en enfer.

Lettre d'Audrey Wyler (Wentworth, Ohio) à Janice Conroy (Plainview, New York) en date du 18 août 1994 :

Chère Janice,

Merci beaucoup pour ton coup de fil. Pour le mot de condoléances aussi, mais tu ne sauras jamais à quel point cela m'a fait du bien d'entendre ta voix, hier au soir, à quel point c'était important. Comme un verre d'eau bien fraîche par une journée torride. Ou peut-être comme une voix raisonnable quand on est enfermé chez les barjots !

Est-ce que tu as compris quelque chose à ce que je t'ai raconté ? Je me le demande. J'ai arrêté les tranquillisants, mais seulement depuis deux jours, et même si Herb s'y est mis et m'aide autant qu'il le peut, des tas de choses restent complètement brouillées. Elles ont commencé quand l'ami de Bill, Joe Calabrese, a appelé pour me dire que mon frère, ma belle-sœur et leurs deux aînés venaient d'être tués dans une fusillade. Ce Joe, je ne le connaissais pas ; il pleurait et j'avais du mal à suivre ; il était bien trop secoué pour se montrer diplomate. Il n'arrêtait pas de dire qu'il s'en voulait, qu'il s'en voulait, et c'est moi qui ai fini par le réconforter et pendant tout ce temps je me disais : il doit y avoir une erreur, Bill ne peut pas être mort, mon frère ne peut pas être mort, il devait rester dans le secteur tant que j'aurais besoin de lui… Il m'arrive encore de me réveiller la nuit et de me dire : non, pas Bill, c'est sûrement une erreur, ça ne peut pas être Bill…

Nous sommes allés en avion à San Jose, Herb et moi, pour reprendre Seth ; on est revenus à Toledo sur le même avion qui transportait les corps. On les met dans la soute à bagages. Tu le savais, toi ? Moi, non. Je n'avais pas envie de le savoir.

Les funérailles ont été un des moments les plus horribles de ma vie, Jan, probablement le plus horrible, même. Ces quatre cercueils alignés, mon frère, ma belle-sœur, mon neveu et ma nièce, tout d'abord à l'église, puis dans le cimetière, sur ces affreux rails chromés... Un truc dément : pendant toute la cérémonie je n'ai cessé de penser à ma lune de miel, à la Jamaïque. Ils ont des ralentisseurs, sur les routes, qu'ils appellent des gendarmes couchés. Pour je ne sais quelle raison, les cercueils m'y ont fait penser. Je t'avais dit que j'étais cinglée. Miss Valium Ohio 1994.

L'église était pleine à craquer. Bill et June avaient beaucoup d'amis, sauf que tout le monde braillait. Pas le pauvre petit Seth, évidemment, qui ne peut pas. Ou ne sait pas. Il restait assis sur son banc à jouer avec l'un de ses jouets, un van rose. Le nom de ces vans est à peu près la seule chose qu'il dit. J'espérais qu'il ne comprenait pas ce qui se passait, qu'il ne se doutait pas que sa famille avait disparu à jamais. Herb est sûr qu'il ne l'a pas compris. Moi, des fois, je me demande. C'est ça qui est terrible avec l'autisme. On est toujours dans l'incertitude, on ne sait jamais vraiment.

Il faut que je te dise : j'ai encore plus de respect, depuis deux ou trois semaines, pour l'homme que j'ai épousé. Il a tout arrangé, depuis les vols jusqu'à la notice nécrologique dans les journaux. Et prendre Seth, un orphelin, oui, mais autiste, comme il l'a fait, sans un mot pour se plaindre – c'est fantastique, non, ou c'est moi qui déraille ? Non, c'est fantastique. Et il semble vraiment vouloir s'occuper de ce pauvre gosse. Parfois, quand il le regarde, il a une expres-

sion préoccupée qui pourrait même être de l'amour, ou le début.

C'est d'autant plus remarquable, je trouve, quand on voit le peu de chose qu'un enfant comme Seth donne en retour. Il passe la plupart du temps au fond du bac à sable que Herb lui a installé dès notre retour, planté là comme un gros tas en forme de garçon, habillé seulement de ses sous-vêtements MotoKops 2200, à bredouiller son charabia, à jouer avec ses vans et les personnages qui vont avec. Ces jouets ne me plaisent pas ; je ne sais pas d'où il les tient. Il ne les avait pas, en tout cas, la dernière fois que j'ai été voir Bill à Toledo (j'ai vérifié dans un magasin, ces MotoKops coûtent un prix fou) et ce n'est pas le genre de jouets que Bill et Junie auraient aimer lui acheter, indépendamment du prix ; eux, ce n'était pas trop le style Guerre des étoiles, *au grand dam des gosses. Le pauvre petit Seth ne peut évidemment pas me le dire et c'est probablement sans importance. J'ai fini par apprendre le nom des véhicules et des personnages en regardant avec lui le dessin animé à la télé, le samedi matin. Le chef des méchants, Sans-Visage, est très angoissant.*

Il est tellement bizarre, Jan (Seth, pas Sans-Visage !). Je ne sais pas si Herb s'en rend compte aussi clairement que moi, mais il sent bien quelque chose. Parfois, quand je surprends son regard (on dirait par moments que ce gosse a des yeux noirs tant ils sont sombres), je suis prise d'un frisson dément, comme si mes vertèbres étaient un xylophone. Des choses bizarres se sont produites depuis qu'il habite avec nous. Ne ris pas, mais il s'est même produit des phénomènes genre poltergeist, *des verres qui dégringolent des étagères, des vitres qui se brisent sans raison apparente et des formes ondulantes apparaissant parfois, la nuit, au-dessus de son bac à sable. On dirait des sortes de peintures sur sable surréalistes. Je t'enverrai des polaroïds la prochaine fois que je t'écrirai, si j'y pense. À part toi, Jan, je n'irai jamais raconter cela à personne, crois-moi. Grâce au ciel, je sais que je peux avoir confiance en toi... en ta curiosité... et en ta discrétion !*

En dehors de ça, Seth n'est pas bien gênant. Le plus désagréable, c'est la manière dont il respire. Il avale l'air à grandes bouffées mouillées, toujours par la bouche, qu'il garde constamment grande ouverte. On dirait l'idiot du village, ce qu'il n'est pas, en réalité. Mon voisin, M. Marinville, est venu l'autre jour avec un gâteau à la banane qu'il avait préparé lui-même (il est absolument charmant, pour un type qui a écrit un livre racontant une histoire d'inceste père-fille intitulée – tiens-toi bien – Ravissement *!) et il a regardé un bon moment la télé avec nous, Seth ayant temporairement abandonné son bac à sable pour* Bonanza. *Comme je m'excusais à cause du bruit de respiration de Seth, il s'est contenté de rire et m'a répondu que le gosse n'y pouvait rien s'il avait un problème de végétations. Je ne sais même pas exactement ce que c'est ; il faudra sans doute consulter un médecin. Heureusement que nous avons souscrit à la Croix-Bleue.*

Une chose continue de me tracasser, d'où la photocopie de la carte postale ci-jointe, envoyée par mon frère de Carson City peu avant sa mort. Il y dit que Seth venait de faire des progrès, et même des progrès stupéfiants – ce sont ses propres termes, en majuscules avec des points d'exclamation, vois toi-même. Ça m'a intriguée et quand je l'ai eu au téléphone, la fois suivante (le 27 ou le 28 juillet, la dernière fois que j'ai entendu sa voix), il a eu une réaction très curieuse, qui ne lui ressemblait pas. Un long silence, puis il s'est mis à rire – « Ah-ah-ah », comme dans les livres, mais pas comme dans la réalité, sauf dans le plus barbant des cocktails. Jamais je ne l'avais entendu rire ainsi. « Je me suis peut-être un peu trop enthousiasmé, sur le coup, Aud. »

Il n'a pas voulu m'en dire davantage, mais comme j'insistais, il a ajouté que Seth paraissait plus intelligent, plus avec eux, une fois qu'ils étaient arrivés dans les montagnes Rocheuses. « Tu sais que Seth a toujours aimé les westerns. Il se rendait sans doute compte qu'il n'était pas dans l'Ouest d'autrefois, à cause de toutes les voitures, mais le paysage lui a tapé dans l'œil. » Voilà ce que m'a dit Bill.

J'aurais pu laisser tomber, si je n'avais pas trouvé sa réponse vraiment trop bizarre et vague, lui ressemblant si peu. On connaît ses proches, hein ? Du moins, on le croit. Et Bill, c'était tout ou rien : ou on n'arrivait pas à l'arrêter, ou il était renfermé et boudeur, jamais entre les deux. Sauf que, pendant ce coup de téléphone, il paraissait justement tout le temps entre les deux. Si bien que j'ai insisté, ce que je n'aurais pas fait en temps normal. Je lui ai fait remarquer que des progrès stupéfiants semblaient faire allusion à un événement précis. Alors il m'a dit qu'en effet, au nord de Las Vegas, après avoir passé un carrefour avec un panneau indiquant un patelin du nom de Désolation (tu parles d'un nom charmant, t'as vraiment envie d'y faire un tour), Seth s'est mis à « perdre les pédales » – c'est l'expression que Bill a employée. Ils étaient sur une nationale, pas sur l'autoroute, et il y avait une énorme levée de terre sur leur gauche, au sud de la route.

Bill ne lui trouvait rien d'extraordinaire, mais Seth est devenu fou quand il l'a vue. Il a commencé à s'agiter et à parler dans son charabia personnel. (On dirait une bande-son qui passe à l'envers, je trouve.)

Bill, June et les deux aînés se sont mis à faire comme tou-

jours, quand Seth est excité – du genre : Ouais, Seth, vas-y, Seth, sûr, Seth, t'as raison, Seth… *Pendant ce temps, ils s'éloignaient de la levée de terre. Et finalement Seth – accroche-toi bien – s'est mis à parler en anglais, plus du tout en charabia. Il a dit exactement : « Arrête-toi, papa, reviens, Seth veut voir montagne, Seth veut voir Hoss et Little Joe. » Au cas où tu ne le saurais pas, ce sont deux des personnages principaux de* Bonanza.

D'après Bill, jamais Seth n'avait prononcé autant de vrais mots de toute sa vie, et maintenant que je vis avec lui, je comprends à quel point cela a dû paraître extraordinaire. Mais… des progrès stupéfiants *? Je ne voudrais pas avoir l'air vache, mais ce n'était tout de même pas du Shakespeare. Je trouvais que cela ne cadrait pas, et je trouve toujours que ça ne cadre pas. Sur la carte postale, Bill paraît tellement excité qu'on le dirait sur le point d'exploser ; au téléphone, il avait l'air aussi amorphe qu'un figurant dans* L'Invasion des morts vivants. *Encore autre chose : sur la carte postale, il ajoute qu'il en dira davantage plus tard, comme si ça le démangeait. Mais une fois au téléphone, je dois lui arracher tous les détails les uns après les autres ! Bizarre, non ?*

Bill me dit alors que ça lui rappelle une vieille blague, celle du couple qui pense que leur fils est muet. Puis un jour, alors que le gosse a environ six ans, il se met à parler pendant qu'ils sont à table. « Est-ce que je peux avoir encore du maïs, maman ? » Les parents tombent des nues et lui demandent pourquoi il n'a jamais parlé avant. « Parce que je n'avais rien à dire. » Bill m'a donc raconté cette histoire que je connaissais au moins depuis Mathusalem, et s'est mis à partir de son rire faux de cocktail à la noix, ha-ha-ha.

Comme si la question était réglée. Sauf qu'elle ne l'était pas, pour moi.

« Alors, tu as posé la question à Seth ?

– Quelle question ?

– Pourquoi il n'avait jamais parlé avant.

– Mais il parlait…

– Pas comme ça. Il ne parlait pas comme ça, et c'est pour cela que tu m'as envoyé cette carte postale tout excitée, non ? » Je commençais à être furieuse contre lui, même si je ne savais trop pourquoi. « Lui as-tu demandé pour quelle raison il n'avait jamais formé une ou deux phrases en bon anglais jusqu'à ce jour ?

– Euh, non.

– Et as-tu fait demi-tour ? L'as-tu ramené à Désolation pour qu'il puisse aller voir le ranch Machinchose ou je ne sais quoi ?

– On ne pouvait vraiment pas, Aud. » Voilà ce qu'il m'a répondu après encore un long silence. Comme un ordinateur qui calcule le prochain coup. Ça ne me plaît pas de parler ainsi de mon frère, que j'aimais énormément et qui va me manquer jusqu'à la fin de mes jours, mais j'essaie de te faire comprendre à quel point cette dernière conversation a été étrange. À vrai dire, je n'avais pas l'impression de parler à mon frère ; j'aimerais pouvoir mieux m'expliquer, mais je n'y parviens pas.

« Comment ça, vous ne pouviez pas ?

– On pouvait pas, un point c'est tout. » Je crois que je commençais un peu à l'agacer, mais ça m'était égal. Du coup, je le retrouvais un peu. « Je voulais arriver à Carson City avant la nuit, ce qui n'aurait pas été possible si nous avions fait demi-tour, continua-t-il. Tout le monde m'a dit que la nationale 50 était dangereuse, de nuit, et je ne vou-

lais pas faire courir de risque à ma famille. » Comme s'il avait traversé le désert de Gobi et non pas le Nevada.

Et c'est tout. On a encore parlé un peu, et il m'a dit : « T'en fais pas, mon chou », comme il le faisait toujours, et ce sont les dernières paroles que j'ai entendues de sa bouche… dans ce monde-ci, en tout cas. T'en fais pas mon chou, et puis boum ! *il s'est trouvé dans la ligne de mire de je ne sais quel salopard. Avec toute sa famille, sauf Seth. La police n'a même pas encore été foutue d'identifier le calibre des armes, te l'avais-je dit ? La vie présente un côté tellement inachevé, en comparaison des livres et des films ! Une bon Dieu de salade russe.*

N'empêche, cette longue conversation continue de me tracasser. Et, plus que tout, ce rire vide de cocktail à la noix. Bill – mon Bill *– n'a jamais ri comme ça de sa vie.*

En plus, je ne suis pas la seule à avoir trouvé qu'il était un peu à côté de ses pompes. Joe, l'ami chez qui ils étaient, m'a dit que toute la famille avait l'air à côté de ses pompes, sauf Seth. Nous avons eu une conversation au salon funéraire, pendant que Herb remplissait les formulaires pour le transfert des corps. Joe avait l'impression qu'ils avaient peut-être un virus, ou la grippe. « Sauf le petit, toujours plein d'entrain, à s'amuser avec ses jouets dans le bac à sable. »

Bon, d'accord, ma lettre est un peu longuette, beaucoup trop, même, sans doute. Mais réfléchis à tout cela, veux-tu ? Triture un peu ces excellentes méninges que tu as, parce que cette histoire commence à sérieusement m'asticoter ! Je ne peux pas en parler à Herb, il dit que c'est un déplacement de deuil. J'avais bien pensé m'en ouvrir à John Marinville, notre voisin, qui me paraît à la fois bon et un esprit fin, mais je ne le connais pas assez. Si bien que c'est sur toi que ça retombe. Tu ne m'en veux pas, j'espère ?

Je t'aime, ma grande. Tu me manques. Et parfois, en particulier depuis quelque temps, j'aimerais que nous soyons de nouveau jeunes, avec tous les coups tordus que la vie garde en réserve encore planqués au bas de la pile. Tu te souviens, au collège, quand on pensait qu'on vivrait éternellement, et que seules nos foutues règles nous prenaient toujours par surprise ?

Faut que je m'arrête, sans quoi je vais me remettre à pleurer.

XXX (et des tonnes d'autres),

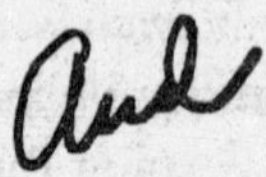

Chapitre 5

1

Torse nu devant le miroir de la salle de bains, en ce début d'après-midi, avant que le monde ne dégringole en enfer comme un seau au fond d'un puits, corde cassée, Collier Entragian avait pris trois grandes résolutions. La première, de se raser tous les jours de la semaine. La deuxième, d'arrêter de boire, au moins tant qu'il n'aurait pas retrouvé une vie équilibrée ; il picolait vraiment trop, il s'en rendait parfaitement compte, et il fallait y mettre un terme. La troisième était de ne plus atermoyer et de se mettre à chercher un boulot. Il y avait trois bonnes sociétés de gardiennage et de sécurité dans le secteur de Colombus ; il connaissait des gens qui travaillaient dans deux d'entre elles, et il était temps de se secouer – il n'était pas mort, après tout –, temps d'arrêter de se plaindre, temps de se remettre à vivre sa vie.

Pour le moment, alors que l'incendie faisait rage dans la maison Hobart et que s'approchaient les deux vans bizarroïdes, il n'avait qu'un souci, s'accrocher à cette vie. C'était surtout le van noir, avec sa manière de s'insinuer sournoisement derrière le rose, qui le faisait flipper, qui le poussait à prendre sur-le-champ ses cliques et ses claques, si possible pour la Mongolie-Extérieure. Des vagues silhouettes, dans la tourelle du van noir, il n'apercevait qu'une image brouillée de pluie ; mais le véhicule suffisait. Un corbillard de science-fiction, pensa-t-il.

« Rentrez ! » s'entendit-il crier. Apparemment, restait encore au fond de lui l'envie de prendre les choses en main. « Rentrez tous chez vous, tout de suite ! »

À ce stade, il perdit trace des gens agglutinés autour de feu le postier et de son épouse, dont les hululements n'avaient pas cessé – Mme Geller, Susi, l'amie de celle-ci, les Josephson, Mme Reed. Marinville, l'écrivain, se tenait un peu plus près, mais Collie l'oublia aussi. Toute son attention était concentrée sur ceux qui se tenaient devant le bungalow du véto : Peter Jackson, les Soderson, l'employée du magasin, le chevelu, et Toubib lui-même, lequel avait pris sa retraite depuis un an sans se douter une seconde qu'il allait vivre un truc pareil.

« Foncez ! » gueula Collie à bout portant à Gary qui le regardait, dégoulinant d'eau, bouche bée, à demi ivre. Sur le coup, il aurait eu envie de le tuer, de le secouer, de l'étrangler – n'importe quoi. « Rentrez dans vot' putain de maison ! » Derrière lui, il entendit Marinville crier la même chose – à ceci près que c'était à la maison Carver, probablement, qu'il faisait allusion.

« Que… », commença Marielle, qui s'était approchée de son mari ; elle regarda par-dessus l'épaule de celui-ci et ses yeux s'agrandirent. Les doigts écartés, elle porta les mains à ses joues, sa bouche s'ouvrit toute grande et, un instant, Collie s'attendit presque à la voir tomber à genoux pour se mettre à chanter *Mammy*, comme Al Jolson. Au lieu de cela, elle hurla. À croire que c'était le signal qu'attendaient les assaillants, car la fusillade se déclencha – des détonations violentes, compactes, que personne n'aurait pu confondre avec le tonnerre.

Le hippie sur le retour saisit Peter Jackson par le poignet et essaya de l'arracher au cadavre de sa femme. Peter ne voulait pas la lâcher. Il hululait toujours et paraissait n'avoir nullement conscience de ce qui se passait autour de lui. Il y eut un *ka-boum !* assourdissant comme une explosion de dynamite, suivi d'un bruit de verre brisé. Un *ka-bam !* encore plus tonitruant retentit, un hurlement de peur ou de douleur dans son sillage. Collie, lui, penchait plutôt pour la peur... au moins pour cette fois. Une troisième détonation, et le berger allemand en céramique de Billingsley se trouva entièrement pulvérisé, aux pattes antérieures près. La porte de la maison de Toubib était ouverte, derrière la moustiquaire qui s'ornait en son milieu d'un B tarabiscoté. Ce rectangle sombre, issue susceptible de conduire dans une cave, à l'abri, paraissait situé à mille kilomètres de là.

Collie courut tout d'abord jusqu'à Peter, nullement par héroïsme ; c'est juste par là qu'il démarra. Il y eut une nouvelle détonation assourdissante et il serra les fesses et les muscles du dos, dans l'attente d'une balle mortelle, alors même que son esprit lui disait que, cette fois, il s'agissait bien du tonnerre. Pas comme la prochaine. Encore un *ka-boum !* en rafale, et il sentit quelque chose ouvrir un sillon dans l'air, non loin de son oreille droite.

Première fois que j'essuie un coup de feu, pensa-t-il. Neuf ans flic, quatre en tenue, quatre comme enquêteur et un comme inspecteur – et c'est la première fois que je me fais allumer.

Ka-bam ! L'une des fenêtres du salon de Billingsley explosa, dans l'agitation fantomatique de ses rideaux. La pétarade, derrière lui, devenait un véritable tir de barrage – *bam-bam-bam-bam !* – et il sentit du plomb chaud le frôler encore, cette fois à la gauche de sa tête ; un trou noir s'ouvrit dans le mur, à côté de la fenêtre pulvérisée. Trou qui lui fit l'effet d'un grand œil sidéré. Le prochain pélot bourdonna à hauteur de sa hanche. Comment, je suis encore en vie ? Il n'arrivait pas à y croire. Mais alors là, pas du tout. Il sentait l'odeur de résine des bardeaux de pin qui brûlaient, et il eut même le temps de penser à ces après-midi d'octobre qu'il passait avec son père, dans leur arrière-cour, à brûler les feuilles mortes qui dégageaient des senteurs aromatiques en se consumant.

Cela faisait des heures qu'il courait, il avait l'impression d'être comme un bon Dieu de canard en plâtre dans un stand de tir de fête foraine, il n'avait pas encore atteint la maison de Peter Jackson – mais qu'est-ce qui lui arrivait ?

La fusillade n'a commencé que depuis cinq secondes, l'informa ce qui restait de raisonnable dans son esprit. Sinon trois.

Le hippie tirait toujours sur le poignet de Peter, et la fille, Cynthia, se mit aussi de la partie ; mais Peter leur résistait activement, se rendit compte Collie. Peter voulait rester auprès de sa femme, laquelle avait divinement mal choisi le moment de rentrer chez elle.

Accélérant toujours (et c'était un sacré sprinter, quand il s'en donnait la peine), Collie se pencha et saisit au passage l'homme agenouillé par l'aisselle. On va jouer au tire-fesses, pensa-t-il. Peter se débattit, essayant de tenir contre les trois personnes qui l'entraînaient loin de sa femme. La main de Collie commença à glisser. Et merde ! Merde sur toute la ligne !

Nouveau hurlement derrière lui, en provenance de la maison des Carver. Du coin de l'œil, il vit le van rose foncer vers le bas de la rue.

« Mary ! s'égosillait Peter, Mary est blessée !

– Je m'en occupe, Pete, vous en faites pas, je m'en occupe ! » lui cria Toubib d'un ton joyeux, même s'il passa en courant à côté de la morte sans même lui jeter un regard. Mais Peter acquiesça, paraissant soulagé. Le ton, sans doute, se dit Collie. Ce ton joyeux si déplacé.

Le hippie l'aidait maintenant vraiment au lieu de simplement essayer. Il tenait Peter par la ceinture, pour commencer, et c'était plus facile ainsi. « Un p'tit effort, vieux, dit-il à Peter. Rien qu'un p'tit effort. »

Peter l'ignora. Il regardait Collie, les yeux immenses, vitreux. « Il s'en occupe, hein ? Toubib s'en occupe, c'est ça ?

– C'est ça ! » lui cria l'ex-flic. Il avait essayé de prendre le ton du vieux véto – genre humeur joyeuse de gai luron – mais n'entendit que de la terreur dans sa voix. Le van rose avait disparu mais le noir traînait encore, roulant au pas, presque à l'arrêt. Il vit des silhouettes – trop brillantes, presque fluorescentes – dans la tourelle. « Billingsley… »

Marielle Soderson le bouscula sur sa gauche, manquant de peu le renverser dans sa course éperdue vers la maison de Toubib. Gary le frôla sur sa droite, heurtant la vendeuse de l'épaule. Cynthia tomba sur un genou et poussa un cri de douleur qui lui déforma la bouche – sans doute venait-elle de se tordre la cheville. Soderson ne lui jeta même pas un coup d'œil ; il ne quittait pas son but des yeux. La fille se releva sur-le-champ. Elle grimaçait toujours de douleur, mais n'en avait pas pour autant lâché le bras de Peter, sur lequel elle tirait toujours. Collie en conçut une certaine estime pour elle, en dépit de sa coiffure schizo bicolore.

Les Soderson poursuivirent leur sprint. Il leur avait fallu un certain temps pour se faire une idée générale de la situation, mais ils venaient manifestement de piger, constata Collie.

Nouvelle détonation. Cheveux-Longs poussa un cri de douleur et d'étonnement et s'agrippa la jambe. Collie vit du sang – d'un écarlate surprenant étant donné le faux crépuscule créé par l'orage – couler entre les doigts contractés. La fille le regardait, bouche bée, l'œil effaré.

« Ce n'est rien, dit le hippie en reprenant l'équilibre. Juste une égratignure. Fonçons, fonçons ! »

Peter avait finalement retrouvé ses jambes. « Mais bordel de Dieu… qu'est-ce qui se passe ? » demanda-t-il à Collie, la voix empâtée.

Avant que ce dernier ait eu le temps de répondre, une ultime détonation partit du van noir, accompagnée d'un son – il en aurait juré – rappelant le sifflement d'un obus. Marielle Soderson, qui avait atteint le perron (Gary, pas vraiment gentleman, venait de disparaître à l'intérieur), poussa un hurlement et fit une embardée qui la propulsa contre le chambranle de la porte ; son bras gauche, désarticulé, partit dans un grand moulinet. Les montants d'aluminium se couvrirent d'un jet de sang que la pluie se mit aussitôt à délayer en filets qui dégoulinèrent jusqu'au sol. Collie entendit Bicolore hurler et se sentit sur le point de l'imiter. La balle avait touché Marielle à l'épaule et lui avait presque complètement arraché le bras, qui retomba et se mit à pendre, à peine retenu par un magma brillant de chairs sur lesquelles ressortait un grain de beauté. C'est ce grain de beauté – défaut que Gary avait peut-être embrassé tendrement à l'époque où il était un peu plus fringant – qui donnait toute sa réalité au tableau. Elle resta sur le seuil de la maison, sans cesser de hurler, le bras comme un battant de porte auquel on aurait arraché deux gonds sur trois. Dans la rue, le van noir accéléra, tandis que se refermait la tourelle. Il disparut dans la pluie et les torsades de fumée qui montaient de la maison Hobart, où le toit venait de communiquer le feu aux murs.

2

Elle, elle avait un refuge.

Elle le voyait parfois comme une bénédiction, parfois comme une malédiction (parce que cela ne faisait que prolonger les choses, prolonger cette mascarade infernale) mais, d'une manière ou d'une autre, c'était grâce à cela qu'elle était toujours elle-même, au moins une partie du temps ; uniquement grâce à cela qu'elle n'avait pas été dévorée de l'intérieur. Comme Herb l'avait été. À la fin, cependant, Herb avait eu la force de se retrouver une dernière fois. Avait eu la force de tenir assez longtemps pour aller jusqu'au garage et se tirer une balle dans la tête.

Du moins était-ce ce qu'elle voulait croire.

Parfois, néanmoins, cette illusion tombait. Parfois, elle pensait aux interminables soirées avant le coup de feu qui avait retenti dans le garage et elle regardait Seth, installé dans sa chaise, celle avec les décalcomanies de cow-boys qu'elle et Herb avaient collées dessus quand ils s'étaient rendu compte à quel point l'enfant aimait les « Wesserns ». Seth, assis dans son coin, ignorant l'écran de télé sauf lorsqu'il y avait un western ou de la science-fiction, regardant Herb de ses horribles yeux d'un marron bourbeux, ceux d'une créature ayant passé toute sa vie dans un marécage. Assis dans la chaise que son oncle et sa tante avaient affectueusement décorée, au début, avant que les cauchemars ne commencent. Ou, du moins, avant qu'ils n'aient su qu'ils avaient commencé. Assis là et regardant Herb, mais presque jamais sa tante, en tout cas pas alors. Le regardant. Lançant le venin de ses pensées sur lui. Le suçant à mort, comme un vampire dans un film d'épouvante. Et tel était bien, n'est-ce pas, l'être qui se dissimulait à l'intérieur de Seth : un vampire. Leur vie ensemble ici, sur Poplar Street, c'était le film. Poplar Street, une rue où chaque foyer, pratiquement, aurait pu servir de modèle à Norman Rockwell. Des voisins épatants, du genre à tout laisser tomber quand ils apprennent par la radio que la Croix-Rouge manque de groupe O, ignorant tous que Audrey Wyler, la veuve discrète qui habitait entre les Soderson et les Reed, était maintenant la vedette de son propre film à la Polanski.

Les bons jours, elle se disait que Herb – que son sens de l'humour avait protégé de la chose à l'intérieur de Seth tout en lui servant par ailleurs d'appât – avait tenu assez longtemps pour y échapper. Les mauvais, elle savait que c'était des conneries, que Seth avait simplement nettoyé tout ce qu'il y avait à nettoyer chez Herb puis l'avait expédié au garage avec un programme d'autodestruction écrit en lettres de néon dans sa tête, des lettres de néon aussi brillantes qu'une pub de bière au-dessus d'un bar.

Ce n'était cependant pas Seth, pas vraiment ; pas le Seth qui – au tout début – les prenait parfois dans ses bras et leur donnait de gros bécots, bouche ouverte, comme des bulles de savon qui éclatent. « Moi o-boy », disait-il parfois, quand il était assis sur sa chaise, les mots se détachant de son charabia habituel et leur donnant l'impression passagère qu'ils avançaient un peu. Ce Seth-là avait été touchant ; adorable non pas en dépit de son autisme mais en partie à cause de lui. Ce Seth-là avait cependant été aussi un médium, comme un sang contaminé qui simultanément nourrit un virus et le transporte.

Ce virus, le vampire si l'on préfère, c'était Tak. Petit cadeau du grand désert américain. D'après Bill, la famille Garin n'avait pas fait demi-tour pour aller à

Désolation. N'avait pas été voir ce qu'il y avait derrière la grande levée de terre, voir ce qui avait excité Seth au point d'en oublier son sabir habituel pour parler en anglais intelligible. *On pouvait pas, un point c'est tout*, avait dit Bill. *Je voulais arriver à Carson City avant la nuit.* Mais Bill avait menti. Elle le savait car elle avait reçu une lettre d'un certain Allen Symes.

Symes, ingénieur-géologue pour une société minière spécialiste des veines profondes, avait vu la famille Garin le 24 juillet 1994, soit le jour où Bill avait envoyé une carte postale enthousiaste à sa sœur. Symes disait dans sa lettre qu'il ne s'était rien passé de particulier, qu'il avait simplement conduit les Garin jusqu'au bord de la mine à ciel ouvert (y pénétrer aurait été violer les règles de sécurité en vigueur pour ce genre de site) et leur avait fait un petit historique des lieux avant de les laisser repartir. C'était une version des faits solide, aussi ennuyeuse que plausible. Audrey ne l'aurait pas un instant remise en question si elle n'avait su quelque chose que M. Allen Symes de Désolation, Nevada, ignorait : que Bill avait nié s'être arrêté. Avait dit qu'il était pressé d'arriver à Carson City avant la nuit. Et si Bill avait menti, n'était-il pas possible – voire même vraisemblable – que Symes ait menti aussi ?

Oui, mais, à propos de quoi ?

Arrête, papa, Seth veut voir la montagne.

Pourquoi m'as-tu menti, Bill ?

Elle pensait pouvoir répondre à cette question : Bill avait menti parce que Seth l'avait obligé à le faire. Elle pensait que Seth s'était tenu à côté du téléphone pendant la conversation, regardant la créature en qui il ne voyait plus son père de ses yeux bourbeux de bête des marécages. Bill n'avait pu dire que ce que Tak lui avait permis de dire, comme quelqu'un parlant sous la menace d'une arme pointée sur sa tête. Il avait sorti ses mensonges maladroits et eut ce rire inhabituel de cocktail à la noix, ha-ha-ha.

La chose qui était en Seth avait fini par dévorer Herb tout vif et essayait maintenant de la dévorer, elle ; mais, apparemment, Audrey différait de son mari sur un point crucial : elle disposait d'un refuge. Elle l'avait peut-être découvert par accident, peut-être avec l'aide de Seth – le véritable Seth – et elle ne pouvait que prier pour que Tak ne découvre jamais ce qu'elle faisait ni ou elle allait. Pour que le monstre ne la suive jamais dans son sanctuaire.

En mai 1982, alors qu'elle avait vingt et un ans et s'appelait encore Audrey Garin, elle et sa camarade de chambre (qui était alors, comme aujourd'hui encore, sa meilleure amie), Janice Goodlin, avaient passé un week-end merveilleux, selon toute vraisemblance le plus merveilleux qu'elle ait passé de toute sa vie, à Mohonk Mountain House, dans les Catskill, au nord de l'État de New York. Week-end que leur avait offert le père de Jan, lorsqu'il avait reçu une prime rondelette de son entreprise en même temps qu'une promotion rapide ; s'il avait voulu faire partager sa joie aux deux jeunes filles, il y avait admirablement réussi.

Le samedi de ce week-end magique, après avoir pris de quoi pique-niquer (un repas préparé par les cuisines dans un merveilleux panier en osier à l'ancienne), elles avaient marché pendant des heures, à la recherche du coin idéal. D'ordinaire, on ne le trouve jamais, ou quelqu'un l'a trouvé avant vous. Cette fois, elles eurent de la chance. Elles s'arrêtèrent dans une superbe prairie à mi-pente, laissée à elle-même, envahie de boutons-d'or, de pâquerettes et de roses sauvages. Le bourdonnement des abeilles était omniprésent ; des papillons blancs dansaient dans l'air chaud comme des confettis enchantés qui ne retomberaient jamais au sol ; à une extrémité s'élevait une construction fantaisiste en forme de coupole qui, d'après Jan, s'appelait une gloriette. De là, elles dominaient tout le domaine de Mohonk. La gloriette avait un toit qui donnait de l'ombre et protégeait de la pluie, mais était ouverte de tous les côtés ; l'air circulait librement et la vue était dégagée.

Les deux jeunes femmes avaient dévoré leurs provisions, parlé à n'en plus finir et ri jusqu'aux larmes à trois reprises. Audrey ne se souvenait pas d'avoir jamais ri d'aussi bon cœur depuis. Jamais non plus elle n'avait oublié la lumière claire qui s'était longuement attardée, en cet après-midi d'été, ni la sarabande des papillons blancs.

Tel était le lieu où elle se réfugiait lorsque Tak faisait des siennes et prenait le contrôle complet de Seth. Tel était le lieu où elle se cachait, en compagnie d'une Janice dont le nom de famille était encore Goodlin et non pas Conroy, une Janice encore jeune. Parfois elle lui parlait de Seth – comment il s'était retrouvé chez eux, comment ni elle ni Herb n'avaient soupçonné – au début, du moins – ce qui se cachait au fond de lui, une chose qui se tenait très tranquille, les observait et rassemblait ses forces en attendant le bon moment pour surgir. Il lui arrivait aussi parfois de dire à Jan combien

Herb lui manquait et à quel point elle était terrifiée… à quel point elle se sentait prisonnière, comme une mouche dans une toile d'araignée ou un coyote dans un piège à loups.

Mais ce genre de conversations lui donnaient l'impression d'être risquées, et elle essayait de les éviter. La plupart du temps, elle se contentait de rejouer les discussions charmantes et anodines de cette journée remontant à un passé lointain – quand Reagan en était à son premier mandat présidentiel et qu'il y avait encore des trente-trois tours chez les disquaires. Des choses comme : est-ce que Ray Soames, le petit ami de Jan à l'époque, serait ou non un amant attentif (un cochon d'égoïste, lui avait carrément dit Jan trois semaines plus tard, juste avant de faire ses adieux pour toujours à Ray et à son beau profil boudeur) ? Quel genre de travail elles auraient ? Combien d'enfants ? Lesquels, parmi leurs amis, réussiraient le mieux dans la vie ?

Sous-jacente, puissante mais restée informulée – peut-être n'avaient-elles pas osé en parler, par crainte de la faire s'évanouir –, il y avait la joie de cette journée, avec cette bonne santé naturelle de jeunes femmes, et leur profonde amitié. C'était sur ces choses et non sur ses ennuis actuels qu'Audrey se concentrait lorsqu'elle sentait Tak s'attaquer à elle de ses dents invisibles : elles déclenchaient d'exquises douleurs lorsqu'il tentait de se repaître d'elle, de s'engraisser sur elle. C'était dans l'ambiance chaleureuse d'amour et de lumière de cette journée qu'elle se réfugiait alors et, jusqu'ici, elle y avait trouvé réconfort et aide.

Jusqu'ici, elle avait survécu.

Plus important : jusqu'ici, elle était restée elle-même.

Dans la prairie, confusion et ténèbres se dissipaient et tout était net et clair : les montants en bois gris fendillés qui soutenaient le toit de la gloriette, chacun jetant son ombre précise ; la table (également fendillée) à laquelle elles étaient assises, sur des bancs se faisant face et gravés d'initiales – de couples d'amoureux, pour la plupart ; le panier de pique-nique, posé maintenant sur le plancher, encore ouvert, et où étaient proprement rangés, en vue du retour à l'hôtel, les ustensiles et les boîtes en plastique. Elle voyait les mèches dorées dans la chevelure de Jan, et un fil qui pendait, sur l'épaule gauche de sa blouse. Elle entendait chaque cri d'oiseau.

Une seule chose différait par rapport à la réalité d'alors ; sur la table où avait été posé le panier de pique-nique, avant qu'elles l'aient placé sur le sol, leur repas terminé, trônait à présent un téléphone rouge en plastique. C'est avec un appareil identique qu'à l'âge de cinq ans elle avait eu de longues conversations abracadabrantes avec une camarade invisible répondant au nom de Missy Lulu.

Lors de certaines de ses incursions dans la prairie, le mot PLAYSKOOL se lisait sur le socle du téléphone. D'autres fois – notamment les journées où les choses étaient particulièrement pénibles, ce qui était de plus en plus fréquent depuis quelque temps –, elle y déchiffrait un mot plus court et infiniment plus menaçant : le nom du vampire.

C'était le Tak-phone, lequel ne sonnait jamais. Ou

plutôt n'avait encore jamais sonné. Audrey soupçonnait que le jour où il retentirait, cela signifierait que Tak avait trouvé son refuge secret. Dans ce cas, elle était sûre que ce serait la fin pour elle. Elle continuerait à respirer et à s'alimenter pendant quelque temps, comme l'avait fait Herb, mais ce n'en serait pas moins la fin.

Elle tentait parfois de faire disparaître le Tak-phone. Elle s'était dit que si elle parvenait à se débarrasser de cette saleté, elle pourrait peut-être échapper définitivement à la créature de Poplar Street. Elle n'arrivait cependant pas à altérer la réalité du téléphone, en dépit des efforts qu'elle déployait. Il lui était bien arrivé de disparaître, mais jamais sous ses yeux ou quand elle y pensait. Elle regardait par exemple le visage rieur de Jan (racontant comment elle avait eu parfois envie de sauter dans les bras de Ray Soames et de le couvrir de baisers, mais aussi parfois – quand elle le surprenait à se curer furtivement le nez – de courir se réfugier dans un coin pour y mourir), puis elle se tournait de nouveau vers la table et le petit téléphone rouge avait disparu. Cela signifiait que Tak était parti, au moins pour un moment, qu'il dormait (ou somnolait) ou qu'il s'était retiré. Très souvent, ces fois-là, elle trouvait ensuite Seth installé sur la cuvette des toilettes, le regard hébété et bizarre mais au moins avec quelque chose d'humain. Apparemment, Tak n'aimait pas trop être dans le secteur quand son hôte soulageait ses intestins. Voilà qui était, du point de vue d'Audrey, faire bien des chichis, pour une créature aussi systématiquement cruelle.

Elle abaissa les yeux et vit que le téléphone avait disparu.

Elle se leva et Jan – Jan la jeune, les deux seins encore intacts – arrêta soudainement son bavardage pour dire, avec de la tristesse dans les yeux : « Déjà ?

– Je suis désolée », répondit Audrey, laquelle n'avait aucune idée du temps écoulé. Elle le saurait une fois de retour, en regardant l'horloge, mais tant qu'elle était ici, l'idée même d'horloge lui paraissait ridicule. La prairie sur les hauteurs qui dominaient Mohonk, en mai 1982, était une zone bénie, sans horloge, sans tic-tac.

« Peut-être un jour arriveras-tu à te débarrasser pour de bon de ce foutu téléphone et à rester, remarqua Jan.

– Peut-être. Ce serait chouette. »

Vraiment ? Si chouette que ça ? Elle l'ignorait. En attendant, il y avait le petit garçon dont elle devait s'occuper. Et autre chose, aussi : elle n'était pas encore prête à abandonner le combat, ce qu'aurait signifié le fait de ne plus quitter mai 1982. Et comment savoir ce qu'elle ressentirait pour la prairie, si elle ne pouvait plus jamais la quitter ? Dans de telles circonstances, son paradis risquait de devenir son enfer.

Les choses changeaient, cependant, et pas en bien. Tak, pour commencer, ne s'affaiblissait pas avec le passage du temps, comme elle l'avait bien peu raisonnablement espéré ; il paraissait plutôt gagner des forces. La télé fonctionnait en permanence, diffusant les mêmes histoires, les mêmes feuilletons recyclés pour la énième fois (*Bonanza, The Rifleman*... et *MotoKops 2200*, bien entendu). Les personnages de ces émissions lui faisaient tous l'effet de démagogues cinglés, de n'être que des voix cruelles exhortant une populace excitée à commettre des actions abominables. Un événement allait se produire, et très bientôt. Tak mijotait quelque chose… si tant est qu'on pouvait le croire capable de faire des plans, ou même de simplement penser. *Changer*, le mot était peut-être faible. Elle avait l'impression que les choses allaient se retrouver sens dessus dessous, comme dans un tremblement de terre. Et si jamais cela arrivait – lorsque cela arriverait…

« Tu t'échappes, dit Jan, un éclair dans les yeux. Tu arrêtes de réfléchir et tu fiches le camp, Aud. Tu ouvres ta porte pendant que Seth dort ou fait sa crotte et tu prends la poudre d'escampette. Tu te tires de la maison. Le plus loin possible de cette saloperie. »

C'était la première fois que Janice se permettait de lui donner un conseil, et ce fut un choc. Elle ne savait comment lui répondre. « Je… je vais y penser.

– Ne réfléchis pas trop longtemps, ma mignonne. J'ai l'impression qu'il ne te reste guère de temps.

– Il faut que j'y aille. » Elle jeta un dernier regard effaré à la table pour s'assurer que le Tak-phone n'était pas revenu.

« D'accord, Aud. Très bien. Au revoir. » La voix de Jan lui faisait l'effet de parvenir de très loin, soudain ; elle s'estompait comme un fantôme. Tandis qu'elle se décolorait, elle se mit à ressembler de plus en plus à la femme qui attendait qu'elle se ressaisisse, une femme avec un sein en moins et un point de vue étroit, manquant parfois de générosité. « Reviens vite. Nous parlerons de *Sergeant Pepper*, peut-être.

– Entendu. »

Audrey quitta la gloriette, regarda le paysage, la

paroi rocheuse qui se parait de roses sauvages roses, les papillons blancs qui virevoltaient. Le tonnerre gronda dans un ciel bleu brumeux. Dieu leur expédiait un orage depuis les Catskill, rien de surprenant ; un après-midi d'une telle perfection ne pouvait être toléré bien longtemps. *Rien ne demeure qui est d'or*, avait dit un poète. Lequel ? Peu importait. Janice Goodlin Conroy avait toujours considéré que c'était aussi vrai que poétique ; et Audrey Garin avait fini par partager son point de vue.

Elle se tourna pour observer l'orage qui montait, mais au lieu des cumulus de printemps venus des Catskill, c'est son salon qu'elle vit, un salon miteux et ayant besoin d'un bon coup de torchon. Il y avait de la poussière sous tous les meubles, toutes les surfaces vitrées étaient couvertes ou de traces de doigts, ou de graisse, ou de boissons renversées, sinon des trois. Il s'en dégageait une odeur de sueur et de chaleur, mais surtout de spaghettis en boîte et de vieille friture à hamburger, seules nourritures que son étrange pensionnaire paraissait vouloir consommer.

Elle était de retour.

Elle avait froid. Elle se regarda et constata qu'elle ne portait qu'un short et une paire de tennis. Des shorts bleus, cela va de soi, comme ceux dont s'affublait presque toujours Cassandra Styles, la préférée de Seth parmi les MotoKops. La crasse lui montait des mains jusqu'aux poignets, des pieds jusqu'aux mollets. La blouse blanche sans manches qu'elle avait enfilée ce matin – avant qu'il ne prenne le contrôle ; celui-ci n'avait pas été permanent, mais Tak avait été presque tout le temps aux commandes, la faisant aller et venir comme si c'était son petit train électrique personnel – gisait sur le canapé, abandonnée. Ses mamelons lui faisaient mal.

Il m'a encore obligée à me pincer, pensa-t-elle en allant reprendre la blouse. Pourquoi ? Parce que Cary Ripton, le petit livreur de journaux, l'avait aperçue torse nue ? Oui, peut-être. Probablement. Tout cela restait vague, comme d'habitude, mais elle en était à peu près sûre. Tak s'était mis en colère… et la punition avait commencé… sur quoi elle s'était éclipsée, rejoignant son fabuleux âge d'or. Dès qu'il était retourné dans son antre pour regarder de nouveau ses foutus films.

Ces mauvais traitements-là l'effrayaient beaucoup. Elle avait eu davantage mal, en d'autres occasions, sans parler des petites humiliations mesquines – Tak était un artiste en ce domaine –, mais cette façon de se pincer les seins présentait un côté sexuel manifeste. Il y avait aussi la manière dont elle s'habillait… ou ne s'habillait pas. De plus en plus souvent, Tak l'obligeait à enlever ses vêtements quand il était en colère contre elle, ou simplement quand il s'ennuyait. Comme si lui (ou Seth, ou tous les deux) la considérait comme le poster central de quelque revue masculine représentant Cassie Styles, la nana impitoyable mais incontestablement bien roulée. Hé, les mecs, reluquez-moi un peu les nénés de votre MotoKop préférée !

Elle ne savait pratiquement rien sur les relations établies entre l'hôte et le parasite, ce qui rendait sa situation encore pire. Elle supposait que Seth s'intéressait beaucoup plus aux modèles réduits qu'aux seins ; après tout, il n'avait que huit ans. Mais quel âge avait la chose, au-dedans de lui ? Et que voulait-elle ? Il y avait des possibilités, autrement sérieuses que les pinçons, qu'elle ne voulait même pas envisager. Quoique, peu de temps avant la mort de Herb…

Non. Elle ne voulait pas y penser.

Elle enfila la blouse, la boutonna et jeta un coup d'œil à l'horloge, sur la cheminée. Seulement seize heures quinze ; Jan avait eu raison de dire *déjà*. Le temps avait toutefois indiscutablement changé, Catskill ou pas. Le tonnerre roulait, accompagné d'éclairs, et la pluie s'acharnait avec tant de furie contre la baie vitrée qu'on aurait dit de la fumée.

La télé était allumée, dans l'alcôve. Le film, évidemment. Ce film horrible, ignoble. Ils en étaient à leur quatrième copie de *Regulators,* « Les Régulateurs ». Herb avait ramené la première à la maison environ un mois avant sa mort. Et ce film avait constitué, d'une manière encore inexplicable pour elle, la dernière pièce du puzzle, la touche finale. Il avait, d'une certaine façon, libéré Tak… ou, mieux, l'avait canalisé, concentré, comme une loupe concentrerait la lumière pour en faire du feu. Comment Herb, cependant, aurait-il pu savoir que cela se produirait ? Comment elle-même l'aurait pu ? À cette époque, ils soupçonnaient à peine l'existence de Tak. Il s'était certes déjà attaqué à Herb, d'accord, mais d'une manière aussi insidieuse qu'une sangsue s'accroche à quelqu'un sous l'eau.

« Tu me cherches, shérif ? » grinçait Rory Calhoun.

Sans même s'en rendre compte, elle murmura pour elle-même : « Pourquoi ne pas laisser tomber ? Dire que tout ça est terminé ? »

« Pourquoi ne pas laisser tomber ? » déclara John

Payne à la télé. Audrey voyait la trépidation lumineuse des reflets venus de l'écran, sur l'arche incurvée qui séparait le salon de l'alcôve. « Dire que tout ça est terminé ? »

Elle s'avança sur la pointe des pieds, fourrant les pans de la blouse dans son short (elle en possédait une bonne douzaine, tous bleu foncé avec une bande latérale blanche à hauteur de la couture – il n'y avait pas rupture de stock en matière de shorts bleus, *casa* Wyler) et regarda. Seth était sur le canapé, ne portant qu'un caleçon MotoKops crasseux. Les murs, que Herb avait lambrissés en pin de toute première qualité, étaient hérissés de gros clous que Seth avait trouvés dans l'atelier, au fond du garage. De nombreuses lattes s'étaient fendues verticalement. Des images que Seth avait découpées dans diverses revues étaient accrochées à ces clous enfoncés n'importe comment. Surtout des cow-boys, des astronautes et, bien entendu, des MotoKops. Quelques dessins de Seth étaient disséminés parmi elles, des paysages exécutés au feutre noir. Sur la table basse, devant lui, étaient amoncelés une dizaine de verres dans lesquels séchaient des résidus de lait chocolaté, la seule boisson qu'acceptait Seth/Tak, et d'assiettes avec des portions de nourriture à demi entamées. Tous ses plats favoris : spaghettis « Chef Boy-Ar-Dee » et hamburger, nouilles « Boy-Ar-Dee » et hamburger, soupe à la tomate avec de gros morceaux de hamburger émergeant du liquide en voie de pétrification comme autant d'atolls du Pacifique sur lesquels on aurait essayé trop de bombes atomiques.

Seth avait les yeux ouverts mais le regard vide ; lui et Tak étaient aux abonnés absents, peut-être pour recharger les batteries, peut-être pour dormir, paupière soulevée, comme un lézard sur un rocher bien chaud, peut-être pour s'imbiber du film d'une manière profonde et élémentaire que Audrey ne serait jamais capable de comprendre – ou n'aurait jamais envie de comprendre. À la vérité, elle se foutait complètement de savoir où il – où *ça* – était. Elle allait peut-être pouvoir manger tranquillement ; cela lui suffisait. *Les Régulateurs* duraient encore à peu près vingt minutes (visionnés pour la milliardionième fois *casa* Wyler) et elle pensait pouvoir au moins compter sur ce délai. Le temps de manger un sandwich et d'écrire quelques lignes dans le journal pour lequel Tak aurait très bien pu la tuer s'il avait su qu'elle le tenait.

Enfuis-toi. Arrête d'y penser et fais-le, Aud.

Elle s'immobilisa au milieu du salon, ayant temporairement oublié la laitue et le salami qui l'attendaient dans le frigo. La voix avait parlé si clairement qu'un instant elle avait cru qu'elle ne venait pas de sa tête ; un instant, elle avait cru que Janice l'avait suivie depuis 1982 et se trouvait réellement dans la pièce avec elle. Elle se retourna, les yeux écarquillés, mais il n'y avait personne. Seulement les voix à la télé, Rory Calhoun disant à John Payne que le temps des discours était terminé et John Payne répliquant : « Bon, si c'est comme ça que tu vois les choses… » Karen Steele allait d'un instant à l'autre se jeter entre eux, leur hurlant d'arrêter, d'arrêter ! Une balle de Rory Calhoun destinée à John Payne allait la tuer, donnant le signal de la fusillade finale. KA-BOUM et KA-BAM jusqu'à la conclusion.

Non, personne ici, sinon elle-même et ses amies mortes à la télé.

Ouvre la porte et prends la poudre d'escampette !

Combien de fois y avait-elle pensé ? Mais il y avait Seth, Seth pris en otage aussi bien qu'elle-même, peut-être même davantage. Autiste, sans doute, mais tout de même un être humain. Elle n'aimait pas trop imaginer ce que Tak pourrait lui faire, s'il était en colère. Et Seth était toujours là, intégralement : elle le savait. Les parasites se nourrissent de leur hôte mais ne le tuent pas... sauf pour une bonne raison. Parce qu'ils sont furax, par exemple.

Il fallait aussi qu'elle pense à elle-même. C'était bien joli, de dire d'ouvrir la porte et de prendre la poudre d'escampette, mais Janice ne comprenait peut-être pas que si Tak l'attrapait avant qu'elle ait eu le temps de faire sa sortie, il la tuerait presque certainement. Et si elle quittait la maison, à partir de quelle distance serait-elle en sécurité ? De l'autre côté de la rue ? Au carrefour suivant ? Dans le New Hampshire ? En Micronésie ? Même en Micronésie, elle ne serait pas sûre de pouvoir se cacher. Parce qu'un lien mental existait entre eux. Le petit téléphone rouge PlaySkool – le Tak-phone – en était la preuve.

Oui, elle n'avait qu'une envie, s'enfuir. Oh, oui. Mais, parfois, le remède peut être pire que le mal.

Elle repartit en direction de la cuisine pour s'arrêter de nouveau, ouvrant un œil rond au spectacle que lui offrait la baic vitrée. Elle avait tout d'abord cru que la pluie tombait tellement dru qu'on aurait dit de la fumée, mais en réalité le plus gros de l'averse était passé. Ce qu'elle voyait *était* bel et bien de la fumée.

Elle se précipita à la fenêtre, regarda dans la rue et vit la maison Hobart qui brûlait sous la pluie, envoyant de grands nuages blancs vers le ciel gris. Elle ne vit ni véhicules ni gens autour, et la fumée l'empêchait de distinguer, un peu plus loin, les cadavres du garçon et du chien. Elle jeta un coup d'œil vers le haut de la rue. Comment, pas de voitures de police ? Pas de véhicules de pompiers ? Il n'y en avait pas, mais ce qu'elle vit suffit à la faire pleurer doucement dans ses mains, qu'elle avait portées spontanément à sa bouche.

Une voiture, celle de Mary Jackson, elle en était certaine, était montée sur le trottoir entre la maison des Jackson et celle du vieux véto, emboutie dans la barrière qui séparait les deux propriétés. Le coffre était grand ouvert, et l'arrière paraissait enfoncé. Mais ce n'était pas la vue de la voiture qui l'avait fait pleurer. Non loin, gisant sur l'herbe comme une statue renversée, il y avait le corps d'une femme. Audrey tenta bien de se raconter que c'était autre chose – un mannequin venu d'un magasin, abandonné pour une raison quelconque sur la pelouse de Billingsley – puis elle y renonça. C'était un corps humain. Celui de Mary Jackson, et elle était aussi morte que… que Herb était mort.

Tak, pensa-t-elle. Était-ce lui ? Était-il « sorti » ?

Tu savais qu'il mijotait quelque chose, pensa-t-elle froidement. Tu le savais. Tu le sentais qui rassemblait ses forces, constamment dans son bac à sable avec ses foutus vans ou devant la télé, à bouffer ses hamburgers, à s'empiffrer de lait chocolaté et à regarder, regarder, regarder. Tu l'as senti, comme on sent monter l'orage, les après-midi de canicule…

Au-delà de la femme, devant la maison des Carver, il y avait deux autres corps. David Carver, qui jouait parfois au poker avec Herb et les amis de celui-ci, le jeudi soir, était échoué comme une baleine sur les marches de son perron. Il avait un trou énorme dans l'estomac, au-dessus du maillot de bain qu'il mettait toujours pour laver sa voiture. Et allongée sur le ventre, à même le perron, il y avait une femme en short blanc. Des mèches de cheveux roux entouraient sa tête comme une auréole frisottée. La pluie brillait sur son dos nu.

Ce n'est pas une femme, pensa Audrey. Elle se sentit frigorifiée, comme si on venait de lui frotter le corps avec de la glace. C'est juste une adolescente, elle ne doit pas avoir plus de dix-sept ans. C'est la gamine que j'ai aperçue chez les Reed, en début d'après-midi. Avant de partir pour 1982. L'amie de Susi Geller.

Elle regarda de nouveau le bas de la rue, soudain sûre qu'elle imaginait tout cela, que la réalité allait se rétablir instantanément, comme un élastique tendu que l'on relâche, lorsqu'elle verrait la maison Hobart intacte. Mais la maison Hobart brûlait toujours, envoyait toujours d'énormes torsades de fumée parfumée au pin vers le ciel ; et quand elle revint vers le haut de la rue, les cadavres jonchaient toujours le sol. Les cadavres de ses voisins.

« Ça a commencé », murmura-t-elle. Et de l'alcôve, derrière elle, telle une malédiction, Rory Calhoun lança cette réplique : « On va rayer cette ville de la carte ! »

Fiche le camp ! rétorqua Janice, une voix dans sa tête et non plus en provenance de la télé, mais tout aussi insistante. *Ce n'est pas qu'il te reste peu de temps qu'il faut dire ! Tu n'en as plus ! Tu es déjà en retard ! Fiche le camp, Aud ! Fiche le camp ! Cours ! Vite !*

D'accord. Elle renonçait à Seth, elle fuyait. Elle en serait peut-être bourrelée de remords, plus tard (s'il y avait un plus tard), mais pour le moment…

Elle se dirigeait déjà vers la porte, la main tendue vers la poignée, lorsqu'une voix s'éleva derrière elle. Le timbre était celui d'un enfant, mais seulement parce qu'elle utilisait les cordes vocales d'un enfant. Sinon, c'était un timbre dépourvu de toute tonalité et d'amour, un timbre hideux.

Pis que tout, il n'était pas totalement dépourvu d'un certain sens de l'humour.

« Une minute, madame, dit Tak, la voix de Seth Garin imitant celle de John Payne. Pourquoi ne pas laisser tomber ? Dire que tout ça est terminé ? »

Elle essaya d'ouvrir la porte, avec l'intention de tenter sa chance, malgré tout ; elle était allée trop loin pour reculer, maintenant. Elle allait se jeter sous la pluie battante et courir. Où donc ? N'importe où.

Au lieu de tourner la poignée, cependant, sa main retomba le long de son corps et continua de se balancer comme un pendule en bout de course. Puis elle fit demi-tour, résistant de toutes ses forces mais n'en pivotant pas moins sur elle-même, pour faire face à la chose tapie dans l'alcôve, qu'elle appelait parfois l'antre, ou la tanière, car c'était exactement ce qu'était devenue la petite pièce, de l'autre côté de l'arche.

Dieu lui vienne en aide : elle était revenue de son refuge, et le démon qui se cachait dans la tête de son neveu autiste l'avait surprise à tenter de s'évader.

Elle sentit Tak qui s'insinuait sous son crâne, prenait le contrôle, et elle avait beau être parfaitement consciente de tout ça, elle n'était même pas capable de crier.

3

Johnny dépassa en trombe le cadavre de la petite rouquine, la tête encore carillonnante de la balle qui lui avait frôlé l'oreille gauche... un bruit qui avait quelque chose d'un hurlement. Son cœur galopait comme un lièvre dans sa poitrine. Il s'était retrouvé dans une sorte de no man's land entre les deux maisons, lorsque les vans avaient ouvert le feu, et se rendait compte qu'il avait une chance extraordinaire d'être encore en vie. Il était resté un instant pétrifié, tel un animal pris dans les phares d'un véhicule. Puis le pélot – un truc qui lui avait fait l'effet d'avoir la taille d'une pierre tombale – était passé à quelques centimètres de sa tête et il avait alors foncé vers la maison Carver, la tête dans les épaules, les bras comme des pistons. Son existence venait de se simplifier merveilleusement. Il avait oublié Soderson et son expression libidineuse de complicité ivrognesque, oublié comment il avait redouté que Jackson découvre que sa tendre moitié, qui venait juste de se faire occire, rentrait apparemment chez elle après le genre de petit intermède qui a fourni matière à d'innombrables chansons country-western, oublié Entragian, Billingsley et tous les autres. Il ne pensait qu'à une chose : qu'il allait mourir dans le no man's land entre les deux maisons, abattu par des fous furieux qui portaient des masques et des tenues délirantes et brillaient comme des fantômes.

Il se retrouva dans un vestibule plongé dans l'obscurité, trop content de constater qu'il ne s'était pas pissé dessus. Quelque part dans son dos, des gens hurlaient. Devant lui, sur le mur, s'étalait une collection de figurines Hummel. Elles étaient posées sur de petites étagères… et dire que les Carver me paraissaient parfaitement normaux, songea-t-il. Il se prit à pouffer et dut s'appuyer la paume de la main sur la bouche pour étouffer le rire qui montait. La situation n'avait rien, mais alors là rien, qui prêtait à l'hilarité. Sa peau avait un goût – simplement celui de sa transpiration, évidemment, mais un instant il crut y déceler un parfum de chatte et il se pencha, convaincu qu'il allait vomir. Il comprit qu'il risquait fort de s'évanouir si cela lui arrivait, et cette idée l'aida à se retenir. Il écarta sa main, ce qui l'aida encore davantage. Il n'avait d'ailleurs plus guère envie de rire, et c'était sans doute aussi bien.

« Mon papa ! » hululait Ellen Carver derrière lui. Johnny chercha à se rappeler s'il avait jamais entendu (au Viêt-nam, par exemple) un cri aussi perçant, aussi chargé de chagrin et de douleur que celui qui montait de cette jeune gorge ; non, jamais. « Mon papa !

– Chut, ma chérie… » C'était la toute nouvelle veuve – Pie, comme l'appelait toujours David. Encore elle-même secouée de sanglots, elle essayait de consoler sa fille. Johnny ferma les yeux, histoire de s'éloigner de tout ça, mais c'est alors qu'un souvenir hideux lui revint à l'esprit : le corps qu'il venait d'enjamber précipitamment, manquant de peu de le piétiner. L'amie de Susi Geller. Une petite rouquine, tout droit sortie de la bande à Charlie Brown, dans *Peanuts*.

Impossible de la laisser là où elle était. Elle lui avait paru être aussi morte que Mary et le pauvre vieux Dave, mais il avait bondi au-dessus de sa forme allongée comme un champion du triple saut, l'oreille assourdie par la balle qui l'avait frôlé, les couilles tellement remontées qu'elles étaient aussi dures que des noyaux de pêche : pas exactement l'état qui convient pour poser un diagnostic raisonné.

Il rouvrit les yeux. Une fille Hummel en bonnet lui adressait un clin d'œil en porcelaine. Alors, matelot, on vient peigner la girafe avec moi ? Il se tenait accoudé au mur ; l'un des petits personnages avait dégringolé au sol et gisait en mille morceaux à ses pieds. Il supposa qu'il l'avait fait tomber lorsqu'il s'était retenu de vomir, tout en s'efforçant de chasser de son esprit cette réplique grotesque : *Pour les deux autres, je ne sais pas, mais celui du milieu ressemble à mon chat.*

Il regarda sur sa gauche – avec l'impression que les tendons de son cou grinçaient ; la porte de la maison Carver était toujours grande ouverte, mais la moustiquaire, à l'extérieur, restait entrouverte, bloquée par la main de la petite rousse, une main aussi blanche et immobile qu'une étoile de mer échouée sur la plage. La pluie, dehors, faisait paraître tout gris. Elle tombait avec un bruit sifflant régulier, comme vaporisée par un fer à repasser gigantesque. L'odeur de l'herbe lui parvenait, le parfum même de la fraîcheur humide, épicé par les arômes âcres de la fumée de résineux. Cet éclair a été une bénédiction, pensa-t-il. La maison en flammes allait faire venir la police et les pompiers. Mais pour le moment…

L'adolescente. Une jolie petite rousse, comme celle dont Charlie Brown était amoureux fou. Il avait sauté par-dessus le corps, poussé par une impulsion aveugle, sauver sa peau. Attitude compréhensible, sur le coup, mais on ne pouvait la laisser ainsi. Pas si l'on souhaitait retrouver un jour le sommeil.

Il se dirigeait déjà vers la porte, lorsque quelqu'un le saisit par le bras. Il se tourna et vit le visage tendu et effrayé de Dave Reed, le jumeau aux cheveux plus foncés.

« Non », dit-il d'un ton de conspirateur, dans un murmure rauque. Sa paume d'Adam jouait mécaniquement au yoyo dans sa gorge. « Non, monsieur Marinville, ils sont peut-être encore là-dehors. Ils pourraient se remettre à tirer. »

Johnny regarda la main posée sur son bras, mit la sienne dessus et l'en détacha avec douceur mais fermeté. Derrière Dave, il voyait Brad Josephson qui l'observait, un bras autour de la taille imposante de son épouse. Belinda donnait l'impression de trembler de tout son corps, ce qui, vu le volume considéré, remuait beaucoup d'air. Des larmes lui coulaient sur les joues, laissant des traînées couleur moka.

« Brad, dit Johnny, emmenez tout le monde dans la cuisine. C'est la pièce la plus éloignée de la rue. Faites-les asseoir par terre, d'accord ? » Il poussa Dave dans cette direction. L'adolescent s'éloigna, mais avec lenteur, d'une démarche molle. On aurait dit un jouet mécanique au ressort dévidé et aux rouages rouillés.

« Alors, Brad ?
– Entendu. Attention à ce qu'ils ne vous fassent pas sauter la tête. On a déjà eu notre compte.
– J'y veillerai ; j'y suis très attaché.
– Eh bien, qu'elle le reste, attachée. »
Johnny regarda Brad, Belinda et Dave Reed s'engager dans le couloir pour aller rejoindre les autres – des ombres qui s'agglutinaient dans l'obscurité – puis se tourna vers l'entrée. Il y avait un trou de la taille d'un poing dans le haut de la moustiquaire, entouré de lambeaux de grillages enroulés sur eux-mêmes. Quelque chose de plus gros que ce qu'il aurait bien aimé croire (presque de la taille d'une pierre tombale, par exemple) était passé par là, manquant par miracle ses voisins regroupés dans le vestibule… du moins l'espérait-il. Aucun d'eux ne hurlait de douleur, en tout cas. Mais, bordel de Dieu, avec quoi les types dans les vans avaient-ils tiré ? Quel projectile pouvait être d'un tel calibre ?
Il se laissa tomber à genoux et rampa en direction de l'air frais et humide venant du seuil. En direction de cette bonne odeur de pluie et d'herbe. Lorsqu'il fut le plus près possible, le nez pratiquement sur le grillage, il regarda à droite, puis à gauche. À droite, c'était bien : il voyait pratiquement jusqu'au carrefour, même si Bear Street elle-même était noyée dans une sorte de bruine. Rien de ce côté : ni vans, ni extraterrestres, ni barjots fringués comme des réfugiés de Stonewall Jackson. Il vit sa maison et se souvint que moins d'une heure avant il jouait de la guitare sur le perron, tout au plaisir de s'imaginer dans une autre existence. Jack Marinville le Rêvasseur, toujours en route pour la

ligne bleue de l'horizon, dans ses bottes Eric Andersen de soiffard, à la recherche des aubes violettes. Il pensa à sa guitare avec une nostalgie aussi aiguë qu'inutile.

Sur la gauche, la vue était moins bonne. Carrément dégueulasse, même. La palissade dans laquelle la Lumina de Mary s'était empapaoutée lui cachait pratiquement le bas de la côte. Quelqu'un – un tireur isolé, genre Confédéré en uniforme gris – pouvait très bien être accroupi quelque part dans le secteur, dans l'attente de la première cible qui se présenterait. Un écrivain sur le retour avec encore un certain nombre de rêves de midinette lui trottant dans la tête ferait tout à fait l'affaire. Il n'y avait probablement personne, évidemment ; ils devaient bien se douter que les flics et les pompiers allaient rappliquer d'une minute à l'autre et avaient dû aller se faire voir ailleurs. Mais, étant donné les circonstances, il ne pouvait pas se contenter d'un simple *probablement*. Car les circonstances en question étaient toutes plus aberrantes les unes que les autres.

« Mademoiselle ? dit-il à la masse emmêlée de cheveux roux, de l'autre côté de la moustiquaire. Hé, mademoiselle, vous m'entendez ? » Il déglutit et entendit un claquement bruyant monter de sa gorge. Son oreille ne carillonnait plus, les cloches avaient été remplacées par un bourdonnement régulier en fond sonore. Il se dit qu'il allait sans doute devoir le supporter pendant un certain temps. « Si vous ne pouvez pas parler, bougez les doigts. »

Pas un son. Les doigts de l'adolescente ne frémirent même pas. Elle ne semblait pas respirer. Il voyait la

pluie couler sur sa peau claire de rousse, entre l'ourlet de son haut et la ceinture du short, mais rien d'autre ne paraissait bouger. Seule sa chevelure, luxuriante et vibrante, de deux tons plus sombres qu'orange, faisait l'effet d'être vivante. Les gouttes de pluie y brillaient comme des perles.

Le tonnerre gronda, moins menaçant, comme s'il s'éloignait. Il tendait la main vers la porte-moustiquaire lorsqu'il y eut une détonation, mais beaucoup plus faible que les précédentes. Il crut à un coup de feu d'un fusil de petit calibre, et s'aplatit au sol.

« À mon avis, c'était juste un bardeau qui éclatait », murmura une voix proche. Johnny laissa échapper un cri de surprise, se tourna et vit Brad Josephson derrière lui. Brad se tenait également à quatre pattes. Le blanc de ses yeux était très brillant dans son visage sombre.

« Qu'est-ce que vous fabriquez ici, bon Dieu ? demanda Johnny.

– Hé, je viens rejoindre la joyeuse patrouille des Blancs, répliqua Brad. Il faut bien que quelqu'un vous empêche de trop en faire. C'est pas bon pour votre cœur.

– Je croyais que vous deviez conduite les autres dans la cuisine.

– Ils y sont, ils y sont, sagement assis par terre en rang d'oignons. Cammie Reed a essayé le téléphone. Rien du tout, comme le vôtre. La tempête, sans doute.

– Ouais, sans doute. »

Le Noir regarda la masse de cheveux roux, sur le perron des Carver. « Elle est morte, n'est-ce pas ?

– Je ne sais pas. J'en ai bien l'impression, mais…

je vais pousser le battant de la moustiquaire pour essayer de m'en assurer. Des objections ? »

Dans le fond, il espérait que Brad allait lui répondre : bon Dieu, oui, que j'en ai, des objections, des tas, tout un volume in-quarto… mais l'autre secoua négativement la tête.

« Vous avez intérêt à vous aplatir, reprit Johnny. Sur la droite, ça va, mais on ne voit rien sur la gauche, à cause de la voiture de Mary.

– Je vais m'aplatir encore plus qu'une punaise sous une presse hydraulique.

– J'espère ne jamais vous voir dans un de mes séminaires d'écriture, si c'est pour me sortir des répliques pareilles. Et faites gaffe à pas vous couper avec les débris de porcelaine.

– Allez-y, si vous êtes décidé. N'attendez pas. »

Johnny repoussa la moustiquaire. Il hésita, ne sachant trop comment s'y prendre, puis il saisit la main froide de la jeune fille et se mit à chercher le pouls. Pendant un instant, il ne sentit rien, et puis…

« Je crois qu'elle est vivante ! murmura-t-il à Brad, une excitation retenue dans la voix. Il me semble sentir le pouls ! »

Oubliant que des créatures en armes se dissimulaient peut-être encore dehors, sous la pluie, il ouvrit la moustiquaire en grand, saisit une poignée de cheveux roux et souleva la tête de l'adolescente. Brad l'avait rejoint sur le seuil et Johnny entendait sa respiration qui s'accélérait, tandis que lui parvenaient des odeurs mêlées de transpiration et de lotion après-rasage.

Le visage de la jeune fille apparut – ou plutôt non, pas vraiment, car elle n'avait plus de visage. On ne

voyait qu'un magma autour d'un trou noir qui avait du être sa bouche. Dessous, il y avait des débris qu'il prit un instant pour du riz, avant de comprendre qu'il s'agissait de ses dents, ou du moins ce qu'il en restait. Les deux hommes hurlèrent en même temps, dans un duo de sopranos parfait, Brad directement dans l'oreille encore bourdonnante de Johnny ; le son lui donna l'impression de s'enfoncer douloureusement jusqu'au tréfonds de son être.

« Qu'est-ce qu'il y a ? » C'était la voix de Cammie, qui leur parvenait depuis l'autre côté de la porte battante conduisant à la cuisine. « Qu'est-ce qu'il y a encore ?

– Rien », répondirent les deux hommes, toujours à l'unisson, avant d'échanger un regard. La peau de Brad Josephson avait pris une bizarre couleur cendrée.

« Restez où vous êtes ! » lança Marinville. Il aurait voulu parler plus fort, mais il n'arrivait pas à donner du volume à sa voix. « Ne bougez pas de la cuisine ! »

Il se rendit compte qu'il tenait toujours la jeune fille par les cheveux. Ils étaient crêpelés, et faisaient penser à ces éponges synthétiques effilochées...

Non, pensa-t-il froidement. Pas à cela. L'impression qu'il ressentait, en réalité, était celle de tenir un scalp. Un scalp humain.

Cette idée le fit grimacer et il ouvrit la main. La tête retomba contre le béton du perron avec un bruit mat qu'il se serait bien passé d'entendre. Brad poussa un gémissement et enfonça la bouche dans le creux de son coude pour l'étouffer.

Johnny ramena sa main à lui et, tandis que la porte-moustiquaire revenait en place, il crut voir un mouve-

ment de l'autre côté de la rue, à l'intérieur de la maison des Wyler, derrière la baie vitrée. Mais il n'était pas en mesure de s'occuper des problèmes que pouvaient avoir les gens, là-bas. Il était pour l'instant trop paniqué pour s'occuper de qui que ce soit, y compris de lui-même. Son seul désir – la seule chose au monde dont il avait réellement envie, aurait-on dit – était d'entendre le hululement des voitures de police et la sirène des pompiers qui rappliquaient.

Mais seuls le tonnerre, les craquements de l'incendie et le chuintement de la pluie lui parvenaient.

« Il faut… », commença Brad, s'interrompant pour émettre un son entre haut-le-cœur et déglutition. Le spasme passa et il fit une nouvelle tentative. « Il faut la laisser… »

Oui. Que faire d'autre, du moins pour le moment ?

Ils battirent en retraite dans le vestibule, à quatre pattes. Johnny commença à reculons, puis fit demi-tour, balayant les débris de la figurine Hummel de ses mocassins. Brad avait déjà franchi la porte donnant dans la salle à manger des Carver et était sur le point d'atteindre la cuisine où l'attendait sa femme, également à genoux. L'arrière-train considérable du Noir ballottait d'un côté et de l'autre d'une manière que Johnny aurait sans doute trouvée comique en d'autres circonstances.

Quelque chose attira son œil et il s'arrêta. Il y avait une petit table décorative, à droite de l'entrée de la salle à manger où David Carver ne présiderait plus jamais au découpage de la dinde de Thanksgiving ou de l'oie de Noël. Une tablette encombrée – de quoi donc, à votre avis ? – de figurines Hummel, une bonne

douzaine. La tablette n'était plus en position horizontale, mais inclinée contre le mur qui en fait la retenait, telle une poivrote assoupie contre un réverbère. Le petit meuble avait un pied arraché. Les bergers et bergères Hummel étaient renversés dans tous les sens, et des débris de porcelaine, sur le plancher, indiquaient qu'une ou deux autres avaient dégringolé du plateau. Au milieu des figurines peintes il y avait autre chose, un objet noir. Dans la pénombre, Johnny le prit tout d'abord pour le cadavre d'un énorme insecte. Un pas – à quatre pattes – dans la direction de la tablette le détrompa.

Il regarda, derrière lui, le trou de la taille d'un poing, dans le haut de la porte-moustiquaire. Si une balle l'avait fait, en fin de trajectoire descendante…

Il imagina quelle pouvait être cette trajectoire hypothétique et constata qu'en effet elle pouvait s'être terminée contre le pied de la table, la renversant dans son attitude d'ivrogne pris par surprise. Sur ce, elle se serait arrêtée ?

Johnny écarta les débris de porcelaine, espérant ne pas se couper (sa main tremblait de façon incontrôlable, en dépit de ses efforts de concentration), et ramassa l'objet noir.

« Qu'est-ce que vous avez trouvé ? demanda Brad, arrivant à son tour, toujours à quatre pattes.

– Reviens ici, Brad ! siffla entre ses dents Belinda.

– Tais-toi, à la fin, lui répliqua Brad. Alors, c'est quoi, John ?

– Aucune idée », répondit l'écrivain, soulevant la chose. Il savait cependant qu'en réalité il en avait une, d'idée, et qu'elle lui était même venue à l'esprit dès l'instant où il avait compris qu'il ne s'agissait pas des restes d'un monstrueux scarabée de l'été. Mais cela ne ressemblait en rien à une balle qui venait d'être tirée. Ce n'était pas celle qui avait enlevé la vie à l'adolescente, on pouvait en être à peu près certain ; elle aurait été écrasée, tordue, déformée. Cet objet ne paraissait pas non plus avoir la moindre éraflure, alors qu'il avait jailli violemment d'une arme à feu, avait crevé une moustiquaire et fracassé un pied de table.

« Faites voir », demanda Brad. Sa femme les avait rejoints – à quatre pattes – et regardait par-dessus son épaule.

Johnny laissa tomber la chose dans la paume de sa main ; un objet conique, mesurant un peu moins de vingt centimètres de long, à la pointe acérée, à la base circulaire. Il devait faire environ cinq centimètres, estima-t-il, à l'endroit le plus large. Il était en métal noir, dense, et dépourvu de toute marque, pour autant que Johnny pût en juger. Aucune rainure concentrique à la base, aucune trace d'échauffement en dessous, pas de nom de fabricant, pas d'estampille de calibre.

Brad regarda l'écrivain. « Que diable… ? commença-t-il, l'air aussi décontenancé que l'était lui-même Johnny.

– Laisse-moi voir, dit à son tour Belinda à voix basse. Mon père m'amenait avec lui quand il faisait du tir, et je l'aidais à recharger. Passe-la-moi. »

Brad lui tendit la balle. Elle fit rouler le cône métallique entre ses doigts, puis le leva à hauteur des yeux. Il y eut un coup de tonnerre, à l'extérieur, le plus fort depuis quelques minutes, et ils sursautèrent tous les trois.

« Où l'avez-vous trouvée ? » demanda-t-elle à Johnny.

Il lui indiqua les débris de porcelaine sous la tablette inclinée.

« Ah bon ? Et comment se fait-il qu'elle ne se soit pas enfoncée dans le mur ? »

Marinville se rendit compte que c'était une bonne question, maintenant qu'elle était posée. La balle n'avait fait que traverser un grillage de moustiquaire et briser un fragile pied de table. Comment se faisait-il qu'elle n'ait pas pénétré dans le mur, laissant un trou derrière elle ?

« Je n'ai jamais rien vu de pareil, reprit Belinda. Évidemment, je n'ai pas *tout vu*, question munitions, loin de là, mais je peux vous dire que ce truc-là n'est pas sorti d'un pistolet ou d'un fusil de chasse.

– Pourtant, objecta Johnny, c'est avec des fusils de chasse qu'ils tiraient. Des fusils de chasse à canons superposés. Vous êtes bien sûre que…

– Je n'ai même pas la moindre idée de l'arme qui a pu expédier ça. Elle ne comporte pas la plus petite striure ou marque d'échauffement ; et qu'est-ce qu'elle est lourde ! On dirait une balle comme se l'imaginent les enfants. »

La porte battante qui donnait sur la cuisine s'ouvrit brusquement et alla heurter le mur, les effrayant encore plus que le coup de tonnerre. C'était Susi Geller. D'une pâleur mortelle, elle fit à Johnny l'effet d'être redevenue une petite fille. « Il y a quelqu'un qui crie à côté, chez Billingsley. On dirait une femme, mais c'est difficile à dire. Ça fait peur aux petits.

– D'accord, ma chérie, lui répondit Belinda, d'un

ton parfaitement calme qui fit l'admiration de Marinville. Retourne dans la cuisine. On arrive dans un instant.

– Où est Debbie ? » demanda l'adolescente. Du fait de leur corpulence, les Josephson l'empêchaient de voir le perron, d'où elle se tenait. « Est-ce qu'elle est allée à côté ? J'avais l'impression qu'elle était juste derrière moi… Et si c'était elle qui criait ?

– Non, je suis sûr que ce n'est pas elle, répondit Johnny, terrifié de se rendre compte qu'il était sur le point de s'esclaffer une fois de plus de manière démente. Va vite, maintenant, Susi. »

La jeune fille retourna dans la cuisine, laissant le battant se refermer derrière elle. Les trois adultes se regardèrent un instant avec des mines tragiques de conspirateurs. Aucun ne parla. Puis Belinda rendit le cône noir à Johnny et passa en canard devant lui pour regagner la cuisine ; Brad la suivit à quatre pattes. Marinville étudia le pélot encore quelques instants, réfléchissant à ce qu'avait dit la femme : une balle comme se l'imaginent les enfants. Elle avait raison. Il avait souvent rendu visite à des classes de cours élémentaire, depuis qu'il avait commencé la chronique de Kitty-Cat, et il avait eu son content de papas et de mamans affichant de grands sourires sous un soleil jaune dessinés aux crayons de couleur, de paysages délirants bien verts, festonnés d'arbres bien marron, et l'objet avait l'air d'être tombé tel quel de l'une de ces œuvres.

Petit morpion-mordeur Smitty, dit une voix au fond de sa tête ; mais lorsqu'il voulut s'y intéresser pour lui demander si elle savait quelque chose ou se contentait seulement de faire son numéro, elle avait disparu.

Il glissa la balle dans sa poche, avec ses clés de voiture, et suivit les Josephson dans la cuisine.

4

Steven Jay Ames, pas vraiment arrivé classé dans la grande course au rêve américain, avait une devise, et cette devise était : PAS DE PROBLÈME, MEC.

Il n'avait pu décrocher la moyenne lors de son premier semestre au MIT, en dépit des notes stratosphériques qu'il avait obtenues à l'examen d'entrée, mais que voulez-vous : PAS DE PROBLÈME, MEC.

Il était passé d'ingénieur en électricité à ingénieur tout court, mais comme ses notes n'atteignaient toujours pas la moyenne fatidique, il avait fait sa valise pour rejoindre l'université de Boston, ayant décidé de renoncer aux terres stériles de la science pour les champs verdoyants de la littérature anglaise – Coleridge, Keats, Hardy, T. S. Eliot –, une vraie paire de guêtres qui traînait sur le plancher de l'univers et faisait le tour de l'épineuse question, bref, la grande angoisse métaphysique du XXe siècle, vieux. Il avait assez bien réussi pendant quelque temps, puis avait complètement raté sa deuxième année, victime d'une passion effrénée pour le bridge, tout autant que pour l'alcool et l'herbe rouge de Panama. Mais PAS DE PROBLÈME, MEC.

Il avait traîné dans le secteur de Cambridge, jouant

de la guitare et draguant les filles. Il n'était pas fameux comme joueur de guitare et s'en sortait mieux au paddock, mais PAS DE PROBLÈME, MEC, vraiment. Il avait simplement rangé sa guitare et gagné New York en stop.

Depuis, il avait traîné ses guêtres dans divers boulots de vendeur, fait le tour de la question épineuse comme disc-jockey dans une station de radio heavy-metal qui n'avait pas longtemps tenu la route à Fishkill (New York), rempilé comme ingénieur du son dans une autre station, fait de la promo de concerts rock (six bons spectacles suivis d'un décrochage cauchemardesque de Providence en pleine nuit, en laissant une ardoise de soixante mille dollars à quelques citoyens peu commodes), mais PAS (VRAIMENT) DE PROBLÈME, MEC ; il était devenu gourou-chiromancien sur les trottoirs de Palisades Park, puis technicien de guitare. Là, il s'était senti à l'aise et il louait ses services dans tout le nord de l'État de New York et en Pennsylvanie. Il aimait régler et réparer les guitares, un boulot peinard. De plus, il était bien meilleur comme réparateur que comme joueur. Pendant cette période, il arrêta aussi de fumer son gazon de Panama et de jouer au bridge, ce qui lui simplifia encore plus la vie.

Deux ans auparavant, à Albany, il s'était lié d'amitié avec Deke Ableson, le gérant du Club Smile, une boîte où l'on pouvait se faire une bonne ventrée de blues pratiquement tous les soirs. Steve avait d'abord débarqué au Smile en tant que technicien de guitare indépendant, puis il y avait installé ses pénates lorsque le type qui tenait le bar avait eu une petite crise cardiaque. Sur le coup, ce fut un problème, peut-être le premier vrai problème de sa vie d'adulte, mais, contrairement à ce que l'on aurait pu croire, il s'accrocha en dépit de sa peur de faire une connerie et de se faire lyncher par une bande de motards ivres. Cela tenait en partie à Deke, qui ne ressemblait à aucun des tenanciers de boîte que Steve avait rencontrés jusqu'ici ; car Deke n'était ni un voleur, ni un débauché, ni le genre de type à terroriser et humilier les autres pour s'affirmer. En plus, il aimait vraiment le rock and roll, alors que la plupart des propriétaires de club le détestaient, préférant Yanni, ou Zamfir et sa flûte de pan, quand ils étaient seuls dans leur caisse. Deke était exactement le genre de type que Steve, qui se souvenait de n'avoir rempli qu'une seule déclaration de revenus de toute sa vie, aimait vraiment : un type à ZÉRO PROBLÈME.

Deke avait en plus une femme dans son genre, décontractée et douce, ayant le sens de l'humour, une poitrine splendide et pas la moindre tendance à l'infidélité, pour autant que Steve pût en juger. Par-dessus le marché, Sandy était comme lui une ancienne accro des cartes ; ils avaient eu de grandes conversations sur la pulsion pratiquement incontrôlable qui vous poussait à surenchérir, en particulier s'il y avait de l'argent en jeu.

En mai de cette année, on avait offert à Deke la gestion d'un club très important – genre Maison du Blues – à San Francisco, et il avait accepté. Lui et sa femme étaient partis depuis trois semaines. Il avait promis à Steve une bonne place, si celui-ci voulait bien empaqueter tout leur bordel (des albums, surtout, plus de deux mille, avec des anachronismes comme

Hot Tuna, Quicksilver Messenger Service et Canned Heat) et le convoyer jusqu'à San Francisco. Réaction de Steve : PAS DE PROBLÈME, DEKE. Hé, cela faisait près de sept ans qu'il n'avait pas été faire une virée sur la côte Ouest, et il se disait qu'un peu de changement ne lui ferait pas de mal. Histoire de recharger ces bonnes vieilles Duracell.

Il lui avait fallu un peu plus longtemps que prévu pour régler le bordel d'Albany, se procurer le bahut, le charger et prendre la route. Il y avait eu plusieurs coups de téléphone de Deke, le dernier sur un ton quelque peu tendu ; et lorsque Steve le lui avait fait remarquer, Deke avait répondu : « Que veux-tu, c'est le résultat de trois semaines à dormir dans un sac de couchage et à tenir avec la même demi-douzaine de T-shirts. Tu rappliques ou non ? – Je rapplique, je rapplique, avait répondu Steve. – T'énerve pas, mon vieux. » Et Steve ne s'était pas énervé. Il était parti depuis trois jours, en fait. Au début, tout baignait. Puis il avait dû péter une Durit ou un truc comme ça, cet après-midi, et il avait pris la sortie de Wentworth, à la recherche de la Grande Station-Service Américaine ; sur quoi, houla ! une forte détonation s'était produite sous le capot, et tous les voyants du tableau de bord s'étaient mis à signaler que les nouvelles n'étaient pas bonnes. Il espérait que ce n'était qu'un joint de culasse, mais le bruit lui avait plutôt fait penser à un piston en rideau. Toujours est-il que le petit camion Ryder, un vrai bijou depuis qu'il avait quitté New York, s'était soudain transformé en vrai catastrophe. Néanmoins, PAS DE PROBLÈME, suffisait de trouver Mister Mécano soi-même et de le mettre au boulot.

Mais Steve avait pris le mauvais tournant et s'était éloigné de la zone industrielle pour se retrouver dans un quartier beaucoup plus résidentiel, pas le genre de coin où traînait Mister Mécano pendant les heures de boulot. Il conduisait son bahut du bout des doigts et avec un pied de danseuse, tandis que la vapeur fusait de la calandre, que la pression d'huile tombait, que la température montait et qu'une désagréable odeur de brûlé commençait à s'échapper du système de ventilation… cela dit, PAS DE PROBLÈME, MEC. Ou alors, un tout petit problème, disons. Vrai pour les gens de Ryder, mais Steve se doutait bien qu'ils ne seraient pas écrasés par la tâche. C'est alors – hé, super, les gars – qu'il avait vu un petit magasin de quartier avec le panneau bleu indiquant la présence d'un taxiphone ; quant au numéro à appeler en cas de pépin avec le moteur, il était coincé dans le pare-soleil, côté conducteur. ABSOLUMENT AUCUN PROBLÈME, l'histoire de sa vie.

Sauf que, maintenant, il en avait un. Un problème à côté duquel la maîtrise de la table de mixage, au Club Smile, était un jeu d'enfant.

Il se retrouvait dans une petite maison où régnait une odeur de pipe froide, au milieu d'une salle de séjour avec, au mur, des photos d'animaux – plutôt spéciaux, d'après les légendes –, une salle de séjour où seul l'énorme fauteuil informe, en face de la télé, paraissait vraiment servir, et il venait de nouer son bandana autour de sa jambe, là où il avait été blessé par balle – blessure légère, mais néanmoins blessure *par balle* en bonne et due forme, et les gens hurlaient, morts de frousse, et la maigrichonne en blouse sans manches était blessée elle aussi (pas légèrement, dans son cas), et dehors il y avait des cadavres, et si tout cela n'était pas un problème, alors la notion de problème, se disait Steve, dubitatif, n'avait aucun sens.

Une main lui empoigna le bras au-dessus du poignet, l'étreignant douloureusement. L'étreignant ? Le pinçant, oui. C'était la fille en blouse bleue, celle avec les cheveux pas possibles. « C'est pas le moment de paniquer, dit-elle d'une voix hachée. Cette bonne femme a besoin d'aide, sinon elle va claquer, alors ne me piquez pas une crise.

– Pas de problème, ma choute », répondit-il. Le seul fait d'entendre des mots – n'importe lesquels – sortir de sa bouche le fit se sentir un peu plus solide.

« M'appelle pas ma choute si tu ne veux pas que je t'appelle mon lapin », rétorqua-t-elle du ton sec de quelqu'un qui ne se laisse pas marcher sur les pieds.

Il éclata de rire. Cela produisait un effet extrêmement bizarre, dans cette pièce, mais il s'en fichait. Elle aussi avait l'air de s'en moquer, le regardant avec à peine une esquisse de sourire au coin des lèvres. « D'accord, dit-il, je ne t'appellerai pas ma choute, tu ne m'appelleras pas mon lapin et on paniquera pas. Ça te va ?

– Ouais. Et ta jambe ?

– Ce n'est rien. Davantage une égratignure qu'une vraie blessure par balle.

– Coup de bol.

– Ouais. Je mettrais bien un peu de désinfectant dessus, si j'en trouve, mais à côté d'elle…

– Gary ! » larmoya l'objet de cette comparaison. Le bras, vit-il, ne tenait pratiquement plus au reste du corps, auquel il semblait n'être rattaché que par une bande de peau. Son mari, aussi maigre qu'elle (mais avec une bedaine banlieusarde en cours de développement), se démenait dans une sorte de danse frénétique. On aurait dit, songea Steve, un « indigène » dans un vieux film faisant la danse de la pluie autour d'une idole de pierre à la mine farouche.

« Gary ! » gémit-elle à nouveau. Un flot de sang dégoulinait régulièrement de son épaule, et tout le côté gauche de son corsage rose avait pris une nuance orange bourbeuse. Blanche comme un linge, elle avait la figure inondée de sueur et les cheveux collés en mèches sur le crâne. « Arrête de jouer au clébard qui cherche un coin pour pisser et aide-moi, Gary ! »

Hors d'haleine, elle s'adossa lourdement contre le mur qui séparait le séjour de la kitchenette. Steve s'attendait à ce que ses genoux la trahissent, mais ils tinrent bon. Elle agrippa son poignet gauche de sa main droite et tendit son bras blessé, avec précaution, en direction de Steve et Cynthia. Le bout de cartilage, luisant de sang, qui le reliait encore à son épaule émit un gargouillis de torchon que l'on essore et Steven aurait bien voulu lui dire de ne pas toucher à son bras, d'arrêter de faire l'idiote avec car elle risquait de se l'arracher comme une aile à un poulet trop cuit.

Gary se remit à sautiller sur place comme s'il était monté sur ressorts ; deux taches rouges malsaines fleurissaient sur ses joues, tandis que le reste de son visage demeurait d'une blancheur cadavérique. Un peu plus de basse, dans l'accompagnement du piano, songea Steve.

« Il faut l'aider ! couinait Gary. Faut faire quelque chose pour ma femme ! Elle va perdre tout son sang !

– Je peux pas... », commença Steve.

Gary saisit Steve par le devant de son T-shirt. *Quand il n'y aura plus de place en enfer*, lisait-on dessus, *les morts envahiront la Terre.* Il tendit sa figure mince et fiévreuse vers son interlocuteur, avec dans l'œil un éclat qui tenait autant du gin que de la panique. « Vous êtes de leur côté, hein ? Vous êtes avec eux ?

– Je…

– Vous êtes avec les tueurs, c'est ça ? Dites-moi la vérité ! »

Plus en colère qu'il ne l'aurait cru possible – la colère n'étant vraiment pas son genre, d'habitude –, Steve assena un bon coup sur les mains qui s'agrippaient à son vieux T-shirt préféré et repoussa l'homme. Gary trébucha sans tomber ; ses yeux s'écarquillèrent, puis se plissèrent de nouveau.

« D'accord, dit-il. Ouais, c'est ça, d'accord. Tu l'auras voulu et tu vas l'avoir. » Sur quoi, il essaya de se jeter sur Steve.

Cynthia s'élança entre eux, après avoir jeté un coup d'œil à Steve – sans doute pour s'assurer qu'il n'était pas d'humeur combative –, et adressa un regard courroucé à Gary. « Vous avez pas fini de déconner ? »

Gary eut un sourire entendu. « Il n'est pas d'ici, n'est-ce pas ?

– Mais bordel, moi non plus ! Je suis de Bakersfield, Californie ! C'est pas pour ça que j'en fais partie !

– Gary ! » On aurait dit le jappement d'un chien qui vient de courir longtemps sur une route poussiéreuse et a aboyé jusqu'à l'extinction de voix. « Arrête de faire le con et aide-moi ! Mon bras… » Elle continuait de le tendre et Steve, à cet instant-là, pensa soudain à la boucherie Mucci de Newton. Un type en chemise blanche, bonnet blanc, tablier ensanglanté, tendant une pièce de viande à sa mère. À servir pas trop cuit, avec un peu de gelée à la menthe, madame Ames, et je vous garantis que plus jamais vos gosses ne vous réclameront de poulet rôti !

« Gary ! »

Le maigrichon à l'haleine parfumée au gin fit un pas vers sa femme, puis se tourna à nouveau vers Cynthia et Steve. Le petit sourire entendu avait disparu. Il paraissait simplement malade. « Je sais pas ce qu'il faut faire, avoua-t-il.

– Espèce de cervelle de piaf, demeuré, gronda Marielle d'une voix basse, exténuée. T'es vraiment le roi des crétins. » Elle était de plus en plus blême, avait atteint ce stade légendaire de la pâleur mortelle. Des cernes bruns se dessinaient sous ses yeux, se déplaçant comme des ailes, et son tennis gauche était d'un rouge bien franc et non plus blanc.

Elle va mourir si on ne l'aide pas tout de suite, pensa Steve. Cette idée le frappait tout à la fois de stupeur et de stupidité. C'était sans doute à une aide *professionnelle* qu'il pensait, à une équipe de types en blouse verte, échangeant des phrases comme : « 10 cc de plasma ; électro, OK ? » Mais on n'en voyait pas un seul dans le secteur, et ils n'avaient pas l'air d'arriver. On n'entendait toujours pas les sirènes, seulement les grondements du tonnerre qui battait lentement en retraite vers l'est.

Sur le mur, à la gauche de Steve, il y avait la photo encadrée d'un petit chien brun au regard extraordinairement intelligent. Dessous, soigneusement écrit en caractères d'imprimerie, on lisait : DAISY, RACE CORGI,

9 ANS. CAPABLE DE COMPTER ET D'ADDITIONNER DE PETITES QUANTITÉS. À la gauche de Daisy, sous la vitre éclaboussée du sang de Marielle, on voyait un autre chien qui avait tout à fait l'air de sourire à l'objectif. CHARLOTTE, RACE COLLEY, 6 ANS. CAPABLE DE TRIER DES PHOTOS ET DE CHOISIR CELLES DES GENS QU'ELLE CONNAÎT.

Encore plus à gauche, on voyait un perroquet qui, apparemment, fumait une Camel.

« Rien de tout cela n'arrive, déclara Steve d'un ton calme, presque joyeux, sans savoir s'il s'adressait à Cynthia ou s'il parlait pour lui-même. Je dois être quelque part dans un hôpital. J'ai dû foutre le bahut contre un arbre, sur l'autoroute. C'est comme dans *Alice au pays des merveilles.* Version hard. »

Cynthia ouvrait la bouche pour répondre, quand le vieux type – celui, sans doute, qui avait observé Daisy, la chienne corgi, en train d'ajouter deux à six pour trouver huit, PAS DE PROBLÈME, POUR DAISY... – entra, un vieux sac noir à la main. Le flic – au fait, est-ce qu'il ne s'appelait pas Collie, se demanda Steve, ou bien suis-je sous l'influence délirante de ces bon Dieu de photos ? – le suivait ; il défaisait sa ceinture. Peter Machintruc, le mari de la femme morte à côté de la voiture, fermait la marche d'un pas mal assuré, l'air hébété.

« Aidez-la ! gémit Gary, oubliant Steve et sa théorie du complot, au moins pour le moment. Aidez-la, elle est en train de saigner comme un porc !

– Vous savez bien que je ne suis pas médecin, Gary ! Rien qu'un vieux soigneur de chevaux, et...

– Je t'interdis... de me traiter de porc », les interrompit Marielle. Elle avait parlé d'une voix à peine audible, mais une vie sinistre brillait encore dans ses yeux, qu'elle gardait fixés sur son mari. Elle voulut se redresser, n'y parvint pas, glissant au contraire un peu plus bas le long du mur. « Pourquoi pas dire que je suis une truie, tant que tu y es ? »

Le vieux soigneur de chevaux se tourna vers le flic, qui se tenait sur le seuil de la cuisine, torse nu, la ceinture tendue entre ses deux mains. Il rappelait à Steve le fouetteur, dans un bar sado-maso où il avait jadis tenu les manettes pour un groupe qui s'appelait les Trous Chromés.

« Je dois vraiment ? » demanda le flic. Il avait lui-même pas mal perdu ses couleurs, mais donnait l'impression de bien tenir le coup, au moins jusqu'ici.

Billingsley acquiesça et posa la sacoche sur le grand fauteuil de télé. Il fit sauter les fermoirs et commença à fouiller dedans. « Et vite. Plus elle perd de sang, plus sa situation devient critique. » Il leva les yeux, une bobine de fil chirurgical dans l'une de ses mains déformées, des ciseaux à bout recourbé dans l'autre. « Moi non plus, ça ne m'amuse pas. La dernière fois que je me suis trouvé dans une situation de ce genre, il s'agissait d'un poney qu'un chasseur avait pris pour un daim. Il lui avait démoli un antérieur. Mettez-la aussi haut que possible sur son épaule. La boucle à hauteur de sa poitrine et serrez autant que vous pouvez.

– Où est Mary ? demanda Peter. Où est Mary ? Où est Mary ? Où est Mary ? » Sa voix se faisait de plus en plus plaintive. La quatrième fois qu'il répéta sa question, on aurait dit un couinement de fausset. Il se prit brusquement le visage dans les mains, tourna le dos à tout le monde et s'appuya le front contre le mur, entre Baron, un labrador qui composait son nom à l'aide de cubes, et Dirtyface, un bouc à l'expression morose qui était soi-disant capable de jouer un certain nombre d'airs simples à l'harmonica. Steve se dit que si jamais il entendait un bouc lui jouer *The Yellow Rose of Texas* sur un Hohner, il ne lui resterait plus qu'à se flinguer.

Marielle Soderson, de son côté, observait Billingsley avec l'intensité d'un vampire regardant un type qui vient de s'entailler avec son rasoir. « Fait mal, coassa-t-elle. Donnez-moi quelque chose…

– Oui, répondit Billingsley, mais le tourniquet, pour commencer. »

Il adressa au flic un signe impatient de la tête. Entragian avança, le passant déjà pris dans la boucle de la ceinture. La maigrichonne, devenue blond foncé, tant la sueur lui imbibait les cheveux, tendit son bon bras et le repoussa avec une force surprenante. Le flic ne s'y attendait pas. Il recula de deux pas, heurta le bras du vieux fauteuil et tomba dedans. Il avait l'air d'un comique qui vient de glisser sur une peau de banane dans un film.

Marielle n'eut même pas un coup d'œil pour lui. Toute son attention était concentrée sur le vieux véto et sa sacoche noire.

« Tout de suite ! » On aurait littéralement dit qu'elle aboyait. « Donnez-moi quelque chose tout de suite, espèce de vieux chnoque, sinon je vais crever ! »

Le flic réussit à s'extraire du fauteuil et croisa le regard de Steve. Ce dernier comprit, acquiesça et commença à se diriger vers la femme qui s'appelait

Marielle, la contournant par la droite. Fais gaffe, se disait-il, elle flippe complètement, elle est capable de te griffer ou de te mordre, n'importe quoi, alors fais gaffe.

D'une poussée contre le mur, elle se redressa, oscilla sur place, reprit son équilibre et s'avança vers le vieux véto. Elle tendait une fois de plus son bras devant elle, comme si c'était la pièce à conviction numéro un dans un procès. Billingsley recula d'un pas, et jeta un coup d'œil nerveux au flic et à Steve.

« File-moi du Démerol, chameau ! aboya-t-elle de sa voix épuisée. File-m'en où je t'étrangle jusqu'à ce que tu en chies dans ton froc ! Je… »

Le flic, après un nouveau mouvement de la tête adressé à Steve, bondit sur la gauche ; Steve en fit autant de son côté et passa un bras autour du cou de la femme. Il ne tenait pas à l'étouffer, mais redoutait de passer trop loin derrière elle, de prendre son bras blessé par erreur et de lui faire encore plus mal. « Restez tranquille ! » cria-t-il. Il n'avait pas eu l'intention de crier, simplement de parler d'un ton normal, mais c'était sorti comme ça. En même temps, le flic passait la boucle par la main gauche de la femme et la faisait remonter le long de son bras.

« Tenez-la bien, mon vieux. Empêchez-la de bouger ! »

Ce que fit Steve, pendant deux ou trois secondes ; puis une goutte de transpiration, chaude et piquante, lui tomba dans l'œil et il relâcha son étreinte au moment où Collie Entragian commençait à resserrer son garrot improvisé. Marielle s'arc-bouta vers la droite, sans quitter le vieux véto de son sinistre regard de rapace, et son bras se retrouva entre les mains du flic. Steve remarqua la montre toujours en place, une Indiglo dont l'aiguille des secondes était arrêtée entre quatre et cinq. La ceinture resta accrochée à l'épaule un instant, puis tomba au sol, la boucle ne contenant plus rien. Cynthia hurla, les yeux écarquillés. Le flic contemplait, bouche bée, le membre qu'il tenait entre ses mains.

« Mettez-le sur de la glace ! rugit Gary. Sur de la glace, tout de suite ! Tout de s... » Puis, d'un seul coup, il parut se rendre compte de ce qui était arrivé. De ce que le flic tenait à la main. Il ouvrit la bouche, tourna la tête d'une manière curieuse et dégobilla sur la photo du perroquet fumeur.

Marielle ne remarqua rien de tout cela. Elle tituba vers le vétérinaire, lequel était manifestement terrifié, tendant la main qui lui restait. « Faites-moi une piqûre ! Tout de suite, vous m'entendez ? Espèce de vieux débris ! Une putain de pi... piqû... »

Elle tomba à genoux, la tête pendante. Puis, avec un immense effort, redressa le menton. Un instant, son regard vrilla les yeux de Steve. « Et vous, bordel, d'où vous sortez ? » demanda-t-elle d'une voix claire, parfaitement compréhensible, avant de s'effondrer doucement au sol. Son crâne se retrouva à quelques centimètres des pieds de Peter, l'homme qui avait perdu sa femme. Jackson, se dit soudain Steve. Ouais, c'est son nom, Jackson. Peter Jackson se tenait toujours le front appuyé au mur, le visage dans les mains. S'il recule d'un seul pas, songea Steve, *il va lui marcher dessus*.

« Bordel de merde », murmura le flic, stupéfait. Il

eut l'air de se rendre compte qu'il tenait toujours le bras de la femme à la main. La démarche raide, il passa dans la cuisine, tenant le membre loin devant lui. Le chuintement sibilant de la pluie faisait à Steve l'effet d'être très fort.

« Allons-y, dit alors le vieux débris, comme s'il se réveillait. On n'en a pas encore fini. Passez-lui cette ceinture, fiston, serrez-la contre sa poitrine. Ça ira ?

– Je crois », répondit Steve, qui fut néanmoins très soulagé lorsque Cynthia, la petite vendeuse, ramassa la ceinture et s'agenouilla à côté de la femme inconsciente.

Extrait du « Corridor de Force », épisode 55 de Moto-Kops 2200, *original d'Allen Smithee :*

ACTE II

FONDU SUR :

INT. CENTRE DE CRISE, QG DE MOTOKOPS

La pièce est comme toujours dominée par l'énorme «écran de situation». Debout sur son flotteur, le colonel Henry a l'air grave. Assis au fer à cheval, le reste de l'escouade : Snake Hunter, Bounty, le major Pike, Rooty et Cassie.

Sur l'écran de situation : vue de l'espace. Au loin, la Terre, réduite à une piécette vert-bleu, l'air paisible.

SNAKE HUNTER *(avec son ton méprisant habituel)*

Alors c'est quoi, la grande affaire ? Je ne vois rien de spécialement... Qu'est-ce que ???

Soudain, le Corridor de Force apparaît sur l'écran, le remplissant presque, effaçant les étoiles des deux côtés. C'est comme de voir arriver le vaisseau de Darth Vader au début de *La Guerre des étoiles* : en un mot, effrayant !

Le Corridor de Force est constitué de deux longues plaques de métal sur lesquelles sont disposées, à intervalles réguliers, de grosses pièces cubiques. Le Corridor de Force bourdonne de manière menaçante, et on voit crépiter des flammes bleues entre les cubes.

Cassie étouffe un cri et regarde, effondrée, l'écran de situation. Le colonel Henry appuie sur un bouton et l'écran passe en arrêt sur image. On voit toujours la Terre, encadrée par le corridor, paraissant prise dans un maillage électrique potentiellement mortel !

LE COLONEL HENRY *(à Snake Hunter)*
La voilà, la grande affaire ! le Corridor de Force, œuvre d'une race d'extraterrestres disparue depuis longtemps ! Un système destructeur, et qui se dirige droit sur la Terre !

CASSIE *(désespérée)*
Oh, mon Dieu !

LE COLONEL HENRY
Détendez-vous, Cassie, il est encore à cent cinquante mille années-lumière. La mise en place s'effectue en deux fois.

LE MAJOR PIKE
Oui, mais à quelle vitesse se déplace-t-il ?

LE COLONEL HENRY
C'est le problème. Disons que si nous ne réglons pas cette crise au cours des prochaines soixante-douze heures,

vous feriez mieux de changer de projets pour le week-end.

ROOTY

Root-Root-Root-Root !

SNAKE HUNTER

La ferme, Rooty. *(Au colonel Henry:)* Quel est notre plan?

Le colonel Henry s'élève sur son flotteur, afin de pouvoir explorer quelques-uns des cubes en relief sur la partie interne du corridor.

LE COLONEL HENRY

Les mesures de la sonde télémétrique donnent une longueur de plus de trois cent mille kilomètres sur quatre-vingt mille de large pour le Corridor de Force - un couloir de la mort dans lequel rien ne peut survivre! Il a cependant peut-être un point faible! Je crois que ces cubes sont des générateurs. Si nous pouvions les détacher…

BOUNTY

Est-il question d'un assaut avec les véhicules à champ d'énergie, patron?

Gros plan sur le visage fermé du colonel Henry.

LE COLONEL HENRY

Les VACES sont la seule chance de la Terre.

INT. CENTRE DE CRISE, AVEC LES MOTOKOPS

SNAKE HUNTER

Un assaut au champ d'énergie ? Ça pourrait nous mener tout droit au paradis, un truc pareil !

ROOTY

Root-Root-Root-Root !

TOUS

La ferme, Rooty !

INT. COULOIR DANS LE CENTRE DE CRISE

Le colonel Henry et Cassie Styles en tête, les autres MotoKops sur les talons. Rooty, comme d'habitude, est à la traîne.

LE COLONEL HENRY

Vous êtes soucieuse, ma petite.

CASSIE

Évidemment ! Snake Hunter a raison ! Les véhicules à champ d'énergie n'ont jamais été conçus pour subir les efforts d'un assaut en espace profond !

LE COLONEL HENRY

Pourtant, vous avez autre chose en tête.

CASSIE

Vos dons de télépathie sont détestables, parfois, Hank.

LE COLONEL HENRY

Allez… dites-moi tout.

CASSIE

Quelque chose m'inquiète dans la forme de ces cubes. Et si ce n'était pas des générateurs ?

LE COLONEL HENRY

Et que pourraient-ils bien être d'autre ?

Ils ont atteint la porte coulissante donnant dans le hangar à VACES. Le colonel Henry colle sa main contre la serrure et la porte s'ouvre.

CASSIE

Je ne sais pas, mais…

INT. HANGAR À VACES, LES MOTOKOPS

Cassie a le souffle coupé, ses yeux s'agrandissent. Le colonel Henry, la mine toujours sévère, la prend par l'épaule. Les autres membres de l'escouade se rassemblent autour d'eux.

ROOTY

Root-Root-Root-Root !

SNAKE HUNTER

Ouais, Rooty, absolument d'accord !

Il regarde, l'air furieux, le sinistre visiteur qui s'est glissé entre son Tracker

Arrow et le Rooty-Toot de Rooty, le Meatwagon, qui bourdonne faiblement.

LE COLONEL HENRY
MotoKops, préparez-vous au combat !

SNAKE HUNTER *(son pistolet paralyseur déjà à la main)*
J'vous ai pris de vitesse, patron.

Les autres s'arment.

INT. VACE MEATWAGON
La tourelle recule, révélant Sans-Visage, toujours aussi sinistre dans son uniforme noir. Derrière lui, devant le tableau de bord, est assise la comtesse Lili, toujours aussi hautaine et sexy. L'hypno-joyau scintille fébrilement à son cou, passant par toutes les couleurs du spectre.

SANS-VISAGE
Flotteur, comtesse. Tout de suite !

LA COMTESSE LILI
Oui, excellence.

La comtesse tire sur une manette. Un flotteur apparaît. Sans-Visage y monte et rejoint le sol du hangar en un clin d'œil. Il n'est pas armé et le colonel Henry s'avance vers lui en rengainant son propre paralyseur.

Le colonel Henry

Pas un peu loin de la maison, Sans-Visage ?

Sans-Visage

Notre maison est là où se trouve notre cœur, mon cher Hank.

Bounty

C'est pas le moment de faire de l'esprit.

Sans-Visage

Tout à fait d'accord, en effet. Le Corridor de Force approche. Vous prévoyez, colonel Henry, un assaut par VACE...

Le major Pike

Comment le savez-vous ?

Sans-Visage *(glacial)*

Parce que c'est ce que je ferais, idiot ! *(Au colonel Henry :)* Un assaut par VACE est terriblement risqué, mais c'est peut-être la dernière chance de la Terre. Vous allez avoir besoin d'un maximum de champs et vous ne disposez d'aucun véhicule aussi puissant que mon Meatwagon.

Snake Hunter

Question d'opinion, pauv' cloche. Mon Tracker Arrow...

Le colonel Henry

Arrêtez ces bêtises ! *(A Sans-Visage :)* Que m'offrez-vous ?

Sans-Visage

Que nous mettions nos forces en commun jusqu'à la fin de la crise. Qu'on laisse tomber les vieilles querelles, au moins temporairement. Une attaque conjointe du Corridor de Force.

Il tend sa main gantée de noir. Le colonel Henry tend la sienne, mais le major Pike s'avance entre eux. Ses yeux en amande sont écarquillés, et sa corne buccale frissonne d'inquiétude.

Major Pike

Ne faites pas ça, Hank ! On ne peut lui faire confiance ! C'est un piège !

Sans-Visage

Je comprends ce que vous ressentez, major… nous le ressentons tous les deux, n'est-ce pas, comtesse ?

La comtesse Lili

Oui, Excellence.

Sans-Visage

Mais cette fois il n'y a pas de piège, pas de cartes dans les manches.

Le colonel Henry *(au major Pike)*

Et nous n'avons pas le choix.

SANS-VISAGE

En effet, nous ne l'avons pas. Les minutes nous sont comptées.

Le colonel Henry serre la main de Sans-Visage.

SANS-VISAGE

Associés ?

LE COLONEL HENRY

Pour le moment.

ROOTY

Root-Root-Root-Root !

FONDU AU NOIR. FIN ACTE II.

Chapitre 6

1

Adoptant les intonations de Ben Cartwright, le patriarche de Ponderosa, Tak dit : « Ma'am, vous me donnez l'impression de vouloir prendre la poudre d'escampette.

– Non, je… » C'était bien sa voix, mais faible et lointaine, comme une transmission radio venue de la côte Ouest par temps de pluie. « J'allais juste au magasin. On commence à manquer de… » De quoi, au fait ? De quoi pourrait-on manquer qui présente un intérêt quelconque pour ce monstre ? Grâce au Ciel, quelque chose lui vint à l'esprit. « De sirop de chocolat ! De Hershey's ! »

Il franchit le seuil et se dirigea vers elle, Seth Garin dans son caleçon MotoKops, et elle vit alors une chose stupéfiante, horrible : les orteils du garçon traînaient sur la moquette mais, sinon, il flottait comme un ballon qui aurait eu la forme d'un enfant. C'était bien le corps de Seth, émouvant avec ses poignets et ses chevilles crasseux, mais dans ses yeux ce n'était pas lui. Pas du tout lui. Rien que la chose qui paraissait sortie tout droit des marécages.

« Elle a dit qu'elle allait juste faire un tour au magasin en bas d'la rue », fit la voix de Ben Cartwright. Tak pouvait bien être un monstre, il avait d'indéniables dons d'imitateur. Fallait le reconnaître. « Qu'est-ce t'en penses, Adam ?

– Qu'elle ment, Paw », répondit la voix de Pernell Roberts, l'acteur qui tenait le rôle d'Adam Cartwright. Roberts avait fini par perdre ses cheveux, mais il était le meilleur du lot ; ceux qui avaient tenu les rôles de son père et de ses frères étaient tous morts, depuis que *Bonanza* s'était enfoncé dans le crépuscule des redif et de la télé câblée.

Retour à la voix de Ben tandis qu'il se rapproche ; il est suffisamment près pour que lui parvienne l'odeur amère de la transpiration, occultant presque les derniers effluves du shampooing No More Tears. « Et toi, qu'est-ce t'en penses, Hoss ?

– Elle ment, Paw », fit la voix de Dan Blocker… et un instant le petit garçon qui flottait presque eut vraiment l'air d'être Blocker.

« Et toi, Little Joe ?

– Elle ment, Paw.

– Root-Root-Root-Root !

– La ferme, Rooty. » (Voix de Snake Hunter.) On aurait dit qu'une bande invisible de fous pleins de talent faisait tout un numéro pour elle. Quand la chose devant elle reprit la parole, Snake Hunter avait disparu et Ben Cartwright, ce Moïse sévère de la Sierra Nevada, était revenu. « On n'est pas très tendre avec les menteurs et les menteuses, ma'am. Ni avec ceux qui prennent la poudre d'escampette. D'après vous, qu'est-ce que vous méritez ? »

Ne me faites pas de mal, essaya-t-elle de dire, mais pas un mot ne sortit de sa bouche, pas même un balbutiement. Elle tenta de brancher une sorte de circuit interne, visualisant le petit téléphone rouge, sauf qu'il y avait maintenant le nom de SETH imprimé dessus. Elle eut peur de chercher à joindre directement l'enfant, mais elle ne s'était jamais trouvée dans une situation comme celle-ci. Si la chose décidait de la tuer…

Elle voyait le téléphone dans sa tête, se voyait parler dedans, et ce qu'elle avait à dire était d'une douloureuse simplicité : *Ne le laisse pas me faire de mal, Seth. Tu avais un certain pouvoir sur lui, au début, je le sais. Pas beaucoup, peut-être, mais un peu. S'il t'en reste encore, si tu as encore la moindre influence sur lui, je t'en prie, ne le laisse pas me faire du mal, je t'en prie, empêche-le de me tuer. Pas tout de suite.*

Elle chercha quelque signe d'humanité dans les yeux de la chose qui flottait, une trace de la présence de Seth, mais elle ne vit rien.

Soudain, sa main gauche s'éleva et retomba brutalement contre sa joue droite, avec un bruit de petit bois que l'on brise. La chaleur l'envahit, comme si l'on venait d'allumer une lampe à UV de ce côté-ci de son visage. Son œil gauche se remplit de larmes.

C'est sa main droite qui s'élevait maintenant, comme un serpent de fakir de son panier. Elle s'immobilisa à hauteur de sa figure, puis se replia lentement en poing.

Non, essaya-t-elle de dire, *non, je t'en prie, Seth, non, ne le laisse pas faire* ; mais rien ne se passa cette fois non plus, et le poing lui dégringola dessus, les phalanges très blanches dans la pénombre de la pièce, et son nez lui fit l'effet d'exploser, envoyant en l'air des nuées de points blancs comme des papillons. Ils dansèrent frénétiquement devant ses yeux tandis qu'un sang tiède se mettait à lui couler sur les lèvres et le menton. Elle vacilla et fit un pas en arrière.

« Cette femme est un affront à la justice du XXIIIe siècle », dit le colonel Henry de sa voix sévère – une voix qu'elle trouvait plus détestable et plus imbue d'elle-même chaque fois que passait un épisode du foutu dessin animé. « Elle a besoin d'être sévèrement corrigée. »

Hoss : « Exact, colonel ! Faut montrer à cette salope qui c'est qui commande ici !

– Root-Root-Root-Root ! »

Cassie Styles : « Je suis d'accord avec Rooty ! Et une petite séance adoucissante serait une bonne manière de commencer ! »

Elle s'était remise à marcher – ou plutôt, ça la faisait marcher. Le séjour défila devant ses yeux comme un paysage par les fenêtres d'un wagon. Sa joue la brûlait. Son nez lui faisait mal. Elle sentait le goût du sang sur ses dents. Elle se représentait maintenant le visiophone MotoKops, se voyait parlant face à face avec Seth sur cet appareil de science-fiction. *Je t'en prie, Seth, c'est ta tante Audrey ; tu devrais me reconnaître, même avec la couleur de mes cheveux qui a changé. C'est Tak qui m'a obligée à les teindre pour qu'ils ressemblent à ceux de Cassie, mais c'est toujours moi, tante Audrey, celle qui t'a pris avec elle, qui s'occupe de toi, qui essaie, en tout cas, et c'est à ton tour de t'occuper de moi, empêche-le de me faire trop de mal, Seth, je t'en prie, empêche-le.*

L'éclairage n'était pas mis dans la cuisine, réduite à un chaudron d'ombres grouillantes. Tandis qu'elle était propulsée au-dessus du lino (d'une couleur gaie quand il était propre, mais encrassé et jaunâtre, pour l'instant), une pensée lui vint à l'esprit, une pensée à la logique effrayante : pourquoi Seth devrait-il l'aider ? Même s'il recevait ses messages et même s'il était capable d'intervenir, pour quelle raison le ferait-il ? Fuir Tak revenait à abandonner Seth à son sort, et c'était précisément ce qu'elle venait de tenter. Si le garçon était encore là, il devait le savoir aussi bien que Tak.

Un sanglot lui échappa, aussi faible et lointain que le souffle d'un invalide ; les doigts ensanglantés de sa main droite cherchèrent l'interrupteur à tâtons, le trouvèrent. Elle alluma.

« Faut l'adoucir, Paw ! s'écria Little Joe Cartwright. Faut l'adoucir, par le diable ! » La voix dérapa soudain pour devenir le rire haut perché de Rooty le Robot. Audrey se prit à regretter de ne pas être folle. Ce serait toujours mieux que ça, non ? Forcément.

Au lieu de cela, passagère impuissante dans son propre corps, elle ne put que subir ce que Tak lui faisait faire : tourner, se diriger vers l'étagère à épices et tendre la main droite pour ouvrir le placard situé au-dessus. La main gauche bouscula un Tupperware qui dégringola au sol en répandant des macaronis un peu partout sur le lino ; ce fut ensuite le tour de la farine, qui atterrit à côté de son pied et dont un nuage vint lui blanchir les jambes. La main gauche s'enfonça dans l'espace vide et saisit un pot de miel en plastique souple, en forme d'ours. La main droite dévissa le couvercle et le balança. Et l'ours se retrouva la tête à l'envers au-dessus de sa bouche grande ouverte.

La main gauche, celle qui entourait le ventre rond de l'ours, se mit à le presser rythmiquement, à la manière dont elle pressait jadis la poire de la trompe montée sur sa bicyclette Schwinn. Le sang qui coulait de son nez glissa au fond de sa gorge. Puis le miel lui remplit la bouche, épais et d'une douceur écœurante.

« Avale ! cria Tak, en n'empruntant cette fois la voix de personne. Avale ça, salope ! »

Elle avala. Une fois, deux fois, trois fois. À la troisième, sa gorge lui fit l'impression de se fermer complètement. Elle essayait de respirer et n'y parvenait pas. Le passage était obstrué par une colle douceâtre, cauchemardesque. Elle tomba à genoux et commença à avancer à quatre pattes dans la cuisine, sa chevelure d'un roux sombre lui pendant devant les yeux, éructant d'épais caillots de miel ensanglantés. Elle en avait jusque dans le nez, et il dégoulinait aussi de ses narines.

Elle crut pendant quelques instants qu'elle n'allait plus jamais pouvoir respirer, et les papillons blancs qui dansaient devant ses yeux devinrent noirs. Je vais me noyer, pensa-t-elle, je vais me noyer dans du miel Sue Bee.

Puis le passage se dégagea, du moins un peu, suffisamment pour lui permettre d'inhaler, hoquetante, un peu d'air, qu'elle fit descendre laborieusement dans sa gorge engluée, tandis qu'elle pleurait de terreur et de douleur.

Tak se laissa tomber sur les genoux écorchés de Seth Garin, devant elle, et se mit à lui hurler sous le nez. « Ne recommence jamais à vouloir ficher le camp !

Jamais ! Jamais ! Tu comprends ? Hoche ce qui te sert de tête, grosse vache, pour me montrer que tu as compris ! »

Les mains de Tak – les mains qu'elle ne pouvait voir, celles qui étaient dans ce qui lui servait de tête – l'agrippèrent et, d'un seul coup, elle se mit à branler furieusement du chef, au point que son front heurtait le sol à chaque descente, tandis que Tak riait. *Ça* riait ! Elle se dit qu'il allait lui cogner la tête ainsi jusqu'à ce qu'elle s'évanouisse ; alors, il la laisserait au milieu du magma – macaronis, farine, miel – qui tapissait le sol.

Puis tout s'arrêta aussi soudainement que cela avait commencé. Les mains avaient disparu. La sensation de sa présence mentale aussi. Elle leva les yeux craintivement, s'essuyant le nez d'un revers de main, la respiration encore laborieuse, secouée de hoquets qui étaient presque des haut-le-cœur. Son front pulsait douloureusement et elle le sentait qui enflait déjà.

Le garçon la regardait. Elle pensa que c'était bien son neveu. Elle n'en était pas tout à fait sûre, mais…

« Seth ? »

Il resta un instant accroupi devant elle, sans broncher, sans hocher la tête. Puis il tendit une patte sale et essuya le miel qui lui coulait sur le menton avec des doigts qu'elle sentait à peine.

« Où est-il passé ? Où est Tak ? »

Il fit un effort. Elle le voyait se débattre. Contre sa peur, peut-être, mais elle n'était pas sûre que c'était ce qu'il éprouvait. Même s'il en ressentait, c'était plutôt avec son système défectueux de communication qu'il luttait en ce moment. Il émit un gargouillis, un bruit d'air dans des canalisations, et elle se dit que c'était sans doute les seuls sons qu'il parviendrait à émettre. Mais, à l'instant où elle était sur le point de se remettre debout, deux mots sortirent de la bouche de Seth.

« Parti. Construit… »

Elle le regarda, respirant encore par des voies aériennes engluées de miel, mais l'ayant oublié. Elle sentit son cœur se mettre à battre un peu plus vite au mot « parti ». Elle n'aurait pourtant pas dû se faire d'illusions, surtout après ce qui venait de se passer. Cependant…

« Il est quelque part, mon chéri ? Dans une construction ? C'est ce que tu veux dire ? Quelle construction ?

– Construit », répéta Seth, secouant la tête de droite à gauche sous l'effort. Pour ajouter finalement : « Fabrique. »

Il avait bien dit un verbe, et non une partie de nom. Tak *construisait*. Tak *fabriquait*. Mais que fabriquait-il… en dehors de les terroriser ?

« Il, reprit Seth, il… il… il ! »

Le garçon se donna un coup de poing sur la cuisse, frustré comme elle ne l'avait encore jamais vu. Elle lui saisit la main et lui déplia doucement les doigts.

« Non, Seth. » Elle sentit son diaphragme se contracter à nouveau, comme pour vomir le miel qui lui pesait encore sur l'estomac, mais elle se contrôla. « Non, mon chéri, il ne faut pas. Détends-toi. Dis-le-moi si tu peux. Sinon, ça ne fait rien. » Un mensonge, mais si elle le poussait dans ses derniers retranchements, il n'arriverait jamais à sortir quelque chose. Pis, il risquait de fuir – et, en fuyant, de laisser la place bien chaude et d'accès facile pour Tak.

« Il... ! » Seth toucha les oreilles d'Audrey, puis porta les mains aux siennes et les repoussa vers l'avant. Elle se rendit compte qu'elles étaient sales également, à la suite des longues heures qu'il avait passées dans le bac à sable ; crasseuses, même, et elle acquiesça. Oui, elle avait compris. Quand Seth essayait vraiment, il s'en sortait très bien, aussi bien qu'il le fallait, en tout cas.

Il t'écoute, lui avait dit le garçon. Tak t'écoute avec mes oreilles. Bien entendu. Ça l'écoutait. Tak le Magnifique, la créature aux mille voix (la plupart du temps avec l'accent traînant du Sud) dotée d'une paire d'oreilles.

C'était Tak qui s'était mis à genoux devant elle, mais ce fut Seth qui se releva, un petit garçon maigrichon en sous-vêtements sales. Il se dirigea vers la porte, puis fit demi-tour. Audrey était toujours à quatre pattes, en train de calculer si elle pouvait s'appuyer sur le comptoir ou s'il valait mieux s'en rapprocher un peu avant.

Elle eut tout d'abord un mouvement de recul en le voyant revenir sur ses pas, pensant que Tak était de retour, croyant apercevoir l'éclat de son intelligence dans l'œil de Seth. Mais lorsqu'il fut près d'elle, elle vit qu'elle avait commis une erreur bien compréhensible. Seth pleurait. Elle ne l'avait jamais vu pleurer auparavant, même pas quand il arrivait après s'être écorché les genoux ou cogné la tête. Jusqu'à cet instant, elle avait même douté qu'il puisse pleurer.

Il passa un bras autour du cou de sa tante et appuya son front contre elle. Cela lui fit mal, mais elle ne se retira pas. L'espace d'une seconde, il lui vint à l'esprit l'image brouillée mais très intense du téléphone rouge ; l'appareil avait pris des proportions gigantesques. Puis l'image disparut, et la voix de Seth s'éleva dans sa tête. Elle avait eu à plusieurs reprises l'impression de l'entendre, comme s'il essayait d'entrer en contact avec elle par télépathie. Impression qui se produisait la plupart du temps quand elle sombrait dans le sommeil ou au moment du réveil ; impression également toujours lointaine, comme une voix qui appelle à travers un épais brouillard. Là, en revanche, la voix était étonnamment proche ; c'était celle d'un enfant très intelligent et nullement handicapé.

Je ne t'en veux pas parce que tu voulais t'enfuir, dit la voix. Il parlait vite, furtivement. Comme un écolier qui chuchote quelque chose à l'oreille de son voisin pendant que le maître tourne le dos. *Tu dois rejoindre les autres, ceux qui sont de l'autre côté de la rue. Il va falloir que tu attendes un peu, mais ce ne sera pas long. Parce qu'il…*

Plus de paroles ; une autre image brouillée lui remplit complètement le cerveau chassant temporairement toute pensée. Seth, habillé en fou, chapeau à clochettes compris. Il jonglait, mais pas avec des balles : avec des poupées. Des petites poupées en porcelaine. Des Hummel. Mais ce n'est qu'au moment où il en laissa tomber une qui se brisa et où elle vit le visage défiguré de Mary Jackson gisant à côté de l'une des babouches rouge et blanc du fou, qu'elle réalisa que les poupées étaient celles de ses voisins. Elle supposa qu'elle était en partie responsable de cette image, car elle avait vu les figurines Hummel de Kirstie Carver un millier de fois – un passe-temps fastidieux s'était-elle dit – mais elle comprit que rien de ce qu'elle pourrait bien ajouter ne changerait quoi que ce soit à ce que Seth essayait de lui faire saisir. Peu importait à quelle tâche délirante Tak s'adonnait – ce qu'il *construisait, fabriquait* : cette tâche le tenait très occupé.

Pas au point de ne pas me voir quand j'ai foncé vers la porte, il y a dix minutes, pensa-t-elle. Pas au point de l'empêcher de m'arrêter. Pas au point de l'empêcher de me punir non plus. Ce sera peut-être du sel, la prochaine fois, et non du miel, qu'il m'obligera à ingurgiter.

Ou de l'eau de Javel.

Je t'avertirai, le moment venu, reprit la voix de l'enfant. *Écoute-moi, tante Audrey. Après le prochain passage des* VACES. *Écoute-moi bien. C'est important que tu t'en ailles, parce que…*

Cette fois-ci, de nombreuses images se succédèrent. Certaines étaient trop fugitives, impossibles à identifier, mais elle en saisit quelques-unes : une boîte de conserve Chef Boy-Ar-Dee vide dans la poubelle, un vieux siège de toilette cassé et renversé, à la décharge publique, une voiture sur cales, sans roues ni vitres. Des objets cassés. Des objets hors d'usage.

La dernière chose qu'elle vit, avant la rupture du contact, fut le portrait d'elle-même posé sur la table, dans l'entrée. Les yeux avaient disparu, arrachés.

Seth la relâcha et se recula, la regardant pendant qu'elle s'agrippait au comptoir et se remettait péniblement debout. Son estomac, alourdi de tout le miel que Tak l'avait forcée à avaler, lui faisait l'effet d'un contrepoids. Seth avait repris son aspect habituel, distant, coupé du reste du monde, aussi dépourvu d'émotion qu'un rocher. Il y avait cependant ces traces claires sous ses yeux. Oui, il y avait cela.

« Ah-oh », dit-il de sa voix sans timbre – elle s'était demandé, avec Herb, si cela ne voulait pas dire *Audrey hello* –, avant de sortir de la cuisine. Il retourna dans l'alcôve, où la fusillade battait son plein. Et lorsque le film serait terminé ? Il le rembobinerait, selon toute vraisemblance, pour le faire défiler à nouveau.

Mais il m'a parlé, pensa-t-elle. Fort, dans ma tête. Sur son téléphone PlaySkool. Sauf que son modèle est fichtrement gros !

Elle sortit le balai du placard et entreprit de ramasser les macaronis et la farine. Dans l'alcôve, Rory Calhoun rugissait : « Tu ne vas nulle part, espèce de dégonflé de Yankee !

– Il y a peut-être moyen de faire autrement, Jeb, murmura Audrey tout en balayant.

– Il y a peut-être moyen de faire autrement, Jeb », dit Ty Hardin, le shérif adjoint Laine dans le film, sur quoi le méchant colonel Murdock l'abattit. Son dernier crime ; dans trente secondes, il allait lui-même se faire descendre.

Audrey sentit son diaphragme se contracter de nouveau. Fort. Elle alla jusqu'à l'évier, sans lâcher son balai, et se pencha. Elle fut secouée de hoquets, mais rien ne vint. Au bout de quelques instants, les contractions s'arrêtèrent. Elle ouvrit le robinet d'eau froide et but directement dessous, puis s'aspergea délicatement le front, où elle sentait toujours battre le sang. Ça faisait du bien. Merveilleux.

Elle referma le robinet et alla chercher la pelle dans le placard. Tak construisait, avait dit Seth, fabriquait quelque chose. Mais quoi ? Et tandis qu'elle s'agenouillait péniblement près du tas de débris, tenant le balai d'une main et la pelle de l'autre, une question plus angoissante lui vint à l'esprit : si elle parvenait à s'enfuir, qu'est-ce que ça ferait à son neveu ? Qu'est-ce que ça ferait à Seth ?

2

Belinda Josephson tint la porte ouverte pour son mari puis se redressa et regarda autour d'elle. La suspension, au milieu de la pièce, n'était pas allumée, mais on y voyait un peu mieux. Les nuages se dissipaient et elle se dit que dans une heure ou deux il ferait de nouveau chaud et beau.

Elle consulta l'horloge murale, au-dessus de la table, et éprouva un léger sentiment d'irréalité. Seize heures trois ? Était-il possible que si peu de temps se soit écoulé ? Elle regarda plus attentivement, et constata que l'aiguille des minutes ne bougeait pas. Elle tendit la main vers l'interrupteur au moment où Johnny entrait à son tour dans la cuisine à quatre pattes.

« C'est pas la peine », dit Jim Reed, assis sur le sol, entre le frigo et la cuisinière, le petit Ralph Carver sur les genoux. Ce dernier suçait son pouce ; il avait le regard vide, apathique. Belinda ne l'avait jamais beaucoup aimé et, à sa connaissance, personne dans la rue ne l'appréciait – mis à part, supposait-elle, son père et sa mère –, mais elle ne s'en apitoya pas moins sur son sort.

« Pas la peine de quoi ? demanda Johnny.

– D'allumer. Il n'y a plus de courant. »

Belinda le crut mais n'en manipula pas moins l'interrupteur à plusieurs reprises. Rien.

Il y avait du monde dans la pièce, onze personnes, elle-même comprise, mais le silence hébété qui régnait donnait l'impression qu'ils y étaient moins nombreux. Ellie Carver reniflait un sanglot, de temps en temps, mais elle avait le visage enfoui contre le sein de sa mère et dormait peut-être. David Reed tenait Susi Geller par les épaules ; la mère de l'adolescente en faisait autant de l'autre côté (la veinarde, tout ce réconfort, pensa Belinda). Cammie Reed, la mère des jumeaux, était adossée à une porte sur laquelle un panneau indiquait CE BON VIEUX PLACARD À BALAIS. Belinda se dit que Cammie n'était pas autant sonnée que les autres ; elle avait une expression froide et songeuse dans le regard.

« Tu as dit que tu avais entendu crier, mais je n'entends rien, observa Johnny à l'intention de Susi.

– Ça s'est arrêté, répondit l'adolescente, morose. C'était peut-être Mme Soderson.

– Oui, c'était bien elle », intervint Jim. Il déplaça Ralphie sur ses genoux et fit la grimace. « Je l'ai reconnue. On l'entend gueuler après son mari depuis qu'on est nés ou presque. N'est-ce pas, Dave ? »

Le garçon acquiesça. « Moi, il y a longtemps que je l'aurais étranglée. Vraiment.

– Ah, mais tu ne picoles pas, toi, mon garçon », répliqua Johnny dans sa meilleure imitation de W. C. Field. Il décrocha le téléphone, écouta, manipula la touche 0 deux ou trois fois, puis raccrocha.

« Debbie est morte, non ? demanda Susi à Belinda.

– Chut, ma chérie, tais-toi », dit Kim Geller, d'un ton inquiet.

Sa fille n'y fit pas attention. « Elle n'est pas du tout allée dans l'autre maison, n'est-ce pas ? Ce n'est pas la peine de mentir. »

C'était précisément ce que Belinda envisageait de faire. Susi lui rappelait un peu Frère Lapin demandant à ce qu'on ne le jette pas dans les ronces, mais cela ne lui semblait pas pour autant la bonne méthode. Elle savait d'expérience que les mensonges, même avec les meilleures intentions du monde, ne font en général qu'aggraver les choses. Les rendre encore plus délirantes. Et Belinda Josephson estimait qu'elles l'étaient déjà suffisamment comme ça.

« Oui, ma chérie », répondit-elle, étonnée, une fois de plus, d'entendre l'accent du Sud reprendre le dessus dans sa voix, comme chaque fois qu'elle avait une mauvaise nouvelle à annoncer. Cela faisait peut-être partie de la culture noire, une caractéristique que personne n'avait encore songé à étudier à l'université. Ce qui était le plus curieux, dans son cas, c'est qu'elle n'avait jamais mis les pieds de toute sa vie en dessous de la ligne Mason-Dixon, le Sud métaphorique. « Oui, ma chérie, j'ai bien peur qu'elle ne soit morte. »

Susi porta les mains à son visage et se mit à pleurer. Dave Reed l'attira à lui et elle se nicha contre son épaule. Lorsque Kim voulut la reprendre, elle lui résista en raidissant son corps. La mère adressa un regard furieux à Jim, lequel n'en tint absolument aucun compte, et elle se tourna alors vers Belinda. « Pourquoi lui avez-vous dit ça ?

– La petite est sur le perron, juste là-devant, avec tous ses cheveux roux étalés ; difficile de ne pas la voir.

– Tais-toi, maintenant », intervint Brad. Il prit sa femme par le poignet et l'entraîna jusqu'à l'évier. « C'est pas la peine de la bouleverser. »

Un peu tard, non ? pensa-t-elle, s'abstenant prudemment de formuler la remarque à voix haute.

Derrière l'évier, il y avait une fenêtre avec son grillage antimoustiques. En regardant sur la droite, elle vit la palissade qui séparait le terrain des Carver de celui de Toubib. On apercevait aussi le toit de la maison de Billingsley ; au-dessus, les nuages paraissaient se dissiper.

Elle se tourna et se hissa de manière à s'asseoir en amazone sur le bord de l'évier, puis se pencha contre la moustiquaire ; l'odeur de métal du grillage et les senteurs d'herbe mouillée de l'été la submergèrent. Cette combinaison d'effluves provoqua une bouffée de nostalgie pour son enfance, un sentiment à la fois délicat et violent. Étrange, songea-t-elle, comme ce sont presque toujours les odeurs qui évoquent le plus puissamment le passé.

« Helloooo ! » cria-t-elle, les mains en porte-voix. Brad la prit par l'épaule, donnant l'impression de vouloir l'arrêter, mais elle se dégagea énergiquement. « Hellooo, Billingsley !

– N'appelez pas comme ça, dit Cammie Reed. Ce n'est pas très judicieux. »

Et qu'est-ce qui serait judicieux ? pensa Belinda. Rester assis sur son derrière en attendant l'arrivée de la cavalerie ?

« Hé, allez-y, bon Dieu, intervint Johnny. Qu'est-ce qu'on risque ? Si les types qui nous ont canardés sont encore dans le secteur, l'endroit où nous sommes n'est certainement plus un secret pour eux. » Une idée sembla alors lui traverser l'esprit, et il se laissa tomber à quatre pattes en face de la veuve du postier. « Est-ce que David avait un revolver, Kirsten ? Ou un fusil de chasse, ou encore…

– Il y a un pistolet dans son bureau, répondit-elle. Deuxième tiroir à gauche. Ce tiroir est fermé à clé, mais la clé est dans le tiroir du milieu. Sur un morceau de tissu vert. »

Johnny acquiesça. « Et le bureau ? Il est où, le bureau ?

– Oh… dans sa petite pièce. Au premier, au fond du couloir. » Elle avait répondu en paraissant perdue dans la contemplation de ses genoux ; elle leva sur lui des yeux dans lesquels il lut une expression désemparée, désespérée. « Il est dehors, sous la pluie, Johnny. Comme l'amie de Susi. On ne devrait pas les laisser sous la pluie.

– Elle s'est arrêtée », répondit Johnny, dont le visage laissait voir à quel point il trouvait cette réponse stupide. Celle-ci parut cependant satisfaire Pie, du moins pour le moment, et Belinda estima que c'était ça le plus important. Peut-être était-ce dû au ton de voix de l'écrivain ; les mots étaient sans doute stupides, mais jamais elle ne l'avait entendu parler avec autant de douceur. « Occupez-vous seulement de vos gosses, Kirstie, et laissez tomber le reste, pour l'instant. »

Il se leva et prit la direction de la porte battante, courbé en deux comme s'il donnait l'assaut.

« Monsieur Marinville ? demanda Jim. Est-ce que je peux vous accompagner ? »

Cependant, quand l'adolescent voulut se débarrasser de Ralphie, une expression paniquée envahit les yeux du garçonnet. Son pouce lui sortit de la bouche avec un bruit de bouchon et il s'accrocha à Jim comme une huître à son rocher, marmonnant tout bas : « Non, Jim, non, Jim… », d'une manière qui fit frissonner Belinda. C'était probablement ainsi, pensa-t-elle, que les fous devaient marmonner quand ils se retrouvaient seuls dans leur cellule, la nuit.

« Reste où tu es, Jim, lui dit Johnny. Brad ? Que diriez-vous d'une petite expédition dans les hauteurs ? Histoire de se nettoyer les bronches ?

– Pas de problème. » Brad adressa à sa femme ce regard chargé d'une expression d'amour et d'exaspération mêlés, que seuls peuvent avoir les gens mariés depuis plus de dix ans. « Vous pensez vraiment que ma tendre moitié a raison de crier à tue-tête comme elle le fait ?

– Je vous l'ai dit, qu'est-ce qu'on risque ?

– Fais attention, dit Belinda, effleurant brièvement de la main la poitrine de son mari. Garde la tête baissée. Promets-le-moi.

– Je te le promets.

– À vous, maintenant, ajouta-t-elle en se tournant vers Johnny.

– Hein ? Ah, oui. » Il lui adressa un sourire charmant, et Belinda eut une intuition soudaine : John

Edward Marinville souriait toujours ainsi quand il faisait une promesse à une femme. « Promis. »

Ils sortirent, se mettant consciencieusement à quatre pattes pour franchir la porte battante. Belinda se pencha de nouveau contre la moustiquaire. Outre la pluie et l'herbe mouillée, elle sentait l'odeur de la maison Hobart en train de brûler. Elle se rendit compte qu'elle l'entendait également : un ronflement rauque, ponctué de crépitements. L'averse allait probablement empêcher l'incendie de se propager, mais qu'est-ce que fabriquaient les pompiers, pour l'amour du Ciel ? Ils servaient à quoi, les impôts locaux ? « Hellooo ! Billingsley ? Qui est là ? »

Au bout d'un moment, une voix d'homme qu'elle ne reconnut pas lui répondit. « Nous sommes sept, ici ! Le couple de la maison un peu plus haut, sur le même trottoir (sans doute les Soderson, pensa Belinda), plus le flic, et le mari de la femme qui a été tuée. Il y a aussi M. Billingsley et Cynthia, du magasin !

– Et vous, qui êtes-vous ? cria Belinda.

– Je m'appelle Steve Ames ! Je suis de New York ! J'avais des problèmes avec mon bahut, je suis sorti de l'autoroute et je me suis perdu ! Je m'étais arrêté au magasin en bas pour téléphoner !

– Le pauvre, observa Dave Reed. Il a gagné le gros lot…

– Qu'est-ce qui se passe, reprit la voix, de l'autre côté de la palissade. Est-ce que vous savez ce qui se passe ?

– Non ! » répondit Belinda, qui se mit à réfléchir furieusement : il devait bien y avoir quelque chose à dire, d'autres questions à poser, mais rien ne lui venait à l'esprit.

« Qu'est-ce que ça donne, en haut de la rue ? lança Steve Ames. C'est dégagé ? »

Belinda ouvrit la bouche pour répondre, puis fut distraite, un instant, par la toile d'araignée suspendue à l'extérieur de la moustiquaire. L'avant-toit l'avait protégée du gros de l'averse, mais des gouttes de pluie restaient accrochées aux fils arachnéens comme autant de diamants minuscules, agités de frissons. La maîtresse des lieux se tenait au centre de la toile. Immobile. Peut-être morte.

« Madame ? Je vous demandais...

– Je ne sais pas. Johnny Marinville et mon mari ont regardé, mais ils sont montés au premier pour... » Elle préféra ne pas mentionner l'arme. Stupide peut-être, complètement parano, mais ça n'y changeait rien. « ... Pour mieux voir ! Et vous ?

– On a eu pas mal à faire, ici ! La femme de l'autre maison... votre téléphone fonctionne ?

– Non ! Pas de téléphone, pas d'électricité ! »

Steve Ames marqua une autre pause. Puis, à peine audible par-dessus le chuintement de plus en plus faible de la pluie, elle l'entendit dire « merde ». Une autre voix s'éleva ensuite, une voix qu'elle reconnut, mais sans pouvoir mettre un nom dessus. « C'est vous, Belinda ?

– Oui ! répondit-elle, se tournant vers les autres d'un air interrogateur.

– C'est M. Jackson », lui lança Jim par-dessus l'épaule de Ralphie. Le petit garçon n'avait pas encore tout à fait réussi à rejoindre sa sœur dans le sommeil, mais ça n'allait pas tarder ; ses lèvres ne serraient plus autant son pouce, qui avait commencé à glisser.

« Je suis sorti sur le perron ! cria Peter. La rue est déserte jusqu'au carrefour ! Complètement déserte ! Aucun curieux, aucun touriste venu de Hyacinth Street ou du reste de Poplar. Vous y comprenez quelque chose, vous ? »

Belinda réfléchit, sourcils froncés, puis regarda autour d'elle. Elle ne vit qu'expressions perplexes et têtes inclinées. Elle revint à la fenêtre. « Non ! »

Peter répondit par un rire qui la fit frissonner comme l'avaient fait frissonner les balbutiements désespérés de Ralphie Carver. « Bienvenue au club, Bee ! J'y comprends rien non plus !

– Mais qui voulez-vous qui vienne dans le coin ? Il faudrait être complètement cinglé, avec ces coups de feu qui partent dans tous les sens ! » observa Kim Geller d'un ton sarcastique.

Belinda ne voyait pas ce qu'on pouvait objecter à cette observation logique qui, pourtant, ne tenait pas la route… parce que les gens ne se comportent pas logiquement quand il se passe des trucs de ce genre. Ils viennent, et matent. En général, à une distance qu'ils estiment suffisante pour leur sécurité, mais ils viennent tout de même.

« Vous êtes sûr qu'il n'y a personne en bas ? » lança Belinda.

Cette fois-ci, le silence dura tellement longtemps qu'elle était sur le point de répéter sa question, lorsqu'une troisième voix intervint. Elle n'eut pas de mal à reconnaître celle du vieux véto. « Personne n'a rien vu, mais la pluie s'est transformée en brume au niveau du sol ! Tant qu'elle ne se sera pas dissipée, on ne pourra rien dire avec certitude !

– Cependant, il n'y a pas de sirènes. » Voix de Peter. « Vous en entendez venir du nord, vous ?

– Non ! C'est sans doute la tempête !

– Je ne crois pas », dit Cammie Reed. Elle parlait pour elle-même, elle ne s'adressait nullement au groupe ; Si CE BON VIEUX PLACARD À BALAIS n'avait pas été à côté de l'évier, Belinda ne l'aurait pas entendue. « Non, certainement pas la tempête.

– Je vais sortir chercher ma femme ! » lança Peter Jackson. D'autres voix s'élevèrent immédiatement pour protester contre cette idée. Belinda ne distingua pas ce qu'elles disaient, mais on ne pouvait se tromper sur le ton.

Soudain, l'araignée qu'elle avait crue morte déguerpit du centre de sa toile, escalada un fil de soie et disparut dans l'ombre de l'avant-toit. Pas si morte que ça, en fin de compte, pensa Belinda. Faisait simplement semblant.

Puis Kirsten Carver déboula à côté d'elle, la bousculant si brutalement que Belinda serait tombée dans l'évier si elle ne s'était rattrapée à un placard. Pie était pâle comme un linge, et la peur faisait briller ses yeux.

« Ne sortez surtout pas de là ! hurla-t-elle. Sinon, ils vont revenir et vous tuer ! Ils vont revenir et nous tuer tous ! »

Il n'y eut pas de réponse en provenance de l'autre maison pendant quelques instants, puis Collie Entragian prit la parole d'un ton à la fois désolé et amusé. « Vous fatiguez pas, ma'am ! Il est déjà parti !

– Vous auriez dû l'en empêcher ! » hurla Kirsten.

Belinda passa un bras autour des épaules de la femme et fut effrayée de la sentir vibrer comme si elle était sur le point d'exploser. « Vous parlez d'un policier !

– Il ne l'est pas, intervint Kim, d'un ton toujours aussi sarcastique. Il a été viré. Il était mêlé à un trafic de voitures volées. »

Susi leva la tête. « C'est pas vrai.

– Qu'est-ce que t'en sais, à ton âge ? » lui demanda sa mère.

Belinda était sur le point de se laisser descendre de l'évier lorsqu'elle aperçut quelque chose, sur la pelouse de derrière, qui la pétrifia. Coincé contre un montant de la balançoire des enfants et, comme la toile d'araignée, diapré de gouttes de pluie scintillantes.

« Cammie ?

– Oui ?

– Venez voir. »

S'il y avait quelqu'un qui saurait, ce serait bien Cammie ; elle avait un jardin dans son arrière-cour, une jungle de plantes en pot dans la maison, et une bibliothèque imposante sur le jardinage.

Cammie abandonna la porte du placard et vint rejoindre Belinda, suivie de Susi et Kim Geller, puis de Dave Reed.

– « Qu'est-ce qu'il y a ? » demanda Pie Carver, regardant Belinda d'un œil affolé. Sa fille lui étreignait la jambe comme si c'était un tronc d'arbre et essayait encore de cacher son visage contre la taille de sa mère. « Qu'est-ce qu'il y a ? » répéta-t-elle.

Belinda l'ignora et s'adressa à Cammie. « Regardez par-là, à côté de la balançoire. Vous voyez ? »

Cammie commença à dire qu'elle ne voyait rien,

mais Belinda fit un geste – et elle vit. À l'est, le tonnerre gronda et il y eut une courte rafale de vent. La toile d'araignée frissonna et laissa tomber de minuscules gouttelettes. La chose qu'avait aperçue Belinda se dégagea du montant de la balançoire et roula à travers la pelouse des Carver, en direction de la palissade.

« C'est impossible, déclara Cammie d'un ton péremptoire. Le chardon russe ne pousse pas dans l'Ohio. Et même s'il en poussait… nous sommes en été. Et en été, il s'enracine.

– C'est quoi, le chardon russe, m'man ? demanda Dave, qui tenait Susi par la taille. Jamais entendu parler de ça.

– Ces buissons qui roulent, poussés par le vent et qu'on trouve dans l'Ouest. Là-bas, on appelle ça *tumbleweed* ».

3

Brad passa une tête par la porte du bureau des Carver juste au moment où Johnny retirait une boîte de cartouches vert et blanc d'un tiroir. Le revolver de David se trouvait dans l'autre main de l'écrivain. Il avait éjecté le cylindre pour vérifier qu'il n'était pas chargé, mais il tenait l'arme maladroitement, les doigts à l'extérieur du pontet. Il donnait l'impression de ces types qui, sur la télé câblée, font la promo d'articles douteux : *Hé, les gars, ce petit bijou vous débarrassera des visiteurs nocturnes qui auraient la mauvaise idée de vouloir forcer votre porte, ça c'est sûr, mais il y a plus ! Il tranche, coupe, débite ! Que diriez-vous de carottes râpées faites maison, pour une fois ?*

« Johnny ? »

Marinville leva la tête et, pour la première fois, Brad se rendit compte à quel point son voisin avait peur. Du coup, il l'en aima davantage ; il n'aurait su expliquer pourquoi, mais c'était bien ce qu'il ressentait.

« Y a un cinglé qui se balade sur la pelouse de Toubib. Jackson, je crois.

– Merde. C'est pas très malin, n'est-ce pas ?

– Pas très. Ne vous tirez pas dans le pied avec ce machin... » Il commença à sortir de la pièce, puis se retourna. « Est-ce qu'on ne serait pas tous fous ? C'est l'impression que ça fait. »

Johnny leva les mains, paumes ouvertes, du geste de celui qui ne sait pas.

4

Johnny Marinville examina une fois de plus les six alvéoles, des fois qu'une cartouche y aurait miraculeusement poussé pendant qu'il regardait ailleurs, puis referma le cylindre. Il glissa le revolver dans sa ceinture et la boîte de cartouches dans une poche.

Le couloir était un vrai champ de mines : tous les jouets de Ralphie Carver étaient éparpillés par terre. Ses parents, dans leur admiration béate, n'avaient apparemment pas envisagé de lui expliquer l'art de ranger ses affaires. Brad, suivi de Johnny, passa dans ce qui devait être la chambre de la fillette et fit un geste en direction de la fenêtre.

L'écrivain regarda ; c'était bien Peter Jackson, agenouillé à côté de sa femme sur la pelouse de Billingsley. Après l'avoir remise en position assise, il avait passé un bras derrière son dos et essayait de glisser l'autre sous les genoux de la morte. La jupe remontait très haut sur les cuisses, et Johnny repensa à la culotte. Bon, et alors ? Ce n'était pas une affaire. Pour l'instant, il voyait le dos de Peter s'agiter, secoué de sanglots.

Une lumière argentée se profila au loin.

Il leva la tête et aperçut ce qui ressemblait à une espèce de vieille caravane Airstream (ou à ces roulottes à pizzas, sur le bord des routes) qui, venant de Hyacinth Street, s'engageait sur Poplar Street. Suivie du van rouge qui avait réglé leur compte au chien et au livreur de journaux, et de l'engin bleu métallisé. Il se tourna alors dans l'autre direction, vers Bear Street, et découvrit le van rose avec la parabole en forme de cœur, puis le jaune, celui qui avait commencé par emboutir la voiture de Mary, et enfin le noir à tourelle.

Six en tout. Six engins qui convergeaient en deux groupes de trois. Il avait vu des blindés américains adopter la même formation, longtemps auparavant, au Viêt-nam.

Ils créaient un corridor de tir.

Il resta un instant paralysé. Ses mains lui faisaient l'impression de pendre au bout de ses bras, comme coulées dans du béton. C'est pas possible, pensa-t-il, incrédule, pris d'une fureur écœurée. C'est pas possible que vous reveniez, bande de salopards, c'est pas possible que vous reveniez comme ça…

Brad ne les avait pas vus, fasciné qu'il était par les efforts que déployait Peter pour se relever avec le poids de sa femme morte dans les bras. Et Peter…

La main droite de Johnny finit par se mouvoir. Un geste au ralenti, alors qu'il l'aurait voulu vif. Ses doigts se refermèrent laborieusement sur la crosse du revolver, et il retira l'arme de sa ceinture. Pouvait pas tirer : il ne l'avait pas chargé. Pouvait pas le charger : il n'était pas en état de le faire. Il le prit donc par le canon et abattit la crosse contre la vitre.

« Rentrez ! » cria-t-il à Peter. Il eut cependant l'impression que sa voix, sans force, ne portait pas. Mon Dieu, qu'est-ce que c'est que ce cauchemar, comment nous sommes-nous retrouvés là-dedans ? « Rentrez vite ! Ils rappliquent ! Ils reviennent ! »

Dessin trouvé dans un cahier sans titre, apparemment le journal d'Audrey Wyler. Il est sans doute l'œuvre de Seth Garin. Si l'on suppose que sa place, dans le journal, correspond à l'époque à laquelle il a été exécuté, il date alors de l'été 1995, après la mort de Herb Wyler et le brusque départ des Hobart de Poplar Street.

Chapitre 7

Poplar Street, 15 juillet 1996, 16 h 44

Ils paraissent surgir de la brume qui monte de la rue comme des dinosaures de métal qui se matérialiseraient. Les vitres coulissent, l'iris du hublot se déploie sur le côté du Dream Floater et, à l'avant du van bleu métallisé, le pare-brise se rétracte sur des ténèbres lisses d'où émergent trois canons de fusil de chasse grisâtres.

Le tonnerre gronde et un oiseau pousse un cri rauque. Quelques instants de silence, et la fusillade démarre.

C'est comme si la tempête recommençait, mais en pire, parce que cette fois, c'est à eux qu'on s'en prend. Personnellement. Et les détonations sont plus fortes qu'avant. Collie Entragian, à plat ventre sur le seuil entre la cuisine et le séjour de Billingsley, est le premier à le remarquer, mais les autres ne mettent pas longtemps à s'en rendre compte. Chacune d'elles est presque comme l'explosion d'une grenade, suivie d'un long gémissement qui tient du bourdonnement et du sifflement.

Deux coups partent du Tracker Arrow – le van

rouge – et la cheminée, sur le toit de la maison de l'ex-flic, est réduite à l'état de poussière marron, tandis que des débris de briques gros comme des cailloux dégringolent sur le toit. Une balle atteint le plastique qui recouvre le corps de Cary Ripton et le fait onduler comme un parachute, une autre pulvérise la roue arrière de sa bicyclette. Le van qui ressemble à une pizzéria ambulante précède le Tracker Arrow ; une partie de son toit s'élève en triangle et une silhouette argentée – disons un robot en tenue de sudiste – s'y profile. Elle balance trois pélots spécial express dans la maison Hobart, toujours en feu ; les détonations font penser à des explosions de dynamite.

Arrivant du carrefour de Bear Street, le VACE rose et le VACE Justice canardent le 251 et le 249, soit les maisons Josephson et Soderson. Les fenêtres sont pulvérisées. Les portes sont pulvérisées. Un pélot qui donne l'impression de sortir d'un petit canon antiaérien atteint l'arrière d'une vieille Saab – celle de Gary. Le coffre est écrabouillé, les feux de position volent en éclats, et il y a une détonation sourde lorsque explose le réservoir d'essence ; la petite voiture disparaît dans une boule de feu orange dégageant une fumée noire. Les autocollants du pare-chocs – J'ME TRAÎNE MAIS JE SUIS DEVANT et VÉHICULE DE SERVICE DE LA MAFIA – ondoient dans la chaleur comme des mirages. Le trio venant du sud et celui venant du nord se croisent et viennent s'arrêter, l'un à la hauteur de la palissade qui sépare le terrain de Billingsley de celui des Carver, l'autre à hauteur de la barrière entre les maisons de Billingsley et des Jackson.

Audrey Wyler, qui mangeait un sandwich accompagné d'une bière sans alcool dans sa cuisine, est passée dans son séjour quand la fusillade a commencé, et regarde vers la rue, les yeux écarquillés, ayant complètement oublié qu'elle tient à la main deux tranches de pain de seigle avec du salami et de la salade au milieu. La fusillade s'est transformée en un roulement continu, une canonnade assourdissante digne de la troisième guerre mondiale, mais elle ne court aucun danger ; les tirs convergent tous sur les maisons situées de l'autre côté de la rue.

Elle voit Buster, le chariot rouge de Ralphie, propulsé comme une fusée, ses flancs complètement déformés. Il rebondit sur le cadavre détrempé de David Carver, retombe les roues en l'air, et une autre balle le plie pratiquement en deux, l'expédiant au milieu des fleurs, à gauche de l'allée. La porte-moustiquaire des Carver saute hors de ses gonds et dégringole dans le vestibule. Deux décharges venues du Bounty Freedom pulvérisent les précieuses figurines Hummel de Pie.

Des trous apparaissent sur l'arrière écrasé de la Lumina de Mary, qui explose à son tour, crachant des flammes qui n'en font qu'une bouchée. Des balles arrachent deux des volets de Toubib. Un trou plus gros qu'une balle de tennis s'ouvre dans sa boîte aux lettres, qui s'écroule sur le paillasson, toute fumante. À l'intérieur brûlent une publicité pour K-Mart et une lettre de la Société vétérinaire de l'Ohio. Un nouveau *ka-bam !* et le marteau de porte (une tête de saint-bernard en argent) disparaît aussi totalement qu'une pièce dans la main d'un magicien. L'air de n'y prêter aucune attention, Peter Jackson réussit à se mettre péniblement debout, le cadavre de sa femme dans les bras. Ses lunettes rondes sans monture, dégoulinantes de pluie, brillent dans la lumière de plus en plus forte. Son visage blême est plus que désemparé : c'est celui d'un homme qui vient de péter les plombs. Tous les plombs. Et pourtant il est là, debout et, comme le voit Audrey, miraculeusement intact, miraculeusement…

Tante Audrey !

La voix de Seth. Très lointaine, mais la sienne, sans conteste.

Tu m'entends, tante Audrey ?

Oui, Seth, qu'y a-t-il ?

Peu importe ! On détecte une note de panique dans sa voix. *Tu as bien l'endroit où tu vas ? Ton refuge ?*

Mohonk ? Voulait-il parler de Mohonk ? Certainement.

Oui, je…

Vas-y ! crie la voix ténue. *Vas-y tout de suite, parce que…*

Seth n'achève pas ; il n'en a pas besoin. Elle s'est détournée de la fusillade dans la rue et fait face à l'alcôve où le film – le Film – passe une nouvelle fois. Le volume a été poussé à fond, bien au-delà des possibilités normales du zénith. L'ombre de Seth s'agite sur le mur, distendue, horrible ; elle lui rappelle ce qui l'avait le plus effrayée étant enfant : le démon cornu de la *Nuit sur le mont Chauve*, dans *Fantasia* de Walt Disney. Comme si Tak se tortillait dans le corps de Seth, le tordait, l'étirait, au-delà de ses limites et capacités habituelles.

Mais ce n'est pas tout. Elle retourne à la fenêtre et regarde dehors. Tout d'abord, elle pense que c'est sa vue, qu'il y a quelque chose qui ne va pas avec ses yeux ; que Tak les a opacifiés, ou a déformé son cristallin ; mais quand elle lève les mains à hauteur de sa figure, elles présentent un aspect normal. Non, c'est Poplar Street qui cloche. On dirait que la rue est gauchie, sa perspective déformée, d'une manière qu'elle n'arrive pas à définir ; les axes ont changé, les angles ont gonflé, les couleurs se brouillent. Comme si la réalité était sur le point de se liquéfier, et elle pense savoir pourquoi : la longue période de préparation et de croissance de Tak est terminée. Le moment d'agir est arrivé. Tak *construit*, Tak *fabrique*. Seth lui a dit de partir, au moins pour un moment, mais lui, où va-t-il aller ?

Seth ! Elle essaie de se concentrer aussi fort que possible. *Viens avec moi, Seth !*

Je ne peux pas ! Pars, tante Audrey ! Tout de suite !

L'angoisse qu'il y a dans cette voix est insoutenable. Elle se tourne de nouveau vers l'arche, mais au lieu de l'alcôve, elle voit une prairie s'élevant en pente douce vers une paroi rocheuse ; les roses sauvages embaument et elle sent la chaleur sensuelle et subtile du printemps subissant les assauts de l'été. Puis Janice est à ses côtés et lui demande quel est son air préféré de Simon et Garfunkel ; bientôt, les voilà plongées dans une grande discussion sur les mérites comparés de *Homeward Bound* et *I Am a Rock*, la chanson qui dit : *Si je n'avais jamais aimé, je n'aurais jamais pleuré.*

Dans la cuisine des Carver, les réfugiés sont allongés au sol, mains croisées sur la nuque, le nez écrasé contre le plancher ; on dirait que le monde, autour d'eux, est pris d'une frénésie d'autodestruction. Les vitres se fracassent, les meubles s'effondrent, quelque chose explose, les pélots font un bruit horrible en crevant les murs.

Soudain, Pie Carver ne supporte plus qu'Ellie s'accroche ainsi à elle. Elle aime sa fille, évidemment qu'elle l'aime, mais c'est Ralphie qu'elle veut, c'est Ralphie qu'elle doit avoir ; ce petit bandit culotté de Ralphie, qui ressemble tellement à son père. Elle repousse rudement Ellie, ignorant son gémissement de stupéfaction et d'épouvante, et se précipite vers le recoin, entre la cuisinière et le frigo, où Jim se tient penché sur Ralphie en train de hurler comme un fou, la main posée sur la tête du gamin comme pour le protéger.

« Mamaaannnn ! » s'écrie Ellen, se jetant sur sa mère. Cammie Reed, d'une poussée, s'écarte de la porte du placard, agrippe la fillette par la taille et la plaque au sol juste au moment où une sauterelle géante (ou quelque chose qui y ressemble) traverse la cuisine en bourdonnant et vient heurter le robinet, l'envoyant valser d'une chiquenaude, tel un bâton de majorette. Il déchire au passage la moustiquaire et la toile d'araignée. L'eau gicle jusqu'au plafond.

« Rends-le-moi, crie Pie. Rends-moi mon fils, Rends-le… »

Nouveau bourdonnement de sauterelle géante suivi, cette fois, d'un violent tintamarre bien peu musical à l'instant où l'une des casseroles de cuivre accrochées à côté de la cuisinière est réduite en une masse informe d'où jaillissent des shrapnels. Et soudain, Pie hurle, pas des mots, non, juste un hurlement. Elle a porté brusquement les mains à sa figure. Du sang coule entre ses doigts et dans son cou. Des filaments de cuivre sont accrochés à sa blouse mal boutonnée ; elle a aussi du cuivre dans les cheveux, et un morceau plus gros vibre au milieu de son front comme une lame de couteau qu'on lui aurait lancé.

« Je n'y vois plus rien ! » crie-t-elle, abaissant les mains. Évidemment qu'elle ne voit plus rien : elle n'a plus d'yeux. Et pratiquement plus de visage. Des éclats de cuivre hérissent ses joues, ses lèvres, son menton. « Aidez-moi, je vois plus rien ! Aidez-moi ! Où tu es, David ? »

Johnny, allongé à plat ventre à côté de Brad dans la chambre d'Ellen, au premier, entend hurler Pie Carver et comprend que quelque chose de terrible vient de se produire. Les balles s'entrecroisent au-dessus de leurs têtes. Un poster d'Eddie Vedder est punaisé sur le mur opposé ; au moment où Johnny rampe en direction du couloir, une balle apparaît au milieu de la poitrine d'Eddie. Une autre atteint un petit miroir d'enfant posé sur la commode et le réduit en mille morceaux. Quelque part dans la rue retentit une alarme de voiture, ajoutant au vacarme ambiant et aux vociférations de Pie. Le mitraillage continue.

Tandis que, plaqué au sol, il se fraie un passage au milieu des jouets, il entend Brad, juste derrière lui, qui halète péniblement. Sacrée séance de gymnastique, aujourd'hui, pour un type avec une bedaine comme la sienne, pense Johnny… mais cette observation, les hurlements de la femme et le fracas de la fusillade, tout cela est brusquement chassé de son esprit. Il a l'impression, un instant, d'être broyé dans la main droite de Mike Tyson.

« C'est le même type, murmure-t-il. Oh, bon Dieu de bon de Dieu, c'est le même fumier de type !

– Couchez-vous, espèce de cinglé ! » dit Brad, qui le prend par le bras et tire. Johnny s'effondre comme une voiture placée sur un cric mal monté, et ne se rend compte qu'il s'était mis à quatre pattes qu'après avoir repris brutalement contact avec le plancher. Des balles invisibles cinglent dans l'air au-dessus d'eux. Le verre d'une photo de mariage encadrée explose à hauteur de l'escalier ; la photo elle-même tombe à l'envers sur la moquette avec un bruit sourd. Une seconde après, la boule de bois en bas de la rampe se désintègre, dans une gerbe mortelle d'éclats. Brad se colle au sol, se protégeant la tête ; Johnny, en revanche, a le regard fixé sur un objet posé sur la moquette, l'air d'avoir oublié tout le reste.

« Mais qu'est-ce qui vous arrive ? Vous tenez tant que ça à vous faire descendre ? lui demande Brad.

– C'est lui, Brad », répète Johnny. Il se prend une poignée de cheveux dans la main et tire d'un coup sec, comme pour s'assurer que tout cela n'est pas un mirage. « Le... » Il y a un méchant ronflement au-dessus de leur tête, évoquant vaguement une corde de guitare pincée, et la suspension du couloir explose, les bombardant de débris de verre. « Le type qui conduisait le van bleu, poursuit-il. C'est l'autre qui a tué Mary, l'humain ; mais celui-ci, c'est le type qui conduisait. »

Il tend une main et prend l'un des personnages de Ralphie ; le sol du couloir est maintenant jonché d'éclats de verre et d'échardes de bois, en plus des jouets. Il s'agit d'un extraterrestre au front bombé et aux yeux en amande, sombres, énormes ; à la place de la bouche, il a une sorte de corne charnue. Il est habillé d'un uniforme vert iridescent. Il n'a sur la tête qu'une étroite mèche de cheveux blonds. Comme le cimier d'un casque de centurion romain, pense Johnny. *Où est ton chapeau ?* s'adresse-t-il en pensée au petit personnage, pendant que les balles sifflent, trouant le papier peint et fracassant les lattes de bois, en dessous. Le personnage fait un peu penser au E.T. de Spielberg. *Où est ton chapeau de cavalier à bord relevé ?*

« Qu'est-ce que vous racontez ? » demande Brad, toujours à plat ventre. Il prend le personnage, qui mesure un peu moins de vingt centimètres, des mains de Johnny. Le Noir a une entaille sur l'une de ses joues rebondies. Sans doute un éclat de verre tombé de la suspension, suppose Johnny. Au rez-de-chaussée, les cris de femme ont cessé. Brad examine l'extraterrestre puis regarde l'écrivain d'un œil tellement rond qu'il en est comique.

« Vous déconnez complètement.

– Non, réplique Johnny. Absolument pas. Je prends Dieu à témoin que je vous dis la vérité. Je n'oublie jamais un visage.

– Mais enfin, qu'est-ce que vous racontez ? Que les types qui font ça portent des masques pour que les survivants ne puissent pas les identifier plus tard ? »

L'idée ne lui était pas venue, mais il la trouve bonne. « Vous avez sans doute raison. Cependant…

– Cependant quoi ?

– On n'aurait pas dit un masque, c'est tout. Ça ne donnait pas l'*impression* d'un masque. »

Brad le regarde encore un instant, puis jette le personnage et entreprend de ramper jusqu'à l'escalier. Johnny ramasse l'objet, l'étudie quelques secondes, et grimace au bruit d'une balle qui pénètre par la fenêtre au bout du couloir située côté rue et lui passe juste au-dessus de la tête. Il fourre le jouet dans la poche qui ne contient pas l'invraisemblable pélot et se met dans le sillage du Noir.

Sur la pelouse de Billingsley se tient Peter Jackson, sa femme dans les bras, indemne au milieu du déluge de feu. Il voit les vans aux formes futuristes et aux vitrages opaques, il voit les armes dépasser, il voit les canons vomir des flammes et, entre le véhicule argenté et le rouge, il aperçoit la Saab poubelle des Soderson qui brûle, sur leur allée. Rien de tout cela ne l'impressionne beaucoup. Il pense qu'il venait juste de rentrer chez lui, après le travail. Pour une raison inconnue, cela lui semble être la grande affaire de sa vie. Il se dit qu'il commencera son récit, chaque fois qu'il racontera ce terrible après-midi (il ne lui vient pas à l'esprit qu'il n'y survivra peut-être pas, qu'il n'est pas terminé), en disant : *Je revenais juste du travail...* Cette phrase est déjà devenue une sorte de structure magique dans son esprit, un pont le reliant à l'univers normal et ordonné que, encore une heure auparavant, il tenait pour acquis jusqu'à la fin des temps.

Il pense aussi au père de Mary, professeur à l'école dentaire Meermont, à Brooklyn. Henry Kaepner l'a toujours passablement terrifié, lui et son intégrité morale intimidante ; au fond de lui-même, Peter a toujours su que Henry Kaepner le considérait comme indigne de sa fille (et au fond de lui-même, Peter Jackson est d'accord avec ça). Et voici qu'il est debout au milieu de la tourmente, les pieds dans l'herbe mouillée, à se demander comment expliquer au professeur que ce qu'il avait toujours redouté sans le formuler vient de se réaliser : son indigne gendre est responsable de la mort de sa fille unique.

Ce n'est pas ma faute, pourtant, pense Peter. Je pourrais peut-être le lui faire comprendre si je commence par dire que je revenais du…

« *Jackson !* »

L'appel balaie ses inquiétudes, le fait osciller sur lui-même, lui donne envie de hurler. Comme si une bouche étrangère à lui s'était ouverte dans son esprit, y avait creusé un trou. Mary glisse dans ses bras, essaie de lui échapper, mais il la serre de nouveau de toutes ses forces, sans tenir compte de ses muscles douloureux. En même temps, il commence à reprendre un peu conscience de la réalité. Presque tous les vans roulent, maintenant, mais très lentement, et sans cesser de tirer. Le rose et le jaune s'acharnent sur la résidence des Reed et celle des Geller, pulvérisant les fontaines, les cols-de-cygne des robinets, les fenêtres des sous-sols, déchiquetant fleurs et buissons, fendant les gouttières qui dégringolent en travers de la pelouse.

L'un des véhicules, cependant, est toujours immobile. Le noir. Il est garé de l'autre côté de la rue, empêchant presque totalement de voir la maison des Wyler. La tourelle s'est reculée et un personnage scintillant, tout en gris et noir, en surgit comme un fantôme sortant par la fenêtre d'une maison hantée. Si ce n'est, observe Peter, qu'il se tient sur quelque chose. Une sorte de coussin flottant qui semble bourdonner.

Est-ce un homme ? Il n'en est pas tout à fait sûr. On dirait qu'il porte un uniforme nazi, en tissu noir et breloques argentées, mais il n'y a pas de visage humain au-dessus de son col. En fait, il n'y a aucun visage.

Juste des ténèbres.

« *Jackson ? Venez donc un peu par ici, collègue.* »

Il essaie de résister, de tenir tête, mais lorsque la voix s'élève de nouveau, ce n'est plus à un son qu'il a affaire, mais à un crochet, à un hameçon fiché dans sa tête et qui exhume ses pensées. Il sait maintenant ce que ressent une truite au bout d'un fil.

« *Bouge-toi le cul, collègue !* »

Peter s'avance sur les restes, délavés par la pluie, d'une marelle (dessinée sur le trottoir le matin même par Ellen Carver et son amie Mindy, qui habite juste après le carrefour), puis met un pied dans le caniveau. L'eau remplit aussitôt sa chaussure, mais il ne sent rien. Dans sa tête, il entend quelque chose de très étrange ; on dirait une bande-son. Une guitare nasillarde, rappelant vaguement le style du vieux Duane Eddy. Un air qu'il connaît mais ne peut identifier. C'est la touche finale, celle qui rend fou.

Le personnage scintillant descend jusqu'au niveau de la rue sur son coussin flottant. Tandis qu'il s'approche, Peter s'attend à distinguer le tissu noir (nylon ou soie ?) qui recouvre le visage de l'homme et lui donne cet aspect inquiétant, mais il ne voit rien et, alors qu'explose la vitrine du E-Z Stop, en bas de la rue, il comprend cette affreuse chose : il ne voit rien parce qu'il n'y a rien à voir. L'homme du van noir n'a pas de visage.

« Oh, mon Dieu, gémit-il d'une voix si basse qu'il

s'entend à peine lui-même. Oh, mon Dieu, je vous en prie... »

Deux autres personnages suivent la scène depuis la tourelle du van noir. L'un est un barbu portant des haillons de ce qui paraît être un uniforme datant de la guerre de Sécession. L'autre est une femme à la chevelure noire et raide et aux traits aigus et cruels. Elle est aussi pâle qu'un vampire de bande dessinée. Sa tenue, comme celle de l'homme sans visage, est noir et argent, pseudo-nazi. Une sorte de faux joyau, de la taille d'un œuf de pigeon, pend à une chaîne passée autour de son cou, lançant des éclairs comme un vestige psychédélique des années soixante.

Elle sort d'une bande dessinée, pense Peter. Le premier fantasme maladroit d'un adolescent en proie aux affres de la puberté.

En se rapprochant de l'homme sans visage, il prend conscience de quelque chose d'encore plus terrible : celui-ci n'est pas là du tout. Pas plus que les deux autres, pas plus que le van noir. Il se souvient d'une séance de cinéma, un samedi en matinée ; il ne devait pas avoir plus de six ou sept ans. Il s'était avancé jusqu'à l'écran pour le regarder de près, et avait compris, pour la première fois, à quel point le subterfuge était nul. À cinquante centimètres, les images n'étaient plus qu'un voile ; la seule réalité était l'écran fortement réfléchissant, aussi totalement dépourvu de relief qu'un champ enneigé. Il le fallait bien, pour que l'illusion réussisse. C'est exactement pareil, se dit Peter, qui éprouve aujourd'hui le même sentiment de surprise idiote que jadis. Je peux même voir la maison des Wyler. Je vois à travers le van.

«*Jackson !*»

Oui, mais ça, cette voix, c'est bien réel, comme la balle qui a enlevé la vie à Mary était réelle. Il hurle à travers une grimace de douleur, étreint le corps inerte plus étroitement contre lui, puis le laisse tomber dans la rue sans même s'en rendre compte. Comme si on lui avait collé un mégaphone contre l'oreille, mis le volume à fond et gueulé son nom dedans. Du sang jaillit de son nez et coule au coin de ses yeux.

«*Par ici, collègue !*» Le personnage noir et argent, dépourvu de substance mais toujours aussi menaçant, lui montre la maison des Wyler. La voix est la seule réalité, mais Peter n'a pas besoin de davantage de réalité ; elle est comme la lame d'une tronçonneuse. Sa tête part si violemment en arrière que ses lunettes retombent de travers sur son nez. *« On a pas mal de boulot à faire ! Faudrait pas traîner ! »*

Il ne marche pas vers la maison des Wyler ; il est tiré à elle, remonté comme par une canne à pêche. Pendant qu'il traverse le fantôme noir sans visage, une image démente lui emplit un instant la tête : des spaghettis, de ce rouge artificiel de ceux qui sont en boîte, et un hamburger. Le tout mélangé dans un bol orné de personnages de dessins animés – Bugs, Elmer, Daffy – dansant en cercle. La seule évocation de ce genre de nourriture suffit en général à lui donner la nausée ; mais pendant cet instant où l'image occupe son esprit, il se sent absolument affamé, pris d'un désir insoutenable pour ces filaments de pâtes blêmes et leur sauce rouge synthétique. Pendant cet instant, même la douleur dans sa tête cesse d'exister.

Il traverse l'image projetée du van noir au moment

où celui-ci redémarre, puis il emprunte l'allée de ciment qui mène jusqu'à la maison. Ses lunettes finissent par se décrocher complètement et tomber au sol ; il ne s'en aperçoit pas. Il entend encore des coups de feu isolés, mais ils sont loin, dans un autre monde. La guitare nasillarde joue toujours dans sa tête et, alors que la porte s'ouvre d'elle-même, des cuivres se joignent à elle ; il reconnaît l'air. Le thème de cette bonne vieille série télé, *Bonanza.*

Je revenais juste du travail, pense-t-il, s'avançant dans les relents fétides de sueur et de vieil hamburger d'une pièce obscure. Je revenais juste du travail, et la porte se ferme derrière lui. Je revenais juste du travail, il traverse la salle de séjour et se dirige vers l'arche et le son de la télé. « Pourquoi portes-tu cet uniforme ? dit une voix. La guerre est finie depuis près de trois ans. T'es pas au courant ? »

Je revenais juste du travail, pense Peter, comme si cela expliquait tout, la mort de sa femme, la fusillade, l'homme sans visage, le remugle de cette petite pièce ; et c'est alors que la chose assise devant la télé se tourne pour lui faire face, et Peter ne pense plus rien du tout.

Dans la rue, les vans accélèrent, le noir rattrapant le Dream Floater et Justice. Le barbu de la tourelle lâche une dernière salve. Une balle atteint la boîte aux lettres bleue des postes américaines, devant le E-Z Stop, y ouvrant un trou de la taille d'un poing. Puis le commando tourne dans Hyacinth Street et disparaît. De leur côté, les trois autres vans futuristes repartent par Bear Street, s'enfonçant dans la brume qui peu à peu les engloutit.

Maison Carver, Ralphie et Ellen hurlent à la vue de leur mère, qui s'est effondrée sur le seuil, entre cuisine et entrée. Elle n'est cependant pas inconsciente ; son corps, secoué de convulsions, se cambre sauvagement, comme si son système nerveux était balayé de rafales violentes. Du sang gicle de son visage massacré et elle émet un son complexe, une sorte de grognement chanté.

« Mamaaan ! Mamaaan ! » vocifère Ralphie – Jim. Reed est en train de perdre la bataille pour essayer de l'empêcher, après s'être débattu comme un beau diable, de courir jusqu'à la femme qui se meurt sur le seuil de la porte.

Johnny et Brad descendent l'escalier sur les fesses, une marche à la fois, comme des gamins qui jouent ; mais lorsque l'écrivain arrive en bas et comprend ce qui s'est passé, ce qui se passe encore, il se lève et se précipite, donnant au passage un coup de pied à la moustiquaire et écrasant ce qui reste des Hummel tant chéris par Kirsten.

« Non ! Baissez-vous ! » lui crie Brad, mais Johnny n'en a cure. Il ne pense qu'à une chose, séparer la mourante des enfants aussi vite que possible. Ils n'ont pas besoin d'assister à ses ultimes souffrances.

« Mamaaan ! » s'égosille Ellen, essayant de se dégager de Cammie. La fillette saigne du nez. Elle a les yeux écarquillés, mais on y lit qu'elle est parfaitement consciente de ce qui arrive. « Mamaaan ! »

Sans rien entendre, son temps achevé – elle n'aura plus à s'occuper de son mari, de ses enfants, ne pourra plus s'adonner à son rêve secret, fabriquer un jour elle-même des Hummels, dont la plupart auraient ressemblé, s'était-elle dit, à son superbe fils –, Kirsten Carver gigote mécaniquement, donne des coups de pied, lance les mains en tous sens ; ses doigts tambourinent brièvement contre son ventre puis s'élèvent comme des oiseaux effarouchés. Elle grogne et chante, grogne et chante, émet des sons qui sont presque des mots.

« Sortez-la d'ici ! » crie Cammie à Johnny. Elle regarde Pie avec terreur et pitié. « Pour l'amour du Ciel, éloignez-la des enfants ! »

Il se penche, soulève le corps secoué de soubresauts – et Belinda est là, qui l'aide. Ils portent la malheureuse dans le séjour et l'installent sur le canapé (il lui a fallu des semaines avant de se décider à l'acheter) qui régurgite maintenant son rembourrage par un trou béant. Brad part à reculons pour leur laisser la place, jetant des coups d'œil nerveux en direction de la rue qui paraît de nouveau déserte.

« Ne me demandez pas, à moi, de recoudre ça, dit Pie d'un ton espiègle, avant d'émettre un horrible rire étranglé.

– Kirsten ? demande Belinda en se penchant sur elle et en lui prenant les mains. Vous allez vous en sortir. Vous verrez, ça va aller.

– Ne me demandez pas, à moi, de recoudre ça », répète la femme, du ton de quelqu'un qui sermonne, cette fois. Une auréole sombre se déploie sur le coussin, sous sa tête ; la tache s'agrandit à vue d'œil. Pour Johnny, elle évoque effectivement le cercle dont les peintres de la Renaissance entouraient la tête de leurs madones. Puis les convulsions reprennent.

Belinda pèse aussitôt sur les épaules de Kirsten. « Aidez-moi, tous les deux ! lance-t-elle, furieuse, à son mari et à Johnny. Je ne peux pas y arriver toute seule, aidez-moi, imbéciles ! »

Dans la maison voisine, Tom Billingsley a continué d'essayer de sauver la vie de Marielle même au plus fort de l'attaque, travaillant avec l'aplomb d'un chirurgien de champ de bataille aguerri. Elle est recousue, et le saignement réduit à un suintement bourbeux au milieu d'une triple épaisseur de gaze ; mais lorsque le vieux véto lève les yeux vers Collie, il secoue la tête. Il est en fait davantage bouleversé par les cris qui proviennent de la maison voisine que par l'opération qu'il vient de pratiquer. Il n'éprouve rien de particulier pour Marielle, ni dans un sens ni dans un autre, mais il est à peu près sûr de reconnaître la voix de Kirstie Carver, et il aime beaucoup Kirstie. « Bon Dieu, oh, bon Dieu ! »

Collie regarde vers Gary, vérifiant qu'il est bien hors de portée d'oreille, et le voit qui fourrage dans la kitchenette, sans se soucier des cris et des sanglots en provenance de la maison voisine, sans se rendre compte que l'opération est terminée ; il ouvre et referme tiroirs et placards avec la détermination d'un alcoolique irréductible à la recherche de gnôle. Pas étonnant que le coup d'œil qu'il jette à l'intérieur du frigo, sans doute à la recherche d'une bière ou d'une vodka bien frappée, soit des plus brefs : le bras de sa femme s'y trouve, sur la deuxième étagère. Collie l'y a lui-même placé, après avoir repoussé des pots de vinaigrette, de cornichons, de mayonnaise et des restes de porc en tranche. Il ne pensait pas qu'on pourrait le lui recoudre, même en cette époque de miracles et de merveilles, mais il n'avait pu se résoudre à le mettre dans le débarras de Toubib. Trop chaud. Ça allait attirer les mouches.

« Elle va mourir ? demande Collie.

– Je ne sais pas. » Billingsley marque un temps d'arrêt, regarde à son tour Gary, soupire et passe une main dans sa crinière blanche à la Einstein. « Probablement. À coup sûr, si elle n'est pas très rapidement hospitalisée. Elle a besoin de soins intensifs. Avant tout, d'une transfusion. Et, à en juger par le bruit, il y a un autre blessé à côté. Kirsten, je crois. Peut-être pas la seule, en plus. »

Collie acquiesce.

« D'après vous, monsieur Entragian, qu'est-ce qui se passe, ici ?

– Je n'en ai pas la moindre idée. »

Cynthia s'empare d'un journal (le *Colombus Dispatch*, pas le *Wentworth Shopper*) tombé au sol pendant le pandémonium, le roule et s'avance en rampant lentement vers la porte. Elle utilise le journal pour balayer le verre brisé – c'est fou ce qu'il y en a – et s'ouvrir un passage.

Steve est tenté de faire des objections, de lui demander si elle est suicidaire ou quoi, puis y renonce. Parfois, les choses lui donnent des idées. Des idées d'une grande force, en vérité. Un jour, alors qu'il lisait tranquillement dans les lignes de la main de quelqu'un, à Palisades Park, il en eut une si puissante qu'il mit fin à sa carrière le soir même. La main appartenait à une jeune fille rieuse de dix-sept ans, et l'idée était qu'elle avait une tumeur des ovaires. Maligne, à un stade avancé et qui avait dépassé d'un mois le moment où l'on aurait pu encore espérer la soigner. Pas le genre d'idée qu'on aime avoir à propos d'une jolie étudiante aux yeux verts, quand la devise de sa vie est PAS DE PROBLÈME.

L'idée qui lui vient à l'esprit maintenant est tout aussi puissante mais infiniment plus optimiste : les flingueurs sont partis, au moins pour le moment. Il n'a aucun moyen de le savoir, mais il en est convaincu.

Au lieu d'appeler Cynthia, il la rejoint. La porte intérieure a été soufflée à coups de fusil et est tellement déformée qu'on ne pourra sans doute jamais la refermer ; la brise qui passe à travers la moustiquaire en lambeaux est fraîche et d'une douceur céleste sur son visage en sueur. Les enfants crient toujours, dans la maison voisine, mais les hurlements atroces ont cessé, pour l'instant, et c'est un soulagement.

« Où est-il passé ? demande Cynthia, de la stupéfaction dans la voix. Regardez, sa femme est là... » Elle indique le corps de Mary, qui gît à présent dans la rue, à proximité du trottoir d'en face ; les mèches les plus longues de ses cheveux baignent dans l'eau qui s'écoule dans le caniveau, côté ouest. « Mais lui ? M. Jackson ? »

Steve montre à son tour quelque chose à travers la partie arrachée du grillage. « Dans cette maison. Sûrement. Ses lunettes sont sur l'allée. »

Cynthia plisse les yeux et acquiesce.

« Qui habite là ? demande Steve.

– Je ne sais pas. Il y a trop peu de temps que je travaille ici...

– Mme Wyler et son neveu », dit Collie, dans leur dos. Ils se retournent et le voient accroupi, en train de regarder vers la rue. « Le petit garçon est autiste, ou catatonique ou dyslexique… l'un de ces foutus noms en *iste* ou *ique*, je ne m'en souviens jamais. Son mari est mort l'an dernier, si bien qu'ils ne sont que tous les deux. Jackson a sans doute dû… sans doute dû… » Il ne s'interrompt pas d'un seul coup, mais au contraire progressivement, sa voix faiblissant jusqu'au moment où il se tait complètement. Quand il reprend la parole, c'est encore à voix basse… et sur un ton étrangement songeur. « Qu'est-ce que c'est que ça, encore ?

– Quoi ? demande Cynthia, mal à l'aise. Quoi ?

– Vous vous fichez de moi ? Vous ne voyez pas ?

– Voir quoi ? Je vois bien la femme, je vois les lunettes de son ma… » C'est à son tour de finir en roue libre.

Steve est lui aussi sur le point de s'étonner, puis il comprend – enfin, si l'on veut. Il suppose qu'il l'aurait remarqué un peu plus tôt, alors même qu'il n'est pas du quartier, si son attention n'avait pas été concentrée sur le cadavre, les lunettes au sol et le sort des Soderson. Il sait ce qu'il doit faire – et avant tout qu'il devra se blinder pour le faire.

Pour l'instant, il se contente de regarder de l'autre côté de la rue ; il passe lentement du E-Z Stop à la maison suivante, puis à celle devant laquelle les deux ados jouaient au frisbee quand il s'est engagé dans la rue, et enfin à celle située juste en face, où Jackson a dû aller se planquer quand la fusillade a atteint son paroxysme.

Une transformation s'est produite depuis l'arrivée des tueurs dans leurs vans.

Il ne saurait dire exactement dans quelle mesure les choses ont changé, avant tout parce qu'il n'est pas du quartier et ne connaît pas la rue, mais aussi parce que la fumée qui monte de la maison incendiée et la brume qui s'élève toujours de la rue mouillée donnent à ces maisons un aspect presque spectral, comme dans un mirage… mais il y a bien eu une transformation.

Sur la maison Wyler, les planches à clins ont été remplacées par des rondins grossièrement écorcés et, à la place de la grande baie vitrée, on voit maintenant trois fenêtres d'un modèle conventionnel – on pourrait presque dire démodé – à petits carreaux. La porte est renforcée de montants en bois formant un Z. Quant à la maison de gauche…

« Dites-moi, demande Collie, fasciné par la même chose qu'eux, depuis quand les Reed habitent-ils une bon Dieu de cabane de bûcheron ?

– Et depuis quand les Geller habitent-ils dans une hacienda mexicaine ? réplique Cynthia, regardant un peu plus bas.

– Eh, vous blaguez tous les deux », dit Steve, qui ajoute sans conviction : « N'est-ce pas ? »

Ni Collie ni Cynthia ne répondent. Ils paraissent hypnotisés.

« Je ne suis même pas sûr de voir ce que je vois », déclare enfin l'ex-flic. Il parle d'un ton hésitant qui lui ressemble peu. « C'est…

– Ça ondule », observe la fille.

Il se tourne vers elle. « Ouais. Comme dans l'air chaud au-dessus d'un incinérateur, ou bien…

– Faut qu'on aide ma femme ! » leur lance Gary depuis la pénombre de la salle de séjour. Il a trouvé une bouteille de quelque chose – Steve ne distingue pas ce que c'est – et il se tient près de la photo de Hester, un pigeon qui aimait peindre avec les doigts. En fait, songe Steve, les pigeons n'ont pas exactement des doigts. Gary paraît mal assuré sur ses jambes et il a la voix empâtée. « Faut qu'on aide Ma'ielle ! L'a perdu son bon Dieu d'bras !

– On doit absolument faire quelque chose pour elle, admet Collie avec un hochement de tête. Et…

– … et pour tout le monde », achève Steve. Il se sent en fait soulagé de savoir que quelqu'un d'autre a compris cela, de ne pas être tout seul dans son coin. Le garçon a cessé ses pleurs, dans la maison voisine, mais on entend encore les gros sanglots larmoyants de la fillette. Margaretasse la Bêtasse, pense-t-il. C'est comme ça que l'appelait son frère. Margaretasse la Bêtasse est amoureuse d'Ethan Hawke.

Steve se sent soudain pris du besoin, aussi fort qu'inattendu, d'aller retrouver la fillette dans la maison voisine. De s'agenouiller devant elle et de la prendre dans ses bras, de la serrer bien fort, de lui dire qu'elle peut aimer qui elle veut. Ethan Hawke ou même Newt Gingrich – n'importe qui. Au lieu de cela, il étudie le bas de la rue. Le E-Z Stop, pour autant qu'il puisse en juger, n'a pas changé ; il est toujours dans le plus pur style épicerie de quartier fin XXe, genre « Tas de béton rosâtre », genre « Nature morte avec poubelle ». Pas beau, loin de là, mais un truc familier et, étant donné les circonstances, c'est un soulagement. Le Ryder, son bahut, est toujours garé devant, le panneau bleu du téléphone pend toujours de son crochet, le cow-boy Marlboro est toujours planté sur le pas de la porte, et…

Le râtelier à bicyclettes a disparu.

Disparu ? Non, pas exactement. Il a été remplacé.

Par quelque chose qui ressemble furieusement aux barres d'attache des chevaux, dans les westerns.

Il lui faut faire un effort pour s'arracher à ce spectacle et s'intéresser au flic, en train de dire que Steve a raison, qu'ils ont tous besoin qu'on les aide. Chez les Carver aussi bien que chez Toubib, à en croire les cris.

« De ce côté-ci de la rue, continue Collie, les maisons donnent sur une ceinture verte que traverse un sentier. Ce sont surtout les gosses qui utilisent ce chemin, mais je l'aime bien moi aussi. Il se divise en deux derrière la maison des Jackson. L'un des bras rejoint Hyacinth Street, à côté de l'arrêt de bus. L'autre part vers l'est et débouche sur Anderson Avenue. Si c'est aussi le bordel sur Anderson – excusez mon langage – il…

– Mais pourquoi ? objecta Cynthia. On n'a pas entendu de coups de feu en provenance de cette direction. »

Il lui jette un regard patient et un peu étrange. « Aucune aide non plus n'est venue de cette direction. Et c'est le bordel, dans notre rue, d'une manière qui n'a rien à voir avec la fusillade, au cas ou vous ne l'auriez pas remarqué.

– Oh, fait-elle d'une petite voix.

– Bref, si les choses sont aussi démentes sur Anderson Avenue que sur Poplar Street, ce que je n'espère pas, il y a une conduite d'égout qui fait toute la longueur de l'artère et qui va même peut-être plus loin. Jusqu'à Colombus Broad, si ça se trouve. Il y aura sûrement des gens, là-bas. » Il n'a cependant pas l'air de croire lui-même à ce qu'il dit.

« Je vous accompagne », dit Steve.

Le flic paraît surpris par cette proposition, puis il réfléchit. « Vous croyez que c'est une bonne idée ?

– Oui, tout à fait. Je crois que les salopards sont partis, au moins pour le moment.

– Et qu'est-ce qui vous le fait penser ? »

Steve, qui n'a nullement l'intention de parler de sa brève carrière de chiromancien dans un parc d'attractions, répond que c'est juste une intuition. Il voit Collie Entragian poursuivre sa réflexion et sait avant même qu'il ouvre la bouche que celui-ci va donner son accord. Rien de bien sorcier là-dedans. Trois personnes ont été abattues sur Poplar Street cet après-midi (sans parler d'Hannibal, le chien subtiliseur de frisbee), plusieurs autres ont été blessées, une maison est en train de brûler jusqu'aux fondations sans un seul pompier pour s'en occuper, des cinglés patrouillent les rues – des cinglés criminels – et il faudrait que le type soit lui-même barjot pour s'aventurer tout seul dans les bois qui séparent la rue des quartiers environnants.

« Et lui ? demande Cynthia ? » montrant Gary du pouce.

Collie grimace. « Vu l'état dans lequel il est, je n'irais même pas au cinéma avec lui. Alors dans les bois, avec toutes ces conneries… Mais si vous parlez sérieusement, monsieur… Ames ?

– Appelez-moi plutôt Steve. Oui, je suis sérieux.

– Très bien. Allons voir si Toubib n'aurait pas un

ou deux flingues qui traîneraient dans son sous-sol. Je suis prêt à parier que si. »

Ils repartent vers la salle de séjour, pliés en deux. Au moment de leur emboîter le pas, Cynthia aperçoit un mouvement. Elle se tourne et reste bouche bée. La surprise laisse place à l'écœurement et elle doit porter une main à sa bouche pour s'empêcher de crier. Elle songe à rappeler les deux hommes, puis y renonce. Qu'est-ce que cela changerait ?

Un vautour – il doit bien s'agir d'un vautour, même si la bestiole ne ressemble à rien de ce qu'elle a vu dans un livre ou dans un film – a surgi, ailes déployées, des tourbillons de fumée qui montent toujours de la maison Hobart et vient d'atterrir dans la rue à côté du corps de Mary Jackson. C'est une espèce d'énorme lourdaud, l'air d'une anomalie, avec une affreuse tête pelée. Il fait le tour du cadavre, on dirait un goinfre qui inspecte le buffet avant de s'emparer du meilleur morceau ; puis, d'un coup de bec incisif, il arrache l'essentiel du nez de la femme.

Cynthia ferme les yeux et essaie de se dire que c'est un cauchemar, qu'elle ne fait que rêver. Ce serait chouette, si elle pouvait y croire.

Tiré du journal d'Audrey Wyler :

Le 10 juin 1995

La frousse, cette nuit, une sacrée frousse. C'était tranquille depuis quelque temps avec Seth, mais tout a changé.

Tout d'abord, on n'a pas su ce qui clochait. Herb était aussi perplexe que moi. Nous sommes allés manger des crèmes glacées au Milly's On The Square, ce qui fait partie de notre rituel du samedi quand Seth a été « gentil » (autrement dit, quand Seth est lui-même), et tout s'est bien passé. Puis, au moment où Herb se garait dans l'allée, il a commencé à renifler comme il le fait parfois ; il lève le nez et hume l'air comme un chien. Je déteste le voir faire ça. Herb aussi. Comme les fermiers détestent entendre un avis de tornade à la radio, je suppose. J'ai lu quelque part que les parents d'épileptiques apprennent à détecter ainsi les signes avant-coureurs d'une crise : grattements de tête compulsifs, jurons, doigts dans le nez. Avec Seth, c'est cette façon de renifler. Mais ce ne sont pas des crises d'épilepsie qui suivent. Dommage.

Herb lui a demandé aussitôt ce qui n'allait pas et, macach, rien du tout. Pareil avec moi. Pas un mot, pas un bredouillis. Juste ces reniflements. Et une fois à la maison, il s'est mis à prendre sa démarche raide, comme s'il ne pouvait plus plier les genoux ; allant de son bac à sable, dehors, jusqu'à sa chambre, au premier, puis en bas dans la cave, toujours dans ce silence menaçant. Herb l'a suivi pendant un moment, lui demandant ce qui n'allait pas, puis il y a renoncé. Pendant que je vidais le lave-vaisselle, Herb est arrivé avec un prospectus religieux qu'il avait trouvé coincé dans le casier à bouteilles de lait, près de la porte latérale, en criant : « Alléluia ! Ouais, Jésus ! » Il est adorable, il essaie toujours de me faire rire, alors qu'il ne va pas très bien lui-même. Sa peau est devenue très pâle et il a beaucoup maigri, ce qui m'inquiète. Surtout depuis janvier. Il a perdu au moins huit kilos, et peut-être même douze, mais chaque fois que je lui en parle, il se contente de rire.

Bref, le prospectus était rempli des conneries habituelles des baptistes. On voyait l'image d'un type souffrant le martyre, la langue tirée, la sueur lui coulant sur la figure, les yeux révulsés. IMAGINEZ UN MILLION D'ANNÉES SANS UNE GOUTTE D'EAU ! *lisait-on au-dessus ; et au-dessous :* BIENVENUE EN ENFER ! *J'ai vérifié au dos pour en être sûre, mais c'était bien la Zion's Covenant Baptist Church. « Regarde, m'a dit Herb, on dirait mon père au saut du lit. »*

J'aurais bien voulu rire – je sais qu'il est heureux quand il parvient à m'amuser – mais je n'y suis pas arrivée. Je sentais trop la présence de Seth qui rôdait, nous étreignait au point d'en avoir la peau hérissée. Comme lorsqu'on sent monter l'orage.

C'est alors qu'il est entré – de sa démarche raide – avec cet horrible froncement de ses traits qu'il affiche toujours quand les choses ne cadrent pas avec sa conception générale de la vie. Sauf que ce n'est pas lui, pas lui du tout. Seth est l'enfant le plus doux, le plus gentil, le plus tolérant qu'on puisse imaginer. Mais il y a cette autre personnalité qui se manifeste de plus en plus souvent. Celle à la démarche raide. Celle qui renifle l'air comme un chien.

Herb lui demanda ce qui n'allait pas, ce qui le tracassait, et tout d'un coup, le voilà – Herb, je veux dire – qui s'at-

trape la lèvre inférieure. Il la tire comme si c'était un store vénitien et commence à la tordre. Jusqu'à ce qu'elle saigne. Et pendant tout ce temps, ses pauvres yeux, exorbités par la peur, se remplissaient de larmes tandis que Seth le regardait avec ce froncement horrible de tous ses traits, comme s'il disait : Je fais ce que je veux, c'est pas toi qui vas m'en empêcher. *Et nous ne le pouvons peut-être pas, mais il me semble, au moins de temps en temps, que Seth, lui, le peut.*

« Arrête de l'obliger à faire ça ! ai-je crié. Arrête tout de suite ! »

Quand l'autre, le non-Seth, est vraiment furieux, ses yeux donnent l'impression de passer du brun au noir. Il a tourné son regard vers moi et tout d'un coup ma main s'est élevée et est venue me gifler. Si durement que les larmes me sont aussi montées aux yeux.

« Fais-le arrêter, Seth, ce n'est pas juste. S'il y a quelque chose qui ne va pas, il n'en est pas responsable. On ne sait même pas de quoi il s'agit. »

Sur le coup, rien. Seulement ces yeux noirs. Ma main commença de nouveau à s'élever ; à cet instant, cependant, le regard haineux qu'il me jetait changea légèrement ; pas beaucoup, mais assez. Ma main retomba, Seth se retourna et se mit à regarder dans le placard, au-dessus de l'évier, où sont rangés les verres. Ceux de ma mère sont sur l'étagère la plus haute ; ce sont de superbes Waterford en cristal que je ne sors que pour les grandes occasions. Ils étaient rangés là, du moins. Ils se mirent à exploser sous le regard de Seth, les uns après les autres, comme des pipes d'argile sur un stand de tir. Lorsque le onzième et dernier fut brisé, il se tourna vers moi avec ce sourire de joie méchante qu'il a parfois quand on le met en colère et qu'il se venge en vous faisant mal. Des yeux si noirs, paraissant si âgés, dans le visage de cet enfant…

Je me suis mise à pleurer. Je n'ai pas pu m'en empêcher. Je l'ai traité de méchant garçon et je lui ai dit de s'en aller. Son sourire a vacillé. Il n'aime pas qu'on lui ordonne quoi que ce soit, et cela moins que tout. J'ai cru qu'il allait encore me contraindre à me faire mal, mais Herb s'est avancé entre lui et moi et lui a dit la même chose, de s'en aller et de se calmer ; qu'il revienne après, et peut-être qu'on pourrait l'aider à arranger ce qui n'allait pas.

Seth est sorti, et rien qu'à sa démarche j'ai compris que l'autre était parti ou en train de partir. Il n'avait plus ce « pas de Rooty le Robot », comme dit Herb. Plus tard, nous l'avons entendu qui pleurait dans sa chambre.

Herb m'a aidé à balayer les débris de verre – pendant ce temps je n'arrêtais pas de pleurer comme une Madeleine. Il n'essaya pas de me réconforter ou de me sortir une de ses plaisanteries ; il peut être très fin, parfois. Cela terminé, et sans la moindre coupure, un vrai miracle, il a dit que Seth avait « perdu quelque chose ». Tu parles ! Pas possible, Sherlock, à quoi tu t'en es aperçu ? *Puis j'ai eu honte et je l'ai pris dans mes bras en disant que j'étais désolée, que je n'avais pas voulu faire ma salope. Herb m'a répondu qu'il le savait, puis il a pris ce stupide prospectus baptiste et a écrit au dos : « Qu'est-ce qu'on va faire, maintenant ? »*

J'ai secoué la tête. Très souvent, nous n'osons même pas dire les choses à voix haute, de peur que l'autre écoute (c'est-à-dire le non-Seth). Herbie a roulé le prospectus en boule et l'a jeté dans la poubelle, mais ça ne m'a pas suffi. Je l'ai repris et je l'ai déchiré en mille morceaux ; mais avant, je me suis surprise à étudier le visage torturé et en sueur, sur l'avers. BIENVENUE EN ENFER !

Est-ce Herb ? Est-ce moi ? J'aimerais dire non, mais parfois, j'ai vraiment l'impression d'être en enfer. Souvent, même. Sinon, pourquoi tiendrais-je ce journal ?

11 juin 1995

Seth dort. Épuisé, Peut-être. Herbie dehors, dans la cour, regardant partout. Je crois cependant que Seth a déjà cherché. On sait au moins maintenant ce qui lui manque : son véhicule à champ je ne sais quoi, le Dream Floater. Il possède toutes les conneries MotoKops : les personnages, le Centre de Crise, le Dream Floater de Cassie, le hangar à VACES, *deux pistolets paralyseurs, jusqu'à des draps « flotteurs » pour son lit. Ce sont des vans à piles, de grande taille, tout à fait futuristes. La plupart ont des ailes qui se déploient quand on appuie sur un bouton, des paraboles de radar qui tournent réellement sur le toit (celle du Dream Floater de Cassie est en forme de cœur, et cela après trente ans passés à discuter de l'égalité des sexes – ça me donne envie de gerber), des lumières qui clignotent, des bruits de sirènes et d'explosion, et tout le toutim.*

Bref, Seth est revenu de Californie avec les six vans actuellement sur le marché : le rouge (Tracker Arrow), le jaune (Justice), le bleu (Freedom), le noir (Meatwagon, qui appartient au méchant), l'argenté (Rooty-Toot – et dire que des mecs sont payés pour inventer des cochonneries pareilles !) et le rose, le plus stupide, piloté par Cassie Styles, le grand amour de notre jeune neveu. Il y a en fait quelque chose de touchant et de marrant dans son béguin, mais ce qui se passe en ce moment n'a rien de drôle : le Dream Floater de Miss Nunuche a disparu et c'est carrément la crise.

Herb m'a réveillée à six heures, ce matin, pour me tirer du lit. Sa main était glacée. Je lui ai demandé ce qui se passait, ce qui n'allait pas, mais il n'a rien voulu dire. Il m'a entraînée jusqu'à la fenêtre et m'a demandé si je ne voyais pas quelque chose. J'ai compris qu'il voulait savoir, en fait, si je voyais la même chose que lui.

Pas de doute, j'ai vu. Le Dream Floater, qui présente un aspect vaguement Arts déco avec son air de sortir d'une vieille BD de Batman. *Mais ce n'était pas celui de Seth, pas le jouet, lequel mesure en gros soixante centimètres de long sur trente de haut. L'engin qu'on voyait n'était pas un modèle réduit et faisait bien quatre mètres de long et plus de deux mètres de haut. L'écoutille du toit était partiellement soulevée et l'antenne radar en forme de cœur tournait, comme dans le feuilleton.*

« Bordel de Dieu, mais d'où ça sort, ce truc ? » ai-je dit. Je n'arrivais pas à l'imaginer arrivant autrement que sur ses ailes raccourcies. Impression de se réveiller à moitié et de découvrir une soucoupe volante sur sa pelouse. J'en avais la respiration coupée, comme si j'avais reçu un coup de poing à l'estomac !

Tout d'abord, quand il m'a dit que l'engin n'était pas là, je n'ai pas compris, puis le soleil s'est levé et je me suis rendu compte que j'apercevais, à travers, les sapins qui se dressent au-delà de notre barrière. Il n'était pas réellement là, mais en même temps il y était.

« Il nous montre ce qu'il n'a pas pu nous dire », observa Herb.

Je lui demandai si Seth était réveillé et il me répondit que non, qu'il était allé vérifier et que le gosse dormait à poings fermés. J'en frissonnai, de manière indescriptible. Parce que cela signifiait que, debout en pyjama devant la fenêtre de notre chambre, nous contemplions le rêve de notre neveu. Il occupait une bonne partie de la cour comme une bulle de savon géante – et rose.

Nous restâmes ainsi en contemplation une vingtaine de minutes. Je ne sais si nous nous attendions à voir Cassie Styles en sortir ou quoi, mais il ne se passa rien de tel. Le van rose ne bougea pas d'où il était, radar tournant, puis il commença à s'estomper jusqu'à se réduire à un vague miroitement ; à la fin, on n'aurait su dire de quoi il s'agissait si on ne l'avait vu auparavant dans tout son éclat. Puis nous avons entendu Seth se lever et s'avancer dans le couloir. Quand la chasse d'eau fonctionna, il n'y avait plus rien.

Au petit déjeuner, Herb est allé s'asseoir à côté de Seth, comme il le fait quand il veut vraiment lui parler. D'une certaine manière, je trouve qu'il est plus courageux que je ne pourrai jamais l'être. En particulier dans la mesure où c'est Herb qui…

Non, pas ça.

Bref, il s'est mis tout contre Seth, pour que le gosse soit obligé de le regarder, et il lui a parlé gentiment, à voix basse. Il lui a dit qu'il savait ce qui n'allait pas, ce qui le bouleversait, mais qu'il ne fallait pas s'inquiéter parce que le VACE *de Cassie devait être quelque part dans la maison ou dans la cour de derrière. On le trouvera, lui a-t-il dit.*

Seth était très bien, pendant tout ce temps. Il a continué à manger ses céréales et son expression n'a pas changé, mais il arrive qu'on sache tout de même que c'est bien lui qui écoute et comprend, au moins un peu. Puis Herb a dit : « Et si on ne le trouve vraiment pas, on en achètera un neuf », déclenchant le pandémonium.

Le bol de céréales valsa à travers la pièce en répandant

son contenu sur le sol. Le placard des casseroles s'ouvrit et les ustensiles, poêles et moules à tarte, se sont mis à voler dans tous les sens. Les robinets s'ouvrirent tout seuls dans l'évier. Le lave-vaisselle, qui en principe ne peut pas fonctionner la porte ouverte, se mit en marche et l'eau déborda sur le plancher. Un vase traversa la pièce et alla s'écraser sur le mur opposé. Ce fut le grille-pain le plus effrayant. Il était branché et contenait deux tranches ; tout d'un coup, il est devenu rouge sous l'effet de la chaleur, comme si c'était un poêle et non une petite résistance de rien du tout. Les deux tranches de pain voltigèrent au plafond, complètement calcinées, C'était hallucinant. Elles sont retombées dans l'évier, tellement chaudes qu'elles sifflèrent sous l'eau.

Seth s'est levé et est sorti de la cuisine. La démarche raide. Avec Herb nous sommes restés quelques instants à nous regarder, puis il a dit : « Ces toasts devraient être mangeables avec un peu de beurre de cacahuète. » Je l'ai tout d'abord regardé sans comprendre, puis j'ai éclaté de rire. Il s'y est mis à son tour. Nous avons ri, ri, la tête dans les bras, sur la table de la cuisine, pour qu'il n'entende pas. C'est pourtant stupide – Seth n'a pas toujours besoin d'entendre pour savoir. Je ne suis pas sûre qu'il soit vraiment capable de lire dans les esprits, mais cela y ressemble un peu.

Quand j'ai finalement pu maîtriser mon fou rire, Herb était déjà en train de passer une serpillière sous le lave-vaisselle. Il pouffait encore un peu et s'essuyait les yeux. C'est une bénédiction, cet homme. J'ai pris la pelle et je me suis mise à ramasser les débris du vase et du bol.

« J'ai l'impression qu'il tient particulièrement au Dream Floater », dit simplement Herb. Inutile d'en rajouter : il avait tout dit.

Il est quinze heures et nous avons fait tout le tour de

la fichue maison, comme dirait ma vieille copine de classe Jan. Seth a essayé de nous aider, à sa manière ; ça me brisait le cœur de le voir retourner les coussins du canapé, comme si le van était de la taille d'une pièce de monnaie ou d'un bout de pizza. Herb était optimiste, au début, disant qu'étant donné ses dimensions et sa couleur, il était difficile de ne pas voir le van, et j'étais tout à fait d'accord. Je pense d'ailleurs toujours qu'il a raison ; mais alors, comment se fait-il que nous ne l'ayons pas trouvé ? D'où j'écris, installée à la table de la cuisine, je vois Herb à genoux le long de la haie, au fond de la cour, qui explore la végétation avec le manche du râteau. J'ai envie de lui dire d'arrêter – c'est la troisième fois qu'il y revient – mais je n'en ai pas le cœur.

Des bruits, au premier. Seth a fini sa sieste, et il faut donc que j'achève ceci. Il ne faut pas qu'il voie même ce journal. Il ne faut pas que j'y pense. Mais ça devrait aller ; je crois que Seth réussit mieux à lire dans les pensées de Herb que dans les miennes. Je n'en ai aucune preuve, mais l'impression est forte. Et j'ai pris soin de ne pas dire à Herb que je tenais ce journal.

Je sais ce qu'un éventuel lecteur dirait : que nous sommes cinglés. Cinglés de garder ce gosse. Il va mal, très mal, même, et nous ignorons ce qu'il a. Nous savons cependant que c'est dangereux. Alors pourquoi continuer ? Pourquoi nous acharner ? Je me le demande… Parce que nous l'aimons ? Parce qu'il nous contrôle ? Non. Il y a bien ces incidents, Herb qui se tord la lèvre, moi qui me gifle, une sorte d'hypnose puissante, mais ils sont rares. La plupart du temps, il est tout simplement Seth, un enfant enfermé dans la prison de son esprit. Il est aussi tout ce qui me reste de mon frère.

Mais en dehors de tout cela, bien entendu (et bien au-

delà) c'est juste de l'amour. Et chaque soir, quand nous nous couchons, je lis dans les yeux de mon mari ce qu'il doit lire dans les miens : que nous avons tenu le coup une fois de plus, et que si on a tenu une journée, on doit pouvoir tenir la suivante. Le soir, c'est facile de se dire que c'est simplement l'un des aspects de l'autisme de Seth, qu'il ne faut pas en faire un drame.

J'entends ses pas, au premier. Il va aux toilettes. Quand il aura fini, il va descendre, espérant que nous avons trouvé le jouet manquant. Mais qui va apprendre la mauvaise nouvelle ? Seth, qui prendra alors un air déçu (et pleurera peut-être un peu) ? Ou l'autre ? Le gosse à la démarche d'échassier qui balance tout quand il n'a pas ce qu'il veut ? J'ai évidemment envisagé de retourner voir le médecin, pour être sûre. Herb aussi, sans aucun doute… mais pas sérieusement. Pas après la dernière fois. Nous étions présents tous les deux et nous avons tous les deux vu la manière dont l'autre, le non-Seth, se cache. Comment Seth rend possible le fait qu'il se cache : l'autisme est un sacré bouclier. Mais le véritable problème n'est pas l'autisme, et peu importe ce que les docteurs du monde entier verraient ou ne verraient pas. Lorsque j'y réfléchis sans faux-semblant, en mettant de côté tout ce que j'espère, tout ce que je souhaite, je sais cela. Et lorsque nous avons voulu tenter d'expliquer au médecin pour quelle raison nous étions venus, ça n'a pas été possible. Si jamais ce journal tombe entre les mains de quelqu'un, je me demande s'il pourra comprendre à quel point c'était horrible d'avoir comme une main qui vous bâillonne de l'intérieur de la bouche, qui vous bloque la langue et les cordes vocales. NOUS N'AVONS MÊME PAS PU PARLER !

J'ai tellement peur…

Peur de l'échassier, oui, mais peur aussi du reste. Des

choses que je ne suis même pas capable d'exprimer, d'autres que je ne peux que trop bien exprimer. Pour l'instant, cependant, ce que je redoute le plus est ce qui risque d'arriver si nous ne retrouvons pas le VACE. *Ce stupide van rose. Où diable est-il donc passé ? Si seulement nous pouvions le retrouver...*

Chapitre 8

1

Au moment où Kirsten Carver mourut, Johnny pensait à son agent littéraire, Bill Harris, et à la réaction de ce dernier en arrivant à Poplar Street : l'horreur à l'état pur. En excellent agent qu'il était, il avait réussi à conserver un sourire neutre, quoique légèrement figé, pendant le trajet depuis l'aéroport ; mais ce sourire avait commencé à se désagréger lorsqu'ils avaient abordé la banlieue de Wentworth (VILLE DE LA BONNE HUMEUR ! à en croire un panneau à l'entrée) pour s'évanouir complètement lorsque son client, lequel avait eu naguère des conversations avec John Steinbeck, Sinclair Lewis et Vladimir Nabokov, s'était engagé dans l'allée d'une petite maison de banlieue parfaitement banale et anonyme, au coin de Poplar Street et Bear Street. Bill avait regardé d'un œil rond et incrédule le tourniquet d'arrosage, la porte-moustiquaire en aluminium frappée d'un « M » en son milieu, et ce symbole incontournable de la vie banlieusarde, une tondeuse à gazon tachée de vert, dressée dans l'allée comme le dieu du pétrole attendant d'être honoré. Bill avait tourné la tête pour voir, sur le trottoir, débouler un gamin en planche à roulettes, un baladeur sur les oreilles, un esquimau en train de fondre à la main, un grand rictus idiot et béat sur son visage boutonneux. Visite qui datait déjà de six ans, pendant l'été 1990 ; lorsque Bill Harris avait de nouveau regardé Johnny, non seulement il ne souriait plus, mais son visage était légèrement crispé.

« Vous n'êtes pas sérieux, avait dit Bill d'un ton de froide incrédulité.

– Oh, Bill, au contraire, je suis très sérieux », lui avait répliqué Johnny. Sans doute y avait-il eu quelque chose dans sa voix qui était parvenu jusqu'à Bill – suffisamment, en tout cas, pour que son ton passe de l'incrédulité à la plainte. « Mais pourquoi ? avait-il demandé, pourquoi précisément ici, bon Dieu ? Mon QI a chuté de trois points, et je viens à peine d'arriver. Je me sens irrésistiblement poussé à m'abonner au *Reader's Digest* et à écouter les infos locales. Alors, il faut que vous m'expliquiez. Vous me devez bien ça, il me semble. Tout d'abord ce bon Dieu de détective cucul la praline, et maintenant un environnement où le comble du raffinement est d'avoir des nains de jardin. C'est quoi, le truc ?

– Le truc, avait répondu Johnny, c'est que tout ce binz est terminé. »

Non, bien sûr que non. C'était Belinda qui avait dit ça. Pas Bill Harris mais Belinda Josephson. À l'instant même.

Johnny dut faire un effort pour s'éclaircir l'esprit et regarder autour de lui. Assis sur le sol du séjour, il serrait l'une des mains de Kirsten dans les siennes. Une main froide, inerte. Belinda était penchée sur le corps de la femme, tenant un torchon ; elle avait une sorte de napperon blanc – du genre qu'on met sur une table, avec un vase dessus – posé sur l'épaule. Si Belinda ne pleurait pas, elle avait une expression de tendresse et de chagrin qui émut Johnny et lui fit penser à la scène au cours de laquelle les deux Marie – Marie Madeleine et celle que Matthieu appelle simplement « l'autre Marie » – préparent le corps de Jésus pour son enterrement dans la tombe de Joseph d'Arimathie. Avec le torchon, la femme de Brad essuya le masque ensanglanté à quoi était réduit le visage de Kirstie, révélant ce qui restait de ses traits.

« Est-ce que vous avez dit…, commença Johnny.

– Vous avez bien entendu », répondit Belinda, lui tendant le torchon plein de sang sans le regarder. Elle prit le napperon posé sur son épaule, le déplia et l'étendit sur le visage de la morte. « Dieu ait pitié de son âme.

– Dieu ait pitié de son âme », murmura Johnny. Il y avait quelque chose de fascinant à voir fleurir les coquelicots sur la blancheur du tissu de lin, trois d'un côté de ce qui avait été le nez de Kirsten, deux de l'autre et peut-être une demi-douzaine à son front. Johnny porta la main au sien, qui était couvert de sueur. « Bon Dieu, c'est épouvantable. »

Belinda le regarda, puis regarda son mari. « Je crois qu'on trouve tous cela épouvantable… La bonne question, c'est de se demander ce que nous réserve la suite du programme. »

Avant que l'un ou l'autre ait pu répondre, Cammie Reed entra dans la pièce, pâle, mais l'air maîtresse d'elle-même. « Monsieur Marinville ?

– Johnny », répondit-il en se tournant vers elle.

Il fallut à Cammie un certain temps – autre cas classique de pensée ralentie pour cause de traumatisme psychologique – pour comprendre qu'il lui demandait simplement de l'appeler par son prénom. Elle acquiesça. « Johnny – oui, d'accord. Vous avez trouvé le pistolet ? Avec des balles ?

– Oui aux deux questions.

– Je peux l'avoir ? Mes fils veulent aller chercher de l'aide. J'ai réfléchi et j'ai décidé de leur donner la permission. À condition que vous leur laissiez le pistolet de David.

– Je ne vois aucun inconvénient à prêter l'arme à quelqu'un, répondit Johnny, sans trop savoir s'il parlait ou non franchement, mais il pourrait être extrêmement dangereux de quitter l'abri de la maison, vous ne croyez pas ? »

Elle lui adressa un regard neutre, sans aucune trace d'impatience, mais elle tripotait sa blouse à l'emplacement d'une tache de sang, souvenir du nez ensanglanté d'Ellen Carver. « Je suis bien consciente du danger, et s'il s'agissait de passer par la rue, je dirais non. Mais d'après les garçons, il y a un sentier dans le petit bois, derrière les maisons qui sont de ce côté-ci de la rue. Il donne sur Anderson Avenue. Là-bas se trouve un bâtiment abandonné, l'ancien entrepôt d'une société de déménagement…

– Veedon Brothers, intervint Brad.

– … et il y a aussi un égout, un grand collecteur, qui traverse tout le secteur jusqu'à Colombus Broad, où il se déverse dans la rivière. Ils pourraient au moins

fusibles ; il en retira des boîtes de cartouches qu'il déposa sur la table de ping-pong. « Mais ce n'en est pas moins une arme excellente. Le chargeur peut contenir jusqu'à neuf cartouches. Pas mal, non ? »

Ames eut un sourire que Collie ne put faire autrement que de trouver sympathique. « Moi, je dis banco, affaire conclue », répondit le hippie en prenant l'arme. Billingsley eut un petit rire – un rire un peu rouillé de vieux – et les reconduisit au rez-de-chaussée.

Cynthia avait disposé un coussin sous la tête de Marielle, toujours allongée dans le séjour (sous la photo de Daisy, le corgi qui avait un faible pour les maths). Personne n'avait osé la déplacer ; Billingsley craignait que ses points ne se rouvrent. Elle était toujours vivante, ce qui était bien, et toujours inconsciente, ce qui n'était peut-être pas plus mal, vu son état. Elle respirait cependant par grandes bouffées irrégulières qui, de l'avis de Collie, étaient de fort mauvais augure. Le genre de respiration qui risque de s'arrêter à n'importe quel moment.

Son mari, le charmant Gary, s'était assis sur une chaise de la cuisine mise à l'envers, afin de pouvoir surveiller sa femme tout en continuant à boire. Collie s'aperçut que la bouteille contenait un sherry bas de gamme réservé à la cuisine, et il sentit son estomac se soulever.

Se sentant observé, peut-être, Gary se tourna vers le flic. Il avait les yeux rouges et gonflés. L'air malheureux d'un chien battu. En cherchant bien, Collie ressentit une certaine sympathie pour lui. Pas beaucoup. « L'a perdu son foutu bras, confia l'homme d'une voix empâtée. Di'enaide. » Collie réfléchit un instant et arriva à la conclusion que c'était sans doute la traduction de *Dieu lui vienne en aide*, en bas-ivrogne.

« Oui, répondit-il, on va aller chercher de l'aide.

– Devrait déjà êt' ici. L'a perdu son foutu bras. Dans la fu'illade.

– Je sais. »

Cynthia les rejoignit. « Vous étiez vétérinaire autrefois, n'est-ce pas, monsieur Billingsley ? »

Toubib acquiesça.

« C'est ce que je pensais. Pouvez-vous venir par ici ? Je voudrais vous montrer quelque chose, devant la maison.

– Ce n'est pas dangereux ?

– Pour le moment, je ne crois pas. Ce qui est là dehors... j'aimerais autant que vous regardiez vous-même. » Elle se retourna vers les deux autres hommes. « Tous les trois. »

Elle entraîna Billingsley jusqu'à la porte qui donnait sur Poplar Street. Collie jeta un coup d'œil à Steve, lequel haussa les épaules. Il supposa que la fille voulait montrer à Toubib comment les maisons s'étaient transformées, dans la rue, mais il ne voyait pas le rapport avec le fait que Billingsley était vétérinaire.

« Sainte merde ! s'exclama-t-il quand ils furent à hauteur de la porte. Elles sont redevenues normales ! À moins qu'on n'ait tout imaginé, la première fois... » Il était fasciné par la maison Geller. Moins de dix minutes avant, quand il l'avait regardée avec le hippie et Cynthia, exactement du même endroit, il aurait juré que la baraque s'était métamorphosée en ranch mexicain en adobe – comme dans les westerns qui se déroulent en Arizona ou au Nouveau-Mexique. Elle avait retrouvé son bon vieux revêtement en aluminium *made in Ohio*.

« Nous n'avons rien imaginé et les choses ne sont pas revenues à la normale, fit remarquer Steve. Du moins, pas entièrement. Voyez plutôt celle-là. »

Collie regarda dans la direction indiquée. La maison Reed. Elle avait retrouvé ses menuiseries d'aluminium et les rondins avaient disparu ; le toit était de nouveau composé de bardeaux de goudron au lieu du truc qu'il y avait avant (des mottes de terre, avait-il eu l'impression) ; la parabole avait repris sa place au-dessus de l'abri de voiture. Mais les fondations étaient en planches non rabotées au lieu de briques et toutes les fenêtres étaient fermées par des volets hermétiques. Il y avait des trous dans ces volets, comme si les habitants s'attendaient à ce que leurs petits problèmes quotidiens comprennent, en sus des vendeurs d'aspirateurs ou des bonimenteurs baptistes, quelques Indiens sur le sentier de la guerre. Collie n'aurait pu en jurer, mais il ne se souvenait pas d'avoir vu de volets aux fenêtres de cette maison avant aujourd'hui, et encore moins des volets avec des trous pour laisser passer le canon d'un fusil.

« Ça alors… » Billingsley avait l'air d'un type qui vient de se faire piéger par la caméra invisible. « C'est pas des poteaux pour attacher les chevaux, devant la maison d'Audrey ? Non ? Mais enfin, qu'est-ce que c'est que tout ça ?

– L'important n'est pas là », dit Cynthia, qui prit la figure du vieil homme entre ses mains et la fit pivoter comme si elle était montée sur un tripode, afin qu'il regarde dans la direction du cadavre de Mary Jackson.

« Oh, mon Dieu », dit Collie.

Un oiseau énorme était perché sur une cuisse dénudée de la femme, les serres enfoncées dans la chair. Il avait déjà englouti pratiquement tout ce qui restait du visage et s'attaquait au cou, dans lequel il enfouissait le bec. Collie eut alors un souvenir particulièrement malvenu : il se revoyait le visage enfoui exactement à la même hauteur dans le cou d'une certaine Mary Lou, une nuit, dans le drive-in de Colombus Ouest, et elle lui disait que si jamais il lui faisait un suçon, son père les flinguerait sans doute tous les deux.

Il ne se rendit compte qu'il pointait le 30.06 que lorsque Steve repoussa le canon de la paume de la main. « Non, mon vieux. J'éviterais. Je crois qu'il vaut mieux ne pas se faire remarquer. »

Il avait raison, certes, mais… bordel ! il ne s'agissait pas seulement de ce que la bestiole faisait, mais aussi de ce qu'elle était.

« L'a perdu son bon 'ieu de bras ! » annonça Gary depuis la cuisine, comme s'il avait peur que les autres l'oublient. Le vieux véto n'y prêta pas attention. Il avait traversé le séjour comme s'il s'attendait à recevoir un coup de fusil d'un instant à l'autre, mais à présent, il semblait avoir complètement oublié les tueurs, les vans délirants et les maisons à transformations.

« Mais nom d'un chien, regardez-moi ça ! s'exclama-t-il d'un ton de stupéfaction quasi mystique. Faudrait que je le photographie ! Oui ! Excusez-moi… je vais chercher mon appareil ! »

Il fit demi-tour, mais Cynthia l'agrippa par l'épaule. « La photo peut attendre, monsieur Billingsley. »

Il eut l'air de reprendre conscience de la situation. « Oui... je suppose, cependant... »

L'oiseau se tourna, comme s'il les avait entendus, et parut examiner le bungalow du véto de ses yeux bordés de rouge. Son crâne rose se hérissait d'un toupet noir. Son bec se réduisait à un crochet jaune.

« C'est un busard ? Ou peut-être un vautour ? demanda Cynthia.

– Un busard ? Un vautour ? Bon Dieu non ! Jamais je n'ai vu un oiseau pareil de toute ma vie.

– Vous voulez dire... en Ohio, n'est-ce pas ? » demanda Collie. Non, ce n'était pas du tout ce qu'avait voulu dire Billingsley, mais il tenait à se le faire préciser.

« Non, n'importe où. »

Le hippie regarda tour à tour l'oiseau, puis Billingsley et revint au charognard. « Mais alors, qu'est-ce que c'est ? Une nouvelle espèce ?

– Nouvelle espèce mon cul ! Excusez mon langage, ma jeune demoiselle, mais c'est un putain de mutant ! » Billingsley, ravi, en extase, regarda l'oiseau battre des ailes pour changer de position sur la cuisse de Mary. « Regardez-moi la taille de son corps et à quel point son envergure est réduite, proportionnellement ! À côté de cet engin, une autruche est un miracle d'aérodynamique ! J'ai même l'impression que les ailes ne sont pas de la même longueur.

– En effet, dit Collie.

– Mais comment peut-il voler ? Comment peut-il seulement tenir en l'air ?

– Je ne sais pas, répondit Cynthia, mais il vole. » Elle montra les épais tourbillons de fumée qui masquaient maintenant tout le paysage du côté de Hyacinth Street. « Il est sorti de la fumée en volant. Je l'ai vu.

– Je n'en doute pas… je ne crois pas qu'un type soit arrivé en… avec un appareil volant quelconque et l'ait largué au passage… mais qu'il puisse voler est au-delà de tout ce que… » Il s'interrompit, scrutant l'animal. « Je comprends toutefois que vous ayez pensé à un busard avant l'inévitable hypothèse suivante. » Collie avait l'impression que le vieux véto parlait surtout pour lui-même, depuis quelques instants, mais il n'en écoutait pas moins attentivement. « Ça ressemble un peu à un busard. Comme un busard de dessin d'enfant, en tout cas.

– Hein ? fit Cynthia.

– Comme un busard de dessin d'enfant, répéta Billingsley. Qui le confondrait dans sa tête avec un aigle chauve, par exemple. »

3

Ralphie Carver faisait mal au cœur à voir. Abandonné par Jim Reed, dont la sollicitude n'avait pas résisté à l'excitation qui l'avait gagné à la perspective de la mission que lui et son frère étaient sur le point d'entreprendre, le garçonnet se tenait entre cuisinière et frigo, le pouce dans la bouche, tandis qu'une tache humide s'étalait de plus en plus largement sur le devant de son short. Toute sa morgue de sale gosse s'était évanouie. Ses yeux, écarquillés, étaient à la fois vides et brillants. Johnny avait connu des toxicomanes qui présentaient les mêmes symptômes.

Il s'avança dans la cuisine et reposa Ellie par terre. Elle ne voulait pas le lâcher, mais il finit par détacher, en douceur, les petites mains agrippées à son cou. Elle aussi avait l'air sous le choc, mais sans cette expression hébétée qu'on lisait dans le regard de son frère. Kim et Susi Geller étaient assises à même le sol, et se tenaient enlacées. Voilà qui convient sans doute beaucoup mieux à maman, pensa Johnny, se souvenant comment la femme s'était bagarrée avec Jim Reed pour avoir l'adolescente. Jim avait gagné, mais il avait maintenant d'autres chats à fouetter. Il allait prendre la direction d'Anderson Avenue et de lieux inconnus. Ce qui ne changeait rien au fait que deux enfants étaient devenus orphelins depuis le déjeuner.

« Kim ? demanda-t-il. Pourriez-vous nous donner un coup de main pour…

– Non. » Rien de plus, rien de moins. Le ton était calme. Aucun défi dans le regard, aucune hystérie dans sa voix… ni sympathie non plus. Elle avait un bras passé autour des épaules de sa fille, sa fille avait un bras passé autour de ses épaules, toutes les deux paisiblement assises par terre à attendre que l'orage passe. Compréhensible, certes, mais Johnny n'en était pas moins furieux contre Kim. Elle personnifiait brusquement tous les gens qu'il avait vus bâiller d'ennui quand la conversation tombait sur le sida ou les enfants des rues, ou sur la destruction de la forêt équatoriale ; elle personnifiait tous ceux qui avaient un jour enjambé un sans-abri recroquevillé sur un trottoir sans même un regard. Comme il l'avait fait une fois lui-même.

Johnny s'imagina l'empoignant par les bras, la remettant debout, la faisant pivoter et lui plantant un bon coup de pied dans ses tristes petites fesses ohiesques. Voilà peut-être qui la réveillerait. Et qui, en tout cas, le ferait se sentir un peu mieux, lui.

« Non ? répéta-t-il, sentant une rage stupide battre à ses tempes.

– Non », fit-elle ; elle lui adressa un faible sourire *enfin-vous-avez-compris*, puis se tourna vers sa fille et se mit à lui caresser la tête.

« Viens par ici, mon cœur, dit Belinda à Ellen, ouvrant les bras à la fillette. Viens un moment avec la vieille Bee. » Ellie s'avança sans rien dire, le visage déformé par une affreuse grimace de douleur qui rendait son silence encore plus poignant, et la Noire l'engloutit dans ses bras.

La scène se passa sous les yeux des jumeaux Reed, mais ils ne la virent pas vraiment. Ils se tenaient près de la porte donnant sur la cour, l'œil brillant, l'air excité. Cammie s'approcha d'eux et les jaugea avec une expression que Johnny prit tout d'abord pour de la sévérité. Mais il ne tarda pas à se rendre compte qu'il s'agissait en réalité d'une terreur d'une telle intensité qu'elle n'arrivait pas à la dissimuler complètement.

« Très bien », dit-elle finalement. Elle avait parlé d'un ton sec, indifférent. « Qui le prend ? »

Les garçons se regardèrent et Johnny eut le sentiment qu'une communication s'établissait entre eux, brève mais complexe, le genre de chose, peut-être, que seuls les jumeaux arrivent à faire. À moins, pensa-t-il, que ce ne soit juste ton cerveau survolté. Ce qui n'avait rien d'impossible ; ils avaient tous le cerveau survolté.

Jim tendit la main. Un instant, la lèvre supérieure de sa mère trembla. Puis elle se reprit et lui passa le pistolet de David Carver. Dave s'occupa de retirer les cartouches de la boîte pendant que son frère basculait le cylindre du calibre 45 et tendait le canon vers la lumière pour s'assurer que l'arme était déchargée, comme l'avait fait Johnny. Nous prenons des précautions parce que nous savons qu'un revolver peut blesser et tuer, pensa Johnny, mais il y avait plus. À un certain niveau, nous savons que ces armes sont mauvaises, démoniaques. Même leurs partisans les plus forcenés le sentent.

Dave tendit une poignée de cartouches à son frère ; celui-ci les prit une à une pour charger le 45.

« Vous agirez exactement comme si votre père était en permanence à vos côtés, dit pendant ce temps Cammie. Si vous envisagez de faire quelque chose avec quoi il ne serait pas d'accord, abstenez-vous-en. Est-ce clair ?

– Oui, m'man. » Jim fit claquer le cylindre dans son logement et tint l'arme pointée vers le sol, le doigt le long de la garde de détente. Il paraissait à la fois gêné par les ordres que lui donnait sa mère – on aurait dit un officier dans un vieux roman de Leon Uris, en train d'admonester deux recrues novices – et follement excité à la perspective de ce qui l'attendait.

Elle se tourna vers son deuxième fils. « David ?

– Oui, m'man ?

– Si vous voyez des gens dans le bois – des étrangers –, revenez tout de suite. C'est le plus important.

Ne posez pas de questions, ne réagissez à rien de ce qu'ils pourraient dire, ne les approchez même pas.

– Mais s'ils n'ont pas d'armes, m'man..., commença à objecter Jim.

– Ne posez pas de questions, ne les approchez pas », répéta-t-elle, guère plus fort, mais avec une intonation dans la voix qui les fit grimacer tous les deux. Il n'y avait pas à discuter.

« Et s'ils voient des flics, madame Reed ? demanda Brad. La police pourrait avoir jugé plus prudent d'accéder à la rue par le bois.

– Plus prudent de rester au large, intervint Johnny. Un flic qui nous tomberait dessus risquerait d'être... euh, nerveux. On a vu des cas de flics nerveux abattre des innocents. Pas volontairement, mais autant jouer la sécurité et éviter les accidents.

– Vous venez avec nous, monsieur Marinville ? demanda Jim.

– Oui. »

Aucun des jumeaux ne fit de commentaire, mais le soulagement qu'il lut dans leurs yeux plut à Johnny.

Cammie adressa un regard impatient à l'écrivain – *Bon, ça y est, vous avez terminé ? On peut revenir aux choses sérieuses ?* – et reprit ses instructions. « Allez jusqu'à Anderson Avenue. Si tout vous paraît normal, là-bas... (elle hésita un instant, comme si cette hypothèse lui paraissait soudain peu vraisemblable)... demandez à quelqu'un la permission d'utiliser son téléphone et appelez la police. Mais si Anderson Avenue est comme ici, ou si les choses vous paraissent un peu... même très peu...

– Bizarroïdes », acheva Johnny. Au Viêt-nam, ils

disposaient d'autant de termes pour décrire cette impression que les Indiens en avaient pour les variations du temps, et c'était curieux comme ils lui revenaient, s'allumant tour à tour comme des néons dans une pièce noire. Bizarroïde. Foireux. Tordu. Merdique. Bordélique. Ouais, mec, tout ça me revient. Vais pas tarder à me nouer un bandana autour du front pour retenir la sueur, voire même entraîner la congrégation dans le bizutage des petits nouveaux.

Cammie regardait toujours ses fils. Johnny aurait aimé qu'elle se dépêche. Ils conservaient leur attitude respectueuse (et craintive), mais ce qu'elle allait leur dire, maintenant, avait de bonnes chances d'entrer par une oreille et de ressortir par l'autre.

« Si ce que vous voyez sur Anderson Avenue ne vous plaît pas, passez par ce collecteur dont vous m'avez parlé et gagnez Colombus Broad. Appelez la police. Dites-leur ce qui s'est passé ici. Et pas question que vous reveniez sur Poplar Street !

– Mais, m'man… », commença Jim.

Elle leva la main et lui pinça les lèvres. Sans lui faire mal, mais fermement. Johnny n'eut pas de mal à l'imaginer faire ce même geste quand ils avaient dix ans de moins – sauf qu'elle devait être alors obligée de se baisser.

« Gardez vos *mais, maman* pour une autre fois. Aujourd'hui, vous *écoutez* maman, un point c'est tout. Trouvez un endroit sûr, appelez la police et restez dans votre coin jusqu'à ce que toute cette folie soit terminée. Pigé ? »

Ils acquiescèrent. Cammie en fit autant et relâcha les lèvres de Jim. Celui-ci eut un sourire gêné – *Ça c'est ma mère* – et rougit jusqu'à la racine des cheveux. Il trouva cependant plus judicieux de ne pas protester.

« Et soyez prudents », conclut-elle. Une expression passa dans son regard – l'envie de les embrasser, pensa Johnny, ou simplement l'envie d'annuler toute l'affaire tant que c'était encore possible. Puis l'expression disparut.

« Prêt, monsieur Marinville ? » demanda Dave. Il regardait avec convoitise le revolver que son frère tenait à la main. Johnny soupçonna qu'ils ne seraient pas encore bien loin dans les bois avant qu'il demande à l'avoir à son tour.

« Une seconde », dit-il, s'agenouillant devant Ralphie. Le gosse recula jusqu'à ce que ses petites fesses soient calées contre le mur, puis regarda Johnny pardessus son pouce. À ce niveau, l'odeur d'urine et de peur était presque aussi forte que dans une cage à fauves.

L'écrivain sortit de sa poche le personnage qu'il avait trouvé dans le couloir, au premier – l'extraterrestre aux grands yeux, à la bouche en forme de corne et à la mèche de cheveux blonds courant au milieu de son crâne chauve. « Qu'est-ce que c'est, Ralphie ? » demanda-t-il en tenant l'objet en face du petit garçon.

Un instant, il crut que celui-ci n'allait pas répondre. Puis, lentement, l'enfant tendit la main qui n'était pas fourrée dans sa bouche et prit le jouet. Pour la première fois depuis le début de la fusillade, son visage s'anima un peu. « C'est le major Pike, répondit-il.

– Ah, bon ?

– Oui. C'est un Canopalien. » Il avait prononcé le

nom avec soin, fièrement. « Ça veut dire que c'est un extraterrestre. Pas comme Sans-Visage… Le major Pike était pas avec eux, hein ? »

Les yeux de Ralph se remplirent de larmes. Et Johnny avait eu beau voir ce monstre – ou quelqu'un portant un masque à l'effigie de ce monstre –, il secoua aussitôt la tête et tapota l'enfant sur l'épaule, d'une main rassurante.

« Ce major Pike, il vient d'un film ou d'un feuilleton télé ? » demanda Johnny. Il connaissait cependant déjà la réponse. Les pièces du puzzle s'assemblaient, elles auraient peut-être même pu le faire depuis un bon moment. Au cours des dernières années, il avait fait des présentations dans bon nombre de petites classes où les adultes devaient se plier en deux pour boire au robinet, il avait fait des lectures dans bon nombre de bibliothèques où la plupart des chaises mesuraient moins d'un mètre de haut. Il écoutait leurs bavardages mais ne regardait pas leurs émissions ni les films qui leur étaient destinés. Il savait d'instinct que ce genre de recherches le paralyserait dans son travail plus qu'il ne l'aiderait. Si bien qu'il ignorait pas mal de choses et aurait eu encore bien des questions à poser, mais il commençait à se dire que toute cette affaire démente pouvait être comprise.

« Ralphie ?

– C'est une série télé », répondit le garçon sans lâcher son pouce. Il tenait encore le major Pike devant lui, comme Johnny l'avait fait. « C'est un MotoKop.

– Et le Dream Floater… qu'est-ce que c'est, Ralphie ?

– Monsieur Marinville, intervint Dave, on devrait peut-être…

– Donne-lui une seconde, fiston », le coupa Brad.

Johnny n'avait pas quitté le petit garçon des yeux. « Le Dream Floater ?

– Le VACE de Cassie. Cassie Styles. Je crois que c'est la petite amie du colonel Henry. Mon copain Jason, il dit que c'est pas vrai, parce que les Moto-Kops, ils ont pas de petite amie, mais moi je crois que c'est sa petite amie. Pourquoi les VACES sont venus sur Poplar Street, monsieur Marinville ?

– Je ne sais pas, Ralphie. »

Mais il s'en doutait, en réalité.

« Pourquoi ils sont si gros ? Et s'ils sont gentils, pourquoi ils ont tué mon papa et ma maman ? »

Le garçonnet laissa tomber le major Pike par terre et, d'un coup de pied, l'envoya valser à l'autre bout de la pièce. Puis il porta les deux mains à sa figure et se mit à sangloter. Cammie Reed fit un mouvement vers lui, mais Ellie s'était libérée des bras de Belinda et l'avait précédée. Elle passa le bras autour des épaules de son petit frère. « Ne t'en fais pas, dit-elle. Ne t'en fais pas, Ralphie. Je m'occuperai de toi.

– Tu parles d'un cadeau », répondit le garçon entre deux sanglots – et Johnny dut se mordre violemment les lèvres pour ne pas éclater d'un rire hystérique.

S'ils sont gentils, pourquoi ils ont tué mon papa et ma maman ?

« Allons-y, les gars, dit-il aux jumeaux en se redressant. En avant, marche. »

4

Sur Poplar Street, le soleil se rapprochait de l'horizon. Ce n'était pourtant pas du tout l'heure à laquelle il aurait dû se coucher. Il rougeoyait à l'ouest tel un œil sinistre, embrasant les flaques d'eau qu'il restait dans la rue, sur les allées et les perrons, changeant en braises les débris de verre qui jonchaient tout le quartier. Il transforma en deux puits incandescents les yeux du faux busard lorsque celui-ci quitta le cadavre de Mary Jackson pour s'élever sur ses ailes improbables, franchir la rue et aller s'abattre au milieu de la pelouse des Carver. Il regarda tour à tour le corps de David Carver et celui de l'amie de Susi Geller, l'air de ne savoir par lequel commencer. Tant à manger, et si peu de temps. Il finit par choisir le père d'Ellen et Ralphie, s'approchant du cadavre en quelques bonds lourds et maladroits. L'une de ses pattes était armée de cinq serres, l'autre de deux seulement.

De l'autre côté de la rue, dans la maison des Wyler où régnaient des remugles de crasse, d'oignons frits et de soupe à la tomate, la télé gueulait. La première scène de saloon des *Régulateurs*.

« Vous êtes une petite dame bien mignonne », disait Rory Calhoun, avec un ricanement dans la voix qui sous-entendait : *Hé, poulette, je vais te croquer comme une friandise avant la fin de ce feuilleton à la con et tu le sais aussi bien que moi.* « Et si vous preniez un verre avec moi ? Histoire de me porter chance…

– Je ne bois pas avec des ordures », répondit froidement Karen Steele et tous les hommes de Rory – ceux qui pour le moment n'étaient pas planqués hors de la ville, s'entend – s'esclaffèrent.

« Hé, mais on ne serait pas un peu bêcheuse ? » lança Rory d'un ton détendu ; les hommes s'esclaffèrent de nouveau.

« Des Doritos, Pete ? » proposa Tak. Il avait pris la voix de Lucas McCain, le héros de *The Rifleman* sur la télé câblée.

Peter Jackson, installé dans le fauteuil en face de la télé, ne répondit pas. Il arborait un grand sourire. Les ombres jouaient sur son visage, transformant parfois ce sourire en un cri silencieux, mais c'était néanmoins un sourire.

« T'as raison, p'pa, faudrait qu'il en mange, dit Tak avec la voix d'adolescent de Johnny Crawford, qui avait tenu le rôle du fils de Lucas. Ils sont super. Cool Ranch. Allez, monsieur Jackson, calez-vous ça derrière les gencives, ils arrivent. »

Le garçon tendit les chips qu'il tenait d'une main sale et les agita devant le visage de Peter Jackson. Celui-ci n'y prêta aucune attention. Il fixait la télé d'un regard qui la traversait, avec des yeux qui lui sortaient de la tête comme ceux d'un poisson des grands fonds qui vient de subir une trop forte décompression. Et il souriait.

« A pas l'air d'avoir faim, p'pa.

– Moi j'crois que si, fiston. Une faim de loup. Vous avez la fringale, pas vrai, Pete ? Juste besoin d'un p'tit coup de main, c'est tout. *Alors bouffez-moi ces foutues chips !* »

Il se produisit une sorte de bourdonnement dans la pièce. Des parasites apparurent brièvement sur l'écran où Rory Calhoun essayait maintenant d'embrasser Karen Steele. Elle le gifla et fit tomber son chapeau. Le ricanement provocateur disparut du visage de l'homme. On ne fiche pas en l'air impunément le chapeau de Jeb Murdock, même quand on est une femme.

Peter souleva lentement les chips. Ils franchirent son inaltérable sourire pour aller s'écraser contre son nez où ils s'émiettèrent, les débris les plus petits lui entrant dans les narines. Ses yeux anormalement exorbités n'avaient pas quitté la télé un seul instant.

« Un peu trop haut, monsieur Jackson. » C'était maintenant la voix grondeuse de Hoss Cartwright. L'un des personnages favoris de Seth avant que Tak vienne s'installer en lui, devenu maintenant l'un des personnages favoris de Tak. Ils tournaient comme une roue. « Encore un petit effort, qu'est-ce que vous en dites ? »

La main descendit lentement, par à-coups, comme un monte-charge. Cette fois-ci, les chips atterrirent dans la bouche de Peter, qui se mit à mastiquer machinalement. Tak lui sourit avec la bouche de Seth. Il espérait – à sa manière bizarre, il éprouvait des émotions, même si celles-ci n'avaient rien de particulièrement humain – que Peter apprécierait les Doritos, parce qu'ils allaient constituer son dernier repas. Il avait absorbé une grande quantité de la force vitale de Peter, tout d'abord pour refaire le plein, après la débauche d'énergie à laquelle il s'était livré cet après-midi, puis il avait pris un peu de rabiot. Histoire d'être prêt pour la prochaine étape.

D'être prêt pour la nuit.

Peter mâchait, mâchait, les fragments de Doritos lui dégringolant du sourire pour consteller son T-shirt

– celui avec la tête jaune et ronde au sourire idiot. Ses globes oculaires, tellement exorbités qu'ils paraissaient posés directement sur ses joues, tremblaient avec les mouvements de sa mâchoire. Le gauche s'était fendu en deux comme un grain de raisin écrasé quand Tak avait envahi son esprit pour lui en dérober l'essentiel – la partie utile – mais il pouvait encore voir un peu avec le droit. Suffisamment pour être capable de remplir à peu près tout seul sa prochaine tâche. Une fois, bien entendu, que le moteur se serait remis en marche.

« Hé, Peter ? Hé, vous m'entendez, mon vieux ? » Tak avait adopté à présent les intonations britanniques sèches d'Andrew Case, le chef de service de Peter. Comme toutes ses imitations, elle était remarquable. Pas autant que ses imitations de westerns et de feuilletons télé (pour lesquelles il ne manquait pas d'entraînement), mais tout de même excellente.

La voix de l'autorité faisait merveille, avait-il découvert, y compris pour des personnes ayant subi des dommages irréversibles au cerveau. Une vague lueur de compréhension se peignit sur le visage de Peter. Il se tourna et vit Andrew Case en costard pied-de-poule pimpant, et non pas Seth dans son caleçon MotoKops décoré de projections de sauce-tomate Boy-Ar-Dee.

« Vous allez retraverser la rue, mon vieux. Et passer par le bois, d'accord ? Mais pas besoin de vous taper tout le chemin jusqu'à la baraque de grand-maman, d'accord ? Seulement jusqu'au sentier. Vous connaissez le sentier, dans le bois ? »

Peter secoua la tête. Ses yeux en encorbellement tremblèrent au-dessus de son rictus étiré de clown.

« Pas grave, vous le trouverez. Difficile à rater, vieille noix. Quand vous arriverez à l'embranchement, vous vous assoirez avec… votre ami.

– Mon ami », répéta Peter ; ce n'était pas du tout une question.

« Oui, c'est ça. »

Peter n'avait en fait jamais rencontré l'homme qu'il devait rejoindre à l'embranchement en question et ne le rencontrerait jamais, en tout cas pas réellement, mais il était inutile de lui donner ces précisions. Il ne lui restait pas assez de cervelle pour les comprendre, d'une part, et il serait mort dans peu de temps, de l'autre. Aussi mort que Herb Wyler. Aussi mort que l'homme au caddie, que Peter allait rencontrer dans peu de temps dans le bois.

« Mon ami, redit Peter, avec un peu plus d'assurance.

– Ouaip. » Le chef de service à l'accent british avait disparu ; Tak était revenu à John Payne jouant les Gary Cooper. « Allez, faut se mettre en route, vieux.

– Le sentier, jusqu'à l'embranchement.

– Tout juste. »

Peter se leva, raide comme un antique jouet mécanique aux rouages rouillés. Ses globes oculaires dansaient dans la lumière argentée et irréelle de la télé.

« Faut se mettre en route. Et quand j'arrive à l'embranchement, je peux m'asseoir avec mon ami.

– Oui, m'sieur, voilà le topo. » C'était maintenant la voix ricanante de Rory Calhoun. « C'est un sacré phénomène, ton petit copain. On pourrait dire que c'est lui qui a déclenché toute l'affaire. Qui a allumé la mèche, si tu préfères. En route, l'ami, et bon vent, jusqu'à la revoyure. »

Peter passa sous l'arche sans un seul coup d'œil pour Audrey, vautrée de travers dans l'un des fauteuils du séjour, les yeux à demi ouverts. Elle paraissait hébétée, sinon dans le coma, et respirait lentement, mais avec régularité. Ses jambes, qu'elle avait longues et jolies (première chose qui avait attiré Herb à l'époque où elle s'appelait encore Audrey Garin), étaient étendues devant elle et Peter faillit buter dessus, dans sa marche somnambulique jusqu'à la porte. Lorsqu'il poussa le battant et que le soleil bas tomba sur son sourire, celui-ci évoquait plus que jamais une bouche qui crie.

À mi-chemin de l'allée, dans cette lumière rouge dessinant des traînées de sang au milieu de la colonne de fumée qui montait encore de la maison Hobart, la voix de Rory lui emplit la tête, coupante comme un rasoir : *Ferme la porte derrière toi, l'ami. T'as pas été élevé dans une porcherie, si ?*

Peter exécuta un demi-tour titubant, revint sur ses pas et referma la porte. Celle-ci était intacte – la seule de la rue à ne pas être criblée de balles. Nouveau demi-tour qui faillit le faire dégringoler des marches, et il vogua dans la lumière rouge, prenant la direction de sa maison ; il allait remonter l'allée, passer sous l'abri à voiture et arriver dans la cour. Il escaladerait le grillage (pas bien haut) et s'engagerait dans le bois. Trouverait le sentier. Trouverait l'embranchement. Trouverait son ami. S'assoirait avec son ami.

Il enjamba le cadavre de sa femme puis s'immobilisa quand il entendit monter un cri sauvage dans l'air chaud et enfumé : *Hou-ou-ou-ou...* Ce cri avait beau provenir de loin, il ne lui en donna pas moins la chair de poule. Qu'est-ce qu'un coyote pouvait bien fabriquer dans l'Ohio ? Dans la banlieue de Colom...

Faut pas traîner, l'ami. On se grouille, petit couillon.

La douleur, encore plus atroce qu'avant. Il poussa un gémissement sans que sa bouche change d'expression. Du sang frais jaillit de son œil crevé et ruissela sur sa joue.

Il repartit de l'avant et, lorsque le hurlement retentit à nouveau, accompagné d'une deuxième voix, puis d'une troisième et d'une quatrième, il resta sans réaction. Il ne pensa plus qu'au sentier, à l'embranchement, à l'ami. Tak procéda à une dernière vérification de l'esprit du zombie, ce qui ne lui prit guère de temps, vu ce qui restait à vérifier, et se retira.

Il était maintenant seul avec la femme. Il savait sans doute pour quelle raison il l'avait laissée vivre, comme l'oiseau qui passe pour vivre à l'intérieur de la mâchoire du crocodile, en sécurité parce qu'il lui nettoie les dents, mais Tak n'allait pas l'épargner bien longtemps. À beaucoup de titres, le garçon avait été un hôte parfait – le seul, peut-être, dans lequel il avait pu vivre et prospérer autant – mais il avait, ironie du sort, un inconvénient majeur : ce que Tak pouvait concevoir et désirer, le garçon n'était pas capable de le réaliser. Il pouvait habiller la femme et lui teindre les cheveux, la déshabiller, l'obliger à se pincer les seins et à faire d'autres choses tout aussi puériles, s'il en avait envie. Mais ça ne l'intéressait pas. Ce qu'il désirait, s'était s'accoupler à elle, mais cela, il ne le pouvait pas. Dans certaines circonstances, il avait eu l'impression qu'il aurait pu plus ou moins y parvenir, en dépit de l'immaturité de son hôte, mais celui-ci était encore à l'intérieur de son corps, et les fois où Tak avait réellement essayé, Seth l'en avait empêché. Tak aurait pu affronter le garçon et il l'aurait certainement emporté, mais il était peut-être plus prudent de s'abstenir. Il n'était pas sorti de son puits noir, sous la poussière du Nevada, après des millénaires d'emprisonnement, pour avoir des rapports sexuels avec une femme bien plus jeune que lui et bien plus âgée que le corps qu'il occupait.

Et pour quelle raison était-il venu ?

Eh bien… pour s'amuser. Et…

Pour regarder la télévision, murmura une voix tout au fond de son esprit. *Pour regarder la télévision, pour manger des spaghettis et pour fabriquer, pour construire.*

« Tu me cherches, shérif ? » demanda Rory Calhoun ; les yeux de Tak revinrent à la télévision. Plusieurs autres essaieraient peut-être de passer par le bois. Il aurait pu régler cela d'une manière ou d'une autre, s'il l'avait vraiment voulu. Qu'ils se promènent donc dans le bois, si ça leur faisait plaisir. Ce qu'ils allaient y trouver risquait de ne pas trop leur plaire. Et où pourraient-ils se rendre ? Nulle part. Il faudrait revenir aux maisons. De manière très réelle, il n'y avait *nulle part* où aller. Et il économiserait son énergie. Se détendrait et regarderait le film. Bientôt, il serait temps de faire venir la nuit.

« Pourquoi ne pas laisser tomber, dire que tout ça est terminé ? » demanda John Payne à la télé. Et Tak et

Seth se retrouvèrent, comme les westerns, celui-ci en particulier, les faisaient toujours se retrouver. Tak se pencha sans quitter l'écran des yeux et saisit un bol rempli d'une mixture refroidie, mélange de hamburger et de spaghettis. Il se mit à manger, rivé à la télé, sans prêter attention aux morceaux qui dégringolaient de temps en temps le long de sa poitrine nue et s'accumulaient sur ses cuisses. Bientôt, la fusillade finale allait une fois de plus commencer, KA-BOUM et KA-BAM et en avant la musique, et Tak se laissa flotter dans les images argentées en noir et blanc de l'histoire, s'imprégnant de l'atmosphère de violence, aussi prêt à éclater et chargé d'électricité qu'une tempête sur le point de se déchaîner.

Pendant qu'il regardait, en transe, Seth Garin se sépara de Tak et s'éloigna aussi furtivement que Jack passant devant le géant endormi. Il jeta un dernier coup d'œil à la télé et ne fut pas surpris de constater qu'il n'aimait plus tellement *Les Régulateurs*. Puis il fit demi-tour, trouva l'un des passages secrets qu'il s'était ménagés pendant le règne de Tak et y disparut en catimini. De plus en plus profondément, il s'enfonça dans son esprit ; le passage descendait toujours plus. Il marcha, tout d'abord, puis se mit à trottiner. Il ne comprenait guère plus ce monde que celui de l'extérieur, et pouvait seulement espérer qu'il reconnaîtrait ce qu'il cherchait quand il le verrait.

Extrait des Régulateurs, *scénario de Craig Goodis et Quentin Woollich :*

EXT. JOUR MAIN STREET

Le shérif Streeter regarde l'adjoint Laine remettre Candy sur ses pieds. Derrière eux, dans la blanchisserie Lushan, les employés chinois suivent la scène du pas de la porte, où ils se sont massés.

CANDY

Qu'est-ce que vous regardez, bande de chinetoques?

Ils ne reculent pas.

UN CHINOIS

Vous ! Vêtements besoin nettoyer maintenant !

Les autres Chinois s'esclaffent. Même Streeter ébauche un sourire. Candy a l'air hébété. N'arrive pas à croire que Streeter l'a battu à la régulière, que ces chinetoques se paient sa tête, que tout cela lui arrive à lui.

STREETER

Feriez mieux de rentrer, les gars.

Les blanchisseurs retournent dans la boutique, mais continuent à regarder par la vitrine.

STREETER *(à Laine)*

Vérifie qu'il récupère bien son chapeau, Josh. Je voudrais pas qu'il aille en taule sans son chapeau.

Avec un sourire, Laine ramasse le chapeau à bord relevé de cavalerie, tombé de la tête de Candy lorsque Streeter l'a fait basculer par-dessus la barre à chevaux. Souriant plus que jamais, l'adjoint Laine enfonce le chapeau sur la tête du voyou vaincu. Il en sort un petit nuage de poussière.

LAINE

Allons-y, capitaine. Je vous ai réservé la meilleure tente du bivouac. Attendez de voir ça.

Il pousse Candy, toujours hébété, vers la prison. Le shérif Streeter les regarde partir en souriant, et ne remarque pas, sur le coup, les portes battantes du Lady Day Saloon qui s'ouvrent pour laisser passer le major Murdock, lequel, pour une fois, n'affiche pas son ricanement habituel.

MURDOCK

Tu crois que mettre Candy en prison résoudra tes problèmes, shérif ?

Streeter se tourne vers lui. Murdock repousse son manteau de cavalerie maculé de boue, dégageant la crosse de son colt de l'armée.

STREETER *(souriant)*

Il se pourrait bien que je vienne d'arrêter mon premier fantôme. Où se planquent donc tes autres régulateurs ? Dans le canyon Desatoya ? A Skate Rock ? Tu es prêt à me le dire ?

MURDOCK

Tu es aussi cinglé qu'un serpent à sonnette !

STREETER

Ah bon ? C'est ce qu'on va savoir. Quelque chose me dit qu'on ne verra pas de fantômes galoper cette nuit si le capitaine Candell n'est pas là pour leur donner les draps.

Toujours souriant, Streeter se tourne de nouveau vers la prison.

MURDOCK

Et si je te disais que les régulateurs sont beaucoup plus près d'ici que cela ? Qu'ils sont juste à l'extérieur de la ville et n'attendent que le premier coup de feu ? Ça te plairait, foutu Yankee ?

STREETER

Oui, tout à fait, je crois.

Il lève les yeux, porte deux doigts à sa bouche et siffle.

EXT. TOITS DES MAISONS DE MAIN STREET

Des hommes apparaissent derrière chaque enseigne, chaque cheminée, chaque faux fronton. Habitants de la ville naguère terrifiés, ils ont maintenant un air féroce et sont armés de fusils. Ils se tiennent sur la blanchisserie chinoise, le magasin général Owl County, la quincaillerie Worrell, et même sur le salon funéraire Craven. Parmi eux, on compte le pasteur Yeoman et l'avocat Bradley. Yeoman, qui ne croit plus que les régulateurs sont un fléau surnaturel lancé sur la ville pour la punir de ses péchés, répond au shérif en le saluant de la main.

RETOUR SUR MAIN STREET AVEC STREETER ET MURDOCK

Streeter rend son salut à Yeoman puis se tourne vers Murdock qui paraît furieux et troublé. Combinaison dangereuse !

STREETER

Eh bien, amène-les-moi, si ça peut te faire plaisir.

Le visage de Murdock se tend. Sa main se retrouve à quelques centimètres au-dessus de la crosse de son revolver. Aucun des deux ne voit Laura sortir du saloon, derrière Murdock. Elle porte son costume à paillettes et tient son Derringer à la main.

MURDOCK

Tu me cherches, shérif ?

STREETER

Pourquoi ne pas laisser tomber ? Dire que tout ça est terminé ?

Mais il sait que c'est trop tard, qu'il a poussé Murdock trop loin. Streeter rapproche à son tour la main de la crosse de son arme.

MURDOCK

Fini, le temps des parlotes, shérif.

STREETER

Si c'est comme ça que tu l'entends…

MURDOCK

Tu aurais pu rester peinard, et tout le monde y aurait trouvé son compte.

STREETER

C'est pas comme ça que se passent les choses, ici. On… *(Il voit : Laura.)* Laura, non !

Murdock profite de ce que l'attention de Streeter est distraite pour prendre son revolver. Laura se jette entre les deux hommes, braquant le Derringer sur Murdock. Elle appuie sur la détente, mais celle-ci ne produit qu'un faible clic ! L'arme est enrayée ! Une fraction de seconde plus tard, Murdock fait feu et la balle destinée à Streeter atteint Laura. Elle s'effondre.

EXT. TOITS DES MAISONS

Les habitants épaulent leur arme.

RETOUR SUR MAIN STREET, EN FACE DU SALOON

Murdock comprend ce qui est sur le point d'arriver et plonge entre les portes battantes, dans la sécurité relative du Lady Day. Streeter le poursuit de deux coups de feu puis va s'agenouiller à côté de Laura.

TOITS

Flip Moran, le palefrenier, fait feu. Il est imité par deux ou trois autres, seulement deux ou trois autres, heureusement.

MAIN STREET, EN FACE DU SALOON

Une balle siffle, trouant l'une des portes battantes.

STREETER

Arrêtez le feu, il est parti !

TOITS

Les hommes abaissent leur arme. Flip Moran prend un air contrit.

RUE, GROS PLAN SUR STREETER ET LAURA

Le shérif a perdu sa carapace de gros dur. Il regarde la danseuse en train de mourir et prend conscience qu'il l'aime !

STREETER

Laura!

LAURA *(toussant)*

Le coup n'est pas parti… Tu disais toujours… méfie-toi d'un… revolver planqué… *(Elle est prise d'une quinte de toux.)*

STREETER

Ne parle pas. Je vais envoyer Joe Prudum chercher le doc…

LAURA *(toussant)*

Trop… trop tard. Serre-moi… contre toi !

Streeter la prend dans ses bras; elle le regarde, intriguée.

LAURA

Vous pleurez, shérif ? Pourquoi ?

ARRIÈRE DU SALOON

Murdock fait irruption. Le sergent Mathis est toujours là, gardant les chevaux.

LE SERGENT

Qu'est-ce qui s'est passé ? J'ai entendu des coups de feu !

MURDOCK

Laisse tomber. Il faut aller chercher les gars.

LE SERGENT

Vous voulez dire… ?

Soudain, la folie de Murdock éclate. Ses yeux lancent des éclairs. Ses lèvres se retroussent sur un rictus qui est celui d'un animal acculé !

MURDOCK

On va rayer cette ville de la carte !

Ils partent au triple galop pour rejoindre les autres régulateurs et

FONDU-ENCHAÎNÉ

Chapitre 9

1

Chez le véto, Steve et Collie n'eurent pas besoin de sauter par-dessus la barrière ; il y avait un portail au fond de la cour. Ils durent toutefois arracher un certain nombre de branches de lierre solidement accrochées avant de pouvoir l'ouvrir. Ils n'eurent que deux échanges jusqu'au moment où ils atteignirent le sentier. La première fois, Steve regarda les arbres autour de lui – essentiellement une végétation rabougrie envahie de mauvaises herbes, à laquelle le murmure des gouttes de pluie tombant des feuilles donnait un caractère mystérieux – et demanda : « Ce sont des peupliers ? »

Collie, qui se frayait un chemin autour d'un buisson épineux particulièrement agressif, se tourna vers lui. « Vous dites ?

– Je me demandais si ces arbres ne seraient pas des peupliers, étant donné le nom de la rue*.

– Oh... » Collie regarda autour de lui, dubitatif,

* *Poplar Street* : rue des Peupliers ; sans doute aussi jeu de mots avec *popular* : populaire *(N.d.T)*.

changeant son fusil de main pour essuyer la sueur de son front avec le bras droit. Il faisait très chaud dans le sous-bois. « Des peupliers, des pins ou des bon Dieu d'eucalyptus, je n'en ai aucune idée, pour tout vous dire. La botanique, ça n'a jamais été mon truc. Celui-ci, c'est un bouleau maigrichon, et c'est à peu près tout ce que je sais sur la question. » Sur ces mots, il avait repris sa progression.

Cinq minutes plus tard (Steve commençait à se demander s'il existait vraiment un sentier, ou si le flic n'avait pas rêvé), Collie s'arrêta. Il fixait un point au-delà du hippie, avec une telle intensité que ce dernier se retourna pour suivre son regard. Il ne vit que le fouillis de la végétation qu'ils venaient de traverser. On ne devinait ni la maison de Billingsley, ni celle des Jackson. Seulement une minuscule tache rouge qui était sans doute la cheminée des Carver, mais c'était tout. Ils auraient pu être à cent lieues de la plus proche habitation humaine. Cette idée, et le fait qu'elle n'avait rien d'extravagant, fit frissonner Steve.

« Qu'est-ce qu'il y a ? » demanda-t-il, pensant que le flic allait lui demander pourquoi on n'entendait pas le moindre bruit : ni voiture, ni vélomoteur, ni moto, ni même une radio, un klaxon, un cri, rien.

Au lieu de cela, Collie lui dit. « La lumière décline.

– Ce n'est pas possible. Il n'est que... » Steve consulta sa montre, mais elle était arrêtée. Sans doute la pile ; il ne l'avait pas remplacée depuis que sa sœur la lui avait offerte à Noël, deux ans auparavant. Bizarre, tout de même, qu'elle se soit arrêtée juste après seize heures, c'est-à-dire très peu de temps après qu'il s'était fourvoyé dans ce merveilleux petit quartier.

« Il n'est que quoi ?

– Peux pas vous dire exactement, ma montre s'est arrêtée ; mais si l'on réfléchit un peu, il ne peut pas être plus de cinq heures et demie, six heures moins le quart. Et peut-être moins. Ils disent que le temps se dilate, en période de crise.

– Les *ils* en question, je ne les connais pas et ne les ai jamais connus, répliqua Collie, mais regardez la lumière. La *qualité* de la lumière. »

Ce que fit Steve qui dut admettre, bien malgré lui, que le flic n'avait pas tort. Les rayons pénétraient obliquement au milieu des broussailles (terme plus approprié que bois, soit dit en passant), rouges et chauds. *Soleil rouge au couchant, pluie et vent au ponant*, comme disent les pêcheurs, pensa-t-il. Et soudain, comme si cela avait fait office de déclencheur, tout ce qui clochait lui tomba dessus, le submergea. Insupportable. Il porta les mains à son visage et les plaqua sur ses yeux, se donnant un bon coup à la tempe, par la même occasion, avec la crosse du 22 qu'il tenait toujours ; il sentit sa vessie sur le point de se vider et l'idée de mouiller son pantalon lui fut indifférente. Il tituba et entendit Collie Entragian – qui paraissait parler soudain de loin – lui demander s'il se sentait mal. Faisant ce qui lui parut être le plus grand effort de sa vie, il répondit que non, que ça allait, et s'obligea à abaisser les mains pour regarder de nouveau cette lumière rouge délirante.

« Permettez-moi de vous poser une question très personnelle », dit Steve. Il avait l'impression que la voix avec laquelle il parlait n'avait plus le moindre rapport avec la sienne. « À quel degré avez-vous le trouillomètre ?

– À zéro. » Le solide gaillard essuya de nouveau la sueur qui perlait à son front. Il faisait très chaud, dans le sous-bois, mais en dépit du murmure des feuilles d'où l'eau tombait goutte à goutte, la chaleur donnait à Steve une impression de sécheresse, nullement d'humidité de serre. Les odeurs lui faisaient le même effet ; pas désagréables, mais sèches. Égyptiennes, presque. « Ne paniquez pas. Je crois apercevoir la végétation s'éclaircir, par-là. Ce doit être le sentier. »

C'était effectivement le sentier, qu'ils rejoignirent au bout de moins d'une minute et Steve découvrit des traces – réconfortantes, en l'occurrence – du passage des divers bestiaux qui l'empruntaient : un sachet de chips, l'emballage d'un paquet de cartes de base-ball, des piles de petite taille venant sans doute d'un baladeur, des initiales gravées sur un tronc.

Il vit aussi quelque chose de beaucoup moins réconfortant, de l'autre côté de la piste ; trois arbrisseaux informes, hérissés de piquants, d'un vert agressif, au milieu du sumac vénéneux et autres broussailles. Leurs branches verruqueuses se dressaient, raides comme les bras d'un flic extraterrestre.

« Bordel de merde, dit Steve, vous avez vu ça ? »

Collie acquiesça. « On dirait des cactus. Ou des cacti. Je sais pas ce qu'il faut dire quand il y en a plusieurs. »

Ouais, pensa Steve, sauf qu'ils ressemblent autant à de vrais cactus que les Picasso de l'époque cubiste ressemblent à de vraies femmes. La simplicité des plantes grasses, leur absence de symétrie (comme le charognard aux ailes inégales) leur donnaient un aspect surréaliste qui lui faisait mal à la tête. Il avait l'impression de ne pas arriver à accommoder son regard dessus.

Ça ressemble un peu à un busard. Comme un busard de dessin d'enfant, en tout cas, avait dit Toubib.

Les éléments commençaient à se regrouper dans son esprit. Non pas à s'emboîter les uns dans les autres, du moins pas encore, mais à se placer naturellement dans un ensemble, comme on disait dans les cours d'algèbre niveau 1. Les vans, qui avaient tout d'un décor de théâtre pour matinée enfantine. L'oiseau. Et maintenant ces cactus verts agressifs, énergiques comme dans un dessin d'enfant de cinq ans.

Collie s'approcha de celui qui était le plus proche du sentier et avança un doigt prudent.

« Vous êtes cinglé, n'y touchez pas ! » l'avertit Steve.

Le flic l'ignora et continua son mouvement, plus près, plus près…

« Houlà ! Saloperie ! »

Steve sursauta. Collie retira vivement sa main, qu'il se mit à observer comme un gosse qui vient de se faire une écorchure intéressante. Puis il se tourna vers le hippie et tendit le doigt vers lui. Une goutte de sang, petite, sombre, parfaite, perlait à son index. « Ils sont assez réels pour piquer, dit-il. Celui-ci, en tout cas.

– Et comment… Et s'il était empoisonné ? Comme une plante du Congo, un truc comme ça ? »

Entragian haussa les épaules comme pour dire : *Eh bien, trop tard, mon vieux*, et reprit sa progression sur le sentier. Il se dirigeait vers le sud, autrement dit vers Hyacinth Street. Avec les rayons de soleil rouge orangé qui inondaient le sous-bois sur la droite, il était au moins impossible de se tromper. Au fur et à mesure qu'ils descendaient la colline, les cactus se faisaient de plus en plus nombreux à l'est du sentier. Par endroits, ils évinçaient même les arbres. Le sous-bois s'éclaircissait, et pour une bonne raison : l'humus était de moins en moins épais, remplacé progressivement par un sable gris qui ressemblait à… à…

La transpiration coulait dans les yeux de Steve et le picotait. Il l'essuya. Il faisait une chaleur écrasante, et la lumière était forte et rouge. Il avait mal au cœur.

« Regardez », dit Collie avec un geste. À une vingtaine de mètres d'eux, un nouveau bosquet de cactus montait la garde à hauteur de la fourche formée par le sentier. Il en dépassait un caddie de supermarché renversé, semblable à la proue d'un bateau. Dans la lumière mourante, les tiges métalliques paraissaient avoir été plongées dans le sang.

Collie courut jusqu'à l'embranchement et Steve se précipita sur ses talons, ne tenant pas à être séparé de son compagnon, même de quelques mètres. Au moment où ils arrivaient à la croisée des chemins, des hurlements s'élevèrent dans l'étrange lumière, aigus et néanmoins douceâtres au point d'en être écœurants, comme un quatuor vocal sirupeux d'amateurs : *Houuuuu… Houuuuu.* Il y eut une pause, puis ils reprirent, plus nombreux cette fois, se superposant, jappant, hérissant de chair de poule chaque centimètre carré de la peau de Steve. Les enfants de la nuit, pensa-t-il, voyant dans sa tête Bela Lugosi, fantôme en noir et blanc déployant sa cape. Pas terrible, comme image, étant donné les circonstances, mais parfois l'esprit vous joue de ces tours…

« Bordel ! » jura Entragian. Steve crut qu'il faisait allusion aux hurlements – des coyotes, quelque part à l'est, dans un secteur où il y avait en principe des maisons, des magasins et cinq fast-foods de chaînes différentes ; le grand balèse de flic, cependant, ne regardait pas dans cette direction, mais vers le sol. Steve suivit son regard et vit un homme assis, derrière le caddie échoué. Adossé à un cactus, cloué à ses épines comme un grotesque rappel humain laissé là à leur intention.

Houuuuu-houuuuu…

Sans réfléchir, il alla prendre la main du flic, qui le sentit, et se mit à serrer. Avec force, mais ça lui était égal.

« Oh, merde, j'ai déjà vu ce gars, dit Collie.

– Mais bon Dieu, il est méconnaissable ! Comment pouvez-vous… ?

– À ses vêtements. Et au caddie. Je l'ai vu traîner dans la rue deux ou trois fois, depuis le début de l'été. J'avais l'intention de lui dire de décamper, si jamais il se repointait. Il était probablement inoffensif, mais…

– Mais quoi ? » Steve, qui s'était retrouvé une ou deux fois à la rue, au cours de sa vie, ne savait s'il devait se fâcher ou se marrer. « Qu'est-ce qu'il vous aurait fait ? Voler à votre voisine sa photo préférée d'Elvis ? Bousculer Soderson pour avoir un verre ? »

Collie haussa les épaules.

L'homme crucifié sur les cactus était habillé d'un pantalon kaki rapiécé et d'un T-shirt encore plus vieux, déchiré et crasseux que celui que Billingsley avait trouvé pour Entragian. Ses tennis hors d'âge étaient retenues par du fil électrique. La tenue d'un clochard, ce que suggéraient également les affaires tombées du caddie renversé. Une vieille paire de sandales, un bout de corde effilochée, une poupée Barbie, un blouson bleu avec BUCKEYE LANES écrit dans le dos en doré, une bouteille de vin à moitié pleine et dont le bouchon paraissait être le doigt d'un gant (féminin) de soirée, et une radio portative vieille au bas mot de dix ans. La valise en plastique avait été rafistolée avec de la colle Superglue. Il y avait là aussi au moins une douzaine de sacs en plastique, tous soigneusement fermés à l'aide de ficelle.

Un clochard mort dans les bois. Mais au nom du Ciel, de quoi était-il mort ? Ses yeux, désorbités, pendaient sur sa joue, simplement retenus par des nerfs optiques desséchés. Ils paraissaient l'un et l'autre crevés, comme si la force qui les avait expulsés les avait aussi fait éclater. Son nez avait saigné copieusement et inondé ses lèvres et les poils poivre et sel de son menton. Le sang, néanmoins, ne dissimulait pas la bouche, ce que Steve aurait préféré. Elle était distendue en un énorme rictus de guingois qui semblait lui avoir étiré les commissures des lèvres quasiment jusqu'aux oreilles, qu'il avait noires de crasse. Quelque chose l'avait propulsé contre le cactus avec suffisamment de violence pour lui faire jaillir les yeux hors de la tête et le laisser avec cet effrayant sourire.

La main de Collie serrait celle de Steve de plus en plus fort. Lui écrasant littéralement les doigts.

« Vous… vous pourriez me lâcher ? Vous allez me broyer les… »

Il avait levé la tête en parlant et regardait vers l'embranchement qui partait vers l'est, celui qui devait en principe les conduire jusqu'à Anderson Avenue. Le sentier se poursuivait sur une dizaine de mètres et là, tel un entonnoir, débouchait sur un désert de cauchemar. Le fait qu'il ne ressemblait en rien à l'Ohio ne fit aucune impression particulière à Steve, pour la bonne raison qu'il ne ressemblait en fait à aucun paysage qu'il ait vu au cours de sa vie. Ou entr'aperçu dans ses rêves.

Au-delà des derniers arbres d'un vert normal et sain s'étendait une vaste zone de latérite blanchâtre qui courait vers un horizon incertain de pics montagneux en dents de scie. Des montagnes sans ombres, sans reliefs, sans replis, sans surplombs, sans vallées. Des montagnes esquissées au crayon noir par un enfant.

Le sentier ne disparaissait pas mais s'élargissait en route de dessin animé avec, à sa gauche, une roue de chariot à demi enfouie et, au-delà, une ravine caillouteuse remplie d'ombres. Sur la droite, un panneau indiquait, en lettres bâton malhabiles que n'aurait pas désavouées un élève de cours préparatoire : VERS LE PONDEROSA. Il était surmonté d'un crâne de vache aussi mal fichu que les cactus. Ensuite, la route partait tout droit vers l'horizon selon une perspective diminuant artificiellement, qui faisait penser aux affiches du film *Rencontres du troisième type.* On voyait déjà des étoiles au-dessus des montagnes – des étoiles invraisemblables par leur taille. Elles ne scintillaient pas, mais clignotaient plutôt comme des lumières de sapin de Noël. Les hululements reprirent, pas un trio ou un quatuor, cette fois, mais tout un chœur. Ils ne provenaient pas des collines, au pied des montagnes :

il n'y en avait pas. Rien qu'un désert plat et blanc, les taches vertes des cactus, la route, la ravine et, au loin, le collier en dents de requin de la chaîne montagneuse.

« Mais par tous les saints, murmura Collie Entragian, qu'est-ce que c'est que ça ? »

Avant que Steve ait pu répondre – Un *esprit d'enfant*, avait-il eu l'intention de dire –, un grondement sourd leur parvint de la ravine. Aux oreilles de Steve, on aurait presque dit les borborygmes d'un gros moteur de bateau tournant au ralenti. Puis deux yeux verts s'ouvrirent dans l'ombre et il recula d'un pas, sentant sa bouche se dessécher. Il souleva le Mossberg, mais ses mains lui faisaient l'effet de morceaux de bois et l'arme lui paraissait ridicule, inutile. Les yeux – ils flottaient comme des yeux de BD dans une pièce noire – étaient grands comme des ballons de rugby et il aimait autant ne pas savoir quelle était la taille de l'animal qui allait avec. « On pourra le descendre ? S'il se jette sur nous, on pourra le…

– Regardez ! l'interrompit Collie. Regardez ce qui arrive ! »

Steve se retourna. Le monde vert battait en retraite et le désert avançait. L'herbe virait tout d'abord au beige, sous leurs pieds, comme si quelque chose leur aspirait la sève, puis disparaissait tandis que la terre noire blanchissait et se désagrégeait. Se transformait en perles. C'est à cela qu'il avait pensé un moment auparavant : que l'humus était remplacé par ces bizarres petites choses rondes. Sur sa droite, l'un des arbres rabougris gonfla brusquement avec ce bruit de bouchon qu'on produit en mettant un doigt dans la bouche. Le tronc blanchâtre devint vert et se hérissa d'épines. Les branches fusionnèrent, la couleur des feuilles se diffusant et se brouillant au fur et à mesure qu'elles se transformaient en bras de cactus.

« À mon avis, il serait temps de battre en retraite », observa Collie.

Steve ne prit pas la peine de répondre, ou plutôt répondit avec ses pieds. L'instant suivant, ils s'élançaient tous les deux au pas de course sur le sentier, vers l'endroit d'où ils venaient. Tout d'abord, Steve ne songea qu'à ne pas se faire crever un œil par une branche, à ne pas tomber dans un roncier et à ne pas manquer les piles de baladeur, l'endroit où ils devaient obliquer plein ouest pour rejoindre la maison de Billingsley. Puis il entendit de nouveau le grondement de toux catarrheuse et le reste perdit toute importance. La créature aux yeux verts tapie dans la ravine les suivait de près. Bon Dieu, elle les poursuivait, oui ! Et gagnait du terrain.

2

Il y eut un coup de feu, et Peter Jackson tourna lentement la tête. Il se rendit compte (dans la mesure où il parvenait encore à se rendre compte de quelque chose) qu'il se trouvait dans sa cour et regardait (dans la mesure où il arrivait encore à voir quelque chose) la table du patio. Dessus s'empilaient des livres et des revues, hérissés de marque-pages roses. Il travaillait à un article érudit intitulé « James Dickey et la nouvelle littérature du Sud», nourrissant l'espoir secret que son papier soulèverait force controverses dans le Landerneau universitaire de la côte Est. Il serait peut-être invité à des tables rondes ! Tables rondes auxquelles il se rendrait tous frais payés ! (Dans des limites raisonnables, cela va sans dire.) Comme il en avait rêvé... Pour l'heure, tout cela lui semblait lointain, sans importance. Comme le coup de feu tiré dans le bois, le cri qui l'avait suivi, puis les deux autres coups de feu qui avaient suivi le cri. Même les feulements – on aurait dit qu'un tigre échappé d'un zoo s'était réfugié dans la ceinture verte qui bordait le quartier – paraissaient lointains et sans importance. Tout ce qui comptait, c'était... c'était...

« Trouver mon ami, dit-il. Me rendre à l'embranchement du sentier et m'asseoir avec mon ami. »

Il traversa le patio en diagonale, heurtant au passage le bord de la table avec la hanche. Un numéro de *Verse Georgia* et plusieurs livres dégringolèrent de la pile pour aller s'éparpiller sur la brique rose où il restait encore des flaques d'eau. Peter n'y fit pas attention. Sa vision déclinante était focalisée sur le bois le long duquel s'alignaient les maisons de Poplar Street, côté est. Sa passion de toujours pour les notes en bas de page venait de le déserter.

3

Lorsque cela se produisit, Jan ne parlait pas exactement de Ray Soames ; elle se demandait pourquoi

Dieu avait créé un Monde dans lequel on ne pouvait s'empêcher d'avoir envie d'être embrassée et tripotée par un homme qui avait souvent – peste, tout le temps ou presque – les chevilles crasseuses et qui ne se lavait la tête que deux ou trois fois par mois – les bons mois. En réalité, donc, elle parlait de Ray, se contentant de ne pas mentionner son nom.

Et pour la première fois depuis qu'elle venait ici, *courait* ici, Audrey éprouva une pointe d'impatience, l'effleurement léger de l'amitié qui se fatigue. L'obsession de Jan avait fini par lui faire perdre patience, semblait-il.

Elle se tenait à l'entrée de la gloriette, tournée vers la prairie qui aboutissait à la paroi rocheuse, au milieu du bourdonnement des abeilles, se demandant ce qu'elle faisait ici, en fin de compte. Il y avait des gens qui avaient besoin d'elle, des gens qu'elle connaissait et que, dans la plupart des cas, elle aimait bien. Une partie d'elle-même – partie très persuasive – essayait de lui faire croire qu'ils n'avaient pas d'importance, qu'ils ne se trouvaient pas seulement à six cents kilomètres à l'ouest, mais à quatorze années de distance dans le futur. Persuasif ou pas, il s'agissait cependant d'un mensonge. C'était *ce lieu* l'illusion, le mensonge.

Mais j'ai besoin d'être ici, pensa-t-elle. J'en ai vraiment besoin, vraiment besoin.

Toutefois, les relations d'amour-haine entre Jan et Ray, tout d'un coup, la barbaient au-delà de tout. Elle se sentait prise du besoin de faire volte-face et de lui dire : *Et si tu arrêtais un peu de gémir et le laissais tomber ? Tu es jeune, tu es jolie, tu es bien fichue. Je suis sûre que tu pourrais te trouver un type aux che-*

veux propres et à l'haleine fraîche qui se ferait un plaisir de te gratter là où ça te démange le plus.

Tenir de tels propos à Jan l'expulserait de ce lieu sûr et protégé tout aussi implacablement qu'Adam et Ève avaient été chassés du jardin d'Éden pour avoir mangé la mauvaise pomme, mais cela ne changeait rien à ce qu'elle ressentait. Et si elle parvenait à rester coite à propos des obsessions amoureuses de Jan, qu'est-ce qui viendrait ensuite ? Jan affirmerait, au bas mot pour la cent cinquantième fois, que si Paul était le plus mignon des Beatles, ce n'est qu'avec John qu'elle pourrait envisager sérieusement de coucher.

C'est alors, avant qu'elle ait pu dire ou faire quoi que ce soit, qu'un bruit nouveau retentit dans cet endroit paisible où l'on n'entendait d'ordinaire que le bourdonnement des abeilles, le cricri des grillons dans l'herbe et le murmure de voix des deux jeunes femmes. Un bruit tintinnabulant, léger mais quelque peu insistant, comme la clochette d'une maîtresse d'école à l'ancienne mode rappelant les élèves à la fin de la récréation.

Elle se tourna, consciente que Jan avait cessé de parler – pas étonnant, Jan avait disparu. Et sur la table mal rabotée, gravée d'initiales entrelacées dont certaines remontaient presque à la Première Guerre mondiale, le Tak-phone sonnait.

Pour la première fois depuis qu'elle rendait visite à la gloriette, le Tak-phone sonnait.

Elle s'avança lentement – trois petits pas suffirent – et se mit à fixer l'appareil, le cœur battant la chamade. Une partie d'elle-même lui hurlait de ne pas décrocher, qu'elle savait et avait toujours su ce que cette sonnerie signifierait : que le démon de Seth l'avait trouvée. Mais que pouvait-elle faire d'autre ?

Cours, lui intima d'un ton froid une voix (celle de son propre démon, peut-être). Jette-toi dans ce monde, Audrey. Précipite-toi au bas de la colline en éparpillant les papillons, franchis la paroi rocheuse et rejoins la route, de l'autre côté. Elle conduit à New Paltz, cette route, et peu importe si tu dois marcher toute la journée et avoir des ampoules aux pieds pour y parvenir. C'est une ville universitaire, et quelque part, dans la vitrine d'un établissement de Main Street, il y aura un panneau SERVEUSE DEMANDÉE. Tu pourras redémarrer d'ici. Vas-y. Tu es jeune, tu as de nouveau à peine un peu plus de vingt ans, tu es en bonne santé, tu es plutôt mignonne, et les prémices de ce cauchemar ne se sont pas encore produites.

Elle ne pouvait faire cela… n'est-ce pas ? Rien de tout ceci n'était réel, après tout. Un simple refuge au fond de son esprit.

Ring, ring, ring…

Légère, mais insistante. Décroche-moi, disait la sonnerie, décroche-moi, Audrey. Décroche-moi, collègue. Faut qu'on chevauche jusqu'au Ponderosa, sauf que cette fois c'est un aller simple.

Ring, ring, ring…

Elle se pencha brusquement sur la table, les mains de part et d'autre du petit téléphone rouge. Elle sentit la sécheresse du bois sous ses paumes, sentit le dessin des initiales sous le bout de ses doigts et comprit que si une écharde la piquait dans ce monde, elle saignerait à son retour dans l'autre. Parce que c'était *réel*, ici, *réel*, et elle savait qui en était le créateur. Seth avait édifié ce refuge pour elle : elle en eut soudain la certitude. Il l'avait tissé à partir des souvenirs les plus tendres et des rêves les plus doux de sa tante ; il lui avait donné un lieu où aller lorsque la folie menaçait, et si cet univers fantasmatique commençait à s'élimer quelque peu, comme un tapis à l'endroit où il est le plus piétiné, ce n'était pas la faute du garçon.

Et elle ne pouvait le laisser livré à lui-même. Elle ne le ferait jamais.

Audrey s'empara du combiné. Il était de taille enfantine, ridiculement petit, mais c'est à peine si elle y fit attention. « Ne lui faites pas de mal ! cria-t-elle. Je ne veux pas que vous lui fassiez de mal, espèce de monstre ! Si vous devez faire souffrir quelqu'un, prenez-vous-en plutôt à m…

– Tante Audrey ! » C'était la voix de Seth, pas de doute, mais changée. Il ne bégayait plus, ne cherchait plus ses mots, ne retombait plus dans son charabia, et elle avait beau sentir sa peur, il n'était pas en proie à la panique. Du moins pas encore. « Écoute-moi, tante Audrey !

– Je t'écoute, je t'écoute !

– Reviens ! tu peux sortir de la maison, en ce moment ! Tu peux prendre la fuite ! Tak est dans le bois… mais les VACES vont repasser ! Il faut que tu reviennes avant !

– Et toi ?

– Je m'en sortirai », dit la voix au téléphone ; Audrey crut discerner un mensonge. De l'incertitude, en tout cas. « Il faut que tu rejoignes les autres. Mais avant cela… »

Elle écouta ses conseils et se sentit prise d'une envie

aberrante de rire : comment se faisait-il qu'elle n'y ait pas pensé elle-même ? C'était si simple ! Cependant...

« Peux-tu te cacher de Tak ?

– Oui. Mais tu dois te dépêcher !

– Que ferons-nous ? Même si j'arrive à rejoindre les autres, qu'est-ce que nous pourrons...

– Je ne peux pas te l'expliquer maintenant, il n'y a pas le temps. Tu dois me faire confiance, tante Audrey ! Reviens, et fais-moi confiance ! *Reviens ! REVIENS !* »

Le dernier cri fut si fort qu'elle écarta vivement l'appareil de son oreille et recula d'un pas. Elle eut un instant de totale et vertigineuse désorientation, tomba, et sa tête heurta le sol. Le choc fut amorti par la moquette, dans la salle de séjour, ce qui n'empêcha pas toute une nuée de comètes d'envahir son champ de vision. Elle s'assit, sentit une forte odeur de graisse et de renfermé, regarda le fauteuil d'où elle était tombée puis le téléphone qu'elle étreignait dans sa main droite. Sans doute l'avait-elle saisi au moment où, dans son rêve, elle avait pris le Tak-phone.

Si ce n'est qu'il ne s'agissait ni d'un rêve ni d'une hallucination.

Elle porta le combiné à son oreille (il était noir et de taille normale) et écouta. Rien, bien entendu. L'électricité n'était pas coupée dans la maison, contrairement au reste du quartier (Tak avait besoin de sa télé), mais le téléphone, si.

Audrey se leva, regarda par l'arche qui donnait sur l'alcôve, sachant ce qu'elle allait découvrir si elle s'avançait : Seth en transe, Tak complètement parti. Mais pas dans le film cette fois. Elle entendit des cris confus et ce qui était quasi certainement un coup de feu, en provenance de l'autre côté de la rue, et il lui revint un passage de la Genèse dans lequel il est question de l'esprit de Dieu se mouvant sur les eaux. L'esprit de Tak, songea-t-elle, était aussi en mouvement, occupé à ses affaires, et si elle essayait de fuir maintenant, elle y réussirait probablement. Néanmoins, si elle rejoignait les autres et leur disait ce qu'elle savait et s'ils la croyaient, qu'allaient-ils faire pour échapper à l'enchantement dont ils étaient prisonniers ? Ne risquaient-ils pas de s'en prendre à Seth afin d'échapper à Tak ?

Il m'a dit de partir, pensa-t-elle. Il vaut mieux lui faire confiance. Mais avant…

Avant, il y avait ce qu'il lui avait demandé de faire. Une chose tellement simple… qui pourrait cependant résoudre beaucoup d'autres choses. Toutes, même, s'ils avaient de la chance. Audrey gagna la cuisine d'un pas vif, sans prêter attention aux cris et au brouhaha en provenance de l'autre côté de la rue. À présent que sa décision était prise, elle se sentait pressée, pressée de réaliser cette dernière chose avant que Tak ne tourne à nouveau son attention sur elle.

Ou avant qu'il ne mobilise une fois de plus le colonel Henry et ses acolytes.

4

Lorsque les choses se mirent à mal tourner, ce fut avec une soudaineté spectaculaire. Johnny se demanda par la suite dans quelle mesure il en était responsable, question qui ne cessa de le hanter et à laquelle il ne put jamais donner de réponse claire. Il avait sans aucun doute fait preuve d'inattention, même si c'était avant que le bordel commence.

Il avait suivi les jumeaux Reed à travers bois et laissé son esprit vagabonder parce que les garçons se déplaçaient avec une lenteur exaspérante, dans leur volonté de ne pas frôler le moindre buisson, de ne pas casser la moindre branchette. Ils ne se doutaient absolument pas qu'ils n'étaient pas seuls dans la ceinture verte ; au moment où ils y étaient entrés tous les trois, Collie et Steve se trouvaient déjà sur le sentier, loin devant eux, avançant en silence vers le sud.

Johnny avait repensé à la description horrifiée de Poplar Street faite par son agent Bill Harris, le jour où celui-ci lui avait rendu visite, en 1990. Bill commençant par dire que Johnny ne pouvait être sérieux, puis, voyant qu'il l'était, lui demandant quel était le fond de l'affaire. Et Johnny Marinville, qui tenait maintenant la chronique d'un chat spécialiste en empreintes digitales, lui avait répondu : *Le fond de l'affaire, c'est que je n'ai pas encore envie de mourir, ce qui signifie qu'il me faut procéder à quelques réaménagements personnels. Une deuxième version de Johnny Marinville, si tu veux. Ce n'est pas impossible. Parce que j'en ai le désir, ce qui est important, et que je dispose des outils pour, ce qui est vital. On pourrait dire qu'il s'agit d'une deuxième version de ce que je fais. Que je réécris ma vie. Que je resculpte ma vie.*

C'était à Terry, sa première femme, qu'il devait ce qui était peut-être sa dernière chance, même s'il n'avait pas confié cela à Bill. Ce dernier ne savait pas non plus qu'après près de quinze ans passés à communiquer par avocats interposés, Johnny et l'ex-Theresa Marinville avaient repris un dialogue prudent, parfois par lettres, mais surtout par téléphone. Ces contacts étaient allés croissants depuis 1988, à l'époque où Johnny avait finalement (et définitivement, espérait-il) arrêté l'alcool et la drogue. Mais quelque chose continuait à ne pas aller et à un moment donné, au printemps 1989, il s'était surpris à avouer à son ex-femme – qu'il avait un jour essayé de poignarder d'un coup de couteau à beurre – qu'il trouvait cette vie d'abstinence inutile, dépourvue de but. Il ne s'imaginait même pas écrivant un nouveau roman. Ce feu-là semblait éteint et cela ne lui manquait pas, le matin, de se réveiller sans le sentir lui brûler la cervelle… en compagnie d'un mal de crâne carabiné. Cette partie de sa vie paraissait bel et bien terminée. Il l'acceptait. Ce qu'il ne pouvait accepter cependant était d'être entouré de témoins de son ancienne vie, où l'écriture tenait une part importante ; ils étaient présents dans tous les coins, murmuraient quand il branchait sa vieille machine à écrire. Je suis ce que tu étais, lui susurrait-elle, et ce que tu seras toujours. Il ne s'agissait pas d'image de soi, ni même de son ego, mais seulement de ce qui était inscrit dans ses gènes dès le départ. Cours à l'autre bout du monde, prends une chambre dans le dernier hôtel, va au bout du dernier couloir et ouvre la porte – et je serai là. Je serai posée sur une table, à ronronner comme toujours, de ce ronron que tu as entendu lors de tant de pénibles réveils migraineux, et il y aura des cachets d'aspirine à côté de ton carnet de notes et un gramme de coke à l'intérieur du tiroir du haut à gauche, parce que en fin de compte c'est ce que tu es, et *tout* ce que tu es. Comme je ne sais quel vieux sage a dit un jour, il n'y a pas de gravité ; la terre te pompe, simplement.

« Tu devrais ressortir le livre pour les gosses, lui avait-elle dit, le tirant soudain de sa rêverie.

– Quel livre pour les gosses ? Je ne me souviens…

– Comment, tu as oublié *Kitty-Cat le Détective ?* »

Il lui avait fallu une bonne minute, mais la mémoire lui était revenue. « Voyons, Terry, c'était juste une petite histoire que j'avais inventée pour le morpion de ta sœur, un soir où il ne voulait pas la fermer et où j'ai bien cru qu'elle allait nous faire une dép…

– N'empêche, elle t'avait suffisamment plu pour que tu prennes la peine de l'écrire, non ?

– Je ne m'en souviens, pas, avait-il répondu, se la rappelant très bien.

– Bien sûr que si, et elle est planquée quelque part, pour la bonne raison que tu ne jettes jamais rien. Salaud de sadique-anal ! Je t'ai toujours soupçonné de garder jusqu'à tes crottes de nez. Dans une boîte de faux sucres, par exemple, comme appâts à poisson.

– Elles feraient certainement de très bons appâts à poisson », avait-il rétorqué, sans penser à ce qu'il disait – il se demandait déjà où cette petite histoire de huit ou neuf pages manuscrites pouvait bien se trouver. Dans la collection Marinville de Fordham ? Possible. La maison du Connecticut qu'il avait jadis partagée avec Terry, que celle-ci occupait encore et d'où elle lui téléphonait en ce moment même ? Tout à fait possible. Au moment de cette conversation, la maison en question se trouvait à moins de dix kilomètres.

« Il faut la retrouver, avait-elle poursuivi. Elle était bonne. Tu l'as écrite à une époque où tu étais bon d'une manière dont tu n'avais même pas conscience. » Il y eut un silence. « Tu es toujours là ?

– Ouais.

– Je m'en rends toujours compte, quand je te dis des trucs qui ne te plaisent pas, reprit-elle malicieusement, parce que ce sont les seuls moments où tu la fermes. Tu deviens tout songeur.

– Je ne suis pas songeur.

– Que tu dis, que tu dis. » Elle lui avait alors sorti ce qui avait été peut-être le plus important. Depuis, il avait touché plus de vingt millions de dollars en droits d'auteur, engendrés par le souvenir revenu par hasard à l'esprit de Terry, le souvenir d'une histoire qu'il avait un jour inventée pour endormir son garnement de neveu, et des milliardions de livres racontant les stupides aventures de Kitty-Cat s'étaient vendus de par le monde : pourtant, la réplique suivante de son ex-femme lui avait paru plus importante que le fric et les bouquins. Et elle le lui paraissait toujours. Sans doute avait-elle parlé de son ton ordinaire, mais il avait conservé les mots au fond de son cœur comme ceux de la prophétesse sur son trépied delphique.

« Il faut que tu reviennes en arrière, avait dit Terry Alvey.

– Hein ? » avait-il demandé après avoir repris sa respiration. Il n'avait pas voulu qu'elle soupçonne à quel point elle venait de l'ébranler. Il n'avait pas voulu qu'elle se doute de l'empire qu'elle exerçait encore sur lui, même après tant d'années. « Qu'est-ce que tu veux dire ?

– Que tu retournes à l'époque où tu te sentais bon. Où tu étais bon. Ce type, je m'en souviens. Il était pas si mal. Pas parfait, mais bien.

– On peut pas retourner dans le ventre de sa mère, Terry. T'étais sans doute en congé maladie le jour où on a parlé de Thomas Wolfe dans ton cours de littérature américaine.

– Oh, te fatigue pas. On se connaît depuis trop longtemps pour faire de la psychologie de salon. Tu es né dans le Connecticut, tu as grandi dans le Connecticut, tu as connu le succès au Connecticut, et tu es devenu une épave, alcoolique et droguée, dans le Connecticut. Tu n'as pas besoin de retourner dans le ventre de ta mère, mais de le quitter.

– Dans ce cas, il ne s'agit pas d'un retour en arrière, mais d'une cure géographique, comme on dit aux Alcooliques Anonymes. Ça ne marche pas.

– C'est dans ta tête qu'il faut revenir en arrière, répondit-elle avec patience, comme si elle s'adressait à un enfant. Ton organisme a besoin de marcher sur un nouveau sol, à mon avis. En outre, tu ne bois plus, tu ne te drogues plus… n'est-ce pas ?

– Non. Enfin, si. Aux héroïnes.

– Ha-ha.

– Et d'après toi, où devrais-je aller ?

– Dans le dernier coin qui pourrait te venir à l'esprit, avait-elle répliqué sans hésiter. Dans le coin le plus improbable de la planète. Akron ou l'Afghanistan, aucune différence. »

Ce coup de téléphone avait fait la fortune de Terry, car il avait partagé tous ses droits d'auteur avec elle, jusqu'au dernier cent. Et l'avait conduit ici. Non pas à

Akron mais à Wentworth, la ville de la bonne humeur. Un endroit où il n'avait jamais mis les pieds auparavant. Il était tombé dessus en fermant les yeux et en enfonçant une punaise dans la carte des États-Unis. Terry avait eu raison, en dépit de la réaction horrifiée de Bill Harris. Ce qu'il avait au début considéré comme une sorte d'année sabbatique s'était…

Perdu dans sa rêverie, il heurta de plein fouet le dos de Jim Reed. Les garçons s'étaient arrêtés au bord du sentier. Jim tenait l'arme levée et indiquait la direction du sud, pâle, le visage fermé.

« Qu'est-ce que… », commença Johnny, mais Dave lui mit la main sur la bouche avant qu'il ait pu en dire davantage.

5

Il y eut un coup de feu, puis un cri. Comme si le cri avait été un signal, Marielle Soderson ouvrit les yeux, arqua le dos et poussa un long gémissement guttural, peut-être une tentative pour parler, et se mit à trembler de tout son corps tandis que ses pieds martelaient le sol.

« Docteur ! lança Cynthia, se précipitant vers Marielle, Docteur ! »

Gary arriva le premier. Il trébucha en franchissant le seuil de la cuisine et serait tombé à genoux sur le ventre de sa femme si Cynthia ne l'avait pas poussé en arrière. L'odeur du sherry l'entourait d'un nuage douceâtre.

« Qu'essispass' ? demanda-t-il. Qu'esséla, ma femm' ? »

Marielle donnait des coups de tête à droite, à gauche, contre la cloison. La photo de Daisy, le corgi qui savait faire des additions, se décrocha et lui tomba sur la poitrine. Heureusement, le verre ne se brisa pas. Cynthia prit le cadre et le jeta plus loin. Elle vit alors que le pansement, sur le chicot de bras de la femme, se teintait de rouge. Les points – quelques-uns, au moins – avaient lâché.

« Docteur ! » hurla-t-elle, cette fois.

Billingsley se tenait près de la porte, observant ce qui se passait dehors, presque hypnotisé par les transformations qui se produisaient encore. Des feulements montaient du bois, suivis de cris, de coups de feu. Au moins deux. Au moment où le vieux véto arriva, Gary regarda dans cette direction, clignant des yeux comme un hibou. « Qu'essispass' ? » répéta-t-il.

Marielle arrêta de frissonner. Les doigts de la main qui lui restaient bougèrent, comme si elle voulait les faire claquer, puis s'immobilisèrent à leur tour. Une larme unique coula de son œil gauche. Toubib lui prit le poignet et lui tâta le pouls, regardant Cynthia avec une sorte d'intensité désespérée. « Je crois que si vous avez l'intention de retourner travailler au E-Z Stop, faudra échanger votre blouse de travail contre une robe de bal, dit-il. Le magasin est un saloon, maintenant. Le Lady Day.

– Elle est morte ?

– Oui, répondit Billingsley en reposant la main de Marielle. De toute façon, je crois que les carottes étaient déjà cuites pour elle il y a un quart d'heure.

C'était d'une unité de soins intensifs dont elle avait besoin, pas d'un ancien vétérinaire ayant la tremblote. »

Nouveaux hurlements, nouveaux beuglements. Quelqu'un criait quelque chose, hurlait en pleurant : *Tu aurais dû l'arrêter, tu aurais dû l'arrêter.* Cynthia fut soudain prise d'une certitude : Steve, un type qu'elle commençait à trouver sympathique, était mort. Les tireurs étaient là-bas et l'avaient abattu.

« Qu'essispass' ? » demanda Gary pour la troisième fois. Ni le vieux véto ni la jeune fille ne lui répondirent. Il avait beau s'être trouvé là, agenouillé dans l'encadrement de la porte, au moment où Billingsley avait déclaré que sa femme était morte, il ne parut en prendre conscience que lorsque Toubib s'empara de la vieille couverture en velours de son canapé pour l'étendre sur elle. Ivre ou pas, à cet instant, il comprit. Son visage se mit à tressaillir. Il passa la main sous la couverture, trouva celle de sa femme, la sortit et l'embrassa. Puis il la porta à sa joue et se mit à pleurer.

6

Lorsque Jim Reed vit des silhouettes qui se dirigeaient rapidement vers lui sur le sentier, toute son excitation disparut, et la terreur emplit l'espace soudain vacant. Pour la première fois, il lui vint à l'esprit que la décision de venir ici n'avait peut-être pas été très sensée.

Si tu vois des étrangers dans le bois, reviens tout de suite, avait dit sa maman. Mais voilà, il avait les pieds cloués au sol. Il était pétrifié sur place. Il y eut alors un grondement horrible dans le sous-bois, le rugissement d'un animal, et il paniqua. Il ne vit pas Collie Entragian et Steve Ames quand ils firent leur apparition ; il vit les tueurs, les tueurs qui avaient quitté leurs vans pour infiltrer le bois. Il n'entendit pas le cri étouffé de Johnny, ni ne le vit qui se débattait pour se libérer de la prise de son frère.

« Tire, Jimmy ! s'égosilla Dave d'une voix de fausset affolée, chevrotante. Tire, bordel de Dieu, c'est eux ! »

Jim fit feu et celui de gauche s'effondra, portant les mains à sa tête dont le sommet, arraché, devint un magma de sang, de cheveux et d'éclats d'os. Le fusil que l'homme tenait tomba sur le côté du sentier. Le sang gicla entre ses doigts et lui recouvrit le visage.

« L'autre ! Descends l'autre ! Descends-le avant qu'il tire !

– Non ! Ne tirez pas ! implora le deuxième type, tendant les mains devant lui ; dans l'une d'elles, il tenait un fusil. Je vous en prie, ne tirez pas ! »

L'adolescent allait cependant le faire, allait le tuer. Il braqua son revolver sur l'homme, se rendant à peine compte qu'il l'abreuvait en même temps d'injures du genre *branleur, salopard, enculé*. Il ne désirait qu'une chose, le tuer et retourner auprès de sa mère. Avec Dave. Ils avaient commis une terrible erreur en s'aventurant ici.

7

Johnny enfonça brutalement les deux coudes dans l'estomac de Dave ; celui-ci était musclé et entraîné, mais il ne s'y attendait pas. L'adolescent laissa échapper un *ouf!* surpris et Johnny s'arracha à ses mains. Avant que Jim ait eu le temps de faire de nouveau feu, l'écrivain lui avait saisi le bras, qu'il tordit sauvagement. Le garçon poussa un cri de douleur, sa main s'ouvrit et le revolver de David Carver tomba au sol.

« Qu'est-ce que vous faites ? hurla Dave. Il va nous tuer ! Vous êtes cinglé !

– Ton frère vient juste de descendre Collie Entragian, un de nos voisins, alors qui c'est, le cinglé ? » répliqua Johnny. Oui, c'était ce que venait de faire le garçon. Mais la faute à qui ? C'était lui l'adulte, ici. Il aurait dû reprendre le revolver dès l'instant où ils s'étaient retrouvés hors de vue et de portée de voix de Cammie Reed, loin de ses yeux fanatisés et de ses ordres péremptoires. Il aurait pu le reprendre ; pourquoi ne l'avait-il pas fait ?

« Non, murmura Jim, se tournant vers lui, secouant la tête. Non ! » Ses yeux, cependant, disaient qu'il savait déjà ; ils étaient énormes et se remplissaient de larmes.

« Mais qu'est-ce qu'il foutait ici ? demanda Dave. Pourquoi il ne nous a pas avertis, bon D… »

Le feulement, qui n'avait jamais complètement cessé, reprit de plus belle dans l'air chaud et rouge, se transformant très vite en un vrai rugissement. L'homme qui était toujours debout – le type du bahut de location – se tourna et leva instinctivement les mains. Le fusil qu'il tenait était tout petit, et il n'avait peut-être pas tort de l'utiliser de cette manière, se protégeant le cou avec au lieu de le pointer.

C'est alors que la créature qui les avait poursuivis sur le sentier bondit des fourrés. La capacité de Johnny à penser de manière cohérente et rationnelle se retrouva au point mort quand il la vit : il ne pouvait qu'écarquiller les yeux. Sa capacité à tout voir et tout enregistrer, en revanche (plutôt une malédiction que le contraire, à vrai dire), ne s'était jamais arrêtée auparavant, et ne s'arrêta pas.

Une créature de cauchemar, avec une fourrure de couleur fauve, des yeux verts plantés de travers, et une gueule hérissée de crocs orange. Pas un tigre, mais un félin monstrueux, tout mal foutu. Il bondit, broyant la crosse du Mossberg tendu vers lui de ses griffes énormes et l'arrachant aux mains qui s'y agrippaient. Puis, sans cesser de rugir, il se jeta à la gorge de Steve.

Journal d'Audrey Wyler :

12 juin 1995

J'ai eu de nouveau ce rêve éveillé. Si c'est bien de cela qu'il s'agit. Pour la troisième ou la quatrième fois, mais la première, il me semble, depuis que je tiens ce journal. Il paraît toujours se produire quand les choses ne se passent pas bien, ici, et il faut dire que c'est rarement qu'elles se passent bien, Seigneur !

Herb a pris sa douche avec Seth ce matin (c'est un gain de temps appréciable), et quand ils sont descendus, Seth boudait et Herb avait un œil au beurre noir. Je n'ai pas eu besoin de lui demander pourquoi. Seth l'avait obligé à se frapper lui-même, évidemment, comme il l'avait obligé à se tordre la lèvre l'autre jour en découvrant que son foutu jouet avait disparu. J'ai regardé Herb et il m'a fait un petit signe de tête, pour me signifier de ne rien dire. Ce que j'ai fait. J'ai découvert qu'on peut toujours se consoler avec quelque chose : dans ce cas, en se disant que Seth s'était contenté de ce seul coup de poing – bien entendu, il ne s'agit pas de Seth, mais du petit garçon à la démarche raide, l'Échassier. Seth aime bien observer Herb pendant qu'il se rase, le matin. L'Échassier aurait tout aussi bien pu lui faire se couper la gorge avec son Bic jetable, je suppose. Cela me fait peur, d'écrire des choses pareilles, mais il vaut mieux qu'elles soient sur la page que dans la réalité. Un peu comme lorsqu'on débarrasse une plaie des parties infectées.

L'Échassier a commencé à faire des siennes avant

même que j'aie dressé la table du petit déjeuner. Je le sais toujours, quand il prend la place de Seth, car ses yeux, de bruns, deviennent presque noirs. « Où est mon Dream Floater ? »

Je lui ai répondu qu'on ne l'avait pas retrouvé, mais que ça n'allait pas tarder.

Il s'est alors mis à hurler à pleins poumons, et Herb a grimacé, mais pas moi. Au moins, quand il crie, il ne fiche pas les objets en l'air. « Je veux mon putain de Dream Floater !

– Ne jure pas comme ça devant ta tante ! » a dit Herb. Et là, j'ai eu peur quand j'ai vu le regard que lui a lancé l'Échassier, j'ai eu très peur, mais Herb l'a soutenu sans flancher. Il est tellement courageux ! Sans fanfaronner, sans faire d'histoires. Et c'est finalement l'Échassier qui a baissé les yeux.

« Je veux mon Dream Floater, a-t-il alors marmonné de cette voix boudeuse que je déteste tant. Je veux mon Dream Floater, trouvez-le ! »

Je lui ai préparé du pain grillé – il aime ça, d'habitude –, mais il n'a pas voulu manger. Il est allé de son pas raide vers l'alcôve. J'ai entendu le magnétoscope se rembobiner, et un des feuilletons MotoKops *a commencé. Il en a quatre ou cinq, comprenant chacun une douzaine d'épisodes. J'en suis venue à haïr ces voix de dessin animé, en particulier celle de Cassie. J'ai parfois envie que Sans-Visage la tue et jette son corps décapité quelque part dans un fossé. Dieu me pardonne, je voulais plaisanter, mais ce n'est pas drôle.*

Lorsque ça s'est mis à caqueter (il monte toujours le son, ce qui est parfois pratique), j'ai demandé à Herb comment il allait expliquer son œil au beurre noir à ses collègues de travail. Il a pris sa voix de fausset, a battu des paupières et m'a répondu : « Je leur dirai que je suis rentré dans une porte, ma chérie. » Lui aussi essayait de plaisanter, mais c'est tombé à plat.

Il ne s'est pas mis à jeter des objets comme quand Herb avait proposé qu'on achète un autre VACE, *mais j'aurais presque préféré ; non, aujourd'hui, il s'est contenté de passer d'une pièce à l'autre de sa démarche d'échassier, le regard noir, la lèvre boudeuse, toujours à la recherche de son jouet. C'était pire. Il allait parfois regarder la télé, mais même* Bonanza *ne le retenait pas longtemps. J'ai essayé de le faire parler, en vain. Et ce qu'il y a… ah, j'aimerais savoir mieux écrire, de manière à ce qu'un éventuel lecteur (il n'y en aura probablement jamais) puisse comprendre… C'est comme s'il – l'Échassier – engendrait une sorte d'électricité* venimeuse *quand il est fâché. On dirait qu'elle émane de son corps comme une araignée qui tisserait un fil électrique ou comme un cumulus qui lancerait des éclairs. La tension monte, monte, jusqu'au moment où l'on n'a plus qu'une envie : courir dans tous les sens et se taper la tête contre les murs. C'est une chose bien réelle, pas mentale, physique. On se met à suer (une sueur qui pue, comme quand on a la fièvre), on a les muscles qui tremblent, la bouche desséchée. Je vais écrire quelque chose que je n'ai jamais dit à Herb : parfois, quand Seth est comme ça, je vais m'enfermer dans la salle de bains et je me masturbe comme une folle. C'est la seule chose qui semble faire diminuer un peu la pression. Les orgasmes sont si violents que j'en suis effrayée. De vraies explosions de dynamite !*

J'ai déjà vécu tout cela quand l'Échassier qui est en Seth était fâché pour une raison ou pour une autre, mais jamais ça n'avait duré aussi longtemps ni atteint un tel degré. Au milieu de l'après-midi, on aurait dit que la maison était bourrée de gaz et n'attendait plus qu'une chose, que l'on craque une allumette. J'étais dans la cuisine, marchant sans but, la tête tellement douloureuse que j'en avais des élancements dans les globes oculaires ; en plus, j'avais constamment envie de sourire. Je ne sais pas pourquoi, car tout cela n'avait rien de drôle, mais plus j'avais mal à la tête et aux yeux, plus je sentais l'atmosphère de la maison peser sur moi et plus j'avais envie de sourire. Bon Dieu !

Je me suis avancée jusqu'à l'évier et j'ai regardé par la fenêtre. Seth était assis dans son bac à sable, jouant avec ses autres VACES. *Si seulement quelqu'un d'autre que moi avait pu observer comment il jouait, je suis sûre qu'il se serait retrouvé dans un centre spécialisé avant la fin du jour, un endroit où l'on s'occupe des enfants exceptionnels.*

Les VACES *ont des ailes escamotables mais évidemment, ils ne peuvent pas voler. Sauf avec Seth. Il était assis dans le sable, les mains sur les cuisses, et ils tournaient autour de sa tête, plongeant et se redressant les uns derrière les autres, Tracker Arrow, Rooty-Toot, Meatwagon et tous les autres, effectuant des tonneaux et des loopings, venant faire un* touch-and-go *sur la piste d'atterrissage qu'il avait aménagée dans le bac, partant parfois en formation vers la balançoire, passant sous le siège comme des as de l'acrobatie aérienne, avant de virer sur l'aile et de revenir. Des jouets de gosse, aux couleurs éclatantes – missions de vol dans une arrière-cour. Je sais qu'on me croira folle, mais je jure devant Dieu que c'est vrai. Parfois il fonce en piqué sur Hannibal, le chien des voisins, qui prend la poudre d'escampette, la queue entre les jambes. Herb l'a vu, lui aussi.*

Si d'autres gosses voyaient les VACES *des MotoKops faire toutes ces pirouettes, ils pousseraient des cris, applaudi-*

raient, riraient, mais pas l'Échassier. Il se contente de rester assis, la bouche en cul de poule, et de froncer les sourcils.

Seth regardait les jouets et moi je le regardais, sentant la chose qui est en lui se diffuser en ondes, remplissant l'air comme un bourdonnement qu'on aurait avant tout dans la tête. Je me sentais prête à jaillir hors de ma peau, prête à piquer ma crise. Et c'est alors, tout d'un coup, que je me suis retrouvée dans le rêve éveillé. Il est absolument merveilleux, et si je parle de rêve éveillé, c'est faute de mieux, car j'ai une impression de totale réalité. Je revis un après-midi passé avec mon amie Jan au Mohonk Mountain House dans les Catskill, en 1982, alors que nous n'étions mariées ni l'une ni l'autre. Nous avons parlé pendant je ne sais combien de temps, elle surtout de cette espèce d'énergumène pas net dont elle était folle à l'époque, moi de l'envie que j'avais de prendre trois mois de vacances après les examens, pour visiter le pays.

C'est tellement beau ici, à Mohonk, tellement paisible... Nous pique-niquons. L'air est tiède. Jan est resplendissante, et je me sens dans le même état. Je sais que ce n'est pas réel, et qu'il faudra que je revienne au milieu de tout ce bazar, mais pendant le temps que je suis là-bas, rien d'autre ne compte. Nous parlons, toutes les deux, le soleil m'échauffe la figure, je sens l'odeur des fleurs. C'est merveilleux. J'ignore ce que c'est et pour quelle raison cela se produit, mais c'est un antidote aux crises de rage que pique l'Échassier, c'est encore mieux que de se faire reluire huit fois de suite dans la salle de bains. Je me demande si Seth a quelque chose à voir avec ça.

J'aimerais bien que Herb ait aussi un refuge semblable ; je ne crois pas que ce soit le cas, hélas ! Ses blagues idiotes sont ce qui s'en approche le plus, le pauvre. J'aimerais pouvoir lui parler de mon coin, l'y emmener, même, mais ce ne serait sans doute pas judicieux. J'ai l'impression que l'Échassier détecte plus de choses chez Herb que chez moi. Et Herb paraît si fatigué… C'est injuste qu'il nous arrive une chose pareille, mais c'est encore plus horriblement injuste pour Herb.

13 juin 1995

Le Dream Floater est de retour. À l'instant. Je ne sais si je dois avoir peur ou me sentir soulagée.

Je suis soulagée, certes, n'importe qui le serait à ma place. J'ai l'impression de vivre dans un camp de concentration, depuis samedi dernier ; mais ensuite ? Comment l'Échassier va-t-il réagir ? Grâce au Ciel, il faisait la sieste quand on a sonné à la porte et grâce à Dieu, Herb était au travail, car l'Échassier espionne parfois l'esprit de Herb, je le sais. Je ne crois pas qu'il puisse en faire autant avec moi, sauf si je m'y prête ou si je ne suis pas préparée.

Fichtre ! Je viens de relire ce qui précède, et c'est absolument délirant. Je vais respirer un bon coup et tout reprendre depuis le commencement. Je devrais avoir le temps. Seth n'a pas bien dormi depuis vendredi soir, et si j'ai un peu de chance, sa sieste se prolongera bien jusqu'à quatre heures et demie, ce qui me laisse au moins une heure.

Vers trois heures, pendant que je passais l'aspirateur, on a frappé à la porte de la cuisine. C'était M. Hobart, du bas de la rue, et son fils, un rouquin grassouillet avec des verres en cul de bouteille et une peau flasque. Assez répugnant à voir, pour tout dire. Le gosse tenait un Dream Floater à la main – celui de Seth, sans aucun doute. Je n'avais même pas besoin de voir la lumière de queue cassée et les rayures du côté du pilote pour le savoir. J'en restai baba. J'ai essayé de dire quelque chose, mais impossible, j'avais la gorge nouée. D'ailleurs, je ne sais pas ce qu'il en serait sorti si j'avais pu parler !

Il fait chaud, aujourd'hui, pas loin de trente degrés, mais William Hobart était habillé comme un diacre (ce qu'il est certainement), costume et souliers noirs. Son fils portait la version junior de la même tenue et reniflait. Il avait une belle ecchymose à la joue. Je suis prête à parier mes économies que c'était la gifle que lui avait flanquée son père.

Mon impossibilité à m'exprimer était sans importance : Hobart avait son scénario tout prêt. « Mon fils Hugh a quelque chose à vous dire, madame Wyler », a-t-il dit en regardant le gamin comme s'il ajoutait : Allez, c'est à toi et pas de conneries, hein ?

Reniflant plus fort que jamais, Hugh m'avoua qu'il avait écouté la voix tentatrice de Satan et volé le jouet de Seth. Il parlait très vite, pleurant de plus en plus au fur et à mesure. Il finit en disant : « Vous pouvez aller à la police et je dirai tout. Vous pouvez me fouetter, ou mon père me fouettera. » Il avait récité ça comme un robot. C'était une chance que je sois aussi désarçonnée ; sinon, j'aurais sans doute éclaté de rire. Ils n'avaient pourtant rien de comiques, tous les deux, dans leur tenue de croque-mort, l'air contrit et confit en dévotion. Ils me faisaient davantage peur (le père, surtout) que Seth la plupart du temps.

J'avais peur pour eux, aussi.

« Je suis tout à fait désolé, continua à réciter le fils de sa voix mécanique. J'ai demandé à mon père de me pardon-

ner, j'ai demandé à Jésus de me pardonner, et maintenant je vous demande de me pardonner.»

Je m'étais suffisamment ressaisie et pus lui reprendre le VACE, *mais j'étais encore tellement tendue que je faillis me le faire tomber sur les pieds; je lui dis qu'il n'y avait nul besoin qu'il soit fouetté.*

«Hugh voudrait aussi présenter ses excuses à votre fils», intervint alors Hobart. Il avait tout d'un Moïse qui serait passé se faire couper la barbe et les cheveux chez un coiffeur – si l'on peut imaginer Moïse habillé en costume trois-pièces de Monoprix. Mais, après avoir vu tout ce que j'ai vu depuis trois mois, je suis capable d'imaginer n'importe quoi. Ce qui ne fait que contribuer à mes ennuis. «Si vous voulez bien nous conduire jusqu'à lui, madame Wyler.»

Et voilà-t'y pas que ce pignouf, ce tartufe, commence à vouloir entrer! Je l'ai vertement repoussé, je peux vous le dire! (j'ai d'ailleurs encore une fois failli lâcher le jouet). La dernière chose que je souhaitais était une confrontation entre ce gros lard de voleur et l'Échassier. Je n'avais qu'une envie, qu'ils décampent de chez moi, et vite. Avant que leurs voix ou leurs vibrations émotionnelles (car s'il ne pleurait pas, Hobart père était aussi énervé que Hobart fils, sinon davantage) ne le réveillent.

«Seth n'est pas mon fils, mais mon neveu, et il fait la sieste, en ce moment.

– Très bien, a répondu Hobart avec un petit geste raide de la tête, nous reviendrons plus tard. Ce soir vous convient-il? Sinon, je ramènerai Hugh demain après-midi. Je peux difficilement me permettre de perdre une nouvelle demi-journée – je travaille au moulin à bocard de Ten Mile, voyez-vous – mais les affaires de Dieu doivent toujours passer avant celles des hommes.»

Il parlait d'une voix de plus en plus forte, comme semblent toujours le faire les types dans son genre, incapables qu'ils sont de vous dire qu'il leur faut aller aux chiottes sans vous faire tout un sermon. Je commençais à avoir très peur que Seth ne se réveille. Et pendant ce temps – je jure que c'est vrai –, l'autre morpion regardait partout autour de lui, comme pour voir s'il n'y aurait pas autre chose à piquer. Je me dis qu'un jour il faudra bien que le petit Hughie aille s'allonger sur le canapé d'un psy, mais voilà : les gens comme les Hobart ne croient pas aux psys.

Je les poussai dehors et les conduisis jusqu'en bas de l'allée, faut dire que j'étais remontée. Le gosse n'arrêtait pas de me demander : Vous me pardonnez ? Vous me pardonnez ? *comme un disque rayé. Le temps de rejoindre le trottoir, j'avais compris que j'étais furieuse contre les deux. Pas seulement à cause de l'enfer que le vol nous avait fait vivre, mais parce qu'ils se comportaient comme si j'étais responsable de l'âme immortelle de ce petit morveux kleptomane. Sans compter que je n'avais pas oublié la manière dont ses yeux fouinaient partout, pour savoir ce qu'il y avait chez nous qui ne se trouvait pas chez lui.*

Je suis à peu près certaine, sinon tout à fait, que la plus grande partie des « étranges pouvoirs » de Seth ont une très courte portée, comme les radioémetteurs qui ouvrent les portes de garage. Si bien qu'une fois à hauteur de la rue, je me suis sentie assez en sécurité (sécurité toute relative, cependant) pour demander ce qui avait bien pu pousser Hugh Hobart à piquer le jouet.

Père et fils* *échangèrent un regard. Un regard curieux, mal à l'aise, et je me suis rendu compte que si ni l'un ni*

* En français dans le texte *(N.d.T.)*.

l'autre ne voyaient d'inconvénient à aller voir les flics ou à l'idée d'une petite correction, parler du vol lui-même ne leur plaisait pas. Pas du tout. Pas étonnant que les fondamentalistes haïssent autant les catholiques. La seule idée d'aller se confesser doit leur dessécher les couilles.

Néanmoins je les avais coincés, et ils finirent par tout avouer. C'est surtout William qui parla ; le gosse avait déjà décidé que je ne lui étais pas sympathique. Ses yeux s'étaient rétrécis et il avait arrêté de chialer.

J'aurais pu deviner toute seule les grandes lignes de l'affaire. Les Hobart appartiennent à la Zion's Covenant Baptist Church, et l'une de leurs activités, en tant que membres de l'Église, consiste à « répandre la bonne parole ». Ce qui signifie qu'ils déposent des prospectus comme celui que Herb avait trouvé coincé au milieu des bouteilles de lait – et qui promettait un million d'années en enfer sans une goutte d'eau. William et Hugh le faisaient ensemble, un truc père-et-fils comme d'autres font de la bicyclette ou du football. Ils procèdent à leur distribution surtout dans les maisons qui leur paraissent temporairement inoccupées, désirant « répandre la bonne parole et planter la graine, mais ne pas s'engager dans un débat » (selon la propre formule de Hobart). Ou encore, ils coincent leurs missives d'amour sous les essuie-glaces des autos garées dans la rue.

Ils avaient dû passer chez nous juste après que nous étions partis manger une glace chez Milly's. Hugh avait remonté l'allée en courant, coincé le prospectus sous la boîte à lait et aperçu le Dream Floater là où Seth l'avait abandonné. Plus tard, son père avait décidé que la distribution était terminée, mais avant notre retour, Hugh s'était mis à flâner dans la rue et… avait succombé à la toujours populaire VTS (la voix tentatrice de Satan). Sa mère avait trouvé le jouet hier, lundi, pendant que Hugh était à l'école et qu'elle faisait sa chambre. Ils avaient tenu un « conseil de famille » la veille au soir, puis appelé leur pasteur pour prendre conseil, prononcé une petite prière téléphonique, et enfin débarqué ici.

Les dessous de l'histoire révélés, le gamin se remit à entonner sa litanie : Est-ce que vous me pardonnez ? *À la deuxième reprise, je lui dis d'arrêter.*

Il me regarda comme si je l'avais giflé et le visage de son père se pétrifia. Je m'en foutais. Je me baissai de manière à voir directement dans les petits yeux de cochon du môme. Pas faciles à distinguer, d'ailleurs, à cause des pellicules et des taches graisseuses qui constellaient ses lunettes.

« Le pardon, dis-je, est une affaire entre toi et ton Dieu. Quant à moi, je garderai le silence sur ce que tu as fait, et je conseillerais à la famille Hobart d'en faire autant. » Je suis bien tranquille qu'ils la fermeront, il n'y a qu'à voir l'ecchymose sur la joue de Hugh. J'ignore tout de la réaction de sa mère, mais ce qu'il a fait a complètement démoli son père.

Hugh a reculé d'un pas, et je voyais à son expression qu'il n'avait pas prévu que les choses prendraient cette tournure. De ce fait, il me haïssait. Très bien. Je ne l'aime pas trop, moi non plus. Pas surprenant, après le charmant week-end qu'il nous a fait passer, non ?

« Nous allons vous laisser, madame Wyler, si vous avez terminé, dit Hobart père. Hugh doit se retirer pour une longue oraison dans sa chambre. À genoux.

– Non, je n'ai pas terminé. Pas tout à fait. » C'était le garçon que je regardais, pas le père. Je crois que j'essayais de voir si, au-delà de la haine, de la honte et de la tartuferie, il n'existait tout de même pas un vrai petit garçon. En vain.

« Hugh, dis-je, tu sais que les gens ne doivent demander pardon que s'ils ont fait quelque chose de mal, n'est-ce pas ? »

Il a fait oui de la tête, prudemment, comme s'il était interrogé devant un tribunal par un avocat et soupçonnait un piège quelque part.

« Tu sais donc que c'était mal de voler le jouet de Seth. »

Il hocha de nouveau la tête, encore plus à contrecœur. Il en était à se cacher presque complètement derrière la jambe de son père, comme s'il avait eu trois ans et non huit ou neuf.

« Je ne pense pas qu'il soit nécessaire de gronder davantage mon fils, madame Wyler. » Ah, l'hypocrite ! Il acceptait l'idée que je flanque la fessée à son rejeton, mais si je demandais au gosse d'admettre à haute voix qu'il avait mal agi, c'était tout d'un coup le molester ! Il doit y avoir une leçon à tirer de cela, mais que je sois pendue si je sais laquelle.

« Je ne le gronde pas, mais je veux vous faire savoir que ces trois derniers jours ont été particulièrement pénibles pour nous. » C'était au père que je répondais, mais au fils que je m'adressais, en réalité. « Seth adore particulièrement son Dream Floater. Alors voici ce que je veux, Hugh. Tu vas me dire que ce que tu as fait était mal, que tu as eu tort et que tu es désolé. Et l'affaire sera réglée. »

Le gosse me foudroya de ses yeux porcins, et si un regard pouvait tuer, je ne serais pas en train d'écrire cette histoire. Si j'avais peur ? Enfin, voyons ! Question gosses enragés, je vis avec un môme classé hors concours.

« Est-ce bien nécessaire, madame Wyler ? demanda Hobart.

– Oui, monsieur. Davantage pour votre fils que pour moi.

– Je dois le dire, papa ? » demanda-t-il, geignard. Et

toujours son regard rayon de la mort, derrière ses lunettes encrassées.

« Vas-y. Dis ce qu'on veut t'entendre dire. Les potions amères sont plus faciles à avaler en une seule fois. » Il tapota son fiston sur l'épaule, comme pour dire : Oui, je sais, elle est vache, une vraie salope, mais il faut en passer par là.

« C'était-mal-j'ai-eu-tort-je-suis-désolé », récita le gosse, comme s'il lisait le téléprompteur, et sans cesser de me foudroyer du regard : finis, la larme à l'œil et les reniflements. Je me tournai vers le père et vis qu'il affichait la même expression. Ils ne s'étaient jamais autant ressemblés. Les gens sont incroyables. Ils se ramènent tous les deux, terrifiés mais plus ou moins exaltés à l'idée de se faire crucifier, comme leur patron. Au lieu de cela, je me contente de faire admettre au gosse ce qu'il est, et ça les blesse, et ils me haïssent.

L'important, toutefois, c'est que le Dream Floater soit revenu et que les Hobart ne parleront pas. La honte est parfois le meilleur des bâillons. Il faut que je trouve un truc à dire à Seth et à Herb. La vérité serait trop dangereuse.

Bruits de pas au premier. Il est debout et va aux toilettes. Je vous en prie, mon Dieu, faites que j'aie raison et qu'il ne soit pas capable de lire dans mes pensées…

Plus tard

Grand soupir de soulagement. Et peut-être puis-je aussi me voter des félicitations. La crise du Dream Floater me semble derrière nous, et on ne s'en tire pas trop mal : juste quelques assiettes et surtout mes chers Waterford brisés. Seth et Herb dorment tous les deux. J'ai l'intention d'aller me coucher dès que j'aurai écrit un peu dans ce journal (en tenir un dans des circonstances pareilles est peut-être dangereux, mais Seigneur, comme ça fait du bien!) ; après quoi je le remettrai à sa place sur le haut du placard, dans la cuisine.

Ce fut finalement une chance que Seth se soit levé avant que j'aie eu le temps de penser à ce que j'allais lui dire. Quand il est descendu, les yeux encore bouffis de sommeil, je lui ai simplement tendu son jouet. La manière dont son visage s'est transformé – surprise et ravissement, comme une fleur qui s'ouvre au soleil – rattrapait presque tout ce foutu cirque. Ils étaient tous les deux dans ce regard, Seth et l'Échassier. Ce dernier était simplement content d'avoir récupéré l'objet. Seth l'était pour d'autres raisons : parce qu'il savait, je crois, que l'Échassier allait maintenant nous ficher la paix. Pour quelque temps, au moins.

À une époque je pensais, en bon petit soldat, que l'Échassier n'était qu'un autre aspect de la personnalité de Seth – ce que l'on appelle le « ça » dans la théorie freudienne – mais je n'en suis plus autant convaincue. Je ne cesse de penser à ce voyage vers l'ouest qu'ont fait les Garin et qui s'est terminé par la mort de toute la famille sauf Seth ; puis je pense à ce que nous avait dit notre père, à Bill puis plus tard à moi, avant que nous allions passer notre permis de conduire. Il y avait trois choses que nous ne devions jamais faire : rouler avec des pneus insuffisamment gonflés, conduire en état d'ivresse et prendre des auto-stoppeurs.

Bill aurait-il ramassé sans le savoir un auto-stoppeur dans le désert ? Un auto-stoppeur qui continuerait son chemin dans la tête de Seth ? Hypothèse insensée, je l'admets ; certes, j'ai remarqué que c'est tard le soir, quand la maison est silencieuse et que tout le monde dort, que me viennent la plupart de ces idées insensées, mais insensées ne veut pas forcément dire fausses.

Bref, n'ayant pas le temps d'élaborer un mensonge vraisemblable, je suis allée au plus simple : j'ai expliqué que je l'avais trouvé à la cave, en allant voir s'il restait des sacs à poussière pour l'aspirateur. Nous y avions déjà fait des recherches, bien entendu, et j'ai dit qu'il était tout au fond, sous l'escalier. Seth a accepté l'explication sans poser de questions (j'ai même eu l'impression qu'il s'en fichait, tant il était content d'avoir récupéré son Dream Floater, mais c'était à l'Échassier que je m'adressais, de toute façon) ; Herb, lui, s'est demandé comment le jouet avait pu atterrir là en bas. Seth ne descend jamais au sous-sol, l'endroit lui fait peur, et Herb le sait. J'ai répondu que je l'ignorais, et – miracle – il n'a pas insisté.

Seth est resté toute la soirée dans son fauteuil préféré, le Dream Floater sur les genoux comme une petite fille tenant sa poupée favorite, à regarder la télé. Herb avait pris un film à Video Clip ; un vieux truc en noir et blanc qu'ils louent au rabais, mais il a beaucoup plu à Seth. C'est un western – bien entendu – de la fin des années cinquante. Il l'a déjà regardé deux fois.

Rory Calhoun y joue, et ça s'appelle Les Régulateurs.

19 juin 1995

J'ai l'impression que nous avons des ennuis.

William Hobart a débarqué ce matin, fou de rage. Herb était déjà parti au bureau depuis vingt minutes, grâce au Ciel, et Seth jouait dans l'arrière-cour.

« J'aimerais vous poser une question, madame Wyler. Est-ce que vous ou votre mari avez quelque chose à voir avec ce qui est arrivé à ma voiture, la nuit dernière ? Un simple

oui ou non suffira. Si la réponse est oui, autant le dire tout de suite.

– Je ne sais même pas de quoi vous voulez parler », ai-je répondu ; mon ton devait être convaincant, car il s'est un peu calmé. Je l'ai suivi jusqu'en bas de l'allée (bien contente, parce que je m'éloignais un peu plus de la cour où jouait Seth) et il m'a indiqué sa maison. Il roule dans un 4 × 4, un Explorer, je crois, un truc comme ça. Les quatre pneus étaient à plat et toutes les vitres avaient été cassées, y compris le pare-brise et la grande vitre arrière.

« Oh, mon Dieu, je suis désolée », ai-je dit. Je l'étais vraiment, mais pas pour les raisons qu'il imaginait.

« Je m'excuse pour ces accusations, dit-il, raide comme la justice. Je suppose que j'ai dû penser... avec l'histoire du jouet que Hugh a pris... que vous étiez encore en colère... » Véhicule contre véhicule, voulait-il sans doute dire, œil pour œil...

« J'ai enterré toute cette histoire, monsieur Hobart. Et de toute façon, quelles que soient les circonstances, je ne suis pas portée sur la vengeance.

– À moi la vengeance, à moi la rétribution, a dit le Seigneur.

– Tout juste », ai-je répondu. Je ne sais si c'est juste ou pas, mais j'ai eu soudain envie qu'il fiche le camp. Il me flanque la frousse.

« Ce sont sans doute des vandales, ou des ivrognes, a-t-il conclu. Personne dans le quartier n'aurait fait une chose pareille. »

J'espère qu'il s'agissait de vandales. Sincèrement. Comment cela aurait-il pu être Seth – ou l'Échassier, si l'on préfère – si ses pouvoirs n'ont qu'une très courte portée, comme je le crois ? À moins que les pouvoirs en question ne se développent. Et que son rayon d'action ne s'agrandisse.

Je n'ose pas en parler à Herb.

24 juin 1995

En descendant ce matin pour préparer le petit déjeuner, j'ai vu Jack et Cammie Reed devant chez eux, encore en robe de chambre. Je suis sortie. Il a plu dans la nuit – beaucoup – et il faisait un peu moins chaud ce matin ; un parfum d'herbe mouillée embaumait l'air.

Si l'on n'avait été samedi matin, tout le monde aurait été dans la rue, je crois. Une voiture de police stationnait devant la maison Hobart, où il y avait du verre brisé partout ; il brillait au soleil dans l'allée et jusque sur la pelouse. William et sa femme (Irene) se tenaient sur leur perron, en pyjama, et parlaient aux flics. Le petit voleur, derrière eux, suçait son pouce. Un peu grand pour ça, mais les Hobart devaient avoir eu un début de matinée pénible. Toutes les vitres paraissaient brisées, y compris celles du premier.

Cammie m'a dit que c'était arrivé vers six heures moins le quart ; elle venait de se réveiller et a entendu le vacarme. « Pas aussi fort qu'on aurait pu s'y attendre, étant donné tout ce verre, mais au bruit, on ne pouvait s'y tromper. Bizarre, non ?

– Très », ai-je répondu d'une voix qui m'a paru normale, mais je n'ai pas osé en dire davantage, de peur de me mettre à chevroter.

Elle dit qu'elle a aussitôt regardé, mais les gens qui avaient lancé les cailloux étaient déjà partis (si jamais les flics trouvent ces cailloux, je suis prête à les bouffer avec de la sauce tomate et du fromage râpé). « De toute façon, ils ont dû faire sacrément vite. Ce gros lard, a-t-elle ajouté en donnant un coup de coude à Jack, a dormi tout le temps.

– Tout d'abord la voiture, a observé Jack, et maintenant la maison… Des vandales, mon cul. Il y a quelqu'un qui en veut à Will Hobart.

– Oui, ai-je répondu, sûrement. »

Plus tard

J'ai retrouvé les pantoufles Bugs Bunny de Seth sous son lit, tout au fond. Par hasard. Je cherchais une chaussette. Elles étaient mouillées, la fourrure rose était tout aplatie, des fragments d'herbe étaient restés collés aux semelles. Il est donc sorti cette nuit. Ou tôt ce matin. Et je sais bien où il est allé, n'est-ce pas ?

Malsain… mais grâce à Dieu, son rayon d'action ne s'agrandit pas, comme je le craignais. Ce serait encore pire.

26 juin 1995

Attendu que Herb soit parti au bureau ; je ne voulais pas qu'il y aille, il était pâle et paraissait malade, mais il a dit qu'il avait un rapport important à terminer et une présentation à faire l'après-midi même. Ensuite, je suis allée parler à Seth.

Il était assis dans son bac à sable, à jouer tranquillement avec ses MotoKops, le Centre de Crise et ce que Herb appelle en plaisantant le « Ponderosa » ; il s'agit d'un ensemble ranch et corrals qu'il a trouvé dans une vente privée en mars ou avril dernier. Ce n'est évidemment pas le ranch de Bonanza*, mais la maison principale, avec ses murs en rondins, y fait un peu penser. Il y a aussi un baraquement (une partie du toit manque, sinon il est en bon état) et un certain nombre de chevaux en plastique (dont deux ou trois ont une jambe en moins). Herb l'a décroché pour deux dollars et c'est l'un des jouets préférés de Seth depuis qu'il l'a. Ce qui est amusant (et un peu étrange), c'est qu'il a très vite incorporé le ranch à ses jeux avec les MotoKops. Je suppose que c'est ce que font tous les enfants ; les frontières arbitraires ne les concernent pas, en particulier quand ils jouent, mais n'empêche, c'est un sacré mélange des genres que de voir Cassie ou Sans-Visage chevauchant un canasson à trois jambes dans le vieux corral.*

Ce n'est cependant pas cela qui me préoccupe, ce matin, croyez-moi. J'avais la frousse, le cœur qui tambourinait dans la poitrine, mais quand Seth m'a regardée, je me suis sentie un peu mieux. C'était bien lui, et non pas l'autre. Chaque fois que je contemple son doux petit visage, si pâle, je l'aime un peu plus. C'est peut-être insensé, mais c'est vrai. J'ai plus que jamais envie de le protéger, et je déteste l'autre plus que jamais.

Je lui ai demandé ce qui était arrivé aux Hobart – inutile que je continue à me faire croire qu'il ne sait pas où était passé son Dream Floater – mais il ne m'a pas répondu, restant là à me regarder fixement. Je lui ai demandé s'il était sorti en douce, samedi matin, pour aller casser toutes leurs fenêtres. Toujours pas de réponse. Puis j'ai voulu savoir ce qu'il voulait, ce qu'il fallait pour que cela s'arrête. Je pense qu'il n'avait pas envie de répondre à cette question. Puis il a dit, très clairement pour Seth : « Ils doivent démé-

nager. Ils doivent très vite déménager. Je ne pourrai pas le retenir très longtemps.

– Retenir quoi ? » Mais il a refusé d'ajouter quoi que ce soit et s'est juste retiré en lui-même. Plus tard, pour son déjeuner (Chef Boy-Ar-Dee et lait chocolaté, comme d'habitude), je suis montée m'asseoir sur mon lit pour réfléchir. Après la mort de mon frère et de sa famille, les témoins ont parlé d'un van rouge qui avait sur le toit une antenne radar ou je ne sais quel matériel de transmission. Le mystérieux van, pour reprendre l'expression des journaux.

Le Tracker Arrow est rouge, et il a une parabole sur le toit.

Je me suis dit que j'étais complètement folle, et j'ai alors pensé au Dream Floater que nous avons vu, Herb et moi, dans la cour. Il n'était certes pas réel, mais il était tout de même grandeur nature… et Seth dormait quand nous l'avons vu. Il n'opérait peut-être pas à pleine puissance.

Et si jamais l'Échassier en avait assez de simplement casser des vitres ? Et si jamais il envoyait le Tracker Arrow (ou l'un des autres VACES, *Dream Floater, Justice, Freedom) faire un petit tour chez les Hobart ?* Je ne pourrai pas le retenir très longtemps, *a dit Seth.*

27 juin 1995

Passé l'essentiel de la journée avec Jan à Mohonk. Je sais que je ne devrais pas – c'est fuir son problème tout autant que boire ou se droguer – mais j'ai du mal à résister. Comme d'habitude, nous avons parlé de nos parents et des situations gênantes que nous avons connues au lycée. Banal et merveilleux. Jusqu'à la fin. J'ai alors vu que le petit télé-

phone avait disparu, ce qui signifiait qu'il était temps de repartir, et Jan m'a dit : « Tu sais où il puise l'énergie pour s'en prendre aux Hobart, n'est-ce pas, Audrey ? »

Bien entendu que je le sais : chez Herb. Il le vide comme un vampire vide quelqu'un de son sang. Et je crois que Herb le sait aussi.

28 juin 1995

Tard ce matin, j'étais en train de faire la liste des commissions à la table de la cuisine, quand j'entends le hululement d'une sirène d'ambulance. Je suis arrivée à temps sur le perron pour la voir s'arrêter devant chez les Hobart, gyrophare allumé. Les types en blanc se sont précipités à l'intérieur de la maison. Je suis moi aussi rentrée à toute vitesse – au pas de course, en vérité – pour voir, depuis la fenêtre de la cuisine, ce que Seth faisait dans l'arrière-cour. Il n'y était plus. Les VACES *s'alignaient dans le bac à sable, rangés en épi comme il les laisse toujours quand il arrête de jouer, le Ponderosa impeccable avec tous les chevaux dans le corral, le Centre de Crise posé à côté de la balançoire… mais pas de Seth. Je mentirais si j'écrivais que j'étais étonnée.*

Le temps de revenir sur le devant de la maison, tout le monde était sur le pas de sa porte ou dans la rue, tourné dans la direction de la maison Hobart. Dave et Jim Reed se tenaient dans l'allée, et je leur ai demandé s'ils n'avaient pas vu Seth.

« Il est là-bas », me répondit Dave, avec un geste en direction du E-Z Stop. Il se tenait à côté du râtelier à bicyclettes et regardait de l'autre côté de la rue, comme tout le monde. « Il a dû aller chercher des bonbons.

– *Oui », ai-je répondu, sachant* a) *que Seth n'a pas d'argent,* b) *qu'il a le plus grand mal à s'exprimer devant Herb et moi et encore plus devant des gens qu'il ne connaît pas,* c) *qu'il ne quitte jamais l'arrière-cour.*

Seth ne la quitte jamais, mais on dirait que l'Échassier si, parfois. Pour arriver à portée d'action, à mon avis.

Environ cinq minutes plus tard, les ambulanciers réapparurent, soutenant Irene Hobart. Hugh agrippait la main de sa mère et pleurait. Je haïssais cet enfant, je le haïssais vraiment, mais plus maintenant. Je n'éprouve plus que de la pitié pour lui, et des craintes. Elle avait du sang sur tout le devant de sa robe. Elle tenait une compresse sur son nez et l'un des ambulanciers la soutenait par la nuque. Ils l'ont installée dans l'ambulance, Hugh est montée avec elle, et ils ont démarré.

Elle était de retour moins de deux heures plus tard (Seth étant en sécurité dans l'alcôve, à regarder de vieux westerns sur le câble). Kim Geller est passée prendre le café et m'a dit qu'elle était allée voir si Irene n'avait besoin de rien. Elle est la seule du quartier à avoir des relations que l'on pourrait appeler amicales avec les Hobart. Elle dit que tout va bien, que Irene a eu simplement très peur. Elle souffre d'une hypertension sévère. Elle se traite, et la maladie est à peu près contrôlée. Elle a déjà saigné du nez, mais jamais comme cela. Elle a dit à Kim que ça lui avait pris d'un seul coup, le sang jaillissant littéralement de ses narines, et que même avec la glace, ça n'avait pas voulu s'arrêter. Hugh a pris peur et a appelé le 911. Les ambulanciers ont tenu à la conduire à l'hôpital pour voir s'il ne faudrait pas lui cautériser les fosses nasales, bien que le saignement ait considérablement diminué au moment de leur arrivée.

J'ai fait rentrer Seth et j'ai commencé à le secouer, en lui disant qu'il fallait arrêter ça. Il s'est contenté de me regarder, la bouche prise de tremblements, les yeux se remplissant de larmes. C'est en fait moi qui me suis arrêtée, en colère contre moi-même et honteuse. Ce n'était pas le bon que je secouais.

Cela ne m'empêchait pas de voir l'autre. Je jure que c'est vrai. Caché derrière les yeux de Seth et se payant ma tête. Je crois que le plus terrible, c'est comment l'Échassier sait s'y prendre pour laisser Hugh Hobart seul. Pour qu'il regarde.

29 juin 1995

Réveillée ce matin vers trois heures, l'autre côté du lit était vide. La salle de bains aussi. Je suis descendue, effrayée, Personne dans le séjour, personne dans l'alcôve ou dans la cuisine. Je me suis rendue au garage et j'ai trouvé Herb à son établi, habillé du seul caleçon court qu'il porte pour dormir, et en larmes. Il avait allumé le système d'éclairage à haute intensité qu'il a fait installer il y a deux ans (du genre de ceux que l'on voit dans les salles de billard) et dans son éclat, je me suis rendu compte à quel point il avait maigri. Il avait un aspect affreux. *Comme s'il était anorexique. Je l'ai pris dans mes bras et il a pleuré comme un bébé. N'arrêtant pas de me dire qu'il était fatigué, tout le temps fatigué. J'ai parlé d'aller voir le Dr Evers dès la première heure ; il a juste ri et m'a dit que je savais bien ce qui n'allait pas chez lui.*

Et en effet, je le sais.

1er juillet 1995

Une autre ambulance à la maison Hobart cet après-

midi. Dès que je l'ai vue, je me suis précipitée au premier voir ce que fabriquait Seth qui, en principe, faisait la sieste. Pas de Seth. La fenêtre était ouverte – au premier – *et pas de Seth. Lorsque je suis sortie, je l'ai vu de l'autre côté de la rue, qui tenait Tom Billingsley par la main. J'ai couru le reprendre.*

« N'ayez pas peur, il va bien, Aud, m'a dit Tom. Il a juste été faire un petit tour, n'est-ce pas, mon garçon ?

– Ne traverse jamais la rue tout seul ! Jamais ! » Je n'ai pas pu m'empêcher de le secouer encore. C'est idiot, autant secouer un morceau de cire.

Cette fois-ci, les ambulanciers ont utilisé leur brancard. William Hobart était allongé dessus. « Je me disais que ces gens avaient une mauvaise série, mais je commence à croire que la malchance leur colle à la peau », observa Tom.

M. Hobart devait prendre une semaine de vacances, mais il est clair qu'il va les passer à l'hôpital. Il est tombé dans l'escalier et s'est fracturé une jambe et le bassin. Kim m'a dit plus tard qu'il buvait, tout baptiste zélé qu'il était. C'est bien possible, mais à mon avis, ce n'est pas ce qui lui a fait rater la marche.

3 juillet 1995

Ridicule de l'avoir surnommé l'Échassier. Il y a quelque chose à l'intérieur de Seth – non pas le « ça » freudien, non pas une autre manifestation de sa personnalité, non pas un auto-stoppeur, mais une chose comme un ver solitaire. Qui peut penser. Et parler. Et qui m'a parlé aujourd'hui.

Une chose qui s'appelle elle-même Tak.

6 juillet 1995

Le chat angora des Hobart a été abattu la nuit dernière. Il ne reste apparemment plus que de la fourrure et du sang. D'après Kim, Irene Hobart est hystérique et s'imagine que tout le monde leur en veut, dans le quartier, parce que les gens savent qu'ils iront au paradis alors que nous autres, nous irons en enfer. « C'est pourquoi ils nous font vivre l'enfer sur terre », aurait-elle dit à Kim. Elle l'a suppliée de lui révéler qui leur en voulait à ce point ; Hugh est complètement effondré, il refuse de sortir de sa chambre, reste étendu sur son lit à pleurer et à dire que tout est de sa faute parce qu'il a péché. Lorsque Kim a répondu qu'elle ne pensait pas qu'il y ait quelqu'un, sur Poplar Street, qui puisse vouloir tuer leur chat, Irene Hobart lui a rétorqué qu'elle était comme les autres et qu'elles n'étaient plus amies. Kim était bouleversée, mais pas autant que moi.

Au nom du Ciel, que dois-je faire ? Il n'a encore rien commis de grave sur une personne, jusqu'ici, mais...

8 juillet 1995

Oh, Seigneur, merci. Un camion Mayflower est arrivé dans la rue peu après neuf heures du matin et s'est arrêté devant chez les Hobart.

Ils ont décidé de déménager.

16 juillet 1995

Espèce d'ignoble petit salopard, espèce de fumier! Comment as-tu pu faire une chose pareille? Oh, maudit salopard, si seulement je pouvais t'atteindre! Dieu, Dieu, Dieu… ! Ma faute? Oui. À quel point ma faute? Telle est la question. Comment vivre sans lui? Comment continuer? Je ne savais pas qu'il était possible de souffrir autant, et à quel point est-ce ma faute, à quel point? Salopard de Tak, maudit salopard de Tak! J'en ai fini, d'écrire dans ce journal, et peu importe que j'aie pu penser que cela me faisait du bien.

Oh, Herb, je suis désolée, je t'aime, je suis désolée.

19 octobre 1995

Reçu une réponse à ma lettre, aujourd'hui. Cela faisait beau temps que je n'en attendais plus. Mon correspondant est un ingénieur des mines du nom d'Allen Symes. Il travaille sur un site qui s'appelle le Puits Chinois, dans la ville de Désolation, au Nevada, Il m'a dit qu'il avait bien vu Bill et sa famille, mais qu'il ne s'était rien passé de spécial, qu'il leur avait simplement montré la mine et qu'ils étaient repartis, vraiment rien de spécial.

Il ment. Je ne saurai probablement jamais pour quelle raison, ou ce qui s'est passé là-bas, mais il ment, j'en suis sûre.

Dieu me vienne en aide.

Chapitre 10

1

Tout se passa très vite, mais cette capacité à la fois terrible et merveilleuse qu'avait Johnny de tout capter à la fois fut à la hauteur.

Entragian, à l'agonie mais trop grièvement blessé pour s'en rendre compte, rampait vers l'un des cactus primitifs, sur la gauche du sentier, la tête si basse qu'il laissait une traînée de sang sur l'herbe. Son crâne brillait entre les lambeaux de son cuir chevelu comme une perle glauque. On l'aurait dit scalpé.

Au milieu du sentier se poursuivait une valse bizarre. La créature du ravin – un puma à la manière de Picasso, sinistre, aux dents orange proéminentes –, debout sur ses pattes arrière, avait posé ses pattes avant sur les épaules de Steve Ames. Si ce dernier avait baissé les bras au moment où l'animal lui avait arraché son ridicule petit fusil, il serait déjà mort. Mais il les avait croisés sur sa poitrine et ses coudes et ses avant-bras reposaient sur le poitrail du puma.

« Descendez-le ! criait-il. Pour l'amour du Ciel, tirez ! »

Aucun des deux garçons n'esquissa un geste en

direction du revolver tombé au sol. Ce n'étaient pas des jumeaux identiques, mais ils arboraient une expression d'angoisse identique.

Le puma (le seul fait de le regarder faisait mal aux yeux) poussa un cri efféminé et avança sa tête triangulaire. Steve tendit tant qu'il put le cou en arrière, essayant de repousser la créature sur un côté. L'animal s'agrippait grâce à ses griffes et ils dansèrent enlacés comme s'ils étaient ivres, les griffes – aussi démesurées que ses dents, mais noires – s'enfonçant plus profondément dans les épaules de Steve ; Johnny vit des fleurs sanglantes s'épanouir sur le T-shirt. La queue du monstre fouettait sauvagement l'air.

Ils firent un autre demi-tour, et Steve s'emmêla les pinceaux. Il réussit à garder un instant l'équilibre, repoussant toujours le puma de ses bras croisés. Un peu plus loin, Entragian avait rejoint les cactus. Il heurta les épines tête la première de son crâne blessé et horriblement distendu, puis s'effondra et roula de côté. Il faisait l'effet d'un jouet mécanique dont le ressort est arrivé à bout de course. Les coyotes hululèrent, toujours hors de vue, mais plus près ; la maison en feu donnait à l'air son odeur âcre.

« Descendez-moi cette saloperie ! » hurla Steve. Il avait réussi à ne pas tomber, mais il n'allait pas tarder à manquer de place pour reculer ; il se tenait au bord du sentier. Un pas dans les broussailles épineuses, deux tout au plus, et il basculerait. Après quoi, le cauchemar n'aurait pas de mal à lui ouvrir la gorge. « Tirez, il me met en morceaux ! »

Johnny n'avait jamais été autant terrifié de sa vie, mais il n'en découvrit pas moins que, là aussi, c'est le premier pas qui coûte ; une fois rompue sa paralysie, cette terreur ne signifiait plus grand-chose. Après tout, le pire que pouvait lui faire cette créature était de le tuer, et mourir aurait au moins l'avantage de mettre un terme à l'impression qu'un séisme lui fichait l'esprit sens dessus dessous.

Il récupéra le fusil d'Entragian (considérablement plus imposant que la pétoire du hippie), vit que la sûreté était mise et la fit sauter du pouce. Puis il enfonça le canon dans le côté de la tête du puma.

« Poussez ! » gueula-t-il, et Steve poussa. La tête de la bête s'éloigna de sa gorge. Ses dents brillaient comme du corail empoisonné. La lumière du soleil couchant paraissait avoir mis le feu à ses yeux verts. Johnny eut le temps de se demander si Entragian avait engagé une cartouche dans la chambre – il n'aurait sans doute pas l'occasion d'écrire une autre aventure de Kitty-Cat, dans le cas contraire –, tourna légèrement la tête et tira. Il y eut une formidable et satisfaisante détonation, des flammes sortirent du canon et l'odeur du poil brûlé vint se superposer à la puanteur de la maison en feu. Le puma tomba de côté, la tête pulvérisée, la fourrure cramant sur sa nuque. Ce qu'il y avait à l'intérieur du crâne n'était ni de l'os, ni du sang, ni de la cervelle, mais un matériau fibreux de couleur rose qui rappela à Johnny l'isolant qu'il avait installé au premier et dans le grenier de sa maison, l'année qui avait suivi son emménagement.

Steve trébucha, moulinant des bras pour conserver l'équilibre. Marinville tendit bien la main, mais il était dans un tel état d'hébétude que son geste ne fut qu'ébauché. Steve s'étala de tout son long dans les fourrés, entre les pattes arrière du puma qui tressaillaient encore. Johnny se pencha, prit l'homme par le poignet et tira. Des points noirs se mirent à danser devant ses yeux et, pendant une seconde horrible, il crut bien qu'il allait s'évanouir. Puis Steve fut de nouveau debout et l'écrivain sentit sa vision redevenir normale.

Hou-ou-ou-ou-ou...

Johnny regarda nerveusement autour de lui. On ne voyait toujours rien, mais ces saletés paraissaient se rapprocher encore.

2

Dave Reed n'arrêtait pas de se dire qu'il allait bientôt se réveiller. Il sentait bien l'odeur de sang et de sueur qui montait du flic auprès duquel il s'était agenouillé, il l'entendait bien chercher l'air (et s'entendait lui-même respirer) laborieusement, il voyait bien cet œil mourant et cette cervelle – la matière grise et ses replis – débordant d'une fenêtre fracassée dans le crâne de l'homme, mais il fallait que ce soit un rêve. Son frère ne pouvait pas avoir tué leur voisin –, un flic pas net, d'accord, mais c'était aussi le type qui avait expliqué à Cary Ripton qu'il valait mieux expédier la balle de base-ball avec les doigts chevauchant les coutures plutôt que les longeant... et qui avait fait la démonstration en balançant un vrai boulet de canon.

À l'odeur, on dirait qu'il a chié dans son pantalon, pensa Dave, soudain pris d'une envie de vomir. Il réussit à se retenir ; il se refusait à vomir, même dans un cauchemar.

Le flic leva une main et accrocha Dave par son T-shirt.

« Fait mal, murmura-t-il d'une voix rauque. Fait mal.

– Ne..., commença Dave, déglutissant pour se décoincer le gosier... n'essayez pas de parler. »

Derrière lui, à sa stupéfaction, il entendait John Marinville et le hippie discuter pour savoir s'ils devaient ou non continuer. Ils étaient cinglés. Il *fallait* qu'ils soient cinglés. Et Marinville... qu'est-ce qu'il avait foutu, Marinville ? Comment avait-il pu laisser cela se produire ? C'était lui l'adulte, bordel !

Avec un effort spasmodique, Entragian se redressa sur un coude, Son œil restant regardait le garçon avec une concentration féroce. « Jamais, murmura-t-il, ne prends jamais... »

Hou-ou-ou-ou-ou...

Tellement près, cette fois, que Dave sentit sa peau se glacer. Il n'avait qu'une envie, étrangler Marinville pour ne pas avoir arrêté le massacre à temps. Cependant, l'œil du flic le tenait paralysé comme un insecte épinglé, et l'une de ses mains ensanglantées agrippait fermement le T-shirt de l'adolescent. Il pouvait peut-être s'arracher à cette prise, mais...

Mais il se racontait des histoires. Il *se sentait* comme un insecte épinglé.

« Ne prends jamais... de drogues... n'en vends jamais... aucune, murmura Collie. Jamais touché un centime. Piégé. La police des polices... était dans le coup. M'en suis... rendu compte.

– Vous…

– *Rendu compte !* Tu comprends… ce que je dis ? »

Il leva la main qui n'était pas nouée au T-shirt de Dave, l'ouvrit et parut l'examiner. « Ai les mains… propres.

– Ouais, d'accord, dit Dave. Mais il vaudrait mieux ne pas essayer de parler. Vous avez… vous êtes sérieusement touché, je crois, et…

– Non, Jim, non ! cria Marinville dans son dos. Non ! »

Dave découvrit soudain qu'il n'avait aucun mal à s'arracher à la poigne du mourant.

3

« Qu'est-ce qu'on fait ? » demanda Johnny au hippie, tandis que, de l'autre côté du sentier, le jumeau le plus brun s'agenouillait auprès de l'homme abattu par son frère. L'écrivain entendait l'ex-flic murmurer faiblement quelque chose, comme s'il tenait à faire une confession pleine et entière avant de mourir. Johnny avait réappris une terrible leçon, cet après-midi : en général, c'est dur de mourir, et quand le moment est venu, la plupart des gens quittent ce monde sans beaucoup de dignité… et probablement sans même avoir conscience qu'ils le quittent.

« Ce qu'on fait ? » répéta Steve, l'œil rond, l'air presque comique dans sa stupéfaction. Il se passa la main dans les cheveux, mélangeant l'écarlate et le gris. Le sang continuait à sourdre à travers le T-shirt, là où s'étaient plantées les griffes du fauve. « Quoi, qu'est-ce qu'on fait ?

– On continue, ou on fait demi-tour ? reprit Johnny d'un ton rude et impatient. Qu'est-ce qu'on trouve, plus loin ? Qu'est-ce que vous avez vu ?

– Rien, répondit Steve. Non, ce n'est pas tout à fait ça. Pire que rien. C'est... » Ses yeux regardèrent derrière l'écrivain et s'écarquillèrent.

Johnny se tourna, pensant que le hippie avait vu les coyotes, que les charognards étaient enfin arrivés – mais ce n'était pas ça du tout. « Non, Jim, non ! » cria-t-il, sachant que c'était déjà trop tard, le lisant sur le visage pâle de Jim Reed, d'où toute expression avait disparu.

4

Le garçon tint le revolver pressé contre sa tempe assez longtemps pour que Steve Ames puisse espérer un instant qu'il n'allait pas le faire, qu'il aurait une hésitation à l'ultime moment – ce minuscule vestibule temporel du *peut-être pas* avant le couloir sans fond du *trop tard* –, et puis Jim appuya sur la détente. Il grimaça, comme en proie à une douleur intestinale d'intensité modeste. La peau de son crâne parut se déchirer, sa joue gauche gonfla. Puis sa tête explosa et ses ambitions – écrire de grands essais, mais également s'envoyer la petite Susi Geller – se pulvérisèrent, dans l'étrange lumière du couchant, en un magma rougeâtre qui alla éclabousser les cactus tel un énorme crachat.

Il fit un pas en avant sur des genoux qui ployaient déjà, laissa tomber l'arme et s'écroula. Steve se tourna vers Johnny, l'air frappé par la foudre, se disant – non, je n'ai pas vu ce que je viens de voir. Rembobinez l'enregistrement, repassez-le, et vous verrez. Je n'ai pas vu ce que j'ai vu. Non, mon vieux. Non.

« Il fallait l'en empêcher ! hurla Dave Reed, se jetant sur Johnny. C'était à vous de l'en empêcher ! Pourquoi vous n'avez rien fait ? Pourquoi vous n'avez pas bougé ? »

Steve essaya bien d'arrêter l'adolescent, mais ses épaules lui faisaient abominablement mal. Il ne put qu'assister impuissant à la scène : Dave empoignant l'écrivain et le jetant à terre. Ils roulèrent par deux fois l'un sur l'autre, l'adulte se retrouvant momentanément dessus. « Écoute-moi, David...

– Non ! Non ! Vous auriez dû l'en empêcher ! Vous auriez dû l'en empêcher ! »

Dave frappa Johnny de la main droite, puis de la gauche. Il sanglotait, les larmes coulaient le long de ses joues pâles. Steve voulut faire quelque chose mais ne réussit qu'à distraire un instant Marinville, qui essayait de plaquer les bras du garçon au sol, à l'aide de ses genoux. Dave donna un violent coup de hanche, projetant Johnny sur la gauche du sentier. L'écrivain tendit un bras pour amortir la chute et ramassa dans la manœuvre une bonne poignée de piquants de cactus. Il poussa un rugissement de douleur.

Steve réussit à attraper David à l'épaule avec sa main droite (de ce côté-ci, son bras lui obéissait plus ou moins) mais l'adolescent s'en débarrassa facilement, bondit sur le large dos de Marinville, lui passa les mains autour du cou et commença à l'étrangler. Tout autour d'eux, dans la lumière qui baissait rapidement, les coyotes hurlaient, des hurlements comme Steve n'en avait jamais entendu dans son enfance, lui qui était né et avait grandi au Texas.

Des hurlements comme on n'en entendait qu'au cinéma.

5

Les deux hommes avaient insisté pour l'accompagner, mais Cynthia n'avait rien voulu savoir : l'un était vieux, l'autre ivre. Au bout de la pelouse, le portail était resté ouvert. Peu après l'avoir franchi, elle se retrouva au milieu des broussailles du sous-bois, s'ouvrant difficilement un chemin en direction du sentier. Avant de l'atteindre, elle aperçut plusieurs cactus – ils étaient de plus en plus nombreux et repoussaient la végétation habituelle de la ceinture verte –, sans cependant enregistrer leur présence. Elle entendait un bruit de lutte : une respiration haletante, laborieuse, le choc d'un coup de poing. Et les coyotes. Elle n'en voyait aucun, mais on aurait dit qu'ils étaient partout.

Au moment où elle rejoignait le sentier, une petite blonde soignée, en jean, passa à fond de train devant elle sans même lui jeter un coup d'œil. Cynthia la reconnut : c'était la mère des jumeaux, Cammie Reed. Brad Josephson la suivait, soufflant comme un phoque ; des filets de sueur lui coulaient sur les joues, et dans la lumière du couchant on aurait cru qu'il pleurait des larmes de sang.

Le soleil va se coucher, pensa Cynthia, leur emboîtant le pas. Si nous ne sortons pas de là rapidement, on risque de se perdre. Ce serait drôlement marrant.

Puis il y eut un cri, juste devant elle – non, pas un cri, un hurlement, horreur et chagrin mêlés. La petite blonde. Brad disait « Oh, non, oh, merde », au moment où elle le rejoignait.

Un instant, le large dos du Noir empêcha la jeune femme de voir ce qui se passait, puis il s'accroupit à côté de Cammie et elle découvrit deux corps gisant de part et d'autre du sentier. Dans l'ombre de plus en plus dense, elle n'aurait su dire de qui il s'agissait, sinon que c'étaient des hommes, et morts de mort violente ; elle reconnut cependant Steve, debout sur la gauche, et sa vue lui fit plaisir. Presque à ses pieds s'étalait la carcasse d'un animal à la tête réduite en bouillie.

Cammie Reed était agenouillée auprès de l'un des cadavres ; elle ne le touchait pas mais tenait ses mains tremblantes au-dessus de lui, paumes vers le ciel, et gémissait. Son visage exprimait une angoisse meurtrière. Cynthia vit le short de sport Eddie Bauer et comprit qu'il s'agissait de l'un de ses fils.

Dire qu'ils avaient des dents absolument parfaites, songea stupidement Cynthia. Elles ont dû coûter une fortune à leurs parents.

Brad s'escrimait pour arracher l'autre jumeau (Dave, pensa Cynthia, ou peut-être Doug) à Marinville. Le grand gaillard noir avait passé les deux bras sous les aisselles de l'adolescent et, ses grosses paluches croisées sur la nuque de Dave, lui portait une clé nelson des plus propres ; mais le jeune homme ne se laissait pas faire.

« Lâchez-moi ! rugissait-il. Lâchez-moi, espèce de salaud ! Il a tué mon frère ! Il a tué Jimmy ! »

Les gémissements de Mme Reed cessèrent. Elle releva la tête et l'expression silencieuse qui se peignit sur son visage effraya Cynthia. « Quoi ? dit-elle, si bas qu'on aurait cru qu'elle se parlait à elle-même. Qu'est-ce que tu as dit ?

– Il a tué Jimmy ! » gueula de nouveau Dave. Sa tête plongeait en avant, sous la pression que Brad exerçait sur son cou tendu, mais du doigt il suivait toujours Johnny, qui se relevait péniblement. Du sang coulait de l'une des narines de l'écrivain, un ruban aussi mince que celui qui entoure, pour détacher la cellophane, les paquets de cigarettes.

« Mais non », protesta Marinville. La femme ne l'écoutait pas, comme s'en aperçut Cynthia en voyant ce visage blême, cette expression pétrifiée ; Johnny, lui, ne s'en rendait pas compte. « Je comprends ce que tu ressens, David, mais… »

Cammie Reed regarda au sol. Cynthia en fit autant. Les deux femmes virent le colt 45 au même instant et se jetèrent dessus avec un bel ensemble. Cynthia, à genoux, s'en saisit en fait la première, mais inutilement. Des doigts aussi froids que du marbre mais aussi vigoureux que la serre d'un aigle se refermèrent sur sa main et s'emparèrent de l'arme.

« … c'est juste un terrible accident », balbutiait Marinville, qui paraissait s'adresser principalement à Dave. Il avait l'air très mal, sur le point de s'évanouir. « C'est comme ça qu'il faut voir les choses. Quant à…

– Attention ! cria Steve. Bordel de Dieu, non, madame, non !

– Vous avez tué Jimmy ? demanda la petite blonde, d'une voix glaciale. Pourquoi ? Pourquoi avoir fait ça ? »

La réponse, cependant, ne l'intéressait pas. Elle braqua le colt sur le front de Marinville. Cynthia était certaine qu'elle allait tirer. Qu'elle l'aurait certainement fait, s'il n'y avait eu le nouvel arrivant, qui se plaça entre Cammie et sa cible juste avant qu'elle n'appuie sur la détente.

6

Brad reconnut le zombie en dépit de sa démarche saccadée, désordonnée, et de ses traits déformés. Il ignorait quelles puissances avaient pu transformer cet aimable voisin, professeur d'université, en l'être qu'il voyait maintenant, et il préférait ne pas le savoir. Sa vue était déjà assez épouvantable. À croire que quelqu'un dont la force prodigieuse n'avait d'égal que le sadisme le plus cruel avait pris la tête de Peter Jackson entre ses mains et serré. Les yeux avaient jailli de leurs orbites, le gauche au point de retomber sur la joue. Le sourire était encore pire : un grand rictus qui allait d'une oreille à l'autre comme celui du Joker dans *Batman.*

Tout le monde resta pétrifié ; comme si le vieux marin du poème de Coleridge, avec son regard magique d'enchanteur, venait de débarquer au milieu d'eux. Brad sentit ses doigts se dénouer sur la nuque de Dave, mais celui-ci ne chercha pas pour autant à se dégager tout de suite. Le hippie au T-shirt en sang bloquait partiellement le passage à Peter et Brad crut un instant qu'il allait y avoir collision. À la dernière seconde, le chevelu réussit à reculer d'un pas pour lui laisser la place. Peter tourna sa tête étrangement distendue vers l'homme. La lumière déclinante brilla sur les yeux exorbités et le sourire grimaçant.

« Trouver… mon… ami », dit Peter au hippie. Il avait parlé d'une voix faible, mal assurée, comme s'il était shooté, mais pas assez pour caner. « M'asseoir… avec… mon ami.

– Allez-y, mon vieux, assommez-vous un bon coup », répondit Steve d'une voix étranglée, rentrant la tête dans les épaules pour s'éloigner de ce sourire. L'homme était blessé et le geste lui faisait mal, de toute évidence, mais Brad comprenait qu'il le fasse tout de même. Il n'aurait pas voulu, lui non plus, être touché par cette chose, même en passant.

Le zombie poursuivit son chemin, heurtant du pied, au passage, la patte tendue de l'animal ; Brad se rendit alors compte de quelque chose de bizarre : le monstre – on aurait dit un genre de félin – se décomposait à toute vitesse, sa fourrure noircissait et il s'en dégageait de fines volutes d'une vapeur (ou d'une fumée ?) puante.

Ils restèrent paralysés, le hippie ensanglanté la tête dans les épaules, la vendeuse du E-Z Stop agenouillée, Cammie debout l'arme au poing, Johnny les mains levées, comme s'il avait l'intention d'arrêter la balle au passage, Brad et Dave immobilisés dans leur pause de lutteurs, tandis que Peter marchait vers le sud, leur tournant à présent le dos. Le silence était total, alors que dardaient les derniers et faibles rayons du soleil ; même les coyotes s'étaient tus, du moins pour l'instant.

Puis Dave sentit le manque de force dans les mains qui le retenaient et s'arracha à Brad. Il ne montra cependant plus aucun intérêt pour Johnny : c'est sa mère qu'il chargea.

« Toi aussi, hurla-t-il. Toi aussi, tu l'as tué ! »

Elle se tourna vers lui, stupéfaite, désarçonnée.

« Pourquoi tu nous a envoyés ici, m'man ? Pourquoi ? »

Il lui arracha l'arme des mains, la pointa entre les yeux de sa mère pendant un instant, puis la lança dans le bois... sauf qu'on ne pouvait plus parler de bois. La transformation s'était poursuivie tout autour d'eux pendant qu'ils se bagarraient tous, et ils se trouvaient maintenant au milieu d'une forêt d'invraisemblables cactus hérissés de piquants. Jusqu'à l'odeur de la maison en feu qui avait changé : elle évoquait davantage le prosopis ou l'armoise d'Amérique en train de se consumer.

« Voyons, Dave... Davey... »

Elle ne put en dire davantage et continua à le regarder. Il lui rendit son regard, tout aussi blanc, tout aussi épuisé. Brad songea qu'il n'y avait pas si longtemps le garçon riait et jouait au frisbee avec son frère sur sa pelouse. Les traits de Dave se mirent à se déformer. Sa bouche s'étira, prise de tremblements, et il gémit, tandis que des filets de bave coulaient de ses lèvres. Sa mère passa un bras autour de lui et commença de le bercer. « Non, ça va, dit-elle, les yeux comme des pierres lisses et noires au milieu d'un lit de rivière à sec. Non, ça va, mon chéri, ça va, maman est là et ça va. »

Johnny revint sur le sentier. Il eut un bref coup d'œil pour l'animal mort, qui tremblotait maintenant comme si on le voyait à travers une brume de chaleur ; il en sourdait un liquide épais et rosâtre. Puis il regarda Cammie et son fils.

« Cammie, dit-il. Madame Reed... Je n'ai pas tué Jim. Je vous le jure. Ce qui est arrivé, c'est...

– Taisez-vous », le coupa-t-elle sans le regarder. Dave devait mesurer quinze centimètres et peser vingt-cinq kilos de plus que sa mère, mais elle le berçait aussi facilement qu'elle avait dû le faire quand il avait trois mois. « Je ne veux pas savoir ce qui s'est passé. Ça m'est égal. Rentrons, c'est tout. Tu veux bien rentrer, Dave ? »

Toujours en larmes, il hocha la tête contre l'épaule de sa mère.

Elle tourna ses terribles yeux secs vers Brad. « Prenez mon autre fils. On ne va pas le laisser ici avec ce monstre. » Elle n'eut qu'un coup d'œil pour la carcasse fumante et puante du puma. « Amenez-le, vous comprenez ?

– Oui, madame. Parfaitement. »

7

Tom Billingsley se tenait sur le seuil de sa cuisine ; il scrutait l'obscurité grandissante, tourné vers le portail au fond du jardin, et essayait de donner un sens aux bruits et aux voix qui lui parvenaient de la ceinture verte. En sentant des doigts lui tapoter l'épaule, il faillit avoir une crise cardiaque.

Jadis, il aurait virevolté gracieusement et envoyé son poing ou son coude dans les côtes de l'intrus avant que l'un ou l'autre sachent ce qui arrive, mais cela faisait beau temps que le mince jeune homme capable de tant de vitesse et d'agilité n'existait plus. Il frappa bien, mais la rouquine en short bleu et blouse sans manches eut tout le temps de reculer d'un pas, et les articulations noueuses d'arthrite du vieux véto ne rencontrèrent que le vide.

« Bon Dieu, ma fille ! s'écria-t-il.

– Je suis désolée… » Le joli visage d'Audrey était maintenant hagard. Elle avait une ecchymose en forme de main sur la joue gauche, le nez enflé, les narines engluées de sang séché. « J'allais parler, mais j'ai pensé que cela vous ferait encore plus peur.

– Qu'est-ce qui vous est arrivé, Aud ?

– C'est sans importance. Où sont les autres ?

– Certains sont dans le bois, d'autres dans la maison d'à côté. On… » Un hululement vacillant lui coupa la parole. La lumière rouge avait fini par laisser la place à d'obscures cendres orangées. « On dirait que ça ne va pas très fort pour ceux qui ont tenté la sortie… Au fait, où est Gary ? »

Elle s'écarta et fit un geste. L'ivrogne était affalé sur le pas de la porte, entre cuisine et séjour. Il avait perdu connaissance tout en tenant la main de sa femme. Maintenant que les hurlements et les hululements s'étaient interrompus – au moins temporairement – Toubib l'entendait ronfler.

« C'est Marielle, sous la couverture ? » demanda Audrey.

Billingsley acquiesça.

« Il faut rejoindre les autres, Tom. Avant que ça ne recommence. Avant qu'ils ne reviennent.

– Savez-vous ce qui nous arrive, Audrey ?

– À mon avis, personne ne sait vraiment ce qui se passe, mais oui, je sais certaines choses. » Elle porta les mains à son front, pressa, et ferma les yeux. Elle avait l'air d'une étudiante en maths se débattant avec une équation particulièrement compliquée. Puis elle laissa retomber ses bras et regarda de nouveau le vieux véto. « Il vaudrait mieux aller à côté. On serait tous ensemble. »

Tom eut un geste du menton en direction de Gary. « Et lui ?

– On ne pourrait pas le porter, et de toute façon, même si on y parvenait, on ne pourrait pas le faire passer par-dessus la barrière qui vous sépare des Carver. Ce sera déjà pas mal si vous réussissez à la franchir vous-même.

– J'y arriverai, répliqua-t-il, légèrement piqué. Ne vous inquiétez pas pour moi, Audrey, j'y arriverai très bien. »

Un cri leur parvint du bois, suivi d'un coup de feu, puis du hurlement d'un animal agonisant. Mille coyotes, aurait-on dit, y répondirent.

« Ils n'auraient pas dû s'aventurer là-dedans, observa Audrey. Je sais pour quelle raison ils y sont allés, mais c'était une erreur. »

Toubib acquiesça. « Je crois qu'ils ont fini par s'en rendre compte. »

8

Peter atteignit l'embranchement du sentier et tourna son regard presque aveugle vers le désert d'un blanc d'os, dans l'éclat de la lune qui montait au firmament. Puis il se tourna et vit l'homme en pantalon rapiécé cloué au cactus.

« Salut… mon ami », dit-il. Il déplaça le caddy pour pouvoir s'asseoir à côté du clochard. Pendant qu'il s'adossait au cactus, sentant les épines lui pénétrer la chair, il entendit un cri, un coup de feu et un hurlement d'agonie. Très loin. Sans importance. Il posa une main sur l'épaule du mort. Ils affichaient un sourire identique. « Salut… mon ami », répéta l'ex-spécialiste de James Dickey.

Il regarda vers le sud. Il n'y voyait presque plus mais distinguait toutefois la lune parfaitement ronde qui s'élevait entre les crocs hérissés des montagnes dessinées au feutre. Elle était aussi argentée que le dos d'une vieille montre à gousset et on y devinait le clin d'œil souriant de Mister Moon, tout droit sorti d'un recueil de comptines.

Sauf que ce Mister Moon-là semblait porter un chapeau de cow-boy.

« Salut… mon ami », lui dit Peter, s'enfonçant un peu plus contre le cactus. Il ne sentit pas les épines démesurées qui lui trouaient les poumons, ne sentit pas les premières gouttes de sang, quand elles dégoulinèrent de sa bouche grimaçante. Il était avec son ami. Il était avec son ami et, à présent, tout allait bien, ils contemplaient Mister Cow-Boy Moon et tout était parfait.

9

La lumière s'évanouit à une vitesse qui rappela à Johnny les Tropiques, et bientôt, le paysage hérissé qui les entourait se trouva réduit à une confuse masse noire. Le sentier restait encore visible, pour le moment – trace grise de moins d'un mètre de large serpentant au milieu des ombres –, mais si la lune ne s'était pas levée, ils auraient sans doute été encore plus dans la merde. Il avait regardé les prévisions météo, ce matin, et savait que c'était la nouvelle lune et non la pleine lune, mais étant donné les circonstances, cette contradiction lui paraissait mineure.

Ils remontèrent le sentier deux par deux, comme les couples d'animaux escaladant la rampe de l'Arche de Noé : Cammie et son fils survivant, Johnny et Brad (le cadavre de Jim se balançant entre eux), puis Cynthia et le hippie dont le nom était Steve. La fille avait ramassé le 30.06 et lorsque le coyote, cauchemardesque, encore plus monstrueux que le puma, jaillit d'un bouquet de cactus à l'est du sentier, c'est elle qui lui régla son compte.

La lune engendrait des fouillis d'ombres fantastiques tout autour d'eux et, un instant, Johnny crut que le coyote n'était que l'une d'elles. Puis Brad lança : « Hé, attention ! » et la fille fit presque aussitôt feu. Le recul l'aurait renversée comme une quille si le hippie ne l'avait rattrapée par la ceinture de son pantalon.

Le coyote poussa un cri et tomba à la renverse, les pattes prises de secousses spasmodiques. Le clair de lune était suffisant pour que Johnny distingue les horribles appendices, semblables à des doigts humains, par lesquels se terminaient ces pattes, et la cartouchière que le coyote avait autour du cou en guise de collier. Ses compagnons élevèrent à leur tour la voix – des hululements qui exprimaient ou le chagrin ou la moquerie.

La chose commença aussitôt à se décomposer ; les pattes noircirent, la cage thoracique s'effondra, les yeux dégringolèrent comme des billes. De la vapeur se mit à monter de la fourrure, accompagnée d'une odeur infecte. Au bout de quelques instants se mit à couler un épais magma rose. Le cadavre se liquéfiait.

Johnny et Brad déposèrent délicatement le corps de Jim Reed. Johnny emprunta le fusil à Cynthia et tâta le coyote du bout du canon. Il eut un clignement de surprise – de surprise toute relative car ses capacités de réactions, en matière d'émotions, étaient au plus bas – en s'apercevant que son arme traversait la peau sans rencontrer la moindre résistance.

« Autant vouloir toucher de la fumée de cigarette, dit-il en rendant le fusil à la jeune fille. Je ne crois pas que cela soit réellement ici. Rien de tout ce que nous voyons, à mon avis, ne s'y trouve réellement. »

Steve Ames s'avança, prit la main de Johnny et la porta à son épaule. L'écrivain sentit la série de trous déchiquetés ouverts par les griffes du puma. Le T-shirt était tellement imbibé de sang qu'il se mit à lui dégouliner sur les doigts. « Le machin qui m'a fait ça n'était pas de la fumée de cigarette », commenta Steve.

Johnny voulut répondre, mais fut distrait par un étrange bruit crépitant. Il lui rappelait les shakers à cocktail des bars branchés de sa jeunesse. Ça remontait aux années cinquante, époque à laquelle il était impossible de prendre une cuite si l'on n'avait pas de cravate. Le bruit provenait de Dave Reed, debout, rigide, à côté de sa mère. Ses dents.

« Allons-y, dit Brad. Allons vite nous planquer avant qu'arrive encore autre chose. Des chauves-souris vampires, par exemple, ou bien...

– Fermez-la, et tout de suite, mon gros, l'interrompit Cynthia. Je vous avertis...

– Désolé », dit Brad, ajoutant, doucement : « On y va, Cammie, d'accord ?

– Ce n'est pas à vous de me donner des ordres ! » rétorqua-t-elle, furieuse. Elle avait passé un bras autour de la taille de son fils. Elle aurait tout aussi bien pu enlacer une barre de fer, pour autant que Johnny pouvait en juger. Mis à part le tremblement, bien sûr. Et ces dents qui claquaient bizarrement. « Vous ne voyez pas qu'il est mort de peur ? »

D'autres hurlements s'élevèrent dans l'obscurité. La puanteur du coyote que Cynthia venait de tuer était de plus en plus insupportable.

« Si, Cammie, je le vois bien », dit Brad. Il avait parlé sans forcer la voix, avec gentillesse. Johnny se dit que cet homme aurait fait fortune comme psychiatre. « Il faut repartir. Sans quoi nous allons devoir vous laisser ici. Il faut absolument se mettre à l'abri. Rentrer dans une maison. Vous comprenez, n'est-ce pas ?

– Arrangez-vous pour ramener mon autre fils, dit-elle sèchement. Pas question de le laisser le long du chemin pour que les… Pas question de le laisser sur le bord du chemin !

– Nous allons l'emporter », répondit Brad, toujours du même ton apaisant. Il se pencha et reprit Jim Reed par les chevilles. « N'est-ce pas, John ?

– Bien entendu. » L'écrivain se demanda ce qu'il allait rester du pauvre Collie Entragian, quand reviendrait le jour… à supposer qu'il revienne jamais. Collie n'avait pas de mère pour le défendre.

Cammie les regarda soulever le cadavre de son fils, puis se mit sur la pointe des pieds et murmura quelque chose à l'oreille de Dave. Sans doute le quelque chose qu'il fallait, car l'adolescent se remit en mouvement.

Ils n'avaient parcouru que quelques mètres lorsqu'il y eut un bruissement étouffé devant eux – le raclement râpeux de pas sur le sol –, puis un bougonnement étouffé de souffrance et d'exaspération. Dave Reed poussa un cri aussi perçant que celui d'une starlette dans un film d'horreur. Plus que la présence d'étrangers dans le bois, c'est ce cri qui recroquevilla encore plus les couilles de Johnny entre ses jambes. Du coin de l'œil, il vit le hippie saisir par le canon le fusil que tenait Cynthia et l'obliger à le rabaisser, lui murmurant d'attendre encore un peu.

« Ne tirez pas ! » lança une voix qui monta du fouillis d'ombres emmêlées, un peu sur leur gauche.

Une voix que Johnny reconnut. « Amis, amis ! Pas de conneries, d'accord ?

– Toubib ? » Johnny, qui avait failli lâcher Jim Reed qu'il tenait par le haut du corps, raffermit sa prise, malgré ses bras et ses épaules qui lui faisaient de plus en plus mal. Un instant auparavant, il avait pensé à une remarque de Faulkner dans *L'Intrus* : on devient plus lourd au moment de sa mort. « C'est vous, Toubib ?

– Ouais. » Deux silhouettes firent leur apparition dans l'ombre et s'avancèrent prudemment. « Je me suis frotté d'un peu trop près à un bon Dieu de cactus ! Qu'est-ce que foutent ces cactus, dans l'Ohio ?

– Excellente question, admit Johnny. Qui est avec vous ?

– Audrey Wyler, la voisine d'en face, répondit une voix féminine. On ne pourrait pas sortir de ce bois, par hasard ? »

Johnny comprit soudain qu'il n'arriverait pas à porter le cadavre de l'adolescent jusqu'à la maison Carver, et encore moins à aider Brad à le faire passer par-dessus la barrière. Il regarda autour de lui. « Steve ? Est-ce que vous pourriez me donner un coup de main pour… » Puis il se souvint du pas de deux dansé par le hippie avec le puma. « Merde, vous n'êtes pas en état, n'est-ce pas ?

– Oh, bor… del ! s'exclama Billingsley, coupant le juron en deux. Lequel des deux jumeaux… ?

– Jim », répondit Johnny. Et, comme le vieux véto s'approchait de lui, il ajouta : « Vous ne pouvez pas, Tom. Vous allez avoir une crise cardiaque.

– Je vais vous aider, moi, intervint Audrey, arrivant à son tour. Allons-y, ne traînons pas. »

10

Steve s'aperçut que le vieux véto et la femme qui disait être la voisine d'en face avaient débouché sur le sentier à l'endroit précis où lui-même y était arrivé avec Entragian. Il y avait un crâne de bovin à demi enterré dans le sol, là où il avait aperçu les piles usagées, et un vieux fer à cheval à la place du sac de chips ; en revanche, l'enveloppe des cartes de base-ball était toujours là. Steve se pencha, la ramassa et l'examina en la mettant dans la lumière de la lune. Albert Belle, la batte brandie derrière lui, un regard de prédateur dans les yeux. Il lui vint alors à l'esprit une idée bizarre : c'était cela qui donnait une impression d'anachronisme, pas les cactus, ni le crâne de vache, ni même le félin monstrueux qui s'était caché dans la ravine. Et nous, se dit-il. C'est peut-être bien nous qui sommes des anomalies, à l'heure actuelle.

« À quoi pensez-vous ? lui demanda Cynthia.

– À rien. »

Il laissa retomber l'emballage. À mi-distance du sol, il s'agrandit soudain, se déploya comme une voile, et passa de ce qui était sans doute du vert pâle (difficile à dire, dans le clair de lune) à un blanc éclatant. Il en eut le souffle coupé. Cynthia, qui s'était tournée pour examiner le sentier, derrière eux, fit une brusque volte-face. « Qu'est-ce qu'il y a ?

– Vous n'avez pas vu ?
– Non. Quoi ?
– Ça. » Il se baissa et ramassa ce qui était maintenant une feuille de papier épais. On voyait dessus le portrait d'un affreux à la barbe en bataille, aux paupières lourdes à demi fermées, au regard éteint. RECHERCHÉ, proclamait l'affiche, POUR MEURTRE, ATTAQUE DE BANQUE, ATTAQUE DE TRAIN, VOL DE BONS DU TRÉSOR, BRUTALITÉS ET VIOLENCES, EMPOISONNEMENT DE PUITS, VOL DE BÉTAIL, VOL DE CHEVAUX, VOL DE CONCESSION. Tout cela au-dessus du portrait. En dessous, en grands caractères noirs, figurait le nom du bandit : JEBEDIAH MURDOCK.
« Laissez-moi rire, dit Cynthia.
– Pourquoi ?
– C'est le nom d'un acteur… je l'ai vu à la télé. »
Steve se rendit compte que les autres s'éloignaient. Il prit Cynthia par la main et tous les deux se précipitèrent sur le sentier.

11

Tak oscillait dans l'arche de l'alcôve, les orteils sales de Seth effleurant à peine la moquette. Il avait les yeux brillants, fiévreux ; il respirait, via les poumons du garçon, par courtes bouffées violentes. Seth avait les cheveux et tous les poils de son corps dressés. Quand ce léger duvet frottait contre le mur, il émettait un faible crépitement. Les muscles, dans le corps de l'enfant, faisaient l'effet non pas de trembler, mais de vibrer comme des cordes de guitare.

La mort du flic avait arraché Tak à sa téléhypnose, et il avait bondi aussitôt sur l'essence de l'homme, instinctivement, allant pour cela jusqu'aux limites de sa portée… et même au-delà, se jetant sur sa proie comme un joueur de base-ball franchissant l'enceinte du stade pour aller chercher une balle particulièrement longue – et l'attrapant au vol ! L'énergie l'avait envahi comme du napalm, une autre barrière était tombée et il s'était retrouvé plus proche que jamais du centre de Seth Garin. Pas encore dans cet endroit unique, non, mais très proche.

Ses perceptions aussi avaient été démultipliées. Il vit le garçon avec le pistolet fumant à la main, comprit ce qui s'était passé, éprouva l'horreur et la culpabilité du garçon, en sentit le potentiel. Sans réfléchir – à vrai dire, Tak ne pensait pas – il se propulsa dans l'esprit de Jim Reed. Il ne pouvait le contrôler physiquement, à cette distance, mais tous les fusibles qui protégeaient l'armure émotionnelle de l'adolescent avaient temporairement sauté et laissé cette partie de lui-même grande ouverte. Tak n'avait disposé que d'une, voire deux secondes, pour y entrer et rebrancher tous les circuits, surchargeant le système nerveux, mais cela lui avait suffi. Il n'avait fait, au fond, qu'amplifier des émotions déjà présentes.

L'énergie libérée par le suicide de Jim l'avait fait flamboyer et avait électrisé ses nerfs d'emprunt jusque dans la zone rouge. Une énergie nouvelle, une énergie *jeune*, l'envahit, remplaçant les énormes quantités qu'il avait dépensées jusqu'ici. Tak était à présent suspendu en l'air, bourdonnant, totalement chargé, prêt à achever ce qu'il avait commencé.

Tout d'abord, manger. Il était affamé. Il flotta jusqu'au milieu du séjour, puis s'arrêta.

« Tante Audrey ? » fit-il avec la voix de Seth. Une voix douce, peut-être parce qu'elle était peu utilisée. « Tu es là, tante Audrey ? »

Non. Il sentait qu'elle n'y était pas. Tante Audrey était capable, avec l'aide de Seth, de bloquer parfois l'accès à son esprit, mais jamais les pulsations régulières liées à l'existence de son esprit : sa *présence*. C'était cette présence qu'il ne sentait plus dans la maison. Elle se trouvait peut-être avec les autres, probablement même, mais elle n'était pas allée plus loin. Car Poplar Street était entourée par le désert du Nevada, en ce moment… enfin, pas tout à fait le vrai Nevada, plutôt un Nevada mental, celui qu'avait imaginé et réalisé Tak. Avec l'aide de Seth, bien entendu. Sans ce dernier, il n'aurait rien pu faire.

Tak repartit en direction de la cuisine. En réalité, le départ de tante Audrey ne l'ennuyait pas, au contraire. Seth serait plus facile à contrôler, il risquait moins d'être une cause de distraction à un moment crucial. Non pas que ce petit con puisse vraiment lui poser un problème, quelles que soient les circonstances ; il ne manquait pas de pouvoir, mais il était impuissant sur certains points cruciaux. Tout avait commencé par un combat à armes égales… en apparence. Parce que, en réalité, ils n'étaient pas à égalité. À long terme, la force brute ne fait pas le poids face à la ruse et Tak avait eu de longs millénaires pour affûter ses crochets et ses pièges. À l'heure actuelle, peu à peu, il prenait le dessus, retournant les pouvoirs extraordinaires de Seth Garin contre lui comme un maître de karaté habile ayant affaire à un adversaire puissant mais stupide.

Seth ? demanda-t-il en dérivant vers le réfrigérateur. *Où es-tu, collègue ?*

Un instant, il pensa que Seth était peut-être parti… mais c'était impossible. Ils étaient maintenant entièrement interconnectés, partenaires dans une relation aussi saprophyte que celle de frères siamois soudés à hauteur de la colonne vertébrale. Si Seth quittait son corps, toutes les fonctions du système parasympathique – cœur, poumons, reins, excrétion, reconstitution de tissus, ondes cérébrales – cesseraient. Tak n'était pas plus capable de les maintenir en fonction qu'un astronaute ne pourrait contrôler les systèmes qui l'expédient dans l'espace puis lui assurent un environnement stable. Seth était l'ordinateur embarqué, et sans l'ordinateur, l'opération était vouée à l'échec. De plus, le suicide était exclu pour Seth Garin. Tak pouvait l'en empêcher exactement comme il avait poussé Jim Reed à en commettre un. Une partie de Seth, même, ne voulait pas se libérer de Tak, pas vraiment. Parce que Tak avait tout changé. Tak lui avait donné les VACES qui n'étaient pas simplement des jouets ; Tak lui avait donné des films qui étaient réels ; Tak était sorti du Puits Chinois avec des bottes de sept lieues juste de la bonne taille pour un petit garçon solitaire. Comment désirer perdre un ami disposant d'un tel pouvoir magique ? En particulier lorsqu'on se retrouvait enfermé dans le goulag de son crâne chaque fois que votre fidèle compagnon s'esquivait ?

Seth ? répéta Tak. *Où es-tu passé, espèce de petite fouine ?*

Et, tout au fond du réseau de grottes, de tunnels et de recoins que s'était construit le garçon (la partie de lui qui ne voulait pas de Tak, celle qui était horrifiée par cet étranger qui occupait sa tête), Tak aperçut un reflet, une légère pulsation qu'il reconnut.

La *présence.*

Seth, bien sûr. Qui se cachait. Persuadé que Tak ne pouvait ni le voir, ni l'entendre, ni le renifler. D'ailleurs, il n'y parvenait pas tout à fait. Mais la pulsation était là, une sorte de bip de sonar, et s'il le fallait, Tak était capable d'aller le chercher au fond de son trou. Seth ignorait cela, et s'il se montrait un bon petit soldat, il n'aurait jamais besoin de le savoir.

Oui m'sieur, pensa Tak en ouvrant le frigo, on est une vaillante petite troupe d'un seul membre. Mais les troupiers ont aussi besoin de manger. Les troupiers peuvent même être bougrement affamés, à force de poursuivre les pilleurs de banques et les voleurs de bestiaux.

Il y avait du lait chocolaté tout frais sur l'étagère du haut. Tak prit le pichet Tupperware avec les mains sales de Seth, le posa sur le comptoir, puis inspecta le contenu du compartiment à viande. Il y avait des hamburgers, mais il ne savait pas comment les faire cuire et il n'y avait certainement aucune information sur la question dans la banque de données mémorielles de Seth. Tak ne voyait aucun inconvénient à manger de la viande crue, il aimait même bien ça, mais cela avait rendu le corps de Seth malade à deux ou trois reprises. En tout cas, tante Audrey avait mis la viande en cause, et Tak pensait qu'elle n'avait pas menti même si, avec elle, il n'était jamais tout à fait sûr. La dernière fois avait été la plus pénible : il avait vomi et chié toute la nuit. Tak s'était mis aux abonnés absents tant que la crise avait duré, faisant juste quelques incursions pour vérifier qu'on ne lui faisait pas un enfant dans le dos.

Donc, pas de hamburgers.

Il y avait du saucisson cuit, cependant, et quelques tranches de fromage Kraft – des jaunes, ses préférées. Il se servit des mains de Seth pour poser la nourriture sur le comptoir, et de l'extraordinaire esprit qu'il partageait avec son hôte pour faire flotter un verre en plastique depuis le placard où ils étaient rangés. Pendant qu'il se préparait un sandwich, déposant les tranches de saucisson sur celles de fromage entre deux morceaux de pain tartinés de moutarde, le pichet de plastique s'éleva, s'inclina et remplit le verre (un McDonald sur lequel s'agitaient des personnages de dessin animé défraîchis).

Tak but la moitié du lait chocolaté en quatre grandes rasades, rota, puis finit le verre. Il s'en versa un deuxième avec l'esprit tout en déchiquetant le sandwich, sans faire la moindre attention à la moutarde qui dégoulinait jusque sur les pieds nus de Seth. Il avalait, mordait, mâchait, avalait, buvait, rotait. Le grondement, dans ses entrailles, commença à diminuer. Le problème avec la télé – en particulier quand il regardait *Les Régulateurs* ou *MotoKops 2200* – était qu'elle captivait Tak, l'emportait dans ses rêves puissants, et qu'il en oubliait de nourrir le corps de Seth. Si bien que, tout d'un coup, ils se retrouvaient tous les deux tellement affamés que Tak arrivait à peine à penser, encore moins à agir ou à concevoir des plans.

Il vida son deuxième verre de lait, se le renversant sur la bouche pour récupérer les dernières gouttes, puis il le jeta dans l'évier avec le reste de la vaisselle sale. « Y a rien de meilleur que d'casser la croûte autour d'un feu d'camp, l'ami ! » s'exclama-t-il avec la voix de Little Joe Cartwright. Puis il retourna en flottant dans le séjour, garçon-montgolfière crasseux tenant à la main les restes d'un sandwich.

Le clair de lune envoyait ses rayons par les fenêtres. Au-delà, Poplar Street avait disparu, remplacée par la rue principale de Désolation, Nevada, telle qu'elle était en 1858, deux ans après que les quelques chercheurs d'or restant s'étaient rendu compte que l'empoisonnante argile bleue qu'ils retiraient de leur concession était en fait de l'argent… et la ville en déclin avait retrouvé son animation avec l'arrivée des orpailleurs déçus, venus des mines d'or de Californie. Un pays différent, mais des ambitions identiques : faire rapidement fortune en pillant la terre. Tak n'en avait rien su et n'avait certainement pas trouvé ces informations dans *Les Régulateurs* (qui se déroulaient au Colorado, pas au Nevada) ; Seth les avait obtenues d'un homme du nom d'Allen Symes, peu avant de rencontrer Tak. D'après Symes, 1858 était l'année où Rattlesnake n° 1, le puits du Serpent à Sonnette, s'était effondré.

De l'autre côté de la rue, à la place des maisons de Billingsley et des Jackson, s'élevaient la blanchisserie chinoise Lushan et la quincaillerie Worrell. La maison Hobart était devenue un magasin général – Owl

County – et si Tak sentait l'odeur de la fumée, le magasin n'avait pas la moindre planche carbonisée.

Tak se tourna et vit l'un des VACES posé sur le sol. Il dépassait, presque timidement, d'en dessous le canapé. Il le fit flotter dans l'air jusqu'à lui et l'arrêta à hauteur des yeux bruns de Seth, les roues tournant lentement, tandis qu'il terminait son sandwich. C'était le VACE Justice, dans lequel Tak mettait volontiers Little Joe Cartwright à la place du colonel Henry. Quant au shérif Streeter, dans *Les Régulateurs*, il lui faisait piloter le Freedom de Bounty plutôt qu'aller à cheval à Virginia City. Streeter et Jeb Murdock, qui en fait n'était pas mort mais simplement blessé, allaient devenir amis… amis avec les Cartwright, aussi… et Lucas McCain et son fils viendraient de leur ranch du Nouveau-Mexique… et… eh bien…

« Et je serai Pa, murmura-t-il. Le patron du Ponderosa et l'homme fort du Nevada. Moi. »

Avec un sourire, il fit décrire de superbes cercles autour de lui au VACE Justice. Puis il chassa ce rêve de sa tête. Un rêve pourtant délicieux ; un rêve peut-être réalisable, s'il arrivait à accumuler suffisamment de l'essence des gens qui se trouvaient encore de l'autre côté de la rue – cette chose qui sortait d'eux lorsqu'ils mouraient.

« Ça va être le moment, dit-il. Le moment de rassembler le bétail. »

Il ferma les yeux, se servant de la mémoire de Seth pour visualiser les VACES, en particulier le Meatwagon, qui allait prendre la tête de l'assaut. Sans-Visage comme pilote, la comtesse Lili comme copilote et Jeb

Murdock au poste de mitrailleur. Car c'était Murdock le plus mauvais.

Les yeux fermés, une énergie toute neuve lui illuminant l'esprit comme les feux d'artifice du 4 Juillet illuminent le ciel nocturne, Tak entreprit de monter en puissance. Cela allait lui demander un peu de temps mais, au point où en étaient les choses, il disposait de temps.

Les régulateurs n'allaient pas tarder à venir.

« Tenez-vous prêts, les gars », murmura Tak. Seth, les bras raides, avait les poings serrés et tremblants. « Tenez-vous prêts, parce qu'on va rayer cette ville de la carte. »

NOTE DE L'ÉDITEUR :

Allen Symes a travaillé pour la Deep Earth Mining Corporation comme ingénieur-géologue pendant vingt-six ans, entre 1969 et la fin de 1995. Il prit sa retraite peu avant Noël 1995 et alla habiter Clearwater, en Floride, où il mourut d'une crise cardiaque le 19 septembre 1996. C'est sa fille qui a trouvé le document ci-dessous dans un tiroir de son bureau, sous enveloppe scellée sur laquelle était écrit : INCIDENTS ÉTRANGES AU PUITS CHINOIS, *et :* LIRE APRÈS MORT.

Nous le livrons ici tel qu'il a été retrouvé.

27 octobre 1995
A qui de droit

J'écris ce qui suit pour trois raisons. Je tiens tout d'abord à éclaircir un événement qui s'est produit il y a quinze mois, pendant l'été 1994. En second lieu, je souhaite apaiser ma conscience, car si elle me tourmente moins, elle s'est cependant remise à me harceler depuis que j'ai reçu cette lettre d'Audrey Wyler, de l'Ohio, lettre à laquelle j'ai répondu par des mensonges. Je ne sais si l'on peut apaiser sa conscience en mettant par écrit des choses qui, espère-t-on, seront lues plus tard, mais je crois que cela vaut la peine d'essayer ; je souhaiterai peut-être montrer ce récit à quelqu'un, après ma retraite, voire même à Audrey Wyler. En troisième lieu, je n'arrive pas à chasser de mon esprit la manière dont ce petit garçon m'a souri.

Oui, la manière dont il m'a souri.

Si j'ai menti à Mme Wyler, c'est pour protéger l'entreprise et mon poste, mais avant tout parce que les circonstances le permettaient. Le 24 juillet 1994 tombait un dimanche, l'endroit était désert et j'ai été le seul à les voir. D'ailleurs je n'étais moi-même là que parce que j'avais des paperasses en retard au bureau. Ceux qui s'imaginent que le travail d'un ingénieur-géologue consiste à se balader à droite et à gauche devraient voir les tonnes de rapports et de formulaires que j'ai remplis en vingt-cinq ans de carrière !

Bref, je venais juste de finir lorsqu'un break Volvo est venu se garer et que toute une famille en est descendue. Je dois dire tout de suite que je n'avais jamais vu, de toute ma vie, de gens aussi excités ! On aurait dit qu'ils venaient de gagner la super-cagnotte du Loto.

Ils étaient cinq : Papa (frère de la dame de l'Ohio, sans doute), Maman, Grand Frère, Grande Sœur et Petit Frère. Petit Frère avait l'air d'avoir environ quatre ans, mais par la lettre de Mme Wyler, je sais qu'il était un peu plus vieux, et simplement petit pour son âge.

Bref, je les ai vus arriver par ma fenêtre, tandis que tous mes papiers étaient étalés devant moi. Clair comme le jour, que je les ai vus. Ils ont tournicoté autour de leur voiture pendant une minute ou deux, montrant la levée de terre au sud de la ville, excités comme tout un poulailler par temps d'orage, puis le petit a entraîné Papa vers la remorque qui me sert de bureau.

Tout cela s'est produit au siège de Deep Earth Nevada, soit deux remorques accouplées, situé à environ trois kilomètres de la nationale 50, aux limites de Désolation, patelin connu pour sa mine d'argent à l'époque de la guerre de Sécession. Aujourd'hui, l'entreprise travaille essentiellement sur le Puits Chinois, d'où nous extrayons du cuivre. Les Verts nous reprochent notre méthode, bien entendu, mais elle n'est pas aussi catastrophique qu'ils veulent bien le dire.

Bref, Petit Frère a tiré Papa directement jusqu'à l'entrée de la remorque et je l'ai entendu dire: «Frappe, papa, je sais qu'il y a quelqu'un, je le sais.» Papa a eu l'air bougrement surpris, sans que je sache pourquoi, puisque ma voiture était garée juste devant, et qu'elle ne passe pas inaperçue. Je n'ai pas tardé à découvrir que ce n'était pas à cause de ce que disait le petit morpion, mais du simple fait qu'il soit capable de le dire!

Papa s'est tourné vers le reste de sa tribu et tous lui ont dit: «Allez, frappe, vas-y, qu'est-ce que tu attends?» Excités comme tout. Je les trouvais marrants et touchants, d'une certaine manière. Ils avaient éveillé ma curiosité, je le reconnais. J'avais vu leur plaque minéralogique et je me demandais ce qu'une famille de l'Ohio pouvait bien fabriquer au fin fond du Nevada par un dimanche après-midi. Si Papa n'avait pas eu le courage de frapper, je serais tout de même sorti pour passer le reste de la journée avec eux.

Il a frappé, cependant, et dès que j'ai ouvert la porte, le petit morpion s'est engouffré dans le bureau ! Il est allé directement jusqu'au panneau d'affichage où Sally a accroché la lettre de Mme Wyler, après avoir écrit dessus à l'encre rouge : *Quelqu'un peut-il aider cette dame ?*

Le gosse a tapé sur les photos aériennes du Puits Chinois punaisées au tableau, et qui suivent la progression des travaux. Si vous aviez été là, vous comprendriez peut-être à quel point c'était étrange, mais croyez-moi sur parole quand même. On aurait dit qu'il était déjà venu dix fois dans ce bureau.

« C'est là, papa ! C'est là ! C'est la mine, la mine d'argent !

– Eh bien, ai-je dit en riant un peu, tu n'en es pas bien loin ; ce n'est pas de l'argent, mais du cuivre. »

M. Garin m'a regardé, tout rouge, et s'est excusé de cette intrusion – sur quoi il s'est introduit lui-même pour récupérer son gamin. Moi, ça m'amusait ; je trouvais ça trop drôle.

Il a ramené le petit morpion sur les marches où il devait sans doute penser qu'il était correct d'attendre. Quand on est de l'Ohio, on ne sait pas que ce genre d'« intrusion » va quasiment de soi au

Nevada. Le morpion ne s'est pas mis à piquer une crise ou à donner des coups de pied, mais il ne quittait pas des yeux les photos du panneau. Il était mignon comme tout, tendant son museau derrière l'épaule de son père, les yeux brillants. Le reste de la famille se tenait au bas des marches et suivait la scène des yeux. Les deux aînés étaient dans un état d'excitation inimaginable, et Maman avait bien l'air de partager leurs émotions.

Papa m'a expliqué qu'ils étaient de Toledo puis s'est présenté et m'a présenté sa famille. «Et voici Seth, a-t-il dit pour terminer. Seth est un enfant un peu spécial.

– Tiens, moi qui croyais qu'ils étaient tous spéciaux, ai-je répondu en lui tendant la main. Tope là, Seth, moi, c'est Allen Symes.» Et il m'a serré la main tout comme il faut. Le reste de la famille en était baba, le papa, en particulier; moi, je ne voyais pas pourquoi. Mon père m'avait appris à serrer la main des gens quand j'avais trois ans; ce n'est pas aussi dur que d'apprendre à jongler ou à faire un tour de cartes. Mais les choses n'ont pas tardé à s'éclaircir.

«Seth aimerait voir la montagne», m'a dit M. Garin, en me montrant le Puits Chinois. La face nord a effectivement un peu l'aspect d'une montagne. «Je crois qu'il veut parler de la mine.

– Oui, a dit le morpion. La mine! Seth veut voir la mine! Seth veut voir la mine d'argent ! Hoss ! Little Joe ! Adam ! Hop Sing ! »

J'ai éclaté de rire – ça faisait tellement longtemps que je n'avais pas entendu certains de ces noms – mais pas le reste de la famille. Ils ouvraient des yeux ronds et regardaient le bout de chou comme si c'était Jésus enseignant aux anciens dans le Temple.

« Hé, j'ai dit, si tu veux voir le ranch Ponderosa, fiston, ça doit être possible, mais il y a encore un bout de chemin à faire. Et on peut même y visiter une mine : on vous fait vraiment descendre sous terre dans un wagon à minerai. Le mieux, c'est probablement le Betty Carr, à Fallon. Il n'y a pas de visite au Puits Chinois, hélas ! parce que c'est une mine en activité ; elle n'est pas aussi intéressante que les anciennes mines d'or et d'argent. Ce que tu appelles une montagne n'est rien d'autre que le mur de terre derrière laquelle se trouve un grand trou dans le sol.

– Il ne comprend pas grand-chose à ce que vous dites, m'sieur, me dit alors Grand Frère. Je l'aime beaucoup, mais il n'est pas très rapide. » Et il s'est tapoté le côté de la tête.

Mais le morpion avait pigé, ce qui était d'autant plus facile à voir qu'il s'était mis à pleurer. Pas fort, pas le sale gosse qui fait un caprice, mais tout doucement, comme s'il avait perdu quelque chose qu'il aimait beaucoup. Les autres le regardaient, l'air tout malheureux, à croire que le chien de la maison venait de mourir. Grande Sœur a dit que Seth ne pleurait jamais, d'habitude. Ça n'a fait qu'exciter un peu plus ma curiosité. Je ne parvenais pas à comprendre ce qui leur arrivait, et ça me démangeait férocement de le savoir. Je regrette aujourd'hui de ne pas avoir laissé tomber.

M. Garin m'a alors demandé s'il pouvait me parler en privé une minute ou deux, et j'ai dit d'accord. Il a donné Petit Frère à sa femme ; le gosse continuait à pleurer doucement, de grosses larmes qui coulaient le long de ses joues, et que je sois pendu si Grande Sœur n'avait pas aussi sa petite fuite au coin de l'œil. Garin est entré dans la remorque et a refermé la porte derrière lui.

Il m'a raconté plein de trucs sur Seth Garin en très peu de temps, mais le plus important, c'est à quel point ils l'aimaient. Il ne me l'a pas dit carrément, comme ça, au cas où j'aurais eu des doutes. Ça se voyait, c'est tout. Il m'a donc expliqué que Seth était autiste, qu'il ne prononçait pratiquement jamais une parole que l'on puisse comprendre et qu'il ne montrait pas beaucoup d'intérêt pour la «vie ordinaire», mais qu'à l'instant où il avait vu le contrefort nord du Puits Chinois, depuis la route, il s'était mis à baragouiner comme un fou, en montrant tout le temps la levée de terre.

«On a tout d'abord commencé par le laisser s'exciter et j'ai poursuivi ma route, a dit Garin. D'ordinaire, Seth est calme, mais des manifestations de ce genre s'étaient déjà produites. June les appelle ses sermons. Cependant, quand il a vu que je ne faisais pas demi-tour, que je ne ralentissais même pas, il a commencé à parler. Pas seulement des mots, mais des phrases. *Reviens, s'il te plaît, Seth veut voir la mine, Seth veut voir Hoss et Adam et Little Joe.*»

J'ai quelques notions sur l'autisme ; mon meilleur ami a un frère soigné à Sierra Four, l'hôpital psychiatrique de Boulder City. Je l'ai accompagné là-bas à plusieurs reprises et j'ai vu des autistes de près ; je n'aurais peut-être pas cru Garin si je n'avais pas fait cette expérience moi-même. A Sierra, beaucoup de types ne parlent pas, certains ne bougent même pas. Les pires ont l'air d'être morts, le regard vitreux, et c'est à peine si l'on voit leur poitrine se soulever.

«Il adore les westerns et les séries télé, a continué Garin, et j'imagine que ce déblai lui a rappelé quelque chose qu'il a vu dans *Bonanza*.»

J'ai pensé qu'il l'avait peut-être vu dans un épisode de *Bonanza*, mais je ne crois pas l'avoir dit à Garin. Dans ces vieilles séries, on filmait beaucoup de paysages (pour le «remplissage») et le Puits Chinois est en activité depuis 1957 ; ça n'a donc rien d'impossible.

«Bref, dit-il, c'est une étape décisive pour Seth, mais je crois que le mot juste serait plutôt un "miracle". Parce qu'il n'y a pas seulement le fait qu'il s'est mis à parler.

– Oui, ai-je dit, pour une fois, il s'intéresse vraiment au monde qui l'entoure, n'est-ce pas ? »

Je pensais à tous ces types de Sierra ; ils donnent toujours l'impression d'être ailleurs. Même lorsqu'ils pleurent, qu'ils rient ou font d'autres bruits, ils ont l'air d'être absents.

« Oui, en effet, a répondu Garin. Comme si des projecteurs s'étaient allumés dans sa tête. Je ne sais pas ce qui a provoqué ça, je ne sais pas combien de temps cela durera, mais… ne pouvez-vous pas nous amener voir les opérations de minage, monsieur Symes ? Je sais que c'est interdit, en principe, et je parie que votre assureur aurait une attaque s'il l'apprenait ; pourtant, cela signifierait tellement pour Seth… Cela signifierait tellement pour nous tous ! Nous avons un budget plutôt serré, mais je pourrais vous donner quarante dollars pour votre peine.

– Même pour quatre cents, je ne le ferais pas. C'est le genre de chose qu'on fait pour rien ou qu'on ne fait pas. Venez. On va prendre un des ATV. Votre aîné pourra le conduire, si vous n'y voyez pas d'objection. Ça aussi, c'est interdit par le règlement, mais tant qu'à se faire pendre, que ce soit au moins pour un bœuf et pas pour un œuf. »

A tous ceux qui, en lisant ceci, me trouveront peut-être bien peu raisonnable sinon carrément dément, je dirai : si seulement vous aviez vu la manière dont le visage de Garin s'est illuminé ! Je suis désolé au-delà de tout pour ce qui lui est arrivé en Californie, à lui et à sa famille, et que je n'ai appris que par la lettre de sa sœur, mais croyez-moi si je vous dis que ce jour-là il était heureux, et que je suis content d'avoir pu y contribuer.

Nous avons passé de bons moments, avant notre «petite frousse». Garin laissa son fils aîné conduire jusqu'à la levée – le gosse était excité au point qu'il m'aurait élu Dieu, si je m'étais présenté pour le poste. C'était une famille charmante et entièrement dévouée au petit Seth. Tous. C'était sans doute stupéfiant pour lui de se mettre tout d'un coup à parler comme il l'a fait, mais combien de gens bouleverseraient pour cela leurs plans de voyage, sans hésiter un instant ? C'est ce qu'ont fait ces gens, et sans que quiconque y trouve à redire.

Le petit morpion n'a pas cessé de babiller à cent à l'heure pendant tout le trajet jusqu'au puits. Du charabia, la plupart du temps, mais pas toujours. Il n'arrêtait pas de parler des personnages de *Bonanza*, du ranch Ponderosa, des hors-la-loi et des mines d'argent. Il pensait aussi à un dessin animé. Les Motor Cops, je crois. Il m'en a montré un des personnages, une femme rousse armée d'un pulvérisateur qu'on pouvait placer dans sa main. Il tapotait mon tout-terrain et l'appelait le Dream Floater Justice. Sur quoi Grand

Frère s'est mis à faire son important, derrière le volant (on devait bien rouler à quinze à l'heure) et a dit : « Ouais, et moi je suis le colonel Henry. Attention, Corridor de Force droit devant ! » Et ils ont tous ri. Moi aussi, parce que je m'étais laissé gagner par leur excitation.

Au point, d'ailleurs, que l'une des choses qu'a dites le petit ne m'a frappé que plus tard. Il n'arrêtait pas de parler de « la vieille mine ». Sur le coup, j'ai dû penser que c'était sorti de *Bonanza*, ou j'ai rien pensé du tout. Il ne m'est jamais venu à l'esprit, en tout cas, qu'il pouvait parler de Rattlesnake n° 1 : impossible qu'il en ait entendu parler. Même les gens de Désolation ignoraient que nous l'avions découvert à la suite d'un tir, la semaine précédente. C'était d'ailleurs à cause de cela que j'avais toute cette paperasse à me taper un dimanche après-midi, en particulier le rapport au siège social sur ce que nous avions trouvé, avec des suggestions sur la manière d'en disposer.

Lorsque l'idée que Seth Garin parlait en fait de Rattlesnake n° 1 me vint à l'esprit, je me suis souvenu de la façon dont il avait couru directement jusqu'au tableau d'affichage, dans le bureau, comme si c'était pour la millième fois. Ça m'a fait un sale effet, mais il y avait un autre détail, quelque chose que j'ai remarqué après leur départ pour Carson, et qui m'a fait un effet encore plus désagréable. J'y viendrai dans une minute.

Une fois au pied de la « montagne », j'ai

repris le volant pour emprunter la route d'accès, une excellente route en gravier, plus large que certaines nationales. Une fois de l'autre côté du sommet, ils se sont tous mis à pousser des *oh!* et des *ah!* car comme trou dans le sol, il n'est tout de même pas banal – il descend pratiquement jusqu'à trois cents mètres et présente une coupe de terrains qui remontent au paléozoïque, il y a trois cent vingt-cinq millions d'années. On y trouve de très belles strates de porphyre, dans lesquelles on voit des cristaux violets et verts que nous appelons des grenats skarn. D'en haut, nos véhicules de chantier ont l'air de jouets. Mme Garin a dit en plaisantant que les hauteurs lui donnaient le tournis et qu'elle allait peut-être vomir, mais ce n'est pas de la blague, c'est une chose qui arrive parfois à certaines personnes, tellement la pente est abrupte.

C'est alors que Grande Sœur (désolé, j'ai oublié son prénom, un truc comme Louise, je crois) a montré quelque chose de l'autre côté, tout en bas, et m'a demandé : « C'est quoi ce trou entouré de bandes jaunes ? On dirait un gros œil noir.

– Ça, c'est la découverte de l'année. Tellement importante que c'est encore un secret. Je vous le dirai si vous êtes capables de tenir votre langue. Je compte sur vous, n'est-ce pas ? Sans quoi, je pourrais avoir des ennuis avec la compagnie. »

Ils me l'ont promis ; je me disais que de toute façon, comme ils n'étaient que de passage, je ne risquais pas grand-chose ;

et aussi que le petit garçon aimerait cette histoire, lui qui était fou de *Bonanza* et de trucs comme ça. Et, comme je l'ai dit, il ne m'est venu à l'esprit que bien plus tard qu'*il la connaissait déjà.* Mais par quel miracle ?

«Ce trou, c'est le vieux Rattlesnake n° 1, le puits du Serpent à Sonnette, ai-je dit. Du moins, c'est ce que nous croyons. Nous l'avons découvert après le dernier dynamitage. Le creusement du Rattlesnake remonte à 1858.»

Jack Garin m'a demandé ce qui se trouvait à l'intérieur. J'ai dit que nous l'ignorions, que personne n'y était entré ; le règlement l'interdit. Mme Garin, elle, a voulu savoir si la compagnie allait explorer la galerie, plus tard, et j'ai dit que peut-être, si elle obtenait le permis. Je ne leur ai pas menti, sinon par omission. La découverte a été purement accidentelle ; on venait de faire sauter une partie de la face sud, et lorsque les rochers ont arrêté de rouler et que la poussière s'est déposée, le trou était là ; personne, dans la compagnie, ne pense que c'est le genre d'accident dont on doit se vanter.

De puissants intérêts seraient entrés en jeu si la nouvelle s'était répandue, c'est certain. L'histoire veut que quarante à cinquante mineurs chinois aient été emmurés vivants là-dedans, quand leur galerie s'est effondrée ; si c'est exact, ils s'y trouvent toujours, comme des momies au fond d'une pyramide. Les fous d'histoire voudraient tout savoir de leurs vêtements et de leur outillage, sans parler de l'intérêt que pourraient présenter les cadavres eux-mêmes. Nous étions nombreux, ici, à être intéressés, mais il n'était pas question de se livrer à une exploration approfondie sans l'aval des gros bonnets de la compagnie, à Phoenix ; personne, cependant, ne croit qu'ils nous le donneront. Deep Earth n'est pas une organisation charitable, comme le lecteur l'aura évidemment compris, et l'exploitation minière est devenue, à notre époque, une entreprise à hauts risques. Le Puits Chinois ne rapporte de l'argent que depuis 1992 et ici, les gens se lèvent le matin sans être tout à fait sûrs d'avoir encore leur travail en arrivant sur le site. Beaucoup dépend du prix du cuivre sur le marché (l'exploitation par lessivage revient cher), mais le danger vient surtout des écologistes. Les choses vont un peu mieux depuis quelque temps ; les politiciens actuels sont un peu moins bêtes, mais il y a encore une bonne douzaine de plaintes déposées devant la Cour fédérale, la plupart par des Verts qui voudraient nous voir fermer. Pas mal de gens, dont moi, autant le dire, pensent que la direction ne tient pas à compliquer les choses en criant sur les toits que nous avons découvert un ancien site minier, probablement d'un grand intérêt historique. Comme l'a dit Yvonne Bateman, une de mes collègues : « Ce serait bien le genre de ces bisouilleurs d'arbres de demander le classement de la mine comme site historique national, au niveau fédéral ou de la Commission historique du Nevada. Ce serait un excellent moyen d'obtenir une fermeture définitive.» Appelez ça de la parano si vous voulez (certains ne se gênent pas pour le faire), mais pour un type comme moi, qui sait qu'il y a une centaine de bonshommes qui dépendent de la mine pour nourrir leur famille, le point de vue n'est pas le même et cela vous rend prudent.

Grande Sœur a dit que ce trou lui fichait la frousse, et j'ai dit qu'à moi aussi. Elle m'a demandé si j'y étais entré ou si j'oserais le faire et j'ai répondu : certainement pas. Elle a alors voulu savoir si j'avais peur des fantômes ; non, je lui ai dit, mais des effondrements, oui. Il est stupéfiant que la galerie n'ait pas été entièrement aplatie. Elle avait été ouverte dans de la cornéenne et de la rhyolite cristalline - reste de l'activité volcanique du Grand Bassin - et c'est déjà un matériau fichtrement instable, même quand on ne déclenche pas des explosions à côté. Je lui ai dit que je n'y pénétrerais que lorsqu'elle serait renforcée d'une structure en béton armé tous les deux mètres - sans savoir que j'allais m'y enfoncer si loin que je ne reverrais le soleil que le lendemain matin !

Je les ai conduits dans le baraquement et je leur ai donné des casques de chantier, puis je leur ai montré tous nos engins de terrassement, pelleteuses, broyeuses, et leur ai expliqué comment nous procédions pour le lessivage du minerai. Une vraie visite guidée. Le petit Seth avait presque arrêté de parler, mais il avait les yeux aussi brillants que les grenats que l'on trouve toujours dans les déblais !

Bon. C'est le moment de parler de la «petite frousse» à laquelle je dois tant de doutes et de mauvais rêves (sans parler d'un sacré problème de conscience, et ce n'est pas une plaisanterie, quand on est mormon et qu'on prend la religion au sérieux). Elle ne nous a d'ailleurs pas paru si petite que ça, sur le coup, et ne me le paraît toujours pas, pour dire la vérité. J'y ai repensé un million de fois et pendant que j'étais au Pérou, où j'inspectais des dépôts de bauxite, j'en ai rêvé une bonne douzaine de fois. A cause de la chaleur, peut-être. Il régnait en effet une chaleur écrasante, à l'intérieur de Rattlesnake n° 1. J'ai été dans plus d'un puits de mine, et d'habitude il y fait frais, quand on ne s'y gèle pas ! J'ai lu quelque part qu'il fait chaud dans quelques-unes des mines d'or d'Afrique du Sud les plus profondes, mais je n'y ai jamais été. Et là, en plus, il s'agissait d'une chaleur intense; et humide, aussi, comme dans une serre.

Mais j'anticipe, et il ne faut pas. Je dois essayer de dire les choses sans tourner autour du pot, d'un bout à l'autre; Dieu soit loué, elles ont bien tourné. Je peux aussi remercier Dieu parce que cela ne risque plus de se reproduire. Début août, même pas deux semaines plus tard, tout le machin s'est effondré. Il y a peut-être eu une faible secousse dans le dévonien, ou bien l'air extérieur a eu un effet corrosif sur l'appareil de bois restant. On ne le saura jamais exactement : toujours est-il que tout s'est écroulé, des millions de tonnes de schiste, d'argile et de calcaire. Quand je pense que M. Garin et son petit garçon (sans parler d'un certain Allen Symes, géologue émérite) ont bien failli se retrouver là-dessous, ça me hérisse encore le poil.

Grand Frère, Jack, voulait voir Mo, notre plus grosse excavatrice. Elle se déplace sur des chenilles et s'attaque aux pentes intérieures, ouvrant des tranchées à des intervalles d'un peu moins de vingt mètres. A une époque (dans les années soixante-dix) Mo était la plus grande excavatrice existant sur la planète Terre et c'est un engin qui fascine la plupart des enfants, surtout les garçons. Les grands garçons aussi! Garin voulait «la voir de près» tout autant que son fils, et je pensais qu'il en allait de même pour Seth – ce en quoi je me trompais.

Je leur ai montré l'échelle qui permet de monter jusqu'à la cabine du machiniste, laquelle se trouve à vingt-cinq mètres du sol. Jack a demandé s'il pouvait y monter, et je lui ai dit que non, que c'était trop dangereux, mais qu'il pouvait se balader sur la chenille, s'il voulait. Ce qui est une expérience étonnante, vu que chacune de ces chenilles est aussi large qu'une rue et que les plaques qui les composent font un mètre sur un mètre. M. Garin a posé Seth au sol, et lui et Jack sont donc montés par l'échelle sur l'une des chenilles de Mo. Je les ai suivis, redoutant que quelqu'un se fiche par terre. Parce que, en cas d'accident, c'est moi qui aurais été en première ligne dans le procès. June Garin s'est reculée pour pouvoir prendre des photos; nous nous tenions par les épaules, on riait, on faisait les clowns devant l'objectif et on s'en payait une tranche comme jamais – jusqu'au moment où Grande Sœur a crié : « Hé ! Reviens, Seth ! Il ne faut pas aller par-là ! »

D'où j'étais, je ne pouvais pas l'apercevoir à cause de l'excavatrice, mais je voyais très bien sa mère, et son air effrayé quand elle l'aperçut…

« Seth ! cria-t-elle à son tour, reviens tout de suite ! » Elle recommença deux ou trois fois, puis laissa tomber l'appareil photo sur le sol, comme un vieux paquet de cigarettes, et se mit à courir. Je n'avais pas besoin d'en savoir davantage. La voir flanquer par terre un appareil aussi coûteux que ce Nikon me suffisait. En trois bonds, j'avais regagné l'échelle. Un miracle que je ne me sois rien cassé. Encore plus miraculeux que Garin et Jack ne se soient rien cassé non plus, je suppose, mais sur le moment, je n'y ai pas pensé. Je n'ai même pas pensé à eux, pour tout dire.

Le petit garçon escaladait déjà la pente aboutissant à la vieille galerie, qui ne se trouvait qu'à six ou sept mètres au-dessus du fond de la mine. J'ai tout de suite vu que sa mère ne pourrait le rattraper à temps. Que personne n'allait le rattraper à temps, si son intention était bien de pénétrer à l'intérieur. J'avais le cœur qui voulait dégringoler dans les bottes, mais je ne le laissai pas faire. Je me mis à courir aussi vite que je pus. Je rattrapai Mme Garin au moment où Seth arrivait à l'entrée de la galerie. Il s'arrêta une seconde, et je me pris à prier pour qu'il n'avance pas davantage. Me disant que si l'obscurité ne lui faisait pas peur, il serait peut-être repoussé par l'odeur – une odeur de vieux feu de camp, cendres, café brûlé, bouts de viande et d'os, le tout mélangé. Puis il est entré, sans même un regard pour moi qui lui criais après.

Je dépassai sa mère, lui disant de rester dehors, pour l'amour du Ciel, que j'allais entrer et le ramener. Je lui demandai de dire la même chose à son mari, mais évidemment, Garin n'a pas écouté. Je crois que j'aurais fait comme lui, dans les mêmes circonstances.

J'escaladai la pente et passai au milieu des bandes jaunes – le morpion était petit et s'était faufilé dessous. J'entendais le faible grondement qui monte toujours des vieilles galeries de mine. On dirait le bruit du vent, ou d'une chute d'eau lointaine. J'ignore d'où il provient, mais c'est un bruit qui ne m'a jamais plu; il a quelque chose de surnaturel.

Ce jour-là, cependant, j'ai entendu un autre son qui m'a encore moins plu. Un grondement sourd, comme murmuré. Je ne l'avais pas entendu, les autres fois où j'étais venu inspecter l'entrée de la galerie, mais je savais très bien de quoi il s'agissait : la cornéenne et la rhyolite qui frottaient l'une contre l'autre. On dirait que la terre parle. C'est un bruit qui provoquait toujours l'évacuation des mineurs, dans l'ancien temps, parce qu'il signifiait que la galerie pouvait s'effondrer d'un instant à l'autre. Je crois que les Chinois qui ont creusé le Rattlesnake n° 1, en 1858, ne devaient pas savoir ce que signifiait ce crissement – ou qu'on ne leur permettait pas d'y prêter attention.

Je glissai juste après avoir franchi les rubans et tombai sur un genou, ce qui me permit d'apercevoir quelque chose sur le sol : son petit personnage en plastique, la rouquine avec le désintégrateur. Elle avait dû tomber de la poche du gosse au moment où il s'était engagé dans la galerie, et de la voir au milieu de ces débris rocheux que nous appelons la roche mère me parut de mauvais augure. Je la ramassai, la mis dans ma poche et n'y pensai plus jusqu'au moment où, l'excitation retombée après l'issue heureuse de l'aventure, je la rendis à son propriétaire. J'en ai parlé à mon petit-neveu, et il m'a dit qu'il s'agit de Cassie Stiles (orth. ?) du feuilleton des Motor Cops dont le petit morpion ne cessait de parler.

J'entendis des cailloux rouler et des halètements dans mon dos, je me retournai et vis Garin qui escaladait la pente. La mère et les deux aînés étaient restés en bas, serrés les uns contre les autres.

«Vous, retournez là-bas ! Cette galerie peut s'effondrer à tout moment ! Elle a presque cent cinquante ans !

– Elle pourrait en avoir mille, je m'en fous ! C'est mon fils qui est là-dedans et je vais aller le chercher. »

Il n'était pas question que nous restions là à nous disputer ; il y a parfois des cas où l'on doit agir et ne pas s'arrêter, en espérant que Dieu tiendra le toit en place. C'est ce que nous avons fait.

Je me suis retrouvé plusieurs fois dans des endroits sinistres, au cours de ma carrière d'ingénieur-géologue, mais les dix minutes (peut-être plus, peut-être moins, j'avais perdu la notion du temps) que j'ai passées dans le Rattlesnake restent de loin les plus terrifiantes. La galerie s'enfonçait en pente raide et nous avons commencé à courir, éclairés par la lumière du jour, sur les premiers vingt à trente mètres. L'odeur – cendre froide, café brûlé, viande avariée – devint très vite puissante, et cela aussi était étrange. Les vieilles mines dégagent parfois une odeur « minérale », mais en général c'est à peu près tout. Nous marchions sur des déblais et il fallait faire attention, car on risquait de trébucher à tout instant. Les poteaux et entretoises étaient couverts de caractères chinois, certains gravés dans le bois, d'autres tracés à la suie de bougie. Remarquer ce genre de détails vous fait brusquement saisir que ce que vous avez lu dans vos livres d'histoire est vraiment arrivé. N'a nullement été inventé. Le passé, soudain, prend un poids réel.

Garin appelait son fils à pleins poumons, lui disant de revenir, que c'était dangereux. J'eus envie de lui faire remarquer que le son de sa voix pouvait suffire à provoquer l'effondrement général, comme les cris peuvent déclencher une avalanche, en montagne, mais je ne dis rien. Il n'aurait pas été capable de se taire. Il ne pensait qu'à son garçon.

Sur mon trousseau de clés, j'ai aussi un petit canif, une loupe et une lampe-crayon. J'ai décroché la lampe et nous avons continué en nous éclairant avec, nous enfonçant toujours plus loin dans la galerie, dans les crissements de la rhyolite et le ronronnement lointain de la galerie, et avec cette odeur dans les narines. Elle se réchauffait au fur et à mesure que nous avancions, et plus elle se réchauffait, plus elle paraissait récente - sauf qu'à la fin ce n'était plus du tout une odeur de feu de camp. Mais un remugle de pourriture, comme celui d'une carcasse en décomposition.

Nous sommes alors arrivés aux premiers ossements. Avec mes collègues, nous avions éclairé la galerie avec des projecteurs, mais nous n'avions pas vu grand-chose. Les discussions étaient ensuite allées bon train, pour savoir s'il y avait ou non quelque chose là-dedans. Yvonne estimait qu'il n'y avait rien, que personne ne se serait aventuré dans une galerie creusée de cette manière, pas même une bande de

Chinois mis aux fers; qu'il s'agissait de boniments, d'une légende. Mais après avoir parcouru environ deux cents mètres, ma petite lumière a suffi pour nous montrer, à Garin et à moi, qu'Yvonne se trompait.

Les os étaient partout; crânes, bassins, tibias et humérus fendus tapissaient le sol de la galerie. Les plus hideux étaient les cages thoraciques, qui avaient l'air de sourire comme le chat d'Alice. Quand on marchait dessus, elles ne craquaient pas, comme on aurait pu s'y attendre, mais tombaient en poussière. L'odeur était plus forte que jamais, et je sentais la sueur qui me dégoulinait sur la figure. J'avais l'impression d'être dans la salle des machines d'un bateau, pas dans une mine. Et les parois ! Ils n'avaient pas seulement mis leurs initiales ou leurs noms ici et là : il y avait des caractères partout, tracées à la fumée de bougie. Comme si l'accès s'était bouché et que, prisonniers ici, ils avaient tous décidé d'écrire leur testament sur les poteaux de soutènement.

J'ai pris Garin par l'épaule. «Nous sommes allés trop loin. Il doit se trouver quelque part, dans un recoin, et nous l'avons manqué.

– Je ne crois pas, dit-il.

– Et pourquoi ?

– Parce que je sens qu'il est là-devant. *Seth ! Je t'en prie, mon chéri ! Si tu es là, fais demi-tour et reviens !*»

La réponse me hérissa les cheveux sur la nuque. Un chant. Pas des mots, juste la petite voix du garçon qui faisait *la-la-la* et *dum-diddle-dum*. Une ébauche d'air, mais assez pour qu'on puisse reconnaître le thème de *Bonanza*.

Garin me regarda, je voyais le blanc de ses yeux écarquillés dans l'obscurité, et il me demanda si je croyais toujours qu'on l'avait dépassé. Qu'est-ce que je pouvais répondre à ça ? Nous avons donc continué.

Nous sommes alors tombés sur du matériel, des tasses, des pics rouillés, de curieux outils à manche très court, et des petites boîtes en tôle attachées à des sangles que je reconnus pour en avoir vu au musée des Mineurs, à Ely : des lampes que les mineurs s'attachaient au front comme des phylactères, par-dessus un foulard pour ne pas être brûlés. Il y avait aussi des dessins exécutés à la bougie, en plus des caractères chinois, des créatures horribles, coyotes à mufle d'araignée, pumas avec des scorpions sur le dos, chauves-souris à tête de bébé. Je me suis demandé, depuis, si j'avais réellement vu ces choses ou bien si ce n'était pas des hallucinations, tant l'air était vicié, là en bas. Je n'ai pas demandé à Garin, en sortant, s'il avait vu les mêmes choses que moi et je ne sais pas si c'est un oubli ou si c'est parce que je redoutais de poser la question.

Il s'est arrêté pour ramasser un objet. Une petite botte de cow-boy noire restée coincée entre deux roches. Sans doute le petit morpion n'avait-il pas été capable de dégager sa jambe autrement qu'en abandonnant la chaussure. Garin la brandit dans le rayon de la lampe, pour que je la voie, puis la mit dans sa chemise. On entendait toujours les *la-la-la* et les *dum-diddle-dum*, et on savait donc qu'il se trouvait toujours devant. Au bruit, j'avais l'impression que nous nous rapprochions de lui, mais je ne me laissais pas trop gagner par l'espoir. Sous terre, on ne peut jamais dire. Les sons portent curieusement, des fois.

On a continué, continué, je ne sais sur quelle distance, mais la galerie descendait toujours, et l'air devenait de plus en plus brûlant. Il y avait moins d'ossements sur le sol, mais davantage de pierres effondrées. J'aurais pu braquer le rayon de la lampe sur le plafond pour voir comment il était étayé, mais je n'ai pas osé. Je n'ai même pas osé estimer à quelle distance de l'entrée nous étions ; sans doute devions-nous nous trouver à au moins quatre cents mètres. Probablement davantage. Je commençais à me dire que nous n'en ressortirions jamais. Le plafond allait s'écrouler et la question serait réglée. Ce serait rapide, au moins, plus rapide que pour les Chinois qui étaient morts d'asphyxie ou de soif dans cette même galerie. Je n'arrêtais pas de m'inquiéter pour les cinq ou six livres que j'avais empruntés à la bibliothèque, me demandant si quelqu'un penserait à les rapporter et à payer l'amende sur mes maigres économies. C'est marrant, ce qui peut nous passer dans la tête quand on est dans une situation critique.

Juste avant que le rayon de lumière ne tombe sur le petit morpion, il changea d'air. Je ne le reconnus pas, mais son père me dit ensuite que c'était le thème des Motor Cops. Je n'en parle que parce que, pendant une ou deux secondes, on aurait dit que quelqu'un d'autre chantait les *la-la-la* avec lui, genre seconde voix. C'était certainement ce ronronnement sourd et distant dont j'ai déjà parlé, mais ça m'a tout de même fichu un sacré coup, je vous le dis. Garin l'a aussi entendu ; je ne le distinguais qu'à peine, dans la lumière de ma petite lampe, mais il avait l'air d'avoir presque aussi peur que moi. Son visage ruisselait de sueur et sa chemise lui collait à la peau.

«Je crois que je le vois, je crois que je le vois ! dit-il soudain avec un geste. Il est là, il est là ! Seth ! Seth ! » Il courut vers son fils, trébuchant sur les cailloux et titubant comme un ivrogne, mais réussissant cependant à garder l'équilibre. Je ne pouvais que prier Dieu qu'il ne tombe pas contre l'un de ces vieux étais. Il se serait sans doute pulvérisé comme les ossements, et l'histoire aurait fini ici.

Puis moi aussi j'ai vu le gosse – avec sa chemise rouge et son jean, il était difficile à rater. Il se tenait devant la paroi sur laquelle se terminait la galerie. A l'aspect lisse de la roche, on voyait clairement que ce n'était pas un autre effondrement ; sinon, il y aurait eu un amoncellement rocheux. La paroi en question présentait une fissure et, un instant, j'ai eu l'impression que le gosse cherchait à se faufiler par là. Ça m'a flanqué une belle frousse, d'autant qu'avec sa petite taille il y serait parvenu et que jamais les deux adultes que nous étions n'auraient pu le suivre. Mais je m'étais trompé. Une fois plus près, je vis qu'il se tenait devant, parfaitement immobile. Sans doute avais-je été victime des ombres dansantes projetées par la petite lampe-crayon – je ne vois pas d'autre explication.

Son père le prit dans ses bras. Il appuyait le visage contre le buste de l'enfant, si bien qu'il ne vit pas ce que j'ai vu, et qui n'a duré qu'une seconde. Le gosse souriait, mais ce n'était pas un beau sourire. Il avait les lèvres retroussées presque jusqu'aux oreilles, et on voyait toutes ses dents. Il avait les yeux tellement exorbités qu'on aurait dit qu'ils allaient lui sortir de la tête. Puis son père a changé de position pour pouvoir l'embrasser, et l'expression a disparu. J'étais bien content. Le temps qu'elle a duré, le petit garçon que je venais de rencontrer fut méconnaissable.

« Mais qu'est-ce que tu faisais ? » lui demanda son père. Il criait, sans se fâcher vraiment, parce qu'il embrassait l'enfant pratiquement à chaque mot. « Tu as fait affreusement peur à ta mère ! Pourquoi as-tu fait ça ? Pourquoi, au nom du Ciel, es-tu entré ici ? »

Ce fut la dernière fois qu'il s'exprima de manière intelligible, et c'est pourquoi j'ai retenu ce qu'il a répondu : « C'est le colonel Henry et le major Pike qui me l'ont dit. Ils m'ont dit que je verrais le Ponderosa. Ici.» Il montra du doigt la fente, au milieu de la veine. «Mais j'ai pas pu. Ponderosa, il y est plus.» Puis il posa la tête sur l'épaule de son père et ferma les yeux, comme s'il était épuisé.

«Repartons, ai-je dit. Je marcherai derrière vous, sur votre droite, pour vous éclairer. Ne traînez pas, mais ne courez pas non plus. Et pour l'amour du Ciel, ne vous cognez surtout pas contre la camelote qui soutient tout ce machin en l'air.»

Dès que nous avons eu le gosse, le grondement sourd qui montait du sol parut s'amplifier. J'avais même l'impression d'entendre les poutres craquer. Je ne suis pas du genre imaginatif, d'habitude, mais on aurait dit qu'elles essayaient de parler. De nous dire de ficher le camp tant qu'il était encore temps.

Je n'ai cependant pas pu résister à l'envie d'éclairer une dernière fois cette fente dans la paroi. En me penchant dessus, j'ai senti un courant d'air. Ce n'était donc pas une simple fissure; elle communiquait avec une faille, de l'autre côté. Peut-être avec une grotte. L'air qui en provenait était aussi chaud que s'il sortait d'un fourneau et dégageait une odeur féroce. Une seule bouffée, et je dus retenir ma respiration pour ne pas vomir. C'était l'odeur de feu de camp abandonné, en cent fois plus fort. Je me suis creusé la cervelle pour comprendre ce qui, à une telle profondeur, pouvait sentir aussi mauvais, mais en vain. Il n'y a que l'air frais qui peut faire puer les choses ainsi;

cela signifie cependant qu'il y aurait une cheminée quelque part ; or Deep Earth exploite ce site depuis 1957, et s'il y avait eu une cheminée naturelle pour produire une telle puanteur, on l'aurait trouvée et explorée ou bouchée.

La fissure présentait l'aspect d'un zigzag ou d'un éclair et il semblait qu'il n'y avait pas grand-chose à voir derrière, sinon la masse rocheuse à un mètre tout au plus. Pourtant, j'avais l'impression d'un espace plus grand, et il y avait cet air brûlant qui en sortait. J'ai cru un instant voir danser des sortes d'escarbilles rougeoyantes, mais c'était sans doute mon imagination car j'ai cligné des yeux et elles disparurent.

Je me tournai vers Garin et lui dis d'avancer.

«Une seconde, donnez-moi une seconde», dit-il. Il avait sorti la petite botte de sa chemise et l'enfilait au pied de son fils. C'était le plus tendre des spectacles, qui disait tout ce qu'on a besoin de savoir sur l'amour paternel. «Très bien, allons-y.

– Bon. Et faites attention à ne pas trébucher.»

Nous avons marché aussi vite que nous avons pu, mais ça n'en finissait pas. Dans les cauchemars dont j'ai parlé, je voyais toujours le rond lumineux de ma petite lampe-crayon glisser sur les crânes. Je n'en ai pas vu tellement, en réalité, pendant que nous étions au fond, et beaucoup étaient en morceaux, mais dans mes rêves il y en avait des milliers qui tapissaient le sol comme des œufs dans un carton ; tous affichaient le sourire que le petit m'avait adressé quand son père l'avait pris dans ses bras, et dans leurs orbites vides je voyais danser de petites escarbilles rouges semblables à celles qui s'élèvent d'un incendie de forêt.

Ce fut une marche assez épouvantable, dans l'ensemble. Je cherchais constamment des yeux la lumière du jour, devant nous, et je restai longtemps sans rien voir. Puis, lorsque je l'aperçus enfin - rien qu'un point minuscule que j'aurais pu cacher avec le gras du pouce, au début -, le bruit de broyage de la rhyolite parut brusquement enfler et je ne pus m'empêcher de me dire que la galerie allait attendre que nous soyons tout près de la sortie pour s'effondrer et nous écraser, telle une main énorme s'abattant sur des mouches. Comme si un trou dans la terre pouvait penser ! Cependant, quand on se retrouve dans un endroit pareil, notre imagination a tendance à battre la campagne. Les bruits sont étranges, nos idées aussi.

Autant ajouter tout de suite que je nourris encore quelques idées étranges sur Rattlesnake n° 1. Je n'irais pas jusqu'à écrire que la galerie était hantée, pas même dans un rapport confidentiel comme celui-ci, un rapport que personne ne lira jamais, peut-être, mais je n'irais pas non plus jusqu'à dire qu'elle ne l'était pas. Après tout, une ancienne mine pleine de cadavres n'est-elle pas l'endroit idéal pour y trouver des fantômes ? Quant à ce qu'il y avait de l'autre côté de la paroi, derrière la fissure, et en admettant que j'aie réellement aperçu quelque chose - les escarbilles rouges -, ce n'était pas des fantômes.

Les trente derniers mètres furent les plus durs. Il me fallut déployer les plus grands efforts pour ne pas passer devant Garin et courir ; je me rendais compte qu'il partageait la même envie. Nous continuâmes cependant d'avancer comme si de rien n'était, probablement en pensant l'un et l'autre que nous ne ferions que terroriser un peu plus le reste de la famille si nous jaillissions de là comme poursuivis par tous les démons de l'enfer. Nous sortîmes d'un pas normal ; Seth dormait dans les bras de son père.

Telle a été notre «petite frousse».

June Garin et les deux aînés pleuraient et tous les trois se mirent à couvrir le petit de caresses et de baisers, comme s'ils n'arrivaient pas à croire qu'il était là. Il se réveilla et leur sourit, mais s'il bredouilla bien quelque chose, on ne distingua pas un seul mot cohérent. Garin s'avança jusqu'au petit hangar métallique qui nous sert de dépôt d'explosifs et s'assit, adossé à la paroi, les mains croisées sur les genoux et la tête appuyée dessus. Je comprenais très bien ce qu'il ressentait. Sa femme lui demanda s'il allait bien, et il répondit que oui, qu'il avait seulement besoin de se reposer un peu et de reprendre son souffle. J'ai ajouté que moi aussi, j'avais besoin de souffler. J'ai demandé à June Garin de ramener les enfants jusqu'à l'ATV et j'ai dit que Jack voudrait peut-être montrer Mo à son petit frère. Elle a ri comme on le fait quand il n'y a rien de drôle et m'a répondu : «Je crois que nous avons eu notre compte d'aventures pour la journée, monsieur Symes. J'espère que vous ne m'en voudrez pas de vous le dire, mais je n'ai plus qu'une envie, ficher le camp d'ici.»

J'ai répondu que je comprenais et je crois qu'elle s'est rendu compte que j'avais quelque chose à dire en privé à son mari avant que chacun ne reprenne ses billes et qu'un point final ne soit mis à l'affaire. J'avais en plus fichtrement besoin de me remettre, moi aussi ! J'avais les jambes en coton. J'allai m'asseoir à côté de Garin.

«Si nous en parlons, dis-je, on risque d'avoir un sacré paquet de problèmes. L'entreprise et moi. Il n'est même pas impossible que je me fasse mettre à la porte.

– Je n'en soufflerai mot à personne», dit-il, relevant la tête pour me regarder droit dans les yeux. Et je pense qu'on ne m'en voudra pas d'ajouter qu'il pleurait. N'importe quel père aurait pleuré, je crois, après avoir eu une telle frousse à cause de son fils. J'étais moi-même au bord des larmes, alors que c'était la première fois que je voyais ces gens. Depuis, chaque fois que je pense à la tendresse avec laquelle Garin remettait la minuscule botte au pied de son fils, j'en ai la gorge serrée.

«Je vous en serai éternellement reconnaissant, dis-je.

– Absurde. Je ne sais pas comment vous remercier. Je ne sais même pas par où commencer.»

Je me sentis un peu gêné. «Allons, ai-je alors dit, nous l'avons fait ensemble, et tout est bien qui finit bien.»

Je l'ai aidé à se relever et nous sommes allés rejoindre les autres. Nous y étions presque lorsqu'il m'a arrêté en me prenant par le bras.

«Il ne faut laisser personne entrer là-dedans. Pas même les ingénieurs qui voudraient renforcer l'étayage. Il y a quelque chose de très malsain, dans cette galerie.

– Je le sais, ai-je dit. Moi aussi, je m'en suis rendu compte.» J'ai pensé au sourire du gosse – même maintenant, bien des mois plus tard, je frissonne à sa seule évocation – et j'ai failli ajouter que Seth aussi l'avait senti ; finalement, je m'en suis abstenu. Qu'est-ce que cela lui aurait apporté de plus ?

«Si ça ne tenait qu'à moi, reprit-il, je balancerais une charge de dynamite là-dedans pour faire tout dégringoler. C'est une tombe. Laissons les morts reposer en paix.

– C'est pas une mauvaise idée.» Dieu doit avoir pensé la même chose, car Il y procéda de Lui-Même moins de deux semaines plus tard. Il y eut une explosion. Pas un simple effondrement, une explosion. Et, pour autant que je sache, on n'en a jamais découvert l'origine.

Garin partit soudain d'un petit rire, secouant la tête. «Deux heures à rouler sur la route, et je ne réussirai même plus à croire que c'est vraiment arrivé.»

Je lui répondis que ce ne serait peut-être pas plus mal.

«Il y a cependant une chose que je n'oublierai pas, c'est que Seth a parlé, aujourd'hui. Et pas seulement quelques mots ou des phrases que seule la famille peut comprendre, mais vraiment parlé. Vous ne pouvez pas savoir à quel point c'est fantastique. Et s'il l'a fait une fois, il pourra le refaire.»

Et c'est peut-être arrivé; du moins je l'espère. J'aimerais le savoir. Ce petit garçon a éveillé ma curiosité, à plus d'un titre. Quand je lui ai donné son petit personnage, il m'a souri et m'a déposé un bécot sur la joue. Un bécot très doux.

Nous avons fait des adieux déchirants au Puits Chinois et nous sommes retournés jusqu'aux remorques faisant office de bureau, où les attendait leur véhicule. J'ai bien l'impression que personne ne nous a remarqués, alors que nous avons remonté toute la rue principale. Par une telle température, un dimanche après-midi, Désolation est quasiment une ville fantôme.

Nous nous sommes tous serré la main et c'est là que j'ai remis son jouet au petit bonhomme et qu'il m'a embrassé. June Garin m'a aussi fait la bise (en me serrant fort dans ses bras, en prime) et m'a dit qu'ils ne m'oublieraient jamais. J'ai répondu que moi non plus je ne les oublierais jamais et c'est resté vrai, au moins jusqu'à ce jour. Ce dont je me souviens le mieux, c'est du sourire de Seth lorsque je lui ai rendu son jouet, et de son gros bécot ; d'autant qu'il y avait quelque chose de moins agréable dans ce dernier : comme une bouffée lointaine de l'odeur qui régnait dans la galerie, ce remugle de vieux feu de camp, cendres, café froid, viande avariée.

Je restai au pied des quelques marches de la remorque, pour les saluer de la main, et ils partirent vers l'affreux destin qui, d'après ce que m'a expliqué la sœur de Garin, les attendait à la fin de ce voyage, la mort dans une absurde fusillade. Tous m'ont répondu, sauf Seth. Je ne sais ce qu'il y avait de tapi au fond de cette mine, mais je crois que nous avons eu de la chance d'en sortir… et que lui en a eu d'être le seul survivant du massacre de San Jose. Il est placé sous une bonne étoile, comme on dit. En un certain sens, Garin avait raison. La poussière soulevée par leurs roues n'était pas encore retombée que je commençais à avoir du mal à croire à tout ce qui était arrivé. Peut-être en va-t-il toujours ainsi quand on échappe de justesse à la mort.

J'en ai rêvé au Pérou, je l'ai dit – surtout des crânes et du faisceau de ma lampe dans cette fissure –, mais j'étais loin d'y penser tous les jours, jusqu'à ce que je reçoive la lettre d'Audrey Garin, celle qui était punaisée au tableau de service, quand je suis revenu d'Amérique du Sud. Sally avait perdu l'enveloppe, mais il paraît qu'elle était adressée simplement à «la compagnie minière de Désolation». Sa lecture m'a renforcé dans l'opinion que quelque chose est arrivé quand Seth était «en bas» (comme nous disons entre nous); ce n'était peut-être pas bien de mentir à ce sujet, mais j'ai tout de même menti. Cependant, qu'aurais-je pu dire, n'ayant aucune idée de ce qu'était ce quelque chose?

Reste ce sourire.

Ah, ce sourire…

C'était un petit garçon adorable, et je suis heureux qu'il ne soit pas mort dans le Rattlesnake n° 1 (ce qui aurait pu lui arriver, nous arriver), et qu'il n'ait pas été tué avec les autres dans la fusillade de San Jose, mais…

Ce sourire ne paraissait absolument pas lui appartenir. J'aimerais pouvoir être plus clair, sauf que je ne vois pas comment. On aurait dit que je voyais non pas Seth Garin, mais quelque chose à l'intérieur de Seth Garin, quelque chose qui s'y cachait. Une telle aberration est-elle possible? Je l'ignore. J'y ai bien souvent pensé, et je ne le sais toujours pas.

Avant de mettre le point final, il me reste une dernière chose à dire. Vous vous souvenez peut-être que Seth parlait de «la vieille mine» et que je n'avais pas fait le rapprochement avec le Rattlesnake n° 1, pour la bonne raison que pratiquement personne n'était au courant en ville, et encore moins des voyageurs débarquant de l'Ohio. J'ai commencé à repenser à ce détail, pendant que je regardais le break s'éloigner et la poussière qui retombait. Et aussi au fait qu'il avait traversé le bureau en courant pour aller jusqu'aux photos du Puits Chinois, sur le tableau, comme s'il connaissait les lieux depuis toujours. Comme s'il savait. Une idée m'est alors venue, qui m'a fait froid dans le dos. Je suis entré pour aller examiner les photos, sachant que c'était la seule manière de me débarrasser de cette impression.

Il y avait six photos aériennes en tout, prises au printemps sur ordre de la compagnie. J'ai pris ma loupe et je les ai examinées les unes après les autres. J'en avais les intestins noués, sachant ce que j'allais découvrir avant même de l'avoir vu. Ces photos avaient été prises longtemps avant le tir de mine qui avait mis au jour le Rattlesnake, si bien que rien n'aurait dû en indiquer la présence. Et pourtant, quelque chose l'indiquait. Vous vous souvenez peut-être que j'ai écrit qu'il tapotait les photos en disant : « C'est là, papa, c'est là! C'est la mine… » Nous avons pensé qu'il voulait parler de la mine à ciel ouvert (qui a gardé ce nom de « Puits Chinois »), puisque c'était ce que représentaient les photos. Mais avec la loupe j'ai pu voir ses empreintes digitales, là où il avait touché la surface brillante des clichés. Toutes étaient *sur la face sud*, là où nous venions de découvrir la galerie. Et c'était *cela* qu'il voulait voir : non pas le trou de la mine à ciel ouvert, mais la galerie qu'on ne distinguait même pas sur les photos. Je sais que tout cela doit paraître dément, mais je n'en ai jamais douté. Il savait que c'était là. Pour moi, ces empreintes, non pas sur une, mais sur les six photos, en étaient la preuve irréfutable. Preuve qui ne tiendrait pas devant un tribunal, je le sais, mais pour moi cela n'y change rien. A croire que quelque chose, au fond de cette galerie, l'avait senti qui passait sur la nationale et l'avait appelé. Et parmi toutes les questions que je me pose, il n'y en a qu'une qui compte vraiment : est-ce que Seth Garin, indépendamment de son autisme, est normal ? J'aurais bien écrit à la sœur de Garin pour le savoir, et j'ai même une ou deux fois pris mon stylo pour commencer une lettre ; mais chaque fois, je me souvenais que j'avais menti, et j'ai du mal à l'admettre. En plus, je n'ai pas trop envie d'asticoter un chien endormi qui a peut-être de grandes dents… Je n'y crois pas trop, cependant…

Il y aurait peut-être d'autres choses à dire, mais je ne vois pas lesquelles. Tout se ramène au sourire.

Je n'ai pas du tout aimé ce sourire.

Telle est ma version des faits, rapportée en toute bonne foi. Seigneur, si seulement je savais ce que j'ai vu !

Allen Symes.

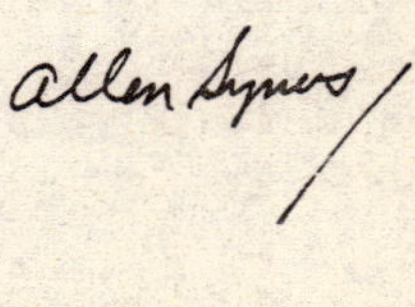

Chapitre 11

1

Billingsley franchit le premier la barrière des Carver. Il surprit tout le monde (y compris lui-même) par son aisance ; Johnny n'eut besoin que de le pousser une fois sur les fesses. Il resta un instant à califourchon sur le faîte, cherchant une meilleure prise pour ses mains. Au clair de lune, Brad trouva qu'il avait tout d'un singe maigrichon. Puis le véto se laissa retomber de l'autre côté. Il y eut un faible grognement.

« Ça va bien, Toubib ? demanda Audrey.

– Ouais, c'est la grande forme. Pas vrai, Susi ?

– Et comment », admit Susi Geller nerveusement, ajoutant, à travers la barrière : « C'est vous, madame Wyler ? Mais d'où vous venez ?

– Aucune importance, pour le moment, à mon avis. Nous devons...

– Qu'est-ce qui s'est passé ? Tout le monde va bien ? Ma mère pique sa crise. Une sacrée crise. »

Tout le monde va bien... Voilà une question à laquelle Brad Josephson n'avait aucune envie de répondre. Ni les autres, à voir leur tête.

« Madame Reed ? demanda Johnny. On fait passer David, puis vous ? »

Cammie lui adressa un regard froid, puis se tourna vers Dave. Elle lui murmura une fois de plus à l'oreille, lui caressant les cheveux. Dave l'écouta, l'air troublé, puis répondit sur le même ton et Brad n'entendit que la dernière phrase. « Je ne veux pas. » Elle murmura à nouveau, de manière plus véhémente, et Brad entendit *ton frère*, vers la fin. Cette fois, Dave obtempéra ; il attrapa le haut de la barrière et sauta légèrement de l'autre côté. Il agit sans que son visage se départe de son expression de léger malaise, sembla-t-il à Brad. Cammie le suivit, poussée par Audrey et Cynthia. Lorsqu'elle fut à cheval sur le faîte, Dave tendit les bras pour l'aider à redescendre et elle se laissa tomber entre eux, sans chercher à se retenir à la barrière. Brad eut l'impression qu'elle aurait été contente de tomber, voire même de se rompre le cou. *Pourquoi tu nous as envoyés ici, m'man ?* avait crié l'ado, sentant peut-être intuitivement que son impatience (et celle de son frère) à tenter l'aventure ne pourrait jamais tenir lieu de circonstance atténuante dans l'esprit de sa mère. Cammie s'en voudrait toute sa vie et il ne ferait probablement rien pour l'en empêcher.

« Brad ? » Voilà une voix que le Noir était content d'entendre, bien qu'il l'eût rarement sentie aussi retenue et inquiète. « Tu es là, mon chéri ?

– Oui, je suis là, Bee.

– Ça va ?

– Ça va. Écoute Bee, et reste calme. Jim Reed est mort. Et Entragian, du bas de la rue. »

Il y eut le soupir d'une respiration coupée, et Susi Geller se mit à hurler le nom de Jim. Ces cris provoquèrent chez Brad, autant épuisé physiquement que sur le plan des émotions, plus d'ennui que de pitié... sans parler de la peur qu'ils n'attirent quelque chose d'encore plus déplaisant que le félin ou le coyote aux doigts humains.

« Susi ? » fit la voix inquiète de Kim Geller, depuis la maison. Puis elle aussi se mit à hurler à pleins poumons le nom de sa fille : *« Sou-ziiiiii, Sou-ziiiii »* – cri qui fendit le ciel crépusculaire comme une lame tournoyante.

« La ferme ! lança Johnny, de toutes ses forces. *Pour l'amour du Ciel, Kim, fermez-la !* »

Par on ne sait quel miracle elle lui obéit, mais la gamine continuait, pour sa part, à aboyer le nom de son Roméo comme une Juliette tarée au cinquième acte.

« Dieux du Ciel », murmura Audrey. Les mains sur les oreilles, elle se massait le cuir chevelu du bout des doigts.

« Bee, dit Brad à travers la barrière, fais-moi taire cette gourde, et peu importe comment.

– *Jim !* hurla Susi. *Oh mon Dieu, Jiiiim ! Oh mon Dieu, Jiiim !* »

Il y eut une claque retentissante, et le silence se fit sur-le-champ. Puis une autre voix : « Je vous interdis de gifler ma fille ! Je vous interdis de gifler ma fille, salope ! Je me fous pas mal de vos... de vos conceptions de l'éducation, grosse salope noire !

– Oh, manquait plus que ce genre de conneries ! » s'exclama Cynthia en empoignant sa tignasse bicolore à deux mains, les yeux fermés, comme si elle ne voulait pas voir les dernières minutes d'un film d'épouvante.

Brad garda les yeux ouverts, lui, et retint sa respiration, en attendant l'explosion de son épouse. Mais Belinda ignora les insultes et appela doucement son mari à travers la barrière. « Vous allez faire passer le corps par-dessus, Bradley ? » Elle paraissait parfaitement maîtresse d'elle-même, et Brad se sentit éperdu de reconnaissance.

« Ouais. Vous allez l'attraper, toi, sa mère et son frère, d'accord ?

– D'accord. » Toujours aussi flegmatique.

« Kim ? appela alors Brad. Madame Geller ? Si vous rentriez dans la maison ?

– C'est ça, répondit Kim avec un ricanement. Voilà une très bonne idée. On va rentrer dans la maison, hein, Susi ? On s'aspergera la figure d'eau et on se sentira beaucoup mieux. »

Il y eut des bruits de pas. Les reniflements se mirent à diminuer, ce qui était bien, mais les coyotes reprirent leurs hurlements, ce qui ne l'était pas. Brad regarda par-dessus son épaule et vit de petites étincelles argentées qui se déplaçaient par paires dans les broussailles du sous-bois. Des yeux.

« Faut qu'on se grouille, dit Cynthia.

– C'est rien de le dire », remarqua Audrey.

Brad pensa : ça va être le moment pénible. Il se tourna et prit Jim Reed par les épaules. Il sentait, presque imperceptible, l'odeur du shampooing et de l'après-rasage dont l'adolescent s'était aspergé le matin même. Il devait probablement penser aux filles, à cet instant-là. Johnny jeta un coup d'œil inquiet derrière eux – sans doute à ces paires de points lumineux, pensa Brad – puis se plaça de manière à passer un bras autour de la taille de Jim, mettant l'autre main sous les fesses. Audrey et Cynthia le prirent par les jambes.

« Prêts ? » demanda Johnny.

Tous acquiescèrent.

« Attention… un… deux… trois ! »

Ils soulevèrent le corps comme une équipe de sport fêtant son capitaine. Pendant un bref instant de panique, Brad pensa que son dos, qui avait pourtant vaillamment soutenu une bedaine d'une taille considérable pendant des années, allait déclarer forfait. Puis le corps de l'adolescent se retrouva sur le faîte étroit de la palissade, un bras pendant de chaque côté, tel un acrobate de cirque attendant les applaudissements après un tour particulièrement spectaculaire. Ses paumes ouvertes recueillaient la lumière de la lune.

Johnny paraissait sur le point d'avoir une crise cardiaque. La tête de Jim retomba mollement sur le côté et une goutte de sang à demi caillé coula sur le cou de Brad. Pour quelque raison absurde, elle lui fit l'effet de gelée à la menthe, et son estomac se serra.

« Aidez-nous ! haleta Cynthia. Nom de Dieu, aidez-nous ! »

Des mains apparurent, se déployèrent et saisirent Jim par son T-shirt et la ceinture de son pantalon. Et, juste au moment où Brad se disait qu'il ne pourrait maintenir l'équilibre instable du corps une seconde de plus (comprenant pour la première fois ce que l'on voulait dire quand on parlait de *poids mort*), le cadavre bascula de l'autre côté. Il y eut un bruit mou et, d'un peu plus loin, leur parvint un cri bref, émis par Susi Geller.

Johnny regarda Brad, et ce dernier eut l'impression que l'écrivain souriait. « On dirait qu'ils l'ont laissé tomber », dit-il à voix basse. Puis il essuya la sueur de son visage du revers du bras. Quand il regarda de nouveau Brad, le sourire avait disparu. En admettant qu'il ait jamais souri.

« Houlà, dit Brad.

– Ouais, comme vous dites, houlà…

– Hé, Toubib ! dit Cynthia, retenant sa voix. Attrapez ça ! Et ne vous inquiétez pas, j'ai mis la sécurité. »

Elle fit passer le 30.06 par-dessus la barrière, crosse la première, elle-même debout sur la pointe des pieds.

« Je l'ai », fit Billingsley. Puis il ajouta, à voix plus basse : « Bonne nouvelle. Cette bonne femme et sa gourde de fille sont finalement rentrées dans la maison. »

Cynthia escalada la barrière et n'eut pas de mal à atteindre le haut ; Audrey eut besoin d'une petite poussée et d'être tenue à la hanche, puis elle aussi franchit l'obstacle. Steve la suivit, se servant des mains entrelacées de Brad et Johnny comme marchepied ; il fut obligé de rester quelques instants à califourchon sur le faîte, attendant que la douleur de son épaule s'atténue un peu. Quand il se sentit mieux, il sauta chez les Carver plutôt qu'il ne se laissa tomber.

« Jamais je ne vais pouvoir passer par là-dessus, murmura Johnny. Jamais. S'il y avait une échelle dans le garage… »

Hou-ou-ou-ou-ou-ou-ou… ! Hou-ou-ou !

Derrière eux ou presque, maintenant. Les deux

hommes se jetèrent dans les bras l'un de l'autre aussi spontanément que s'ils avaient eu six ans. Le Noir tourna la tête et vit des silhouettes qui se rapprochaient. Des masses sombres, chacune derrière une paire de ces éclats de lune semi-circulaires et brillants.

« Tirez, Cynthia, tirez ! » cria Johnny.

Elle répondit d'un ton effrayé et incertain. « Vous voulez que je revienne et que…

– Non, non ! tirez en l'air ! »

Elle appuya deux fois sur la détente. Les détonations étaient assourdissantes et l'odeur de la poudre filtra entre les poteaux de la barrière. Les silhouettes s'immobilisèrent dans les broussailles ; elles ne reculèrent pas, mais arrêtèrent au moins leur progression.

« Toujours essoufflé, John ? » demanda Brad à voix basse. L'écrivain surveillait les silhouettes massées dans l'ombre. Il arborait un étrange sourire hésitant. « Non. J'ai attrapé mon second souffle. Je… mais qu'est-ce que vous fabriquez ?

– D'après vous ? demanda Brad, qui s'était mis à quatre pattes contre la clôture. Allez, grouillez-vous, mon vieux. »

Johnny lui monta sur le dos. « Bon Dieu, j'ai l'impression d'être le président de l'Afrique du Sud. »

Brad parut ne pas comprendre, tout d'abord. Puis il se mit à pouffer. Son dos en compote lui faisait horriblement mal, Johnny Marinville donnait l'impression de peser au moins deux quintaux et ses talons lui perforaient la colonne vertébrale, mais il ne put refréner le fou rire qui s'emparait de lui. Incroyable. Voilà qu'il se retrouvait avec un intellectuel blanc américain qui avait reçu une formation politique impeccable, avec un écrivain ayant jadis frayé avec les Black Panthers, et qui se servait de lui comme d'un escabeau ! Si ce n'était pas là l'idée qu'un type de gauche se fait de l'enfer, alors autant rendre son tablier ! Il fut pris de l'envie de gémir dans le style *G'ouillez, Bwana, moi y en avoi' le dos tout cassé !* mais cela eut pour effet de le faire éclater carrément de rire. Terrifié, en même temps, à l'idée que les saloperies qui rôdaient dans le bois pourraient lui enlever une bonne portion de son tendre arrière-train tourné vers le ciel, il ne s'en esclaffait pas moins. Je vais lui chanter le refrain de *Old Black Joe,* pensa-t-il, se mettant aussitôt à hululer comme un coyote. Les larmes lui coulaient des yeux, il tapa du poing sur le sol.

« Hé, Brad, qu'est-ce qui vous arrive ? murmura Johnny.

– Peux pas vous dire ! répondit-il, toujours au comble de l'hilarité, tirez-vous de mon dos ! Sainte merde, vous faites ressemeler vos chaussures avec des planches de fakir ! »

Enfin, à son grand soulagement, le poids écrasant disparut. Il y eut des grognements : Johnny en plein effort pour passer la jambe par-dessus la barrière. Brad se redressa, eut un nouvel instant de panique lorsque son dos menaça de se bloquer, puis vint planter son épaule rebondie contre les fesses de l'écrivain. Et finalement, dans un dernier ahanement étouffé, Johnny dégringola de l'autre côté.

Si bien que Brad se retrouva tout seul. Et sans escabeau. Il regarda le haut de la palissade et eut l'impression qu'elle mesurait dix mètres de haut. Puis il se tourna. Les silhouettes s'étaient remises en mouvement, leur formation se refermant sur lui en demi-cercle.

Au moment où il saisissait le haut de la barrière, il y eut un grondement menaçant derrière lui, suivi d'un bruissement de feuillage. Il se tourna de nouveau et vit une créature qui ressemblait davantage à un sanglier qu'à un coyote – si ce n'est qu'elle évoquait surtout un dessin d'enfant bâclé qui, par on ne sait quel miracle, se serait soudain animé. Les pattes étaient toutes de longueurs différentes et se terminaient en gourdins, pas comme des sabots ou des doigts. La queue semblait plantée au milieu du dos. Les yeux étaient des cercles argentés vides ; le mufle, un groin camard. Seules les dents paraissaient réelles, bataillon désordonné d'énormes crocs jaillissant de part et d'autre de la gueule.

L'adrénaline se déversa dans le système nerveux de Brad à des doses qui n'auraient pas tenu dans la seringue à chevaux du vieux véto. Il oublia tout de son dos et se hissa comme il put, ramenant les genoux contre la poitrine quand il entendit la chose charger. Puis Johnny l'attrapa par l'un des poignets, Dave Reed par l'autre, et le Noir parvint à se jucher à demi sur le haut de la barrière, non sans y laisser une certaine quantité de peau. Il se cogna une cheville en voulant lancer la jambe par-dessus l'obstacle. Et finalement il retomba, se déchirant la chemise de haut en bas dans un effort inutile pour se retenir au faîte de la palissade. Il lâcha à temps, ce qui lui évita de se casser le bras, mais lorsqu'il atterrit (en partie sur Johnny, en partie sur le corps admirablement rembourré de sa compagne), il sentit du sang couler de son aisselle.

« Pourrais pas envisager de te sortir de là, beau brun ? lui demanda la femme admirablement rembourrée, hors d'haleine. Si, du moins, cela t'était possible ? »

Brad se dégagea en rampant, s'effondra en un tas puis roula sur le dos. Il regarda les étoiles inconnues, bulles enflées qui clignotaient comme les lumières dont on enguirlande la rue principale des petites villes, après Thanksgiving. Ce qu'il voyait était autant des étoiles qu'il était roi de Prusse… n'empêche qu'elles étaient là-haut. Oui, là-haut, juste au-dessus de sa tête, et comment qualifier votre situation, sinon comme catastrophique, lorsque le ciel lui-même fait partie de la bon Dieu de conspiration ?

Brad ferma les yeux pour ne plus les voir. Dans son esprit – où s'ouvrait un œil d'autant plus grand que les autres étaient fermés – il vit Cary Ripton lui lancer son journal. Vit sa main, celle qui ne tenait pas le tuyau, s'élever et l'attraper. *Bien joué, monsieur Josephson !* lui avait dit Cary, sincèrement admiratif. Elle venait de loin, cette voix, écho atténué montant d'un canyon. Plus près, des hurlements s'élevèrent de la ceinture verte (la ceinture désertique, à l'heure actuelle), de l'autre côté de la barrière contre laquelle les sangliers-coyotes se jetèrent alors brutalement.

Bordel.

« Brad ? fit Johnny à voix basse, sans doute penché sur lui.

– Oui ?

– Ça va ?

– Aux p'tits oignons. » Il n'ouvrait toujours pas les yeux.

« Brad !

– Quoi, encore ?

– J'ai une idée. Pour un film.

– Vraiment ? C'est bien, ça.

– C'est la meilleure idée que j'aie eu depuis le jour où j'ai inventé un nom de voiture – la Chrysler Cervix. Vous jouez dedans.

– Vous êtes cinglé, John. » Il gardait toujours les yeux fermés. C'était mieux, ainsi. « Je vais tout de même mordre à l'hameçon. C'est quoi, ce film dans lequel je serai ?

– *Un Noir dodu sur une palissade brûlante* », répondit Johnny, se mettant à s'esclaffer de manière hystérique. Un rire qui trahissait l'épuisement, presque la folie. « On confiera la mise en scène à Mario Ducon Van Peebles, et c'est Larry Fishburne qui tiendra votre rôle.

– Tiens pardi, répondit Brad, se remettant laborieusement sur son séant et ouvrant les yeux. J'adore Fishburne. Un acteur qui se donne à fond. Proposez-lui un million et une Chrysler Cervix en prime. Il ne pourra pas résister.

– C'est ça... tout à fait », dit l'écrivain, qui riait à présent si fort qu'il avait du mal à parler. Mais des larmes lui coulaient sur les joues et, pensa Brad, ce n'était pas des larmes de joie. Moins de dix minutes auparavant, il s'en était fallu d'un cheveu que Cammie Reed ne lui explose la tête et il ne l'avait certainement pas oublié. Brad le soupçonnait même de ne pas oublier grand-chose. Un talent dont il se serait sans doute bien passé, s'il avait pu.

Le Noir se remit debout, prit la main de sa femme et

l'aida à se relever. Il y eut d'autres coups sourds contre la palissade, d'autres hurlements, puis des bruits de mâchoires, à croire que ces sous-produits de fausse-couche essayaient de se frayer un passage en bouffant les pieux.

« Alors, qu'est-ce que vous en pensez ? » demanda Johnny, que Brad aidait à son tour. Il tituba, retrouva l'équilibre et s'essuya les yeux.

« Qu'en fin de compte, je l'ai très bien franchie, cette palissade », répondit le Noir. Il passa un bras autour des épaules de sa femme, puis regarda Johnny. « Allez, venez, visage pâle. Vous venez de vous préparer un triomphe en montant sur le dos d'un Noir, vous devez être tout retourné, non ? Rentrons. »

2

La chose qui bondit maladroitement par-dessus le portail, pour atterrir dans le jardin de Tom Billingsley, était la version enfantine du monstre de Gila que John Murdock abat pendant le concours de tir qu'il fait avec Candy, dans *Les Régulateurs*. Sa tête, en revanche, était celle d'un échappé de *Jurassic Park*.

Il franchit les marches en deux sauts et s'avança jusqu'à la porte-moustiquaire, qu'il poussa de son museau. Comme elle ouvrait vers l'extérieur, elle ne bougea pas. Le Gila tendit sa tête de saurien et entreprit de croquer la partie inférieure du battant. Trois coups de dents lui suffirent ; il se retrouva dans la cuisine du vieux véto.

Gary Soderson prit vaguement conscience qu'on lui soufflait une haleine pestilentielle au visage. Il essaya de la chasser de la main, mais elle ne fit que devenir plus forte. Il tendit la main et toucha quelque chose qui lui fit l'impression d'être une chaussure en croco. Une très grande chaussure en croco. Il ouvrit les yeux. Ce qu'il vit alors, penché sur lui à le faire loucher tant il était près, le fixant d'un regard à la curiosité presque humaine, était tellement grotesque qu'il ne put même pas crier. L'espèce de grand lézard avait des yeux d'un orange éclatant.

Ça y est, pensa Gary, ma première attaque sérieuse de delirium tremens. Hé, les potes des Alcooliques Anonymes, écoutez un peu ça !

Il ferma les yeux. Il essaya de se persuader qu'il ne sentait pas l'odeur marécageuse de l'haleine, qu'il n'entendait pas le cliquetis d'ongles démesurés sur le lino. Il s'accrochait à la main de sa femme morte. Il n'y a rien. Rien du tout…

Avant qu'il ait pu se le répéter une troisième fois (et comme chacun sait, c'est à la troisième que le charme se rompt), le monstre avait plongé ses dents dans la gorge de Gary.

3

Johnny Marinville aperçut les petits pieds, par l'entrebâillement de la porte du placard, et jeta un coup d'œil. Ellie et Ralphie étaient allongés, serrés l'un contre l'autre, sur quelque chose qui faisait penser à un futon. Ils dormaient à poings fermés, en dépit des coups de feu qui venaient d'être tirés, mais même dans leur sommeil ils n'échappaient pas entièrement aux événements ; pâles, ils avaient les traits tendus et leur respiration émettait un bruit aqueux qui faisait penser à des sanglots rentrés. L'un des pieds de Ralphie était agité de tremblements, comme s'il rêvait qu'il courait.

Johnny supposa que la fillette avait trouvé le futon quelque part et l'avait traîné dans le placard ; ce n'était certainement pas Kim Geller qui l'avait aidée. Kim et sa fille avaient repris leur ancienne place, contre le mur, mais assises sur des chaises et non plus par terre.

« Jim est vraiment mort ? demanda Susi, les yeux brillants, comme l'écrivain entrait dans la pièce derrière Brad et Belinda. Je n'arrive pas à y croire, on jouait au frisbee, comme d'habitude, et on devait aller au cinéma, ce soir… »

Johnny était excédé. « Va donc derrière, sur le porche, et vérifie toi-même !

– Vous êtes vraiment dégueulasse, lui lança Kim, en colère. Ma fille risque de ne jamais surmonter un tel traumatisme. Elle est en état de choc !

– Elle n'est pas la seule, rétorqua Johnny. Et pendant qu'on y est…

– Laissez tomber, vieux, intervint Steve Ames. On n'a vraiment pas besoin d'une bagarre. »

L'homme avait incontestablement raison, mais Johnny s'en fichait. Il tendit un doigt accusateur vers Kim, qui le regardait avec une expression de haine brûlante. « Et pendant qu'on y est, que je ne vous entende plus jamais traiter Belinda de grosse salope noire. Sans quoi, je vous fais avaler votre dentier !

– Arrêtez ça, John, dit Belinda en le prenant par le bras. Tout de suite. On a des problèmes fichtrement plus importants à régler que…

– Grosse salope noire », dit Kim Geller. Non pas en regardant Belinda, mais Marinville. Ses yeux flamboyaient toujours, mais en plus elle souriait. Il eut l'impression de n'avoir jamais vu de sourire aussi venimeux de toute sa vie. « Grosse salope de *négresse.* » Sur quoi elle indiqua les dents que révélait son sourire, comme si elle mimait *suicide* dans une charade. Sa fille la contemplait, une expression de stupéfaction sur le visage. « D'accord ? Vous avez bien entendu ? Alors allez-y. Faites-moi avaler mon dentier. On va voir si vous osez essayer. »

Johnny se précipita, avec l'intention de faire exactement cela. Mais Brad l'agrippa par un bras et Steve par l'autre.

« Disparaissez d'ici, espèce d'idiote. » C'était Billingsley. Il avait parlé d'un ton sec, dur. Kim reçut le message, car elle lui adressa un regard surpris, songeur. « Sortez tout de suite d'ici. »

Kim se leva, tirant sa fille par un bras. Un instant, on aurait pu croire qu'elles allaient se rendre ensemble dans le séjour, mais Susi s'écarta de sa mère. Celle-ci tendit la main, mais l'adolescente s'éloigna un peu plus.

« Mais qu'est-ce que tu fais ? demanda Kim. On va de l'autre côté. Loin de ces…

– Pas moi, la coupa Susi, secouant vivement la tête. Toi, peut-être, mais pas moi. Voilà. »

Kim la scruta un instant, puis se tourna vers Marinville. Elle arborait une expression malsaine, haine et confusion mêlées.

« Sortez d'ici », dit Johnny. Il se voyait encore lui flanquer son poing dans la figure, mais le moment de folie était passé et il avait parlé d'un ton presque calme. « Vous n'êtes pas vous-même.

– Viens ici, Susi ! Je ne veux pas rester avec des gens aussi méchants. »

L'adolescente tourna le dos à sa mère, tremblant de tout son corps. Johnny se dit que ça ne changeait pas fondamentalement l'opinion qu'il avait d'elle – une créature frivole, écervelée – mais elle semblait tout de même se situer à un ou deux degrés au-dessus de sa mère dans la hiérarchie de la bêtise.

Lentement, comme un robot rouillé, Dave Reed prit Susi dans ses bras. Cammie parut sur le point de s'interposer, mais finalement y renonça.

« Parfait », dit Kim, d'une voix claire, maîtrisée, la voix de quelqu'un qui s'exprime dans un état somnambulique. « Si vous avez besoin de moi, je suis à côté. » Ses yeux revinrent sur Marinville, comme si elle le considérait comme la source de tous ses malheurs. « Quant à vous…

– La ferme », la coupa sèchement Audrey.

La surprise fit se tourner tout le monde, sauf Kim, qui s'éclipsa dans la pénombre de la salle de séjour.

« On n'a pas de temps à perdre avec ces conneries, reprit la nouvelle venue. On a peut-être une chance de s'en sortir, une petite chance, mais si vous passez votre temps à vous engueuler, on y passera sûrement tous.

– Qui êtes-vous, madame ? demanda Steve.

– Audrey Wyler. » Elle était grande, avec de longues jambes nerveuses et plutôt sexy dépassant de son short bleu, mais son visage était pâle, hagard. Ce visage rappela à Johnny celui des petits Carver, dormant dans les bras l'un de l'autre et, soudain, il se prit à se demander quand il avait vu Audrey pour la dernière fois, quand il avait passé un moment avec elle. Impossible. Comme si elle avait complètement disparu de la vie quotidienne du quartier.

Petit morpion-mordeur Smitty, j't'ai vu mordre les nénés de ta maman, pensa-t-il brusquement, puis l'image des vans miniatures éparpillés sur le sol, chez les Wyler, l'après-midi où il avait regardé *Bonanza* avec Seth, lui vint aussitôt à l'esprit. Cette image déclencha un grand ramdam dans sa tête. Des hors-la-loi qui ressemblent à des vedettes de cinéma. Le major Pike, un extraterrestre sympathique transformé en méchant. Le cadre western – cela plus que tout. *Il adore les anciens westerns*, avait déclaré Audrey, ce jour-là. Elle s'était mise à tripoter l'un des jouets en disant cela, comme font les gens quand ils sont nerveux. *Bonanza* et *The Rifleman* sont ses préférés, mais il regarde tout ce qui passe sur le câble. Pourvu qu'il y ait des chevaux dedans.

« C'est votre neveu, Audrey, n'est-ce pas ? C'est Seth qui fait ça…

– Non. » Elle s'essuya les yeux du revers de la main. « Pas Seth. Mais ce qui est en lui. »

4

« Je vais vous dire tout ce que je pourrai, mais nous n'avons pas beaucoup de temps. Les VACES ne vont pas tarder à revenir.

– Mais qu'est-ce qui agit, Audrey ? demanda Toubib. Est-ce que vous le savez ?

– Les régulateurs. Des hors-la-loi. Et le quartier est devenu en partie l'Ouest mythique des westerns de cinéma, en partie un endroit qui s'appelle un Corridor de Force, un truc qu'on trouve dans un dessin animé de science-fiction pour la télé, et qui se déroule dans deux siècles. » Elle prit une profonde inspiration et se passa la main dans les cheveux. « Je ne connais pas tous les détails, mais…

– Il faut nous dire tout ce que vous savez », l'encouragea Johnny.

Elle consulta sa montre et fit la grimace. « Arrêtée.

– La mienne aussi, intervint Steve. Comme pour tout le monde, je suppose.

– Je crois que nous disposons d'un peu de temps, reprit Audrey. C'est-à-dire… je crois qu'il est encore trop tôt pour une… une nouvelle manifestation. » Elle éclata soudain de rire, surprenant Johnny. Les surprenant tous, à voir leur expression. Non pas tellement à cause de l'hystérie sous-jacente que de la réelle gaieté de son hilarité. Elle vit leur stupéfaction et reprit le contrôle d'elle-même. « Désolée, c'est une sorte de jeu de mots involontaire que vous ne pouvez pas comprendre. Pour le moment, en tout cas. Il faut attendre. S'il ramène les régulateurs, il nous faudra juste… faire avec, j'en ai peur.

– Deviennent-ils plus puissants ? demanda brusquement Cammie. Ces régulateurs… rassemblent-ils leurs forces ?

– Oui. Et si la chose qui fait cela s'est emparée de l'énergie des gens qui sont morts dans le bois, la prochaine manifestation devrait être la pire. Je prie pour qu'elle ne se produise pas, mais je crains qu'elle ne soit probable. »

Elle prit une nouvelle et profonde inspiration, et commença son récit.

5

« La chose qui est à l'intérieur de Seth s'appelle Tak.

– C'est un démon, Audrey ? demanda le vieux véto. Une sorte de démon ?

– Non… Ça n'a aucune religion. À moins que vous ne mettiez la télé au rang des religions. C'est plutôt comme une tumeur, il me semble. Une tumeur consciente, qui se complairait dans la cruauté et la violence. Cela fait maintenant presque deux ans qu'elle habite Seth. Vous avez sans doute entendu parler de cette femme, au Vermont, qui aurait retrouvé une veuve noire dans son évier. L'araignée aurait apparemment été introduite dans la maison dans un carton vide ramené du supermarché par son mari. Un carton qui avait contenu des bananes d'Amérique du Sud. L'araignée aurait été empaquetée avec les bananes. C'est tout à fait la façon dont Tak est arrivé sur Poplar

Street, je crois. Sauf que nous parlons d'une veuve noire dotée d'une voix. Elle a appelé Seth quand il a traversé le désert, avec sa famille. Le désert du Nevada. Elle a senti qu'elle pouvait l'utiliser quand il est passé près d'elle, et elle l'a appelé. »

Elle regarda ses mains, qu'elle tenait serrées sur les genoux. Kim Geller s'était avancée sur le pas de la porte donnant sur le salon, attirée par le récit d'Audrey. Celle-ci releva la tête. Elle s'adressait à tout le monde, mais c'était sur Johnny qu'elle ne cessait de revenir.

« Je crois que la chose était faible, au début. Mais tout de même capable de comprendre que la famille de Seth constituait une menace pour elle. J'ignore comment ils ont compris ou ont eu des soupçons, mais je sais en revanche que la dernière conversation que j'ai eue avec mon frère, par téléphone, a été très étrange. Je pense que Bill aurait pu m'apprendre beaucoup de choses… si Tak l'avait laissé parler.

– Il peut faire un truc pareil ? Imposer ainsi son contrôle sur les gens ? » demanda Steve.

Elle porta un doigt à ses lèvres enflées. « C'est ma main qui a fait ça. Je ne la commandais plus.

– Bordel ! s'exclama Cynthia, avec un coup d'œil pour le râtelier à couteaux de cuisine, au-dessus du comptoir. Voilà qui est malsain. Fichtrement malsain.

– Ça pourrait être encore pire, pourtant, enchaîna Audrey. Tak ne peut exercer un contrôle physique qu'à très petite distance.

– C'est-à-dire ? voulut savoir Cammie.

– Tout au plus huit ou dix mètres. Au-delà, son emprise physique décline très rapidement. D'habitude. Mais à l'heure actuelle, on ne peut plus compter là-dessus. Jamais il n'a été autant chargé d'énergie.

– Laissez-la raconter son histoire », intervint Johnny, qui avait l'impression de sentir le temps leur échapper comme quelque chose de tangible qu'ils n'auraient pu retenir. Il ignorait si cela venait d'Audrey ou de lui-même et s'en fichait. Le temps leur manquait, et jamais il n'avait ressenti aussi fortement une intuition de toute sa vie. Le temps leur manquait.

« Il y a aussi le petit garçon, reprit-elle, lentement, en insistant bien. Un garçon adorable, un peu particulier, du nom de Seth Garin. Et le plus ignoble est que Tak se sert de ce qu'aime l'enfant pour accomplir ses meurtres. Dans le cas de mon frère et de sa famille, c'était le Tracker Arrow, l'un des VACES des Moto-Kops. Ils se trouvaient en Californie, à la fin d'un voyage qui les avait fait passer par le Nevada, quand c'est arrivé. Je ne sais pas où Tak a puisé l'énergie pour créer le Tracker Arrow à partir des pensées et des rêves de Seth, à ce stade de son développement. Seth est son fournisseur de base, mais il ne lui suffit pas. Il a besoin de davantage pour se fortifier.

– C'est un vampire, n'est-ce pas ? observa Johnny. Sauf qu'il puise de l'énergie psychique au lieu de sang. »

Elle acquiesça. « Oui. Et l'énergie dont il a besoin est disponible avec d'autant plus d'abondance que la personne souffre. Dans le cas de Bill et de sa famille, peut-être quelqu'un du voisinage venait-il de mourir ou souffrait-il de quelque chose. Ou bien…

– Ou bien il y avait quelqu'un qu'il pouvait lui-même faire souffrir, dit Steve. Un clodo, par exemple.

Un vieil ivrogne poussant son caddie. Je parie que le type est mort le sourire aux lèvres. »

Audrey tourna vers lui un visage triste, écœuré. « Vous savez…

– Pas grand-chose, mais cela concorde avec ce que vous dites. Il y a un gars comme ça par là-bas, ajouta-t-il avec un geste du pouce dans la direction générale du bois. Entragian l'a reconnu. Il a dit qu'il l'avait vu deux ou trois fois qui traînait dans le quartier, depuis le début de l'été. Il a dû passer à portée du rayon d'action psychique de votre neveu, sans doute. Mais comment ?

– Je ne sais pas. Peut-être à un moment où je n'étais pas là.

– Et où étiez-vous ? demanda Cynthia, qui soupçonnait Audrey de vivre en recluse.

– Peu importe. Juste un endroit où je vais. Vous ne comprendriez pas. Ce qui compte, c'est que Tak a tué mon frère, ma belle-sœur et mes deux neveux. Et pour cela, il s'est servi de l'un des VACES.

– Peut-être qu'à l'époque il ne pouvait jouer que du violon solo mais qu'il a constitué tout l'orchestre, à présent ? » s'interrogea Marinville.

Audrey, le regard perdu, se mordillait des lèvres qui paraissaient desséchées et gercées. « Herb et moi nous l'avons pris à la maison, et à certains égards – à bien des égards, même – je ne l'ai jamais regretté. Nous ne pouvions pas avoir d'enfant. C'était un petit garçon aimant, un bout de chou absolument délicieux…

– Il y a bien quelqu'un qui a dû aimer Adolf Hitler, aussi », intervint Cammie Reed d'une voix sèche, rauque.

Audrey la regarda, se mordillant toujours les lèvres, puis revint sur Johnny, cherchant chez lui un peu de compréhension. Mais il *refusait* de comprendre tout ce qui était arrivé, en particulier après avoir vu le visage de Jim Reed se déformer monstrueusement sous l'impact de la balle qu'il s'était tirée dans la tête. Cependant, il pensait qu'il comprenait, au moins un peu, que cela lui plaise ou non.

« Les premiers six mois ne se sont pas trop mal passés, même si, déjà, nous savions que quelque chose n'allait pas, bien entendu.

– Avez-vous consulté un médecin ? demanda Johnny.

– Ça n'aurait servi à rien. Tak se serait caché. Les analyses n'auraient rien révélé, j'en suis à peu près convaincue. Et ensuite… une fois de retour à la maison… »

L'écrivain regarda la bouche enflée et dit : « Il vous aurait punie.

– Oui. Moi et… » Sa voix hésita, se brisa et reprit, dans un murmure : « Moi et Herb.

– Herb ne s'est pas suicidé, n'est-ce pas ? voulut savoir Tom Billingsley. C'est ce machin, Tak, qui l'a assassiné. »

De nouveau, elle acquiesça. « Herb voulait l'éliminer, et Tak l'a senti. Tak s'était rendu compte qu'il ne pouvait utiliser Herb pour avoir… pour quelque chose qu'il voulait faire. Avoir des… des relations sexuelles avec moi… faire des expériences sexuelles. Herb ne l'a pas laissé faire. C'est ce qui a mis Tak en colère.

– Seigneur Dieu, murmura Brad.

– Il a tué Herb et a fait le plein de forces. Après

quoi, Seth est devenu son seul otage… mais il n'en avait pas besoin de davantage pour me tenir en respect.

– Parce que vous l'aimez, dit Marinville.

– Oui, c'est vrai, parce que je l'aime. » Ce n'était pas du défi que Johnny détectait dans son ton de voix, mais une honte étrange, affreuse. Cynthia tendit une serviette en papier à Audrey, mais celle-ci la garda simplement à la main, comme si elle ignorait comment s'en servir. « Si bien que, d'une certaine manière, mon amour pour cet enfant est responsable de ce qui est arrivé. C'est épouvantable, mais probablement vrai. » Elle tourna son visage dégoulinant de larmes vers Cammie Reed, assise sur le sol, qui tenait son fils survivant par les épaules. « Je n'aurais jamais pensé que les choses en arriveraient là. Vous devez me croire. Même après qu'il avait chassé les Hobart et tué Herb, je n'avais aucune idée de ses pouvoirs. De l'étendue que ces pouvoirs allaient atteindre. »

Cammie lui rendit son regard, sans rien dire, restant de marbre.

« Depuis la mort de Herb, nous avons mené une vie tranquille, Seth et moi », reprit Audrey. L'écrivain se dit que c'était là le premier gros mensonge qu'elle leur sortait, même si elle avait sans doute pris auparavant de petites libertés avec la vérité. « Seth a huit ans, mais l'école n'est pas un problème. Je satisfais aux exigences de l'éducation à domicile définies par les services d'éducation de l'Ohio, auxquels j'envoie un questionnaire rempli tous les mois. C'est une farce, à vrai dire. Seth regarde sans fin ses films et ses feuilletons télévisés. Voilà sa véritable éducation. Il joue dans son bac à sable. Il mange – des hamburgers et des spaghettis, surtout. Et il boit tout le lait chocolaté que je lui prépare. Pour l'essentiel, il s'agissait de Seth.» Elle les regarda, une expression suppliante dans les yeux. «Pour l'essentiel… Sauf que, tout ce temps-là… Tak était à l'intérieur. Et poussait. Enfonçait ses racines de plus en plus profondément. L'envahissait.

– Et vous ne vous êtes pas doutée une seconde de ce qui se passait ? lui lança Kim, depuis sa porte. Oh, attendez, j'oubliais. Il a tué votre mari. Mais bon, c'était un détail, n'est-ce pas ? Un accident, probab…

– Vous ne comprenez rien ! s'exclama Audrey, hurlant presque. Vous n'avez aucune idée de ce que c'est que de vivre avec Seth et avec ça en lui ! Je crois avoir affaire à Seth, j'ai une pensée que je ne dissimule pas suffisamment, et je me retrouve à me projeter sur le mur, une fois, dix fois, vingt fois, comme si j'étais un jouet mécanique remonté à fond qu'un gosse essaie de fracasser ! Ou je me donne à moi-même des coups de poing dans le nez, ou je… je me pince… je… »

Elle se servit alors de la serviette en papier, non pour sécher ses larmes mais pour essuyer la sueur de son front.

« Il m'a fait tomber dans l'escalier, une fois. C'était à l'époque de Noël, l'an dernier. Je lui ai dit d'arrêter de secouer les paquets que j'avais mis sous l'arbre. Je croyais m'adresser à Seth, vous comprenez, supposant que Tak était tout au fond. Endormi. En hibernation – ce qu'il fait quand il n'est pas là. Puis j'ai vu que les yeux de Seth étaient presque noirs, ce n'était plus du tout les yeux de Seth, mais c'était trop tard. Je me suis levée et j'ai monté l'escalier. Je ne peux pas vous dire l'effet que cela fait, à quel point c'est horrible ; comme d'être passager dans une voiture conduite par un fou furieux. Une fois en haut, j'ai fait demi-tour et j'ai... j'ai sauté dans le vide. Comme d'un plongeoir. Je ne me suis rien cassé, parce qu'il a amorti la chute au dernier moment ; à moins que ce ne soit Seth. D'une manière ou d'une autre, c'est un miracle que je ne me sois pas cassé un bras ou une jambe.

– Ou le cou, observa Belinda.

– Oui, ou le cou. J'essaie simplement de vous dire que oui je l'aimais, ce gosse, mais que *ça* me terrifiait.

– Seth était la carotte et Tak le bâton, remarqua Marinville.

– Tout juste. Et j'avais aussi un endroit où me réfugier. Quand les choses devenaient trop démentes. Seth m'a aidée en cela, j'en suis certaine. Et comme ça, le temps passait... Comme il passe, sans doute, pour les gens qui ont un cancer. On s'habitue à un certain niveau de douleur et de peur et on pense que les choses vont en rester là, qu'elles ne peuvent pas aller plus loin. Je n'ai jamais imaginé qu'il avait un plan. Un projet comme celui-ci. Vous devez me croire. La plupart du temps, je parvenais à lui cacher mes pensées. Il ne m'est jamais venu à l'esprit que Tak avait des pensées, autrement dit un plan, que lui me cachait. Il attendait... Je suppose donc que ce clochard s'est présenté à la maison pendant que j'étais ailleurs... avec Jan... mon amie... et alors... alors... »

Elle s'arrêta, faisant visiblement un gros effort pour se contrôler, se calmer.

« Ce cauchemar que nous vivons est une combinaison des *Régulateurs*, son western préféré, et de *MotoKops 2200*, son dessin animé préféré. D'un épisode en particulier, celui qui met en scène le Corridor de Force. Je l'ai vu très souvent. Seth en possède non pas un, mais trois enregistrements. C'est extrêmement effrayant, pour un dessin animé. Très intense. Il terrifiait Seth – il a fait pipi au lit pendant trois nuits d'affilée après l'avoir vu pour la première fois – mais il lui plaisait au-delà de tout. Essentiellement parce que, dans l'histoire, les bons se liguent avec les méchants afin de détruire les redoutables extraterrestres cachés dans le Corridor de Force. Ces extraterrestres se trouvent dans des cocons que le colonel Henry prend tout d'abord pour des générateurs d'énergie, et le passage au cours duquel ils en jaillissent pour attaquer les MotoKops ferait peur à n'importe qui. Dans la version du Couloir de Force que nous vivons, j'ai bien l'impression que les cocons sont nos maisons. Et que nous…

– Nous, nous sommes les redoutables extraterrestres», acheva Johnny, hochant la tête. Tout cela se tenait, affreusement. «Et je suppose que ce qui les séduit le plus, l'un comme l'autre, c'est l'idée de coopération forcée. Entendez-vous, sinon… Les enfants y sont sensibles parce que cela les dispense de juger, ce que la plupart d'entre eux, de toute façon, ont du mal à faire.»

Audrey acquiesça à son tour. «La coopération forcée. Oui, ça sonne juste. D'ailleurs, les personnages tirés des *Régulateurs*, les bons comme les méchants, se sont toujours entendus avec ceux des MotoKops, quand il jouait à se raconter des histoires dans son bac à sable. Même le shérif Streeter et Jeb Murdock collaboraient, alors que ce sont des ennemis mortels dans le film.

– Ce qui se passe en ce moment… est-ce une histoire que se raconte Seth ? demanda Marinville. Qu'en pensez-vous, Audrey ?

– Je ne saurais dire, car il est difficile de déterminer quand Tak laisse la place à Seth. C'est quelque chose qu'il faut percevoir intuitivement. À un certain niveau, vous comprenez, il sait très bien que c'est imaginaire, tout comme les enfants savent très bien, à partir de sept ou huit ans, que le Père Noël est un personnage imaginaire… Mais nous n'aimons pas renoncer à ces inventions, n'est-ce pas ? Elles ont… » Elle s'interrompit un instant. Sa lèvre inférieure trembla, puis elle se ressaisit. « Les meilleures ont une douceur, quelque chose qui nous aide à surmonter les difficultés de la vie. Tak permet à Seth de déployer les histoires qu'il se raconte sur un écran plus vaste que celui de la plupart des gens, c'est tout.

– Et comment ! Il arrive à leur donner une réalité virtuelle, fit remarquer Steve. Ce que vous nous décrivez, c'est un jeu de réalité virtuelle poussé à son extrême limite.

– Il y a une autre alternative, cependant, dit Audrey. Il est possible que Seth ne soit plus capable d'arrêter Tak, ou même de le freiner. Tak a peut-être ficelé, bâillonné Seth, et l'a jeté dans un coin.

– Si Seth pouvait arrêter Tak, le ferait-il ? demanda Johnny. Qu'en pensez-vous ? Que ressentez-vous ?

– Quelque chose me dit qu'il le ferait, répondit-elle sur-le-champ. Je sens qu'au fond de lui il est terrifié.

Comme Mickey dans *Fantasia*, quand il perd le contrôle des balais…

– Admettons. Disons que Tak est seul aux commandes du phénomène qui se produit en ce moment ici. Pourquoi l'a-t-il déclenché ? Qu'y gagne-t-il ? Quels bénéfices en retire-t-il ?

– J'ai du mal à parler de ça comme d'une personne, remarqua Audrey avec une moue de dégoût totalement inconsciente.

– Très bien, *ça*. Pour Seth, Poplar Street est le Corridor de Force, les maisons sont des cocons et nous sommes les méchants extraterrestres qui y vivent. C'est *Règlement de comptes à OK Corral*, version interstellaire. Mais qu'est-ce que Tak y gagne ?

– Quelque chose qui n'est qu'à lui », répondit Audrey. Marinville pensa aussitôt à une vieille chanson des Beatles, celle qui dit : *Que vois-tu quand tu éteins la lumière ? Je ne peux pas te le dire, mais c'est à moi.* « Les histoires ont toujours strictement appartenu à Seth, je crois ; elles sont le moyen par lequel Tak puise dans les pouvoirs de Seth, complémentaires des siens. Tak… je crois tout simplement que Tak aime ce qui nous arrive. »

Silence dans la pièce.

« Il aime ça », répéta Belinda au bout d'un moment. Elle s'exprimait à voix basse, d'un ton réfléchi. « Que voulez-vous dire, il aime ça ?

– Nous faire mal. Nous libérons quelque chose quand nous souffrons, quelque chose qu'il lèche, comme… une crème glacée. Et quand nous mourons, c'est encore mieux. Il n'a pas besoin de lécher, il lui suffit de tout avaler.

– Nous sommes son casse-croûte, en somme, dit Cynthia. C'est bien ce que vous dites ? Pour Seth, nous sommes un jeu vidéo et pour Tak… un casse-croûte.

– Plus que cela. Pensez à ce qu'est pour nous la nourriture : une source d'énergie. Tak *fabrique*, Tak *construit*, c'est ce que m'a dit Seth. Fabriquer, construire… À mon avis, le désert où il attendait avant de se jeter sur Seth n'était pas son lieu d'origine, mais sa prison. Et c'est peut-être son lieu d'origine qu'il essaie de recréer ici.

– Sur la base de ce que j'ai vu jusqu'ici, je n'ai même pas envie de traîner dans les faubourgs, dit Steve ; quant à y vivre…

– Fermez-la, lança sèchement Cammie, d'un ton dur et impatient. Comment va-t-on le tuer ? Vous dites qu'il y a un moyen, peut-être. »

Audrey la regarda, scandalisée. « Vous ne tuerez pas Seth ! Personne ne le tuera. Mettez-vous bien ça dans la tête ! Ce n'est qu'un petit garçon inoffensif… »

Cammie bondit sur la jeune femme et l'attrapa par les épaules avant même que Johnny réagisse. Ses pouces s'enfonçaient profondément dans le haut des seins d'Audrey. « Allez raconter ça à Jimmy ! lui cria-t-elle en plein visage. Il est mort, mon fils est mort, alors ne venez pas raconter que votre neveu est inoffensif ! Je vous l'interdis ! Cette chose est en lui comme un ver solitaire dans le ventre d'un cheval ! En lui ! Et si elle ne veut pas sortir…

– Mais elle en sortira ! rétorqua Audrey qui, d'abord décontenancée, retrouvait à présent son calme. Elle en sortira. »

Cammie relâcha lentement son emprise, une expression méfiante dans le regard. « Comment ? Et quand ? »

Kim intervint avant que Audrey ait eu le temps de répondre. « J'entends un bourdonnement... Comme des moteurs électriques. » Sa voix s'éleva, chevrotante. « Oh, mon Dieu, ils reviennent ! »

Marinville le perçut à son tour. Ce même bourdonnement électrique qu'il avait déjà entendu, mais plus fort encore. Comme animé d'une vie plus intense. Plus menaçant. Il regarda en direction de la porte de la cave et arriva à la conclusion qu'il était probablement trop tard pour tenter une évacuation vers le sous-sol, en particulier avec les deux enfants endormis dans le placard.

« Par terre ! lança-t-il. Couchez-vous tous par terre ! » Il vit Cynthia prendre la main de Steve et lui indiquer, d'un doigt tremblant, la porte entrouverte du placard. Le hippie acquiesça et ils y entrèrent, pour couvrir les enfants de leur corps.

Le bourdonnement enfla.

« Priez, dit soudain Belinda. Que tout le monde prie. »

Johnny Marinville avait trop peur pour cela.

Journal d'Audrey Wyler :

31 octobre 1995

Remarqué un truc intéressant, peut-être un moyen de savoir lequel est aux commandes, à n'importe quel moment. Tous les deux sont très entichés de Cassandra Styles, mais de la part de Tak, c'est presque uniquement sexuel. Il caresse ses seins et ses jambes de plastique. Il y a deux jours, je l'ai vu assis sur les marches qui léchait l'entrejambe de son short bleu et qui avait une érection en bonne et due forme (difficile à ne pas remarquer, vu qu'il est presque tout le temps en sous-vêtements). Le fait qu'il m'oblige à m'habiller dans le style de Cassie et à me teindre les cheveux en roux, ce dont j'ai horreur, ne m'a pas échappé.

Seth, par ailleurs, quand il est Seth, se contente de serrer le personnage contre lui, de caresser sa crinière raide ou de l'embrasser sur les joues. Il joue à se dire que c'est sa mère. J'ignore comment je le sais, mais j'en suis sûre.

Faut arrêter. Pleure encore.

Chapitre 12

Main Street, Désolation, temps des régulateurs

Comme lors de leur précédente incursion, les vans font irruption tels des fantômes surgissant non seulement de la brume mais de la poussière en mouvement du désert, qui scintille, semblable à du lamé, dans la lumière de cette vieille lune à tête de cow-boy.

Le Dream Floater de Cassandra est en tête, Candy aux commandes avec son chapeau de cavalerie à bord relevé, Cassie assise à côté de lui. Sur le toit, la parabole en forme de cœur tournoie vivement. Comme une enseigne de bordel, aurait sans doute songé Marinville s'il l'avait vue, ce qui n'est pas le cas. Allongé sur le sol de la cuisine des Carver, à côté de Billingsley, il se tient les mains croisées sur la tête et ferme les yeux de toutes ses forces ; il arbore l'expression d'un homme qui attend l'Apocalypse – et pour tout de suite.

Le Dream Floater ne s'engage pas sur la rue principale poussiéreuse de Désolation depuis Hyacinth Street : Hyacinth Street est réduite à néant. À sa place, il n'y a plus que la latérite d'un désert presque dépourvu de toute caractéristique… de même que le ciel, au-dessus, est pratiquement vide d'étoiles. À croire que, lorsque son œil s'est tourné vers les terres qui s'étendent au-delà de ce minuscule hameau, le Créateur avait perdu toute Sa divine inspiration.

Les ailes tronquées du Dream Floater sont déployées, ses roues partiellement rentrées ; il fend l'air à environ un mètre des ornières de la rue. Son moteur ronronne régulièrement. Au moment où il passe à la hauteur du Lady Day, à l'angle de la rue, son écoutille de tir s'ouvre. Laura DeMott – des *Régulateurs* – y apparaît. Dans ses mains délicates elle tient non pas son Derringer mais un fusil de chasse. Un simple fusil à deux canons, mais lorsqu'elle tire, la détonation est aussi forte que si elle venait de lancer un missile. Détonation suivie d'une sorte de gémissement suraigu, bref, avant que n'explose la façade du saloon. Les portes battantes volent en l'air, virevoltant follement pendant quelques instants et donnant l'impression d'être des ailes véritables. Il se produit un instant de flottement, derrière les restes de la façade, un peu comme une vague de chaleur, et à cet instant, on voit (mais il n'y a personne pour le voir) la silhouette du E-Z Stop derrière le Lady Day en flammes, tel un bâtiment fantôme ou une photo exposée deux fois ; le magasin est également démoli et en flammes.

Derrière le Dream Floater arrive le Tracker Arrow, et derrière le Tracker Arrow, le Freedom. Le pare-brise polarisé du Freedom s'abaisse à nouveau. Le major Pike, un bon Canopalien devenu méchant, est au volant, mais il ne porte plus l'uniforme des Confédérés (c'est Candy qui a le chapeau ; les régulateurs échangent régulièrement leurs accessoires et des éléments de leur tenue, ça fait partie du jeu). Le major a retrouvé son uniforme iridescent de MotoKop et, sans chapeau, sa crête d'Indien blonde est tout à son avantage. À côté de lui, dans l'habitacle, se tient le personnage du vieux trappeur grisonnant que Johnny avait déjà remarqué : le sergent Mathis, devenu premier adjoint de Jeb Murdock après la capture du capitaine Candell.

La maison de Collie Entragian a été remplacée par une boutique de mode, celle des Deux Sœurs. Le sergent se penche, vise un bijou dans la vitrine et appuie sur la détente de son fusil. Une nouvelle double et assourdissante détonation retentit, suivie d'un bref gémissement suraigu qui fait penser à une bombe plongeant en ligne droite vers sa cible.

« Faites que ça s'arrête ! hurle Susi. Je vous en supplie, faites que ça s'arrête ! »

La moitié supérieure du magasin de nouveautés paraît se soulever au milieu d'un tourbillon de planches, de bardeaux, de verre et de clous. De nouveau ce flottement se produit, vibration presque aussi rapide que celle des ailes d'un oiseau-mouche ; on peut apercevoir un instant la maison de l'ex-flic et même la bicyclette de Cary Ripton, qui ondoient comme les mirages qu'elles sont maintenant devenues. Puis leur image disparaît et c'est de nouveau les Deux Sœurs (où, dans *Les Régulateurs*, on voit pour la première fois Laura DeMott, poule de saloon au cœur d'or, achetant en cachette de quoi se faire une robe pour aller à l'église), sa moitié supérieure en moins, toutes ses vitres pulvérisées.

Du désert (plantes hirsutes et énormes amas rocheux de dessin animé) au nord de Poplar Street, où Bear

Street a disparu, le VACE Rooty-Toot surgit à son tour. Rooty est au volant, et ses yeux clignotent comme des feux de signalisation. Le petit Joe Cartwright est à son côté, un sourire insolent sur le visage, tenant dans les mains un fusil chromé hérissé d'accessoires futuristes. Tout de suite après arrive le VACE Justice et, derrière Justice, un cauchemar au bourdonnement électrique. Dans la lumière d'une blancheur d'os de la lune, le VACE Meatwagon semble enveloppé de soie noire. Sans-Visage pilote. La comtesse Lili est dans la cabine de navigation, ses yeux noirs sexy brillent dans son visage blême de vampiresse. Jeb Murdock se tient au-dessus d'eux, dans la tourelle de l'Apocalypse, la tourelle de tir la meilleure.

Parce qu'il est le pire de tous.

Et ainsi commence l'ultime assaut des véhicules à champ d'énergie, trois vans entrant dans le Corridor de Force par le nord, trois autres par le sud. Des détonations abominablement amplifiées font tout trembler ; le sifflement des obus qui jaillissent de la gueule de ces armes est plus effrayant que le passage d'une troupe de banshees, ces fantômes hurleurs des légendes irlandaises. Le Cattlemen Hotel (ex-maison Soderson) est arraché à ses fondations ; le côté gauche ploie le premier, puis s'effondre complètement, recrachant des planches sèches et des bardeaux. La maison située au nord – une construction en torchis dans laquelle Brad Josephson n'aurait jamais reconnu sa demeure, si amoureusement entretenue – paraît exploser dans toutes les directions, expédiant des fragments de bois fendus et des pans de boue séchée dans les airs.

De l'autre côté de la rue, le faux fronton du magasin général, Worrell's Market & Mercantile (ancienne maison de Tom Billingsley, dans laquelle gisent les cadavres des Soderson entre de gros sacs ronds marqués *semences*), se désintègre sous le feu nourri du Justice, chaque décharge aussi puissante qu'un tir de mortier. Le colonel Henry conduit ; c'est Chuck Connors, alias Rifleman, qui est dans la tourelle de tir. Son fils se tient à son côté, souriant d'une oreille à l'autre. « Joli coup, p'pa ! » s'exclame-t-il lorsque les planches fumantes du fronton communiquent le feu aux saletés et à la poussière accumulées derrière depuis des décennies. Bientôt, c'est tout le bâtiment qui est en flammes.

« Merci, fiston », répond Lucas McCain, dirigeant sa Winchester lanceuse de missiles sur la blanchisserie Lushan. L'ancien domicile de Peter et Mary Jackson a déjà sérieusement souffert des assauts de Rooty-Toot, mais cela ne gêne pas Rifleman. Son fils se joint à lui avec son pistolet ; un petit pistolet, mais chaque coup fait tout autant d'effet qu'un tir de bazooka.

À la fin, la fumée de la poudre recouvre Main Street d'une brume opaque. Plusieurs des maisons du côté ouest de la rue – la *cantina* en adobe, ex-maison des Geller, la cabane en rondins où les Reed accrochaient leurs chapeaux assortis, l'hacienda en torchis où Brad et Belinda croyaient avoir leur foyer – sont presque totalement détruites. Deux Sœurs est encore debout (plus ou moins) ainsi que l'hôtel, mais le magasin général ne va pas tarder à se retrouver dans le même état que la maison Hobart, un tas de cendres.

Un seul édifice, sur le côté est, est resté dans l'état

où il se trouvait avant l'arrivée des régulateurs : la maison Carver. Ses flancs criblés de balles et ses vitres cassées datent du premier assaut ; mais la dernière vague l'a laissée intacte.

Dream Floater, Tracker Arrow et Freedom ont atteint l'extrémité nord de Poplar Street ; Rooty-Toot, Justice et Meatwagon, l'extrémité sud. La fusillade diminue d'intensité, puis cesse complètement. Les réfugiés, dans la maison Carver, entendent les craquements de l'incendie, de l'autre côté de la barrière – le magasin général qui est encore pour eux le bungalow de Billingsley –, mais sinon, pour leurs oreilles encore carillonnantes, c'est un calme apaisant comme un baume qui règne. Les survivants relèvent timidement la tête.

« Vous croyez que c'est fini ? » demande Steve, d'un ton qui semble se retenir de dire que ce n'était pas aussi terrible qu'on l'avait craint... mais qui le pense.

« On devrait..., commence Johnny.

– Je les entends ! Je les entends ! » hurle Kim Geller depuis le salon, d'une voix suraiguë et chevrotante qui flirte avec l'hystérie ; mais les autres n'ont aucune raison de ne pas la croire, puisque c'est elle qui se trouve le plus près de la rue. « Cet affreux bourdonnement ! Faites-les cesser ! Faites-les cesser ! » Elle se précipite dans la cuisine, les yeux exorbités, l'air dément.

« Couche-toi, m'man ! » lui lance Susi sans faire elle-même le moindre mouvement ; elle est allongée à côté de Dave Reed, qui a passé un bras autour des épaules de la jeune fille et dont une main (celle que la mère ne peut voir d'où elle est) s'arrondit autour d'un sein juvénile. Cette main ne gêne nullement Susi ; ce qui la gênerait, en vérité, serait qu'il la retire. Sa terreur et son inquiétude quasi maternelle pour le jumeau survivant se sont combinées et, pour la première fois de sa vie, elle se sent sexuellement excitée. Elle n'a plus qu'une envie, se retrouver dans un endroit tranquille avec David, un endroit où ils puissent retirer leurs pantalons sans se faire remarquer.

Kim ignore sa fille. Elle se jette sur Audrey qu'elle prend par les cheveux pour lui redresser la tête. « Arrêtez-le ! Tout de suite ! crie-t-elle. Il est votre parent, c'est vous qui l'avez amené ici, *alors faites-le cesser tout de suite !* »

Belinda Josephson fonce ; elle s'est levée, traverse maintenant la pièce et empoigne le bras de Kim Geller qu'elle lui tord dans le dos ; c'est à peine si Brad a eu le temps de ciller.

« Aïe ! crie Kim, lâchant immédiatement les cheveux d'Audrey. Aïe ! Lâche-moi, salope noi... »

Sans doute Belinda a-t-elle eu son content d'injures racistes pour la journée. Elle remonte encore plus le bras de Kim, ne lui laissant pas le temps de terminer sa phrase. La mère de Susi, qui donne de l'argent aux scouts et aux associations contre le cancer, hurle comme une sirène d'usine à l'heure de la sortie. Belinda la retourne, présente la hanche et l'envoie valdinguer dans la pièce d'où elle vient. La femme s'effondre contre un mur. D'autres figurines en porcelaine dégringolent autour d'elle.

« Voilà. Qu'elle ne dise pas qu'elle ne l'a pas cherché, remarque Belinda d'un ton calme. Je ne vais tout de même pas supporter ce genre de...

– Vous en faites pas », lui dit Johnny. Le bourdonnement est plus fort, n'a jamais été aussi fort : une pulsation régulière semblable au grondement d'un énorme transformateur électrique. « Couchez-vous, Bee ! Tout de suite ! Tout le monde à terre ! Steve, Cynthia ? Couvrez bien les petits ! » Puis il regarde la tante de Seth Garin, l'air de s'excuser ou presque. « Pouvez-vous le faire cesser, Audrey ? »

La jeune femme secoue la tête. « Ce n'est pas lui, pas en ce moment. C'est Tak. » Avant de baisser de nouveau la tête, elle voit Cammie Reed qui la regarde, et il y a dans ce regard glacial quelque chose qui lui fait encore plus peur que les cris et les horions de Kim Geller. C'est un regard *sérieux*. Non pas hystérique, mais simplement mortel.

Qui Cammie voudrait-elle assassiner, cependant ? Elle-même ? Seth ? Les deux ? Audrey l'ignore. Elle sait seulement qu'elle ne peut dire aux autres ce qu'elle a fait avant de partir, cette petite chose qui pourrait tout résoudre, à condition que… À condition que s'ouvre la fenêtre temporelle en laquelle elle a mis tous ses espoirs ; à condition qu'elle fasse ce qu'il convient de faire à cet instant-là. Elle ne peut leur dire qu'il demeure un espoir, car si jamais Tak est capable de détecter leurs pensées, cet espoir serait définitivement compromis.

Le bourdonnement s'amplifie encore. Sur Main Street, les VACES roulent de nouveau. Dream Floater, Tracker Arrow et Freedom sont les plus proches de la maison Carver et l'atteignent les premiers. Ils se rangent devant, le Tracker Arrow rouge avec Snake Hunter au volant au milieu, bloquant l'allée sur laquelle gît (dans un état de plus en plus pitoyable) le cadavre du maître des lieux. Les trois autres, Rooty-Toot, Justice et Meatwagon, remontent de l'extrémité sud de la rue et complètent l'alignement des VACES.

La maison Carver (laquelle, non sans ironie, est construite dans le style ranch) est maintenant entièrement cernée, côté rue, par les VACES. Depuis la nacelle de tir du Dream Floater, Laura DeMott braque son fusil sur la baie vitrée fracassée ; de celle du Tracker Arrow, Hoss Cartwright et un Clint Eastwood dans sa prime jeunesse – Rowdy Yates de *Rawhide*, en réalité – visent aussi la maison. Jeb Murdock se tient dans la tourelle d'Apocalypse du Meatwagon avec deux fusils à canons sciés à dix centimètres de la détente, les crosses appuyées contre les os iliaques. Il affiche un large sourire sur sa tête de Rory Calhoun (quand ce dernier était jeune).

Des écoutilles se soulèvent bruyamment des toits. Cow-boys et extraterrestres occupent les derniers postes de tir.

« Bon Dieu, p'pa, c'est un vrai stand de tir au pigeon ! s'exclame McCain, avec un rire suraigu.

– Root-Root-Root-Root !

– La ferme, Rooty ! » crient-ils tous en chœur. L'hilarité devient générale.

Au bruit de ce rire, quelque chose – quelque chose qui n'était jusqu'ici que sérieusement entamé – finit par casser tout au fond de Kim. Elle se lève et s'avance jusqu'à la moustiquaire, de l'autre côté de laquelle gît toujours Debbie Ross. Ses tennis font craquer les fragments de porcelaine des précieux Hummel, orgueil de Pie Carver. Le ronronnement des moteurs, dehors – cet étrange bruit cyclique, comme un cœur électrique – la rend folle. Il est cependant plus facile de s'en prendre à cela que de penser à la façon dont cette négresse prétentieuse a failli lui casser le bras puis l'a balancée dans l'autre pièce comme un vulgaire paquet de linge sale.

Les autres ne se rendent compte de ce qu'elle fait que lorsque ils entendent s'élever sa voix, querelleuse et stridente : « Vous, là ! Barrez-vous d'ici ! Arrêtez tout ça et barrez-vous d'ici ! Tout de suite ! La police va arriver ! »

Du coup, Susi oublie à quel point c'est agréable de sentir la main de Dave contre son sein, et à quel point elle aimerait l'aider à oublier la mort de son frère en l'entraînant au premier et en s'envoyant en l'air avec lui jusqu'à ce qu'il en ait l'estomac qui éclate. « Maman ! » s'écrie-t-elle. Et elle commence à se relever.

Dave l'aplatit au sol et la maintient clouée au lino en passant un bras autour de sa taille, afin d'être bien sûr qu'elle ne remette pas ça. Il a déjà perdu son frère, et il trouve que cela suffit pour la journée.

Allez, allez, allez, allez, pense Audrey, qui se dit que ce n'est qu'une forme de prière. Elle ferme les yeux tellement fort qu'elle voit des points rouges exploser derrière ses paupières ; elle a les poings serrés et ce qui reste de ses ongles déchiquetés s'enfonce dans ses paumes. Allez, fais ton boulot, fais ce que tu es supposé faire, qu'est-ce que t'attends…

« Vas-y », dit-elle sans se rendre compte qu'elle a parlé à haute voix. Johnny, qui a levé la tête au son de la voix de Kim, se tourne vers Audrey. « Vas-y, t'entends ? Pour l'amour du Ciel, vas-y !

– Qu'est-ce que vous racontez ? » demande-t-il. Mais elle ne répond pas.

Dehors, Kim s'avance lentement vers les VACES rangés le long du trottoir. Le seul endroit de tout feu Poplar Street où il reste encore un trottoir.

« Je vous accorde une chance », dit-elle, son regard passant d'un de ces êtres bizarroïdes à l'autre. Certains portent des casques ridicules de cosmonaute, et celui qui est aux commandes de l'espèce de machin noir sinistre est déguisé en robot de pied en cap. On dirait la version géante du D2R2 de *La Guerre des étoiles*. D'autres ont l'air de réfugiés venus d'un cours de quadrille western. Certains lui paraissent même vaguement familiers... mais elle n'a pas le temps de se laisser distraire par des idées aussi insensées.

« Je vous accorde une chance », répète-t-elle, s'arrêtant à l'endroit où l'allée des Carver donne sur ce qui reste du trottoir. « Partez tant qu'il est temps. Sinon... »

La porte coulissante du Freedom s'ouvre, et le shérif Streeter en descend. Sur le revers gauche de sa veste, son étoile luit faiblement au clair de lune. Il lève les yeux vers Jeb Murdock – ancien ennemi, nouvel allié – dans la tourelle de l'Apocalypse du Meatwagon.

« Alors, Streeter, qu'est-ce que t'en penses ?

– J'en pense que tu devrais t'occuper de cette grande gueule de pute », répond le shérif avec un sourire. Les canons sciés de Murdock explosent – vacarme, flamme blanche. L'instant d'avant, Kim Geller se tenait à l'extrémité de l'allée ; le suivant, elle a entièrement disparu. Non, pas entièrement. Ses tennis sont encore au bord du trottoir. Avec ses pieds dedans.

Une fraction de seconde plus tard, quelque chose que l'on pourrait prendre pour un plein baquet d'une eau sale et bourbeuse – mais ce n'est pas ça – s'abat sur la façade de la maison. Puis, alors que l'écho de la double détonation roule encore, Streeter s'écrie : *« Tirez, tirez ! Bon Dieu de Dieu ! Rayez-moi tout ça de la carte ! »*

« Aplatissez-vous ! » crie Johnny, sachant que cela ne servira à rien ; la maison va disparaître comme un château de sable sous une lame de fond, et eux avec.

Les régulateurs ouvrent le feu, et ce que l'écrivain a connu au Viêt-nam n'est rien à côté. Voilà, pense-t-il, à quoi un bombardement devait ressembler dans les tranchées de Verdun, ou à Dresde, une trentaine d'années plus tard. Le vacarme est inimaginable, un concentré de KA-POW et de KA-BAM au point zéro ; cependant, alors qu'il se dit qu'il aurait dû immédiatement perdre l'ouïe (sinon être carrément tué par cette avalanche de décibels), il parvient encore à distinguer les différents bruits de destruction, autour de lui : les planches qui éclatent, les vitres qui se brisent, les porcelaines qui explosent comme les cibles d'un stand de tir forain, le craquement sec des tasseaux. Il entend même, faiblement, les autres crier. L'odeur âcre de la poudre lui emplit les narines. Quelque chose d'invisible mais de grande taille traverse la cuisine au-dessus de leurs têtes, dans un glapissement suraigu, et soudain, la plus grande partie du mur du fond n'est plus que gravats éparpillés dans le jardin ou flottant sur la piscine en plastique.

Oui, pense Johnny. Ça y est. C'est la fin. Et c'est peut-être aussi bien.

Une chose bizarre, alors, commence à se produire. La fusillade ne s'arrête pas, mais se met à *diminuer* ; à diminuer comme si une main baissait le volume du son. C'est vrai des détonations elles-mêmes, mais aussi du glapissement des obus qui passent au-dessus d'eux. Le phénomène, en plus, est rapide. Moins de dix secondes après – peut-être même seulement cinq – le vacarme s'arrête complètement. De même que les pulsations bourdonnantes des VACES.

Tous relèvent la tête et se regardent les uns les autres. Dans le placard, Cynthia se rend compte qu'elle et Steve sont blancs comme des fantômes. Elle lève un bras et souffle ; une poudre blanche s'envole.

« De la farine », dit-elle.

Steve passe une main dans ses cheveux et tend l'autre à la jeune fille. Elle contient de petites choses noires et brillantes. « C'est pas si mal, la farine. Moi, j'ai eu les olives. »

Elle a l'impression qu'elle va se mettre à rire, mais elle n'en a pas le temps ; quelque chose de totalement stupéfiant et inattendu est en train de se produire.

Espace-temps de Seth

De tous les souterrains qu'il s'est creusés durant le règne de Tak – Tak le Voleur, Tak le Cruel, Tak le Despote – celui-ci est le plus long. Il a, d'une certaine façon, reconstitué sa version personnelle du Rattlesnake n° 1. Le boyau s'enfonce dans une sorte de terre noire qu'il suppose être lui-même, puis remonte vers la surface comme un espoir. Il débouche sur une porte bardée de fer. Il n'essaie pas de l'ouvrir, mais pas parce qu'il craint qu'elle ne soit verrouillée. Tout au contraire. Il ne doit pas la toucher tant qu'il n'est pas parfaitement prêt ; une fois cette porte franchie, il ne pourra plus battre en retraite.

Il prie pour qu'elle donne sur ce qu'il croit qu'elle donne.

Suffisamment de lumière lui parvient, entre les barres métalliques, pour éclairer le lieu où il se tient. Des tableaux sont accrochés sur les étranges murs charnus. L'un est un portrait de famille ; il est assis entre son frère et sa sœur. Sur un autre, il se tient entre tante Audrey et oncle Herb, devant la maison. Les adultes sourient. Seth, comme toujours, est solennel, distant, un peu absent. Il y a aussi une photo d'Allen Symes, debout devant l'une des chenilles de Miss Mo ; il a l'air d'un lilliputien à côté, porte un casque de mineur et sourit. Cette photo n'existe pas, mais c'est sans importance. On se trouve dans l'espace-temps de Seth, dans l'esprit de Seth, et il le décore à sa guise. Il n'y a pas si longtemps, il s'y serait trouvé des photos des MotoKops et des personnages des *Régulateurs* ; et pas seulement ici, mais sur toute la longueur du tunnel. Plus maintenant. Ils ont perdu leur charme.

J'ai dépassé ça, pense-t-il, et rien n'est plus vrai. Autiste ou non, encore petit garçon de huit ans ou non, il n'a plus l'âge des westerns de série B et des dessins animés du samedi matin. Il comprend brusquement que là est le fond des choses, un fond des choses que Tak ne pourra jamais comprendre : il a dépassé cela.

Le personnage de Cassie Styles est dans sa poche (quand il a besoin d'une poche, il lui suffit de l'imaginer ; c'est pratique) parce qu'il l'aime encore un peu, mais sinon ? Non. La seule question qui demeure est : peut-il leur échapper ? N'a-t-on pas instillé du poison dans ces rêves sucrés, pendant tout ce temps ?

Le moment est venu de le découvrir.

À côté de la photo d'Allen Symes figure une petite étagère. Seth a vu et admiré les étagères disposées dans le couloir, chez les Carver, chacune portant une porcelaine de Hummel, et il a créé celle-là en pensant à celles-ci. Par la lumière qui tombe des fentes de la porte, on distingue ce qui est posé dessus, non pas un berger ou une trayeuse de lait en porcelaine, mais un téléphone PlaySkool rouge.

Il décroche et compose le deux-quatre-huit. Dans son oreille, le téléphone sonne, sonne, sonne. Mais sonne-t-il à l'autre bout ? Est-ce qu'elle l'entend ? Est-ce que l'un d'eux l'entend ?

« Allez », murmure-t-il. Il est parfaitement conscient, parfaitement éveillé ; dans ce puits profond au fond de lui-même, il n'est pas plus autiste que Steve Ames, ou Belinda Josephson, ou Johnny Marinville… en réalité, il a quelque chose d'un génie.

Un génie effrayé, pour le moment.

« Allez… je t'en prie, tante Audrey, réponds, tante Audrey… » Car le temps manque et c'est maintenant le moment.

Dans la salle de séjour des Carver, le téléphone se met à sonner ; comme si c'était un signal qui l'atteignait directement au plus profond de son délicat système nerveux, le talent exceptionnel de Johnny Marinville pour tout voir en même temps lui fait brusquement défaut, pour la première fois de sa vie. Sa perspective se fragmente comme dans un kaléidoscope qu'on fait tourner, et dégringole en prismes et éclats brillants. Si c'est ainsi que les autres voient le monde pendant les moments de grande tension, songe-t-il, pas étonnant qu'ils prennent alors d'aussi mauvaises décisions. Il n'apprécie pas du tout de voir les choses ainsi. Impression d'avoir une forte fièvre et de constater qu'une demi-douzaine de personnes entourent votre lit. Or vous savez qu'elles ne sont que quatre… mais lesquelles ? Susi Geller pleure en hurlant le nom de sa mère. Les deux petits Carver sont évidemment réveillés ; Ellen, dont le stoïcisme relatif n'est plus qu'un souvenir, semble prise de convulsions ; elle pousse des cris stridents et martèle de coups de poing le dos de Steve, qui s'efforce de la tenir dans ses bras pour la consoler. Quant à Ralphie, il a décidé de s'en prendre à sa grande sœur : « Arrêtez d'embrasser Margaretasse ! crie-t-il en se jetant sur Steve, tandis que Cynthia essaie de le retenir. Arrêtez d'embrasser Margaretasse la Bêtasse ! Elle aurait dû me donner tout le chocolat ! Si elle me l'avait donné, tout ça ne serait pas arrivé ! »

Brad se dirige vers la salle de séjour – sans doute pour répondre au téléphone – mais Audrey le retient par un bras. « Non, dit-elle, ajoutant avec une sorte de politesse surréaliste, c'est pour moi. » Quant à Susi, elle s'est relevée et court jusqu'à la porte d'entrée pour voir ce qui est arrivé à sa mère ; une très mauvaise idée, de l'humble avis de Johnny. Dave Reed essaie une fois de plus de la retenir, mais sans y parvenir ce coup-ci ; il se résout à la suivre, sans cesser de dire : « Susi ! Susi ! » L'écrivain s'attend à ce que la mère de l'adolescent intervienne, mais Cammie le laisse aller, alors que de là-bas, derrière, des coyotes comme il n'en existe nulle part sur la terre du bon Dieu redressent leur museau déformé et hululent des chants d'amour délirants à la lune.

Et tout cela en même temps, comme des débris tourbillonnant dans un cyclone.

Il se retrouve debout sans même s'en rendre compte, suit Brad et Belinda dans la salle de séjour, qui fait l'effet d'avoir été piétinée par un troupeau d'éléphants. Les enfants hurlent toujours dans le placard, Susi en fait autant dans l'entrée. Bienvenue dans l'univers merveilleux de l'hystérie en stéréo, pense Johnny.

Audrey, entre-temps, cherche le téléphone, qui a disparu de la tablette, au coin du canapé. De fait, la tablette n'y est pas non plus ; elle gît dans un coin, cassée en deux. Le téléphone est à côté, au milieu d'un tapis de verre brisé. Il s'est décroché et le combiné est aussi loin du socle que le permet le cordon qui les relie. Néanmoins, il sonne toujours.

« Attention au verre, Audrey ! » lance Marinville.

Tom Billingsley s'avance vers le trou déchiqueté de ce qui était auparavant la baie vitrée, enjambant pour cela les débris fumants de la télé implosée. « Ils ont disparu… Les vans. » Il marque un temps d'arrêt, puis ajoute : « Malheureusement, Poplar Street a aussi disparu. On se croirait à Deadwood, dans le Dakota, à peu près à l'époque où Jack Cavendish a tué Wild Bill Hicock d'une balle dans le dos. »

Audrey récupère le combiné. Derrière eux, Ralphie Carver s'égosille : « Je te déteste, Margaretasse la Bêtasse ! Fais revenir maman et papa tout de suite, ou je te détesterai toujours ! Je te déteste, Margaretasse la Bêtasse ! »

À l'opposé, Johnny voit Susi se débattre de moins en moins dans les bras de Dave Reed ; il la serre contre lui pour l'arracher à l'horreur et l'amener aux larmes avec une patience que, étant donné les circonstances, l'écrivain ne peut qu'admirer.

« Allô ? » dit Audrey. Elle écoute, une expression sérieuse et tendue sur le visage. « Oui, dit-elle, d'accord. Tout de suite. Je… » Elle écoute encore quelques instants, et cette fois-ci, elle se tourne vers Johnny Marinville. « Oui, entendu. Seulement lui. Seth ? Je t'aime. »

Elle ne raccroche pas le téléphone, se contentant de le laisser tomber. Pourquoi l'aurait-elle reposé sur le socle ? Du regard, Johnny suit le fil et constate qu'il a été arraché à la prise, dans la tourmente.

« Venez, lui dit Audrey. Nous devons aller de l'autre côté de la rue, monsieur Marinville. Seulement nous deux.

– Mais…, commence Brad.

– Pas le temps de discuter, le coupe-t-elle. Il faut y aller tout de suite. Vous êtes prêt, Johnny ?

– Faut-il prendre le fusil ? On l'a laissé dans la cuisine.

– Non, il ne servirait à rien. Venez. »

Elle lui tend la main. Son visage est calme, composé. Sauf les yeux. Ils sont terrifiés, et le supplient de ne pas la laisser faire seule ce qu'il y a à faire. Johnny prend la main tendue, ses pieds écrasent les débris et les morceaux de verre. Elle a la peau froide et, sous ses doigts, il sent des articulations qui lui paraissent légèrement enflées. C'est sans doute la main avec laquelle le petit monstre l'a obligée à se frapper elle-même, pense-t-il.

Ils passent dans l'entrée, où les deux adolescents se tiennent dans les bras l'un de l'autre, silencieux. Johnny ouvre la moustiquaire et laisse Audrey le précéder ; elle doit pour cela enjamber le cadavre de Debbie Ross. La façade de la maison, le perron et le dos de la morte sont maculés de ce qui reste de Kim Geller – des traînées, des croûtes et des débris qui paraissent noirs dans la lumière de la lune – mais ni l'un ni l'autre n'y font allusion. Devant eux, au-delà de l'allée et du bout de trottoir devant lequel ne sont plus stationnés les VACES, s'étend une large rue, creusée d'ornières. Un souffle d'air vient caresser la joue de Johnny – il arrive du nord, chargé de la fumée qui vient de la maison voisine, en train de brûler – et un *tumbleweed* passe en sautillant comme s'il était muni d'un ressort invisible. Aux yeux de l'écrivain, la scène paraît sortir tout droit d'un dessin animé de Max Fleischer, mais ça ne le surprend pas. C'est bien là qu'ils sont, non ? Dans une sorte de dessin animé ? Donnez-moi un levier, et je soulèverai le monde, a déclaré Archimède ; la chose, de l'autre côté de la rue, lui aurait sans doute donné raison. Bien entendu, ce n'était qu'une partie de Poplar Street qu'elle avait déplacée, et elle y était parvenue sans trop de peine, avec le levier que lui avaient procuré les histoires que se racontait Seth Garin.

Peu importe ce qui les attend : le seul fait d'être hors de la maison et loin du bruit est déjà un soulagement.

Le perron de la maison Wyler n'a pas l'air d'avoir changé, mais c'est tout ; le reste est un long bâtiment bas, construit en rondins. Plusieurs barres à attacher les chevaux sont alignées devant. De la fumée sort de la cheminée de pierre, en dépit de la chaleur de la nuit. « On dirait un de ces dortoirs de cow-boys », remarque-t-il.

Audrey acquiesce. « C'est effectivement celui du ranch Ponderosa.

– Pourquoi sont-ils partis – les régulateurs de Seth et les flics futuristes ? Qu'est-ce qui les a fait partir ?

– À au moins un titre, Tak ressemble tout à fait au méchant d'un conte de Grimm », répond Audrey en l'entraînant dans la rue. Leurs pas soulèvent la poussière. Les ornières sont sèches, dures comme du fer. « Il a son talon d'Achille, quelque chose que l'on ne peut soupçonner qu'après avoir vécu avec ça aussi longtemps que moi. Il a en horreur d'être avec Seth quand mon neveu se soulage les boyaux. Est-ce pour lui une question d'esthétique bizarre, ou bien une phobie d'ordre psychologique, ou encore un phénomène physique lié à son existence – comme la grimace que l'on ne peut retenir quand quelqu'un fait mine de nous donner un coup de poing – je l'ignore, et je m'en fiche.

– Vous en êtes bien certaine ? » Ils ont atteint l'autre côté de la rue. Johnny regarde dans les deux sens ; aucune trace des vans. Rien qu'une terre aride et rocheuse à droite et le vide – une sorte de non-création – à gauche.

« Tout à fait », répond-elle sans hésiter. L'allée en béton qui conduit au 247 Poplar Street est à présent dallée de galets. À mi-chemin, Johnny aperçoit la roulette cassée d'un éperon, qui brille à la clarté de la lune. « Seth me l'a dit ; il me parle parfois directement dans la tête.

– Télépathie ?

– C'est ce que je me dis. Et quand il s'exprime à ce niveau, il n'a pas le moindre problème psychologique. Il est même tellement intelligent, alors, qu'il fait peur.

– Mais qu'est-ce qui vous permet d'être sûre que c'était Seth qui vous parlait ? Et même si c'était lui, comment être sûre que Tak lui laissait dire la vérité ? »

Elle s'arrête à quelques pas de la porte. Elle tient encore sa main ; elle lui prend l'autre, l'obligeant à se tourner pour lui faire face.

« Écoutez bien, car j'ai tout juste le temps de vous dire ceci une fois, et vous n'en aurez pas pour poser d'autres questions. Parfois, quand Seth me parle, il laisse Tak écouter… afin de lui laisser croire qu'il suit toutes nos conversations mentales, je suppose. Mais ce n'est pas vrai. » Elle voit qu'il s'apprête à dire quelque chose et lui presse les mains plus fort. « Et je sais que Tak le quitte quand il se vide les intestins. Il ne se contente pas de se retirer tout au fond, il *sort* de lui. Je l'ai vu faire. Il passe par ses yeux.

– Par ses yeux, murmure Johnny, fasciné, horrifié et quelque peu subjugué.

– Je vous le dis pour que vous compreniez ce qui se passe, éventuellement. De petits points rouges dansants, comme les escarbilles d'un feu de camp. D'accord ?

– Bordel… oui, d'accord.

– Seth adore le lait chocolaté, reprend Audrey, l'entraînant à nouveau. Celui qu'on fabrique avec du Hershey's. Et Tak adore ce qu'adore Seth… un peu trop, pourrait-on dire.

– Vous y avez mis du laxatif, n'est-ce pas ? Vous avez mis du laxatif dans son lait chocolaté ! » Il se sent presque l'envie de se joindre aux coyotes et de hurler à la lune, lui aussi. Si ce n'est qu'il hurlerait de rire. Les possibilités les plus surréalistes de la vie sont inépuisables, dirait-on ; leur seule chance de survivre dépend d'une blague de collégien du niveau de la chasse au dahut ou d'un lit fait en portefeuille.

« Seth m'a dit comment m'y prendre et je l'ai fait, répond Audrey. Maintenant, venez, pendant qu'il est en train de chier tripes et boyaux. Nous devons l'attraper et courir. Le mettre hors de portée de Tak avant que *ça* ait le temps de revenir prendre sa place. C'est faisable. Son rayon d'action est faible. On descendra la rue. Vous le porterez. Et je vous parie que le temps qu'on arrive à l'emplacement du E-Z Stop, on va assister à une sacrée transformation de l'environnement. N'oubliez pas : l'essentiel, c'est la vitesse. Une fois qu'on aura commencé, plus d'hésitation, on ne traîne plus. »

Elle tend la main vers la porte, mais Johnny la retient. Elle lui adresse un regard où la peur le dispute à la colère.

« J'ai dit tout de suite !

– Oui, mais il reste une question à laquelle vous devez répondre, Audrey. »

Depuis l'autre côté de la rue, on les regarde avec anxiété. Belinda Josephson s'éloigne du petit groupe et regagne la cuisine pour voir comment Steve et Cynthia s'en sortent avec les enfants. Pas trop mal, dirait-on. Ellen est encore secouée de sanglots espacés mais paraît avoir retrouvé son calme, et la colère de Ralphie s'est dégonflée comme un cyclone au-dessus des eaux froides du nord. Belinda jette un bref coup d'œil circulaire à la cuisine, qui donne maintenant directement sur le jardin, puis fait demi-tour pour rejoindre les autres, dans l'entrée. Elle ne fait cependant qu'un pas, et s'arrête. Un pli vertical unique – le pensomètre de Bee, comme l'appelle Brad – se forme au milieu de son front. L'obscurité est loin d'être totale, avec le clair de lune et ces gens, massés auprès de la porte, sont ses voisins. Elle n'a aucun mal à les distinguer. Brad, parce qu'il est le plus proche de tous et que cela fait vingt-cinq ans qu'elle le coudoie dans leur lit. Dave et Susi parce qu'ils se tiennent toujours étroitement embrassés. Toubib, tellement il est mince. Mais pour Cammie c'est plus dur. D'autant plus dur que Cammie n'est pas là. Ni dans la cuisine. Ou bien elle est montée au premier, ou bien elle est sortie dans le jardin… peut-être. Et…

« Dites, tous les deux ? lance-t-elle en direction du placard, soudain prise de peur.

– Quoi ? » demande Steve, une pointe d'impatience dans le ton. À la vérité, il éprouve une pointe d'impatience. Ils ont enfin réussi à calmer les enfants, et si cette bonne femme fiche tout en l'air, il se dit qu'il va l'assommer avec la première casserole venue.

« Mme Reed est partie. Et elle a pris le fusil. Était-il chargé ? Allez, faites-moi plaisir. Dites-moi qu'il ne l'était pas.

– Je crois bien que si, répond Steve à contrecœur.

– Crotte de bique et botte de crique ! » grommelle Belinda.

Cynthia la regarde par-dessus l'épaule affaissée de Ralphie, les yeux agrandis par l'inquiétude. « Vous croyez que c'est un problème ?

– J'en ai peur », répond Bee.

Espace-temps de Tak

Dans l'alcôve où il a passé tant d'heures heureuses – à se nourrir de l'imagination captive de Seth, pourrait-on dire – Tak attend et écoute. Sur l'écran, des cow-boys en noir et blanc, portant des tenues fantomatiques, chevauchent dans un paysage de désert. En silence. Désincarné maintenant qu'il est hors de Seth, il a coupé le volume avec la meilleure des télécommandes – son esprit.

Dans les toilettes adjacentes à la cuisine, il entend le garçon. Le garçon émet les grognements porcins que Tak en est venu à associer avec la fonction d'excrétion ; pour lui, même ces bruits sont révoltants et l'acte lui-même, avec ses contractions et ses sensations de glissement, d'expulsion incontrôlable, est hideux. Même vomir est moins désagréable. Au moins est-ce rapide : dans la gorge et *hop !* fini.

Il a compris ce que la femme lui a fait : elle a mélangé une drogue au lait pour provoquer non pas un seul acte d'excrétion, mais de longues convulsions. Combien en a-t-elle mis ? Une énorme quantité, à en juger par ce que ressentait Seth juste avant que Tak ne s'échappe de lui. Et maintenant, il comprend tout.

Il clignote dans le coin le plus sombre de la pièce, sous le plafond – Tak le Cruel, Tak le Despote –, comme un amas de feux arrière de bicyclette sans bicyclette qui pulseraient et tourbillonneraient les uns autour des autres. Il ne peut entendre tante Audrey et Marinville, même avec le son de la télé coupé, mais il sait qu'ils se tiennent juste devant la porte d'entrée. Quand ils s'arrêteront finalement de parler et entreront, il les tuera – l'homme d'abord, ne serait-ce que pour refaire le plein d'énergie après tout ce qu'il a dépensé (et il en dépense d'autant plus qu'il est hors du corps de l'enfant) et ensuite la tante de Seth, pour ce qu'elle a tenté de faire. Il se nourrira aussi d'elle et elle mourra lentement, de ses propres mains.

Quant à la punition du garçon, pour avoir essayé de se dresser contre Tak, elle consistera à assister à la scène.

Tak, cependant, respecte Seth ; le garçon s'est montré un adversaire valeureux (et comment un être capable de contenir Tak pourrait-il ne pas l'être ?). Depuis que l'ivrogne est passé, hier, Tak et Seth jouent une partie de poker retourné, exactement comme Laura et Jeb Murdock dans *Les Régulateurs*. Maintenant, seules les deux dernières cartes sont encore à l'envers sur la table. Quand elles seront retournées, Tak sait qu'il aura gagné. Bien entendu. Son adversaire n'est qu'un enfant, après tout, si brillants que soient les niveaux inférieurs de son intellect, et il a fini par se croire un peu plus savant qu'il n'était prudent pour lui. Tak sait que Seth a prévu de le chasser temporairement de son corps ; et même si la méthode employée a été une surprise (très désagréable), Seth ignore que Tak s'y attendait. D'autant qu'il y a encore autre chose.

Seth croit que Tak ne peut se réintroduire dans son corps pendant qu'il se livre à l'acte dégoûtant pour lequel a été conçue la petite pièce contiguë à la cuisine.

Seth se trompe. Tak *peut* se réintroduire. Ce sera pénible, voire même douloureux, mais il en est capable. Et comment sait-il que Seth ne soupçonne pas l'existence de cette dernière carte, alors qu'il en a vu d'autres que détenait Tak, en dépit de tous les efforts qu'il déployait pour les cacher ?

Parce que le garçon a appelé sa bien-aimée Tatie pour qu'elle l'aide à s'enfuir.

Et lorsque la bien-aimée Tatie aura fini d'hésiter, sur le perron, et entrera, son sort sera… sera…

Réglé.

Définitivement réglé.

Dans la pénombre, les lumières rouges tourbillonnent encore plus vite, excitées à cette idée.

« … Je viens de vous dire *tout de suite* ! »

Johnny acquiesce. Aucun des deux ne voit Cammie Reed qui traverse la rue, depuis l'église en adobe, anciennement retraite banlieusarde de Johnny Marinville, pour gagner ce qui reste de l'hacienda en torchis, ex-demeure de Brad et Belinda Josephson. Elle a la tête baissée et tient le 30.06 à la main.

« Oui, mais il me reste tout de même une question.

– Quoi ? Pour l'amour du Ciel, quoi ? » Elle hurle presque.

« Ne peut-il pas sauter sur quelqu'un d'autre ? Sur vous, ou sur moi, par exemple ? »

Elle a, fugitivement, une expression qui semble du soulagement. « Non.

– Vous en êtes sûre ? C'est Seth qui vous l'a dit ? »

Il croit un instant qu'elle ne va pas répondre, et pas simplement parce qu'elle veut absolument rejoindre l'enfant pendant qu'il est encore aux chiottes. Il prend tout d'abord son expression pour de l'embarras puis se rend compte que c'est plus profond, qu'il s'agit de honte.

« Seth ne m'a rien dit. Je le sais parce qu'il a essayé d'entrer en Herb. Pour pouvoir… vous savez… m'avoir.

– Il voulait faire l'amour avec vous », dit-il. Tout, maintenant, y compris ce qui n'avait fait l'objet que d'allusions, jusqu'ici, se met en place dans l'esprit de l'écrivain.

« L'amour ? » reprend-elle. Elle a du mal à contrôler sa voix. « Non, oh, non ! Tak ne connaît rien de l'amour, Tak se fiche pas mal de l'amour. *Ça* voulait me baiser, point final. Quand *ça* s'est rendu compte qu'il ne pouvait se servir de Herb pour cela, *ça* l'a tué. Je crois que *ça* n'avait pas le choix à ce moment-là. » Les larmes lui coulaient sur le visage. « *Ça* ne renonce pas facilement quand *ça* veut quelque chose, voyez-vous. *Ça* procède à sa façon ; *ça* n'arrête pas de pousser. *Ça* essayait d'entrer dans les pensées de Herb, dans ses émotions, dans ses nerfs. Ce que *ça* lui a fait… imaginez simplement ce qui arriverait si vous tentiez d'enfiler l'un des souliers du petit Ralphie Carver sur votre pied d'adulte. Si vous vous acharniez, opiniâtrement, poussant, poussant, sans tenir compte de la douleur, sans tenir compte de ce que vous faites à la chaussure tellement vous êtes obsédé à l'idée de l'enfiler, de marcher avec…

– Très bien », répond-il. Il se tourne vers le bas de la rue, s'attendant presque à voir revenir les vans, mais il n'y a rien. Puis vers le haut. Rien non plus. Cammie Reed est invisible dans l'ombre des décombres branlants du Cattlemen Hotel. Aurait-il commencé par regarder vers le nord que les choses auraient pu tourner différemment pour tous. « Message bien reçu.

– On peut y aller, alors ? Avez-vous seulement l'intention d'entrer ? Vous n'en avez peut-être pas le courage ?

– Si », dit-il avec un soupir.

La porte du dortoir comporte un loquet à l'ancienne, mais lorsqu'il veut le saisir, ses doigts passent au travers. Dessous, l'air de flotter dans une eau bourbeuse, se profile un bon vieux bouton de porte banlieusard. Johnny s'en empare et une bonne vieille porte banlieusarde apparaît alors autour, tout d'abord en surimpression des planches et des ferrures, puis les remplaçant. Le bouton tourne et le battant s'ouvre sur une pièce sombre d'où émane une odeur de renfermé et de moisi, celle d'une blanchisserie mal entretenue. Le clair de lune vient inonder l'intérieur et le spectacle que l'écrivain a sous les yeux lui fait penser à ces articles qu'on lit de temps en temps dans les journaux, à propos de millionnaires âgés vivant en reclus dans une seule pièce pendant les dernières années de leur vie, au milieu de piles de livres, de revues, entourés d'animaux de compagnie, se shootant au Démerol et se nourrissant de boîtes de conserve.

« Vite, pressons, dit-elle. Il doit se trouver dans les toilettes du rez-de-chaussée, à côté de la cuisine. »

Elle passe devant lui, lui prenant la main au passage, et le conduit dans le séjour. Il n'y voit ni livres ni revues entassés, mais l'impression de réclusion et de folie ne fait que croître au fur et à mesure qu'ils avancent. Le plancher est gluant d'aliments et de boissons sucrées renversés ; une odeur aigre de lait tourné domine le tout ; les murs sont couverts de dessins au marker, effrayants par leur obsession du sang versé et de la mort. Ils lui rappellent un roman qu'il a lu peu avant et qui s'intitule *Blood Meridian*.

Une sorte d'ondoiement, sur sa gauche. Il se tourne ; son cœur bat soudain plus vite, l'adrénaline envahit sa circulation sanguine, mais il n'y a aucun cow-boy brandissant son pistolet, pas de sinistres extraterrestres, pas même un petit garçon se jetant sur lui avec un couteau. Rien qu'un scintillement lumineux, un reflet – venant sans doute de la télé, suppose-t-il, même s'il n'entend pas le son.

« Non, murmure-t-elle, pas par là. »

Elle l'entraîne vers la porte qui leur fait face. Un rai de lumière passe par-dessous, dessinant un ovale brillant sur la moquette maculée de nourriture. L'électricité n'est peut-être pas inventée pour le reste de ce qui était naguère Poplar Street, mais elle ne manque pas ici.

Johnny distingue alors une respiration laborieuse entrecoupée de grognements. Des bruits tout aussi humains – et sur-le-champ reconnaissables – que des ronflements, des éternuements, des halètements ou des sifflements. Une personne sur les toilettes pour la grosse commission, comme on dit aux enfants.

Au moment où ils entrent dans la cuisine et regardent autour d'eux, Marinville se dit que les bonnes gens de Poplar Street méritent peut-être ce qu'il leur arrive. Audrey vit ainsi depuis Dieu seul sait combien de temps et nous ne nous en sommes jamais doutés, se dit-il. Nous sommes ses voisins, nous lui avons tous envoyé des fleurs quand son mari a croqué le canon de son revolver, la plupart d'entre nous avons assisté aux funérailles (Johnny se trouvait lui-même à une convention de bibliothécaires pour enfants en Californie, à ce moment-là), mais nous ne nous sommes doutés de rien.

Le comptoir est encombré de pots, d'emballages déchirés, de verres vides, de bouteilles de soda. Nombre de ces dernières se sont transformées en fourmilières. Il aperçoit le pichet contenant un fond de lait chocolaté et la croûte qui reste du sandwich au saucisson et au fromage que s'était préparé Tak. La vaisselle sale s'empile dans l'évier. À côté de l'égouttoir gît, renversée, une boîte de détergent achetée peut-être alors que Herb Wyler était encore en vie. Un magma verdâtre s'est accumulé à hauteur du bec-verseur, solidifié depuis longtemps. D'autres assiettes sales s'entassent sur la table, avec un tube de moutarde tout plat, une bombe de crème fouettée, deux bouteilles de ketchup, l'une presque vide, l'autre presque pleine, des cartons à pizza remplis de débris, des emballages de pain, des emballages de Twinkie et un sac de Doritos enfilé sur une bouteille vide de Pepsi comme un condom surréaliste ; il y a des miettes partout et des piles et des piles de bandes dessinées. Johnny ne voit que des numéros de la série *MotoKops 2200*. Des Sugar Pops constellent la couverture de l'un d'eux ; on y distingue Cassie Styles et Snake Hunter embourbés dans un marécage jusqu'à la taille et faisant feu de leur paralyseur en direction de la comtesse Lili Marsh, laquelle les attaque depuis une espèce de scooter à réaction. LE BAYOU EN FEU ! proclame le titre. Au fond de la pièce s'entassent des sacs-poubelles ventrus ; aucun n'a été fermé et la plupart régurgitent des déchets infestés de fourmis. Toutes les boîtes donnent l'impression d'arborer le visage souriant du Chef Boy-Ar-Dee. Le fourneau est couvert de casseroles encroûtées de la sauce orange du Chef. Sur le frigo, manière de couronnement bizarre, est posée une vieille statuette en plastique de Roy Rogers monté sur son fidèle Trigger. Sans avoir besoin de le demander, Johnny sait que c'est un cadeau de Herb à son neveu, datant peut-être de la propre enfance de l'oncle, et patiemment recherché dans la poussière du grenier.

À côté du frigo, une porte entrouverte jette son angle de lumière sur le lino encrassé. Un panneau y est apposé, sur lequel on lit :

LES EMPLOYÉS DOIVENT OBLIGATOIREMENT SE LAVER
LES MAINS APRÈS ÊTRE ALLÉS AUX TOILETTES
(et les clients feraient bien de les imiter)

« Seth ! » lance Audrey ; elle a lâché la main de Johnny et se précipite vers la salle de bains. Il la suit.

Derrière eux, des particules d'une lumière rouge dansante fusent depuis l'alcôve comme les débris d'une météorite et traversent en un éclair la salle de séjour. Au même instant, Cammie Reed entre par la porte côté rue. Elle tient le fusil à deux mains et parcourt la pièce obscure des yeux tandis que son doigt glisse sous le pontet pour venir se caler contre la détente. Elle hésite, ne sachant trop vers où se diriger. Son regard est attiré par les reflets mouvants de la télé, mais son ouïe l'entraînerait plutôt vers la cuisine, car elle entend qu'on s'y déplace. La voix dans sa tête, celle qui crie vengeance pour Jimmy, cette voix s'est tue, et elle ne sait plus quoi faire. Son œil enregistre bien un bref scintillement de lumière rouge, mais son esprit ne tire rien de cette information ; il est totalement pris par la question de savoir où elle doit aller. Marinville et Wyler sont dans la cuisine, elle en est sûre, mais le morveux assassin est-il avec eux ? Elle jette un nouveau coup d'œil, dubitative, vers les reflets de la télé. Pas de son. Peut-être que le petit autiste la regarde sans le mettre ?

Il faut qu'elle soit sûre, c'est là le problème. Il ne doit rester qu'une ou deux cartouches dans son fusil… et de toute façon, ils ne lui laisseront sûrement pas le temps de tirer davantage. Elle aimerait que la voix lui parle à nouveau, lui dise ce qu'il faut faire.

Et la voix parle.

Depuis l'autre côté de la rue, Cynthia a vu Cammie entrer dans la maison Wyler. Ses yeux s'agrandissent. Avant qu'elle puisse dire quoi que ce soit, Steve lui enfonce sèchement le coude dans les côtes. Elle le regarde ; il a porté un doigt à ses lèvres. Dans son autre main, il tient l'un des couteaux de cuisine qu'il a pris au râtelier.

« Venez, murmure-t-il.

– Vous… ne comptez pas vous en servir, n'est-ce pas ?

– J'espère que non… Vous venez ou non ? »

Elle acquiesce et le suit. Au moment où ils quittent le trottoir de Poplar Street pour s'avancer dans la rue creusée d'ornières, version takienne de l'ancien Ouest, des cris et des hurlements retentissent dans la maison Wyler. « Sors de lui ! » croit entendre Cynthia, ou un truc dans ce genre, puis encore autre chose qu'elle ne saisit pas. Il semble que ce soit surtout Audrey Wyler qui crie, mais elle pense aussi reconnaître la voix de Cammie Reed (« Posez-le ! » croit-elle distinguer) et un timbre rauque, vraisemblablement celui de Marinville. Puis deux détonations retentissent, suivies d'un cri d'angoisse ou d'extrême horreur. Elle ne saurait dire et n'a pas trop envie de le savoir.

N’empêche : c’est en courant que Steve et elle arrivent de l’autre côté de Main Street.

Espace-temps de Seth

Maintenant. C’est maintenant ou jamais.

Il tourne le dos à l’étagère sur laquelle est posé le petit téléphone PlaySkool. De l’autre côté du tunnel, il y a un tableau de commandes, très semblable à ceux des postes de pilotage, dans les VACES. Il comporte une rangée de sept commutateurs, tous en position *marche*. Au-dessus de chacun luit dans la pénombre un petit témoin vert. Ce panneau n’était pas là lorsque Seth est arrivé à l’extrémité du boyau : on ne voyait alors que les deux photos de famille, celle d’Allen Symes et le téléphone. Mais nous sommes dans l’espace et le temps de Seth, et c’est comme les poches de son short : il peut ajouter à peu près tout ce qu’il veut quand il veut.

Il tend vers le panneau une main qui tremble légèrement. Dans les films et à la télé, les personnages paraissent ne jamais avoir peur et lorsque P’pa Cartwright doit agir pour sauver le Ponderosa, il sait exactement ce qu’il faut faire. Lucas McCain, Rowdy Yates et le shérif Streeter sont toujours sûrs d’eux. Seth n’est pas du tout sûr de lui, vraiment pas du tout. La fin de la partie est imminente, et il est terrifié à l’idée de commettre une erreur irréparable. Pour l’instant, il sait ce qui se passe en haut (c’est ainsi qu’il pense à l’univers de Tak, en haut), mais s’il abaisse ces commutateurs…

Il n’a pas le temps de se poser de questions. Audrey

est dans les toilettes. Elle se précipite vers le petit garçon installé sur le siège, caleçon pendant à l'une de ses chevilles sales, le petit garçon réduit – pour l'instant, du moins – à l'état de pantin de cire doté de poumons qui respirent et d'un cœur qui bat, une machine humaine désertée par ses deux fantômes. Elle s'agenouille et le prend dans ses bras. Elle se met à lui couvrir le visage de baisers, oublieuse de tout le reste – la pièce, les circonstances, Marinville qui se tient dans l'embrasure, derrière elle.

Seth sent alors Tak qui fonce à travers la cuisine comme un essaim rouge d'abeilles surnaturelles et il faut que ce soit maintenant. Plus le choix.

Ses mains commencent à abaisser les manettes. Les témoins verts, au-dessus, clignotent et s'éteignent. Les témoins rouges, au-dessous, s'allument. À chaque coupure, ce qui se passe en haut devient plus obscur pour lui. Il ne rompt pas définitivement ses contacts avec l'extérieur, avec le mannequin que sa tante couvre en ce moment de baisers ; le voudrait-il qu'il ne pourrait sans doute pas y parvenir. Mais il peut les bloquer, et il les met hors circuit.

Finalement il ne reste plus que son esprit. Il faudra que cela suffise. Comprimant d'une main les manettes pour qu'elles ne se relèvent pas spontanément, il tend l'autre vers tante Audrey, priant pour qu'il puisse la trouver dans ces ténèbres.

À l'instant où Audrey arrache Seth au siège des toilettes, quelque chose explose à côté de Johnny Marinville, quelque chose qui est à la fois brûlant comme une fièvre et glacé comme l'Arctique. Un tourbillon d'une lumière rouge criarde lui remplit la tête – il se croirait au milieu des néons d'un bar où l'on joue de la musique country. Quand son esprit s'éclaircit, il a retrouvé sa capacité d'enregistrer et classer les événements, même lorsqu'ils sont simultanés. Comme s'il avait reçu de la chose, quand elle est passée, une sorte d'électrochoc. Et comme si elle avait répandu un mucus visqueux sur ses pensées, aussi.

Tandis que Audrey se relève, Seth dans les bras (il a perdu son caleçon et se retrouve tout nu), Johnny voit le tourbillon de lumière avide danser autour de la tête du garçon, semblable à l'auréole que les peintres anciens mettaient autour de celle de l'Enfant Jésus. Puis, tel un essaim de termites, elle se pose sur ses joues, ses oreilles, ses cheveux collés par la sueur. Elle grouille particulièrement autour de ses yeux ouverts et vitreux, lui fait les dents écarlates.

« Non ! hurle Audrey ! Sors de là ! Quitte-le ! *Tire-toi, ordure !* »

Elle bondit vers la porte, l'enfant dans les bras. Celui-ci paraît avoir la tête en feu. Johnny tend une main – vers elle ? Vers Seth ? Vers les deux ? Il l'ignore et c'est sans importance car elle le bouscule et fonce dans la cuisine, hurlant et griffant l'essaim dansant de lumière qui emmaillote la tête de Seth. Impuissante, sa main traverse la matière rouge comme si c'était de la fumée. Au moment où elle passe à côté de lui, Johnny sent son crâne se remplir d'un affreux bourdonnement de machine. Il pousse à son tour un cri, portant les mains à ses oreilles. Cela ne dure qu'un instant, tant que la jeune femme est à proximité de lui, mais un instant qui lui paraît s'éterniser. Qu'est-ce qui peut rester du garçon, dans ce vacarme ? se demande-t-il. Au nom du Ciel, comment peut-on résister à un tel bruit ?

« Laisse-le ! hurle-t-elle. Laisse-le, sale con, *laisse-le !* »

C'est alors qu'apparaît une silhouette dans l'embrasure de la porte donnant sur la cuisine. Cammie Reed, le 30.06 à la main.

Espace-temps de Tak

Lorsqu'il atteint Seth et constate que les accès habituels lui sont interdits, son respect indulgent pour les capacités de l'enfant l'abandonne, pour la première fois depuis qu'il a senti cet esprit extraordinaire passer non loin et qu'il l'a appelé à lui de toutes ses forces. À la place, il y a tout d'abord une prise de conscience, bientôt suivie de colère.

Tak s'était donc manifestement trompé. Depuis toujours, Seth savait qu'il pouvait revenir, même pendant que l'enfant se soulageait. Il l'avait su et avait dissimulé ce savoir, de même qu'un joueur habile dissimule un as dans sa manche. En fin de compte, cependant, même ce détail est sans importance ; il entrera, de toute façon. Le garçon n'a aucun moyen de l'en empêcher.

Il n'aura pas à l'assiéger ; Seth Garin est son foyer, et on ne pourra pas l'en chasser.

Pendant que la femme emporte le corps de Seth dans la cuisine, Tak assaille les yeux, les accès les plus proches de ce merveilleux cerveau, et commence à pousser comme un flic corpulent donnant de l'épaule contre une porte retenue par une mauviette. Un instant, il éprouve une panique tout à fait inhabituelle quand, tout d'abord, rien ne se produit : il a l'impression de pousser contre un mur de briques. Puis les briques se mettent à prendre du jeu et à s'enfoncer. Un éclair de triomphe traverse cet esprit froid.

Bientôt… encore quelques instants…

Espace-temps de Seth

Sous sa main, deux des manettes cherchent à se redresser. Il a beau redoubler d'efforts pour les maintenir abaissées, il les sent qui pèsent contre sa paume comme si elles étaient vivantes. Les témoins sont toujours au rouge, mais pas pour longtemps. Tak a raison sur un point : s'ils sont à égalité en matière d'astuce, Seth n'est plus de taille en matière de force physique brute. Autrefois, peut-être. Au début. Plus maintenant. Néanmoins, s'il a raison, c'est peut-être sans importance. S'il a raison et s'il a de la chance.

Il regarde un instant, avec envie, le téléphone PlaySkool, que tante Audrey appelle le Tak-phone ; mais bien entendu il n'en a pas besoin, pas réellement. Il n'a jamais été qu'un symbole, une représentation concrète pour faciliter le flot télépathique entre eux, tout comme les interrupteurs et les témoins lumineux ne sont que de simples moyens qui l'aident à concentrer sa volonté. De toute façon, ce n'est pas de télépathie qu'il est question, pour le moment. S'ils ne partageaient que ce don, ce serait futile.

Sous sa main, les manettes s'entêtent à vouloir se redresser, poussées par la force primitive de Tak, la volonté primitive de Tak. Un instant, les voyants rouges s'éteignent et les verts se mettent à clignoter. Seth entend un effroyable bourdonnement de machine lui emplir la tête et chercher à submerger ses pensées ; un instant, sa vision intérieure est brouillée par une lumière écarlate tourbillonnante dans laquelle des escarbilles pétillent et bégaient.

Il pèse de toutes ses forces sur les interrupteurs. Les voyants verts s'éteignent. Les rouges se rallument. Pour l'instant.

C'est maintenant le moment, il ne reste plus qu'une carte à retourner dans la partie. Et Seth Garin la retourne.

Maison Wyler, temps de Johnny

Il a l'impression d'être pris dans un nouveau tir de barrage des régulateurs, si ce n'est qu'il est bombardé non pas de balles, mais de pensées. Mais les balles elles-mêmes n'ont-elles pas toujours été aussi des pensées ?

La première est adressée à Cammie Reed, debout dans l'embrasure de la porte, le fusil à la main : *Tout de suite ! Fais-le tout de suite !* La deuxième est pour

Audrey Wyler, qui a un mouvement de recul comme si elle avait reçu une gifle et qui arrête de griffer les miasmes rouges fantomatiques : *Maintenant, tante Audrey, c'est maintenant !* Et la dernière est un terrible rugissement inhumain qui remplit la tête de l'écrivain et en chasse toute autre pensée : *Non, petit salopard, non, tu ne peux pas !*

Non, pense Johnny, il ne peut pas. Il n'a jamais pu. Puis il se tourne vers Cammie Reed. Elle a les yeux exorbités et ses lèvres s'étirent sur un sourire épouvantable.

Mais elle, elle peut.

Espace-temps de Tak

Il dispose peut-être de trois secondes, pendant que la femme au fusil crie, pour se rendre compte qu'il a été floué. *Comment* il a été floué. Quelques secondes d'incrédulité. Comment une chose pareille est-elle possible, après des millénaires passés emprisonné dans les ténèbres, à réfléchir, à prévoir ? C'est alors, au moment où il commence à comprendre que Seth n'est plus réellement dans le corps qu'il cherche à réintégrer, que la femme ouvre le feu.

Maison Wyler, temps de Johnny

Cammie ne sait plus très bien si elle agit de son propre chef, mais ça ne fait rien ; libre de ses actes, elle ferait exactement la même chose. La Wyler tient son monstrueux morpion dans ses bras, où il se recroqueville, nu, tel un bébé géant, les pattes pleines de merde et non pas du sang de l'accouchement. Elle le tient comme un bouclier ! Cammie en a presque envie de rire.

« Posez-le ! » crie-t-elle. Au lieu de cela, Audrey le soulève de plus en plus haut contre elle, comme si elle la défiait. Le sourire mauvais lui défigurant toujours les traits, rigides comme un masque, les yeux ayant l'air sur le point de jaillir de leur orbite (Johnny se dira plus tard que c'était une illusion d'optique, mais oui, bien sûr), Cammie braque l'arme sur l'enfant.

« Non, Cammie, non ! » crie Johnny à l'instant où elle fait feu. La première balle atteint le petit Seth Garin (que secouent toujours les crampes de la diarrhée) à la tempe et lui fait sauter le haut du crâne, aspergeant de sang, de cheveux et de fragments de cuir chevelu le visage étrangement serein de sa tante. La balle traverse toute la tête et ressort de l'autre côté, où elle pénètre dans le sein gauche d'Audrey. Mais elle est trop ralentie, à ce stade, pour y faire des dégâts importants. C'est la deuxième qui obtient ce résultat : le plomb l'atteint à la gorge alors qu'elle titube sous l'impact précédent. Ses fesses viennent heurter le bord de la table surchargée. Des piles d'assiettes dégringolent au sol et se fracassent.

Audrey se tourne vers Marinville, l'enfant ensanglanté toujours serré contre elle, et l'écrivain est témoin d'une chose étonnante : elle paraît heureuse. Pendant qu'Audrey s'affaisse, Cammie se met à hurler de triomphe ou d'horreur devant ce qu'elle vient de faire.

Même en mourant, Audrey ne relâche pas l'enfant.

Et dans sa chute, la masse rouge agitée s'élève de ce qui reste du visage de Seth comme une vapeur. Elle tourbillonne dans l'air au-dessus du lino couvert de crasse, escarbilles d'un rouge brillant aux orbites entrecroisées d'électrons.

Johnny et Cammie Reed se retrouvent face à face de part et d'autre de ce nuage écarlate pendant il ne sait combien de temps – pétrifiés, dirait-on – jusqu'au moment où s'élève un hurlement : « Oh, merde, oh merde ! Qu'est-ce que vous avez fait, espèce de demeurée ? »

L'écrivain voit Steve et la jeune fille s'avancer dans la pénombre du séjour, dans le dos de Cammie. Cynthia bondit, saisit Cammie par un bras et se met à la secouer. « Salope ! Espèce de conne ! Meurtrière ! Quelle gourde ! Qu'est-ce que vous avez cru ? Que cela allait vous ramener votre fils ? Vous êtes débile ou quoi ? »

La femme ne paraît pas entendre. Elle regarde le nuage tourbillonnant d'escarbilles, les yeux grands ouverts, sans ciller, comme hypnotisée... et ça lui rend son regard. Marinville ne comprend pas comment il peut le savoir – mais le fait est qu'il le sait. Et soudain, *ça* se lance sur elle comme une comète... ou comme un assaut du Tracker Arrow de Snake Hunter.

Il avait demandé à Audrey si Tak ne pouvait pas sauter sur quelqu'un d'autre. Elle avait répondu que non, qu'elle en était sûre. Et si elle s'était trompée ? Si Tak le lui avait laissé croire ? Si *ça*...

« Attention ! crie-t-il à Cynthia. Écartez-vous d'elle ! »

La petite miss bicolore se contente de le regarder

d'un air d'incompréhension, par-dessus l'épaule de Cammie. Steve ne paraît pas avoir davantage compris, mais, réagissant à la note de panique que trahit la voix de l'écrivain, il tire Cynthia à lui.

L'essaim de points rouges se divise en deux. Un instant, la manifestation extérieure de Tak adopte la forme de ces fourchettes à deux dents avec lesquelles le jeune Johnny faisait griller des guimauves avec ses copains, sur la plage, autour d'un feu de bois. Les pointes de celle-ci, cependant, plongent directement dans les yeux de Cammie Reed qui se mettent à briller, deviennent d'un rouge éclatant, puis explosent de leur orbite. Le sourire de la malheureuse s'étire tellement que les commissures de ses lèvres se fendent et se mettent à saigner. Aveugle, elle vacille sur quelques pas, laissant tomber le fusil, mains tendues devant elle comme pour agripper l'air. Marinville n'a jamais rien vu qui donne autant cette impression simultanée de faiblesse et de rapacité.

« Tak ! proclame une voix gutturale qui n'a rien à voir avec celle de Cammie. Tak ah wan ! Tak ah lah ! Mi him, en tow ! » *Ça* marque un silence ; puis la voix inhumaine, râpeuse, que Johnny se sait condamné à entendre jusqu'à la fin de ces jours, s'élève à nouveau : « Je vous connais tous. Je vous retrouverai tous. Je vous pourchasserai. Tak Mi him, en tow ! »

Le crâne commence alors à enfler ; ce qui reste de la tête de Cammie se met à ressembler au chapeau d'un champignon monstrueux. Johnny entend un craquement de papier qui se déchire et il se rend compte que c'est la peau fine du cuir chevelu qui se rompt. Les orbites déchiquetées de ses yeux s'étirent et se transforment en deux fentes ; le gonflement du crâne entraîne son nez vers le haut et en fait un groin aux narines étirées en losanges.

Ainsi donc, pense Johnny, Audrey avait raison. Seul Seth était capable de le contenir. Seth ou quelqu'un comme lui. Quelqu'un de très particulier. Parce que…

Comme pour illustrer cette pensée de la manière la plus spectaculaire possible, la tête de Cammie Reed explose alors. Des fragments brûlants, dont certains pulsent encore de vie, bombardent le visage de l'écrivain.

Il pousse un hurlement, révolté à en devenir fou, et s'efforce de s'essuyer, se servant des pouces pour se nettoyer les yeux. Faiblement, de très loin – de même qu'on peut suivre une conversation lorsque son correspondant a déposé un instant le combiné sur la table –, il entend Steve et Cynthia qui hurlent à l'unisson. Une lumière aveuglante remplit alors la pièce, aussi soudaine et brutale qu'une gifle. Johnny pense tout d'abord que quelque chose a explosé et que c'est la fin pour eux tous. Mais tandis que ses yeux (qui le brûlent toujours, salés du sang de Cammie Reed) commencent à accommoder, il se rend compte que ce n'est pas une explosion, mais la lumière du jour, la lumière forte et brumeuse d'une fin d'après-midi d'été. À l'est, le tonnerre gronde, un roulement sourd qui ne contient aucune menace réelle. L'orage est passé ; la foudre a mis le feu à la maison Hobart (de ça, il est sûr : il sent l'odeur), avant d'aller jouer plus loin avec la vie d'autres innocents. Un nouveau son lui parvient, cependant, celui qu'il a attendu avec tant d'impatience un peu plus tôt : le gémissement entremêlé des sirènes.

La police, les pompiers, des ambulances, peut-être même la putain de Garde nationale pour ce qu'il en sait. Mais il s'en fout. Le bruit des sirènes a perdu tout intérêt, à ce stade.

L'orage est passé.

Le temps des régulateurs aussi, pense-t-il.

Il s'assoit lourdement sur l'une des chaises de cuisine et regarde les corps de Seth et Audrey. Ils lui rappellent ces morts stupides à Jonestown, au Guyana. Elle tient encore l'enfant dans ses bras tandis que ceux de Seth – pauvres petits bras qui ne portent aucune marque de ces jeux brutaux qu'adorent d'ordinaire les garçons de son âge – entourent le cou de sa tante.

Johnny Marinville essuie, de ses paumes gluantes, les fragments de cervelle, de sang et d'os de ses joues, et se met à pleurer.

Journal d'Audrey Wyler :

7 février 1996

Jamais je n'aurais cru revenir à ce journal. Je n'y écrirai sans doute pas régulièrement ; mais ça peut faire tellement de bien…

Ce matin, Seth est venu me demander, combinant laborieusement mots et grognements, s'il pouvait sortir faire le tour des maisons, pour Halloween, comme les autres enfants du quartier. Pas trace de Tak et quand Seth est lui-même, il m'est impossible de lui refuser quoi que ce soit. Je n'ai pas de mal à me souvenir qu'il n'est pas responsable de tout ce qui est arrivé ; en fait, c'est tout à fait facile – et d'autant plus horrible. Car, du coup, je n'ai aucune issue. Je suppose que personne ne comprendrait ce que je veux dire. Je ne suis même pas sûre de me comprendre moi-même. Mais je le sens, oh oui, je le sens !

Je lui ai dit d'accord, que j'allais l'amener faire la tournée des maisons voisines, que ce serait amusant ; que j'allais lui fabriquer une tenue de cow-boy, s'il voulait, mais que s'il préférait se déguiser en MotoKop, il faudrait aller en acheter une au magasin.

Il secouait la tête avant même que j'aie fini, à grands mouvements. Il ne voulait se déguiser ni en cow-boy ni en MotoKop. Sa tête allait et venait de droite à gauche avec une violence qui faisait penser à de l'horreur. Il ne va peut-être pas tarder à en avoir assez des cow-boys et de la police, ai-je pensé.

Je me demande si l'autre le sait.

Bref, j'ai voulu savoir comment il souhaitait se déguiser. Agitant un bras il s'est mis à bondir dans la pièce. Au bout de quelques instants, j'ai compris qu'il mimait un duel à l'épée.

« En pirate ? » ai-je demandé. Tout son visage s'est éclairé et il m'a fait l'un de ses inimitables sourires.

« Pi-at ! » a-t-il dit. Puis il a essayé de nouveau, et cette fois est parvenu à prononcer correctement le mot.

J'ai trouvé un vieux foulard de soie à lui nouer sur la tête, je lui ai donné une boucle d'oreille en or et j'ai déterré un vieux pyjama de Herb en guise de pantalon. Je lui ai attaché les jambes du pyjama aux chevilles à l'aide d'élastiques et elles gonflaient de manière satisfaisante. Je lui ai fait une barbe au mascara, une cicatrice à l'eye-liner et Cammie Reed m'a prêté une épée, un jouet doré datant de l'époque où ses jumeaux étaient petits ; tout cela lui donnait un air parfaitement féroce. Lorsque je l'ai amené « faire le tour du quartier », vers quatre heures, soit Poplar Street et une partie de Hyacinth Street, il n'avait rien de différent des autres petits lutins, sorcières, pirates et cow-boys. Au retour, il a étalé tous ses bonbons par terre (il n'a pas été regarder la télé de toute la journée, Tak doit être profondément endormi – si seulement ce salopard était crevé ! mais c'est trop demander...) et s'est mis à faire le fier comme si c'était un vrai trésor de pirate. Puis il m'a serrée dans ses bras et m'a embrassée dans le cou.

Je t'emmerde, Tak, je t'emmerde, ordure !

Crève, ordure !

16 mars 1996

Je viens de vivre une semaine épouvantable, absolument épouvantable, Tak aux commandes ne cessant de faire le pas de l'oie. Des assiettes sales partout, des verres avec des fonds de lait chocolaté, la maison est dans un état ! Des fourmis ! Bon Dieu, des fourmis en mars ! On dirait une maison habitée par des fous – mais n'est-ce pas un peu le cas ?

J'ai le bout des seins en feu, tellement ça m'a forcée à me pincer. J'en connais la raison, bien sûr ; ça est en colère parce qu'il ne peut faire ce qu'il veut avec sa version de Cassandra Styles. Je le nourris, je lui achète les nouveaux jouets MotoKops qu'il désire (et les bandes dessinées, que je dois lui lire, Seth n'en étant pas capable), mais pour cette autre chose je ne suis bonne à rien.

J'ai passé autant de temps que j'ai pu avec Jan.

Puis, aujourd'hui, alors que j'essayais de nettoyer un peu (la plupart du temps, je suis trop épuisée et démoralisée pour m'y mettre), j'ai cassé le plat préféré de ma mère, celui avec une scène de traîneau à neige de Currier & Ives dessus. Tak n'y est pour rien ; le plat était posé sur le manteau de la cheminée, où je l'ai pris pour le dépoussiérer. Et il m'a tout bêtement glissé des mains. J'ai cru que mon cœur aussi allait se briser, sur le coup. Pas à cause du plat, bien sûr, même si je l'ai toujours aimé. On aurait dit que, tout d'un coup, c'était ma vie que je voyais au lieu d'une vieille porcelaine brisée en mille morceaux sur le sol. Symbolisme de midinette, dirait certainement Peter Jackson, notre universitaire, sentimentalisme de quatre sous. Il aurait sans doute raison, mais quand on souffre, on n'est guère créatif.

J'ai été chercher un sac-poubelle et j'ai commencé à ramasser les morceaux, pleurant comme une Madeleine. Je n'ai même pas entendu la télé qui s'arrêtait – Tak et Seth s'étaient offert un festival MotoKops pendant l'essentiel de la journée – puis une ombre est tombée sur moi ; j'ai relevé la tête, et il était là.

J'ai tout d'abord cru que c'était Tak – Seth s'était éclipsé pendant presque toute la semaine – mais j'ai vu ses yeux. Ils utilisent tous les deux la même paire, et on pourrait croire qu'ils ne changent pas, qu'ils sont dans l'impossibilité de changer ; cependant, ceux de Seth sont plus clairs et disposent d'une gamme d'émotions hors de portée de Tak.

« J'ai cassé le plat de grand-mère, ai-je dit. C'est tout ce qui me restait d'elle. Il m'a glissé des mains. »

Ce fut encore pire. Je me suis pris les genoux, j'ai posé la tête dessus et me suis mise à sangloter. Seth s'est approché, a passé les bras autour de mon cou et m'a serrée contre lui. Il s'est alors passé quelque chose de merveilleux. Je ne saurais l'expliquer exactement, mais c'était si bon que mes visites à Mohonk, avec Jan, paraissaient ordinaires en comparaison. Tak arrive à me faire sentir très mal – horriblement mal, comme si le monde entier n'était qu'un tas de boue sur lequel rampent de misérables vers comme moi. Tak adore que je me sente mal. Il me lèche ces mauvaises vibrations directement sur la peau, comme un gosse suce un sucre d'orge. Je le sais.

Avec Seth, c'était le contraire… et davantage. Mes larmes se sont arrêtées, mon sentiment de tristesse a été remplacé par une sensation de joie et… non pas d'extase, mais de quelque chose d'avoisinant. Sérénité et optimisme confondus comme si les choses, en fin de compte, ne pouvaient que bien tourner. Comme si tout était déjà pour le mieux et que je ne pouvais le voir dans mon état d'esprit ordinaire. Je me remplissais – comme la bonne nourriture nous remplit lorsqu'on meurt de faim. J'étais renouvelée.

C'est l'œuvre de Seth. Quand il m'a serrée dans ses bras. Et il s'y est pris exactement comme Tak, je crois, quand il veut que je me sente mal, que je me sente abandonné, en état de déréliction. Il n'y parvient que parce qu'il dispose du pouvoir de Seth et je pense que lorsque Seth a remplacé ma tristesse par de la joie, cet après-midi, il n'a pu y parvenir que parce qu'il s'est servi des pouvoirs de Tak. Et sans doute Tak ne le savait-il pas, car il l'aurait obligé à s'arrêter.

Voilà une chose qui ne m'était encore jamais venue à l'esprit que Seth était peut-être plus fort que Tak ne s'en doutait.

Beaucoup plus fort.

Chapitre 13

1

Johnny Marinville ignorait depuis combien de temps il se trouvait assis dans la cuisine, la tête basse, secoué de sanglots plus forts que des frissons, le visage baigné de larmes, quand une main délicate se posa sur sa nuque ; il leva la tête et vit la vendeuse du E-Z Stop, la fille aux cheveux schizo. Steve n'était plus là. L'écrivain regarda par la baie vitrée – d'où il était, c'était possible – et vit le hippie qui se tenait au milieu de la pelouse étique de la maison Wyler ; il regardait vers le bas de la rue. Les sirènes des véhicules déjà sur place s'étaient tues, mais d'autres hululaient encore au loin comme des Indiens sur le sentier de la guerre.

« Ça va, monsieur Marinville ?

– Ouais. » Il aurait voulu ajouter quelque chose, mais il hoqueta un sanglot à la place. Il se moucha d'un revers de la main et essaya de sourire. « Cynthia, c'est bien ça ?

– Cynthia, ouais.

– Appelez-moi donc Johnny.

– OK. » Elle regarda les corps emmêlés. Audrey avait la tête renversée en arrière, les yeux fermés, le visage calme et serein comme un masque mortuaire. Quant au garçon, il avait encore quelque chose du bébé dans sa frêle nudité – du bébé mort-né.

« Regardez-les, dit doucement Cynthia. La manière dont il lui a passé les bras autour du cou. Il devait l'aimer énormément.

– Il l'a pourtant tuée, observa-t-il froidement.

– C'est impossible ! » Elle paraissait scandalisée. Il éprouvait de la sympathie pour ce qu'elle ressentait, mais cela ne changeait rien à ce qu'il savait. « C'est pourtant vrai. C'est lui qui l'a appelée et l'a dirigée – sur lui comme sur Audrey, en fait. Je l'ai entendu le faire. » Il se tapota la tempe.

« Vous prétendez que Seth a ordonné à Cammie de les tuer »

Il acquiesça.

« C'est peut-être l'autre. Vous l'avez peut-être entendu… entendu *ça*… »

Il secoua la tête. « Pas du tout. Il s'agissait bien de Seth, pas de Tak. J'ai reconnu sa voix. » Il se tut un instant, regardant le petit garçon mort, puis revint à Cynthia. « Même dans ma tête, il avait une haleine épouvantable. »

2

Les maisons étaient redevenues ce qu'elles étaient réellement, constata Steve, ce qui ne signifiait pas qu'elles étaient restaurées dans leur ancien état ; elles avaient manifestement subi de furieux assauts. La maison Hobart ne brûlait plus, au moins ; la violente averse avait étouffé les flammes et il n'en montait plus qu'un nuage sinistre, comme d'un volcan après l'éruption principale. Le bungalow du vieux vétérinaire était plus gravement touché ; les flammes sortaient par les fenêtres et des taches charbonneuses s'étiraient sous les chéneaux et faisaient cloquer la peinture. Quant à la maison de Peter et Mary Jackson, entre les deux, elle n'était plus qu'une ruine dévastée.

Deux voitures de pompiers étaient déjà dans la rue et d'autres arrivaient ; des tuyaux jonchaient les pelouses, encore emmêlés, l'air de gros pythons beiges. Il y avait également des voitures de police. Elles s'étaient garées devant la maison d'Entragian, où le corps de Cary Ripton (sans oublier celui d'Hannibal) gisait sous une bâche en plastique sur laquelle s'étaient formées des flaques. Les lumières rouges tournoyaient et lançaient leurs éclairs. Deux autres véhicules s'étaient rangés en haut de la rue, bloquant complètement le passage du côté de Bear Street.

Ça ne servira à rien s'ils reviennent, pensa Steve. *Si Les régulateurs se pointent encore, mes gaillards, ils auront vite fait de pulvériser votre petit barrage à la noix.*

Mais ils n'allaient pas revenir ; c'était ce que signifiait le retour du soleil, le tonnerre qui battait en retraite. Tout était réellement arrivé – il suffisait de regarder les maisons en feu et les autres, criblées de trous, pour s'en convaincre – mais le phénomène s'était produit dans une délirante fistule de temps dont ces flics n'auraient jamais connaissance et dont ils ne voudraient jamais entendre parler. Il consulta sa montre et ne fut pas étonné de constater qu'elle fonctionnait à nouveau. Dix-sept heures dix-huit, affichait-elle. Sûrement l'heure la plus exacte que la Timex pourrait jamais lui donner.

Il regarda de nouveau vers les flics, en bas de la rue. Certains avaient leur arme à la main ; d'autres non. Aucun d'eux ne paraissait savoir précisément comment ils devaient se comporter. C'était compréhensible. Ils débarquaient dans un stand de tir grand format, après tout, et probablement personne, dans les quartiers voisins, n'avait entendu le moindre coup de feu. Le tonnerre, peut-être, mais des détonations ressemblant à des explosions de mortier ? Sûrement pas.

Ils le virent, sur sa pelouse, et l'un d'eux lui adressa un geste de la main. En même temps, deux autres lui firent signe de retourner dans la maison Wyler. Ils avaient l'air bougrement embêtés, toute la bande, ce que Steve pouvait aussi comprendre. Il s'était passé *quelque chose* ici, visiblement : mais quoi ?

Vous allez mettre un moment avant de piger, pensa Steve, mais vous finirez par trouver une explication qui vous satisfera. Vous y arrivez toujours, vous les flics. Que ce soit une soucoupe volante qui s'écrase à Rosewell, au Nouveau-Mexique, ou un bateau retrouvé sans personne à bord en plein Atlantique, ou une rue de banlieue de l'Ohio transformée en champ de bataille, vous trouvez toujours quelque chose. Vous n'allez jamais attraper personne, je suis prêt à parier mes maigres économies là-dessus, et vous ne croirez pas un traître mot de ce que nous allons vous dire (en fait, nous avons intérêt à en dire le moins possible), mais à la fin, vous allez trouver quelque chose qui vous permettra de rengainer vos pétards... et de dormir la nuit. Et vous savez ce que j'en pense, les gars ?

PAS DE PROBLÈME, voilà ce que j'en pense ! PAS LE MOINDRE PUTAIN DE PROBLÈME !

L'un des flics dirigea un porte-voix vers lui. Ça ne l'enchantait pas, mais il valait mieux un porte-voix qu'un revolver, se consola-t-il.

« Êtes-vous un otage ? glapit M. Porte-Voix. Êtes-vous un preneur d'otages ? »

Steve sourit, mit les mains devant la bouche et leur lança :

« Je suis Balance ! Amical avec les inconnus, aime la bonne conversation ! »

Il y eut un silence. M. Porte-Voix conféra avec plusieurs de ses collègues. Il y eut force hochements de tête, puis l'homme se tourna de nouveau vers Steve, soulevant son appareil. « Nous n'avons pas compris. Pouvez-vous répéter ? »

Steve s'en abstint. Il avait passé l'essentiel de sa vie dans le show-business – enfin, plus ou moins – et il savait qu'on ne répète pas une bonne blague ; ça fait réchauffé. D'autres flics arrivaient ; un vrai convoi de voitures pie, clignotant de tous leurs feux. D'autres véhicules de pompiers, aussi. Deux ambulances. Et même un engin qui avait tout l'air d'un blindé léger. Les flics ne laissaient passer que les pompiers, au moins pour le moment, même si, grâce à la pluie, aucun des deux incendies ne paraissait très menaçant.

De l'autre côté de la rue, Dave Reed et Susi Geller sortirent de la maison Carver, serrés l'un contre l'autre. Ils enjambèrent avec précaution le cadavre de Debbie et s'avancèrent jusqu'au trottoir. Brad et

Belinda Josephson se présentèrent derrière eux, cornaquant les petits Carver et s'arrangeant pour leur épargner la vue de leur père, toujours allongé sur l'allée et plus mort que jamais. Tom Billingsley fermait la marche. Dans ses mains arthritiques, il tenait ce qui semblait être une nappe. Il la déploya sur la jeune morte, sans s'occuper du type, en bas de la rue, qui l'interpellait via son porte-voix.

« Où est maman ? » demanda Dave à Steve. Il y avait à la fois de la folie et de l'épuisement dans les yeux de l'adolescent. « Vous n'avez pas vu maman ? »

Steve Ames, dont la devise était depuis toujours NULLO IMPEDIMENTUM, n'eut pas la moindre idée de ce qu'il devait lui répondre.

3

Johnny passa dans la salle de séjour sur la pointe des pieds, évitant autant que possible de marcher sur ce qui restait de Cammie. Une fois cet obstacle franchi, il continua d'un pas plus vif et mieux assuré. Il avait réussi à arrêter de pleurer, au moins pour le moment, et se disait que c'était déjà une bonne chose. Pourquoi ? Allez savoir. C'était comme ça. Il jeta un coup d'œil en passant à l'horloge, sur la cheminée. Dix-sept heures vingt et un : ce devait être à peu près ça.

Cynthia le prit par le bras. Il se tourna vers elle, légèrement impatienté. Par la baie vitrée, on voyait les autres survivants de Poplar Street se rassembler au milieu de la rue. Jusqu'ici, ils avaient ignoré les appels des policiers, lesquels paraissaient ne pas trop savoir s'ils devaient rester sur leur position ou s'avancer ; Johnny souhaitait rejoindre ses voisins avant que la maréchaussée n'ait pris sa décision.

« Est-ce que c'est parti ? demanda-t-elle. Tak... ce truc rouge... cette chose... c'est parti ? »

Il se tourna vers la cuisine. Cela lui faisait presque physiquement mal, mais il se contraignit néanmoins à le faire. Le rouge y était la couleur dominante, du rouge avait éclaboussé les murs, et jusqu'au plafond ; mais on ne voyait aucune trace du tournoiement d'escarbilles luisantes qui avait tenté de se réfugier dans Cammie Reed, après la mort de son hôte précédent.

« C'est mort avec elle, vous croyez ? reprit la jeune fille, le regardant avec des yeux suppliants. Dites-moi que c'est vrai, d'accord ? Dites-le-moi, que je me sente un peu mieux.

– Forcément, répondit l'écrivain. Sinon, *ça* serait en train de s'attaquer à l'un de nous pour voir s'il fait la bonne pointure. »

Cynthia poussa un profond soupir. « Ouais, ça se tient. »

Cela se tenait, certes, mais Johnny n'y croyait pas. Pas un instant. *Je vous connais tous. Je vous retrouverai tous. Je vous pourchasserai,* avait-il dit. Et *ça* aurait peut-être à se bagarrer un peu plus sérieusement que *ça* le croyait... De toute façon, il était absurde de s'en inquiéter pour l'instant.

Tak ah wan ! Tak ah lah ! Mi him en tow !

« Qu'est-ce qui vous arrive ? Quelque chose ne va pas ? demanda Cynthia.

– Que voulez-vous dire ?

– Vous frissonnez. »

Johnny sourit. « Je crois qu'une oie vient de marcher sur ma tombe », comme dit le proverbe. Il souleva la main qui lui tenait le bras et entrecroisa ses doigts avec ceux de la jeune fille. « Venez. Allons voir comment s'en sortent les autres. »

4

Ils avaient presque rejoint le groupe lorsque Cynthia s'immobilisa. « Oh, mon Dieu, murmura-t-elle d'une voix exténuée. Oh, mon Dieu, regardez ! »

Marinville se tourna. La tempête s'était éloignée, mais un cumulus isolé s'étageait encore à l'ouest, suspendu au-dessus du centre de Colombus, relié à la rivière Ohio par un cordon vaporeux de pluie ; il présentait la forme d'un cow-boy gigantesque lancé au galop sur un étalon couleur d'orage. Le museau ridiculement allongé du cheval pointait vers l'est, vers les Grands Lacs ; sa queue ondulait vers les prairies et les déserts. Le cow-boy paraissait tenir son chapeau à la main, comme pour un dernier salut, et sous les yeux de Johnny, bouche bée, pétrifié sur place, un éclair lui zébra la tête.

« Un cavalier fantôme, dit Brad. Sainte merde, un bon Dieu de cavalier dans le ciel… Tu vois ça, Bee ? »

Cynthia gémit entre ses mains, qu'elle tenait pressées sur sa bouche. Fascinée par le nuage, les yeux exorbités, sa tête oscillait de droite à gauche en un geste inutile de dénégation. Les autres regardaient aussi, à présent, mais seulement les survivants de Poplar Street, pas les pompiers ni les flics ; ces derniers étaient sur le point de mettre un terme à leur indécision et de rejoindre leur groupe.

Steve prit le bras délicat de Cynthia et l'écarta doucement de Johnny. « Calmez-vous, dit-il. Ça ne peut pas nous faire de mal. Ce n'est qu'un nuage et il ne peut rien nous faire. Il s'éloigne. Vous voyez ? »

C'était vrai. Les flancs du cheval céleste se déchiraient par endroits, se dissipaient à d'autres, et de longs rayons de soleil embrumés le transperçaient. Un après-midi d'été comme un autre, un sacré beau temps, un été de rêve, melons d'eau et boissons fraîches et coups de batte ratés.

Steve vit une première voiture de police commencer à remonter vers eux, très lentement, cahotant au passage des tuyaux des pompiers. Il se tourna vers Johnny. « Dites…

– Dites quoi ?

– Il s'est suicidé, ce gosse ?

– Je ne vois pas comment appeler cela autrement », répondit l'écrivain ; il se doutait cependant pour quelle raison Steve lui avait posé la question ; ils n'avaient pas ressenti une impression de suicide.

La voiture de police s'arrêta. Il en sortit un homme en uniforme kaki chamarré d'au moins une tonne de passementerie dorée. Ses yeux, d'un bleu intense, se perdaient presque dans le réseau de ses rides. Il tenait un revolver à la main. Un gros revolver. Il ressemblait à quelqu'un que Johnny avait déjà vu et, au bout d'un instant, le souvenir lui revint : Ben Johnson, l'acteur qui avait joué les fermiers au grand cœur (pères, en général, de ravissantes jeunes filles) et les hors-la-loi sataniques avec autant de verve que de talent.

« Est-ce que quelqu'un pourrait me dire, au nom du Seigneur tout-puissant, ce qui s'est passé ici ? » demanda-t-il.

Personne ne répondit et, au bout de quelques secondes, Johnny Marinville se rendit compte que tous le regardaient. L'écrivain avança d'un pas, lut la petite plaque que l'homme portait agrafée à la chemise impeccable de son uniforme, et dit : « Des hors-la-loi, capitaine Richardson.

– Vous dites ?

– Des hors-la-loi. Des régulateurs. Des renégats surgis du désert.

– Mon ami, si vous trouvez quelque chose de drôle là-dedans…

– Je n'y trouve rien de drôle, monsieur. Absolument rien de drôle. Et vous allez trouver que c'est encore moins drôle quand vous aurez jeté un coup d'œil là-dedans », répondit Johnny avec un geste en direction de la maison Wyler. À cet instant précis, il se mit à penser à sa guitare. Même effet que de penser à un verre de thé glacé quand on a chaud et soif et qu'on est épuisé. Il songea que ce serait génial de pouvoir s'asseoir sur les marches de son porche et de s'accompagner, en *ré*, sur la *Balade de Jesse James*. Celle dont les paroles disent : *Oh, Jesse laissait une veuve en larmes, et trois enfants courageux…* Il songea aussi que sa bonne vieille Gibson était peut-être bien trouée, vu que sa maison n'était pas dans un état brillant (à vrai dire, elle n'avait plus l'air d'être posée exactement sur ses fondations), mais elle était peut-être aussi intacte. Plusieurs d'entre eux en étaient sortis intacts, après tout.

Marinville partit donc dans la direction de son foyer, entendant déjà la chanson telle qu'elle allait sortir de sa bouche : *Oh, Robert Ford, Robert Ford, j'me demande comment tu te sens ? Car t'as dormi dans le lit de Jesse, t'as mangé le pain de Jesse et t'as envoyé Jesse James dans sa tombe.*

« Hé ! l'interpella d'un ton agressif le flic qui ressemblait à Ben Johnson. Où vous allez comme ça, nom d'un chien ?

– Chanter une chanson où il est question de bons et de méchants », répondit Johnny. Tête baissée, sentant la chaleur du soleil d'été embrumé sur sa nuque, il poursuivit son chemin.

Lettre de Patricia Allen à Katherine Anne Goodlowe de Montpellier, dans le Vermont

Mohonk Mountain House, le 19 juin 1986

Chère Kathi,

C'est le plus bel endroit au monde, j'en suis convaincue. Ces huit jours de voyage de noces auront été les plus délicieux de toute ma vie, sans parler des nuits *! J'ai été élevée dans la croyance qu'il y a certaines choses dont on ne parle pas, alors laisse-moi te dire tout de suite que ma crainte de découvrir trop tard qu'« attendre le mariage » avait été l'erreur de ma vie – cette crainte n'était pas fondée ! J'ai l'impression d'être un gosse installé dans une usine de bonbons ! N'insistons pas là-dessus, cependant ; je ne t'écris pas pour te détailler la vie sexuelle de la nouvelle Mme Allen (bien qu'elle soit superbe), ni même pour te parler de la beauté des Catskill, mais parce que je voudrais profiter du fait que Tom est en bas, en train de faire des carambolages dans la salle de billard, pour te raconter une histoire de fantômes – car je sais que tu adores ça, en particulier si elles se déroulent dans un vieil hôtel. Tu es la seule personne que je connaisse à avoir mis en pièces, à force de les relire, non pas un, mais deux exemplaires de* Shining *! S'il ne s'agissait pas que de cela, j'aurais probablement attendu notre retour pour te raconter mon histoire de vive voix. Mais j'aurais peut-être envie, plus tard, d'avoir des traces de ce « conte de l'au-delà » un peu particulier, et c'est la raison pour laquelle je prends la plume, par cette belle soirée de pleine lune. L'établissement a été couvert en 1869 et mérite sans aucun doute* *le nom de ce vieil hôtel ; même s'il ne ressemble probablement pas à celui de Stephen King, il n'en compte pas moins bon nombre de recoins biscornus et de corridors angoissants. Les histoires de fantômes n'y manquent pas, non plus, mais celle qui m'a poussée à t'écrire est une curiosité dans le genre : pas de dame blanche en robe victorienne, pas de suicidé du krach de 1929. Ces deux fantômes – exact, deux pour le prix d'un – ne hantent activement les lieux que depuis environ quatre ans, d'après ce que j'ai découvert, et j'ai découvert pas mal de choses. Le personne aide volontiers les clients qui ont envie de se livrer, accessoirement, à la « chasse aux fantômes ». C'est pour entretenir l'ambiance, sans doute !*

Bref, on trouve plus d'une centaine de petits abris dans le secteur, sortes de huttes en bois excentriques, dont certaines sont parfois appelées « folies » par les hôtes et que les brochures du Mohonk désignent sous le nom de « gloriettes ». Elles sont placées partout où il y a un beau point de vue. Il y en a notamment une située à l'extrémité d'une prairie, sur les hauteurs, à environ cinq kilomètres du Mohonk. L'endroit ne porte pas de nom, sur la carte (j'ai consulté les relevés topographiques au bureau ce matin même), mais le personnel l'a baptisé à sa façon : le pré Mère-et-Fils.

C'est pendant l'été de 1982 que l'on a vu pour la première fois les fantômes éponymes en cet endroit : toujours à proximité de cette gloriette qui, du haut de sa colline, domine une paroi rocheuse, en contrebas, presque entièrement noyée sous le chèvrefeuille et les roses sauvages. Ce n'est pas l'endroit le plus spectaculaire de la station, mais il n'est pas impossible que ce soit celui dont je conserverai le souvenir le plus attendri, dans quelques années, lorsque je pense-

rai à notre lune de miel. Il y règne une sérénité qui dépasse sans aucun doute ma capacité de description. Cela tient en partie au parfum des fleurs et au bourdonnement régulier et endormi des abeilles, je suppose. Mais qu'importent les abeilles, les fleurs et le rocher pittoresque ? Je connais ma Kath, ce sont les fantômes qui la fascinent. Ils n'ont rien de terrifiants, inutile que tu t'excites là-dessus, mais on dispose en revanche d'étonnantes précisions sur eux. D'après Adrian Givens, le concierge de l'hôtel, ils auraient été vus par trois bonnes douzaines de clients, depuis quatre ans, et toujours à peu près à cet endroit. Et alors qu'aucun de ces témoins ne se connaissaient, ce qui semble exclure toute entente ou collusion préalable, les descriptions présentent une remarquable similarité. La femme aurait une trentaine d'années, serait jolie, aurait de longues jambes, des cheveux châtain clair. Son fils (plusieurs témoins ont fait état d'une ressemblance) est petit, très mince, âgé d'environ six ans. On a décrit son visage comme « intelligent », « vivant » et même « beau ». Bien qu'ayant été vus par bon nombre de personnes depuis ces quatre ans, ils seraient toujours habillés des mêmes vêtements : un short blanc, une blouse sans manches et des tennis pour elle, un gilet de peau sans manches, un short de basket et des bottes de cow-boy pour lui. Ce sont ces bottes de cow-boy qui m'intriguent le plus : comment croire que tous ces gens iraient chercher un détail pareil, si c'était une histoire inventée ? La conclusion s'impose, non ?

Plusieurs ont échafaudé une théorie voulant qu'il s'agisse de personnes réelles, voire même d'une employée du Mohonk avec son enfant, pour la bonne raison qu'ils ont abandonné derrière eux quantité de traces matérielles, pour des fantômes (lesquels, en règle générale, ne laissent qu'une bouffée d'air froid ou, tout au plus, un fragment d'ectoplasme après leur passage, comme je sais que tu le sais). On a trouvé toutes sortes de choses dans cette fameuse gloriette. Devine quelle est la plus bizarre ? Des plats à demi consommés de spaghettis ! Oui ! Je sais que ça paraît fou, ridicule, mais réfléchis une seconde : le hot dog mis à part, y a-t-il une chose que les enfants aiment plus au monde que les spaghettis ?

On a fait aussi d'autres découvertes : des jouets, un livre à colorier, un petit nécessaire à maquillage en argent qui pourrait fort bien appartenir à la jolie maman d'un petit garçon ; mais je dois admettre que ce sont ces restes de spaghettis qui me turlupinent. A-t-on jamais entendu parler de fantômes amateurs de spaghettis ? De spaghettis en boîte ? Et ceci, encore : à l'automne 1984, un groupe de randonneurs a trouvé un mange-disque de gosse, dans cette gloriette, avec un quarante-cinq tours dedans – Strawberry Field Forever, *des Beatles. Ça cadre, non ?*

Mon copain de la réception, Adrian, sourit avec un air entendu quand on lui dit que toute cette histoire est un canular, que les fantômes ne laissent jamais de traces matérielles (pas plus que des empreintes de pas qui écrasent l'herbe). « Pas les fantômes ordinaires, certes, mais ceux-ci ne sont peut-être pas des fantômes ordinaires. Tout d'abord, tous ceux qui les ont vus disent qu'ils sont solides. On ne peut pas voir au travers, comme pour ceux de Ghostbusters. *Il ne s'agit pas forcément de fantômes, y avez-vous pensé ? Mais peut-être de gens vivant dans un plan légèrement différent du nôtre. » Voilà ce qu'il m'a dit. J'ai l'impression qu'il suffit de travailler à Mohonk pour devenir plus ou moins occultiste, il n'y a pas que la clientèle… Adrian m'a aussi dit que des gens, estimant que toute l'affaire était une supercherie, ont monté à au moins trois reprises une embuscade pour essayer de capturer la mère et le fils, sans aboutir à rien (une fois, ils sont revenus avec encore un bol de spaghettis). En plus – et je trouve ce détail bien plus instructif – ces apparitions se manifestent autour de la gloriette depuis quatre ans. S'il s'agissait de personnes réelles, de farceurs ou de mystificateurs, comment le petit garçon pourrait-il avoir toujours six ou sept ans ?*

D'accord, on en est maintenant au stade, dans une histoire de revenants traditionnelle, où le conteur révèle qu'il a lui-même vu les fantômes ou la Charrette de l'Ankou, ce qui explique l'intérêt qu'il porte à l'affaire. Sauf que pas du tout. Je n'ai jamais vu le moindre fantôme de toute ma vie. Je peux cependant affirmer que ce lieu présente une atmosphère très spéciale ; il y règne une sorte de sérénité calme qui – je t'interdis de rire – a quelque chose de mystique. Je n'y ai pas vu de fantôme, mais on y sent incontestablement une présence. Tom ne m'accompagnait pas et j'admets volontiers que cela m'a probablement rendue plus sensible à l'ambiance ; mais en dépit de cela, j'ai compris sur le moment (et je crois toujours) m'être trouvée en un lieu tout à fait extraordinaire. La nuque me picotait et j'avais la sensation, claire et précise, d'être observée.

Puis, lorsque je me suis assise dans la gloriette pour me reposer un peu avant la marche de retour, j'ai trouvé les objets ci-joints. Ils sont parfaitement matériels, comme tu peux le constater, nullement « spectraux », et ils présentent pourtant un aspect très étrange, non ?

La petite bonne femme en short bleu est le plus intéressant des deux. C'est évidemment un personnage tiré d'un jeu, mais cela fait trois ans que je travaille dans une maternelle et il me semble bien tous les connaître. Ce qui n'est pas le cas de celui-ci. J'ai tout d'abord pensé qu'il s'agissait de Scarlet, de l'équipe du GI Joe, mais ses cheveux sont d'un roux très différent, bien plus brillants. D'habitude, les enfants tiennent beaucoup à leurs trésors et vont jusqu'à se battre pour eux. Celui-ci était abandonné dans un coin, à croire qu'il avait été jeté. Mets-le-moi de côté, Kath, et je le montrerai à ma classe, à la rentrée. Je suis cependant prête à parier, dès maintenant, qu'aucun des enfants ne le reconnaîtra mais que tous le voudront ! Je pense aussi à ce qu'a dit Adrian, à savoir que la mère et l'enfant vivent peut-être dans un plan différent, astral ou temporel, et je me demande parfois (souvent, en fait !) si la petite rouquine ne viendrait pas de ce plan. Cette idée ne te fait-elle pas frissonner ? Moi, si ! D'accord, d'accord ; mets tout ça sur le compte de la rafale de vent qui vient de secouer les rideaux et des lumières qui vacillent, si tu veux.

Puis il y a le dessin. C'est toi la diplômée en arts plastiques, ma cocotte, alors dis-moi ce que tu en penses. Est-ce que c'est un gag – ou la blague d'un gosse du pays qui s'amuse aux dépens des touristes ? Ou bien ai-je trouvé un dessin exécuté par un fantôme ? Ça laisse rêveuse, non ?

OK, ma cocotte, c'est mon histoire de revenants pour la soirée. Je vais placer tout ce bazar dans une enveloppe matelassée spéciale (ils en vendent à la boutique de cadeaux) et voir si je peux convaincre Tom d'arrêter ses carambolages pour venir au lit. Franchement, je ne pense pas avoir trop de mal à y parvenir.

J'adore être mariée, j'adore tout, dans cet endroit – jusqu'à ses fantômes !

Ta vieille copine,
Pat.

PS : Ne jette pas le dessin. Je tiens à le conserver. Canular ou pas, je lui trouve quelque chose de touchant ; une impression de foyer retrouvé.

Paru aux Éditions Albin Michel :

OUVRAGES DE RICHARD BACHMAN

LA PEAU SUR LES OS
CHANTIER
RUNNING MAN
MARCHE OU CRÈVE
RAGE
LES RÉGULATEURS

SOUS LE NOM DE STEPHEN KING

CUJO
CHRISTINE
CHARLIE
SIMETIERRE
L'ANNÉE DU LOUP-GAROU
LES ÉVADÉS (DIFFÉRENTES SAISONS)
BRUME
ÇA (deux volumes)
MISERY
LES TOMMYKNOCKERS
LA PART DES TÉNÈBRES
MINUIT 2
MINUIT 4
BAZAAR
JESSIE
DOLORES CLAIBORNE
CARRIE
RÊVES ET CAUCHEMARS
INSOMNIE
LES YEUX DU DRAGON

Composition réalisée par INTERLIGNE

Imprimé en France sur Presse Offset par

BRODARD & TAUPIN

GROUPE CPI

La Flèche (Sarthe).
N° d'imprimeur : 26204 – Dépôt légal Éditeur : 50168-10/2004
Édition 1
LIBRAIRIE GÉNÉRALE FRANÇAISE – 31, rue de Fleurus – 75278 Paris cedex 06.

ISBN : 2 - 253 - 15150 - 5

31/5150/3